LE GANG DE LA TAMISE

Jessica Fellowes est écrivaine et journaliste. Elle est la nièce du Baron Julian Fellowes, le créateur de la série à succès *Downton Abbey*.

Paru au Livre de Poche :

L'ASSASSIN DU TRAIN

JESSICA FELLOWES

Le Gang de la Tamise

Les sœurs Mitford enquêtent

TRADUIT DE L'ANGLAIS
PAR VALÉRIE ROSIER

ÉDITIONS DU MASQUE

Titre original :

BRIGHT YOUNG DEAD
publié par Sphere, Little, Brown Book Group, Londres.

Arbre généalogique : Julilo Design

ISBN : 978-2-253-18148-4 – 1re publiction LGF

Pour Simon

LA FAMILLE MITFORD

DAVID FREEMAN-MITFORD
(1878 - 1958)
« Farve »

SYDNEY BOWLES
(1880 - 1963)
« Muv »

NANCY (1904 - 1973)
Romancière à succès à la plume ironique, elle tombe amoureuse de la France et vit longtemps à Paris et à Versailles.

PAMELA (1907 - 1994)
Plus réservée, elle fait tout de même scandale en se mariant en noir. Elle se lance avec vigueur dans la défense de la cause animale.

THOMAS (1909 - 1945)
Seul fils de la famille, mort au combat pendant la Seconde Guerre mondiale.

DIANA (1910 - 2003)
Connue pour sa beauté époustouflante, elle épouse le chef des fascistes anglais, et passe trois années en prison.

UNITY (1914 - 1948)
Fascinée par l'Allemagne nazie et amie d'Hitler. À la déclaration de la guerre, elle fait une tentative de suicide.

JESSICA (1917 - 1996)
Elle participe à la lutte des Républicains contre les forces de Franco et devient journaliste d'investigation aux États-Unis.

DEBORAH (1920 - 2014)
Duchesse du Devonshire et propriétaire du plus grand château d'Angleterre, elle y consacre une pièce entière à Elvis Presley.

1

1925

Il vient un moment dans la vie de chaque enfant qui marque de façon définitive la transition vers l'âge adulte. Ce moment n'était pas encore venu pour Pamela Mitford. D'humeur maussade, elle se trouvait sur le perron d'une étroite maison de Mayfair, toute frissonnante. Ce n'était pas dû à l'air nocturne d'un froid mordant, mais à une intense nervosité. Près d'elle, Louisa Cannon compatissait. Telle une proie sans défense, la blonde Pamela s'apprêtait à entrer dans la fosse aux lions.

— Dites à Koko de venir me chercher, lui demanda Pam en tournant le dos à la porte. Je n'ai pas envie que vous m'escortiez à l'intérieur comme si j'étais une gamine de cinq ans.

— Je le dois. J'ai promis à votre mère de vous servir de chaperon. D'ailleurs, personne dans cette maison ne sait que je suis votre bonne d'enfants, répliqua Louisa, pour la énième fois.

Le trajet en train d'Asthall Manor, en Oxfordshire, jusqu'à Londres avait été long, même s'il leur était familier et si elles avaient trouvé un taxi, à peine sorties de la gare de Paddington.

— S'il vous plaît, allez chercher Koko, insista Pamela.

Koko, c'était Nancy, l'aînée des six sœurs Mitford et de leur unique frère. Étant depuis cinq ans au service de la famille, Louisa connaissait par cœur leurs surnoms respectifs. Avec réticence, elle appuya sur la sonnette et tressaillit quand la porte s'ouvrit aussitôt sur une jeune soubrette. Louisa eut l'impression de se regarder dans une glace tant elle lui ressemblait : elle avait la même taille, les mêmes cheveux châtain clair, les siens étant ramassés sous une charlotte, et portait une robe de bonne façon mais défraîchie, comme celle que Louisa avait héritée de Nancy. À ses traits tirés, on voyait qu'elle était fatiguée, pourtant son petit nez parsemé de taches de rousseur donnait du piquant à son visage. En remarquant que Pamela lui tournait le dos, elle échangea avec Louisa un regard de connivence : de même condition, elles se savaient toutes deux logées à la même enseigne.

— Bonsoir. Pourriez-vous nous dire si Mlle Nancy Mitford est là, s'il vous plaît ? demanda Louisa à la jeune soubrette, qui ne put s'empêcher de pouffer.

— Pourrais-je d'abord savoir qui la demande ? répliqua-t-elle avec un accent que Louisa reconnut comme venant du sud de la rivière.

— Sa sœur, Mlle Pamela. Mais cette jeune fille ne veut pas que je l'escorte à l'intérieur, et je ne souhaite pas la laisser entrer seule. Pourrais-je parler à Mlle Nancy ?

— Suivez-moi, l'invita la soubrette en lui ouvrant la porte en grand.

Une fois dans le vestibule, elle lui désigna une porte, puis disparut par une autre. Louisa trouvait quelque peu étrange cet accueil cérémonieux, mais elle en comprit vite la raison. Dans un salon à peine éclairé, deux grands fauteuils au cuir râpé faisaient face à un feu crépitant. Il en sortait de part et d'autre deux longs bras minces qui se rejoignaient : celui d'une femme, ganté de soie noire jusqu'au-dessus du coude, et celui d'un homme, dont la manche de smoking tranchait sur une manchette blanche empesée. De sa main ornée d'une lourde chevalière en or, il s'amusait à attraper la main de sa compagne, qui se dérobait en lui donnant de petites tapes, comme des marionnettes au Guignol.

Louisa attendit que cesse ce petit jeu un peu long à son goût. Enfin, la tête appartenant à la main gantée de noir émergea du fauteuil. C'était Nancy, avec sa coupe au carré qui avait tant choqué Louisa au début, et qu'elle trouvait à présent plutôt seyante. Nancy n'était pas jolie à proprement parler, mais son visage avait du charme, avec des lèvres fardées d'un rouge presque noir à la façon des vamps du cinéma muet, un nez mutin et de grands yeux, lesquels considéraient à présent, sous des paupières mi-closes, son ancienne bonne d'enfants, avec un mélange typique de tendresse et d'exaspération.

— Désolée, mademoiselle Nancy, dit Louisa en optant *in extremis* pour le « mademoiselle », alors qu'entre elles, tout récemment encore, cette convention n'était plus de mise. Je suis venue vous informer que Mlle Pamela est ici.

À ces mots, l'homme se pencha pour la regarder. Un visage taillé à coups de serpe, sous des cheveux blonds plaqués et lissés telle une feuille d'or sur le crâne d'une statue antique… Sebastian Atlas. Il était venu à Asthall Manor une fois ou deux avec Nancy, suscitant des réactions variées chez les parents de la jeune fille. À sa vue, le teint de lord Redesdale virait au violet pourpre, tandis que lady Redesdale affichait son déplaisir de façon plus nuancée. Feu et glace, aurait-on pu résumer l'expression que la colère prenait respectivement chez le mari et la femme.

— Eh bien, qu'attend-elle pour entrer ? dit Sebastian Atlas d'une voix traînante, puis il lâcha les doigts de Nancy pour s'enfoncer dans son fauteuil et prit son verre de whisky.

Avec un long soupir quelque peu démonstratif, Nancy se leva. Elle secoua sa robe en soie froissée, ourlée d'un motif en zigzag noir et blanc fait de centaines de perles minuscules. Une robe à la dernière mode, peut-être la seule et unique de la sorte, si souvent portée que Nanny Blor, la gouvernante qui s'occupait aussi de leurs toilettes, en devenait folle.

— Je regrette, mademoiselle Nancy, dit Louisa. Mais Mlle Pamela ne veut pas que je me montre. Elle n'a pas envie d'être escortée par une bonne d'enfants comme une gamine de cinq ans, dit-elle.

Quelque chose de l'ancienne Nancy transparut alors, et elle décocha à Louisa un demi-sourire.

— Quelle pimbêche. Elle ne s'en doute pas, mais les chaperons sont redevenus à la mode.

C'était Nancy qui avait proposé à ses parents que Pamela vienne la rejoindre à Londres pour l'accompagner à une fête ou deux et se faire ainsi des connaissances, afin qu'elles puissent inviter quelques amis au bal d'anniversaire de Pam, le mois suivant.

— Si on les invite à la fête d'une complète inconnue en pleine cambrousse, les gens croiront qu'on ne sait plus à quel saint se vouer, avait expliqué Nancy. Les temps changent, Farve. On est en 1925.

— Je ne vois pas ce que l'année a à voir là-dedans, avait répliqué son père avec brusquerie.

— Ça change tout. Il faut être dans le coup, fréquenter le milieu où ça bouge. Les vieux trucs à l'ancienne, ça n'intéresse personne.

Nancy avait confié à Louisa que ce n'était pas tout à fait vrai.

— Ceux qui sont dans le coup ne boudent pas les vieux trucs à l'ancienne, du moment que le vin coule à flots et que ça swingue, lui avait-elle dit. Ils sont toujours sous les feux des projecteurs, et savent mettre de l'ambiance partout où ils vont.

Manifestement, Nancy comptait récupérer à son compte l'anniversaire de Pamela pour en faire sa propre fête.

Au programme de cette soirée-là, il y avait un dîner chez lady Curtis, mère d'Adrian et de Charlotte. Nancy avait rencontré Adrian durant l'été à Oxford grâce à Sebastian, lors de la régate du Summer Eights, la compétition annuelle d'aviron. C'était l'unique occasion pour les femmes d'être admises dans l'enceinte de l'université en tant qu'invitées au grand dîner. Nancy s'était initiée au ukulélé deux ou trois mois plus tôt, et elle avait raconté à Louisa qu'elle avait ensorcelé tous les hommes présents à la façon d'un charmeur de serpents de Marrakech.

Quand elles eurent rejoint Pamela sur le perron, elles entrèrent toutes les trois dans le vestibule. La soubrette avait disparu, mais on entendait du jazz, provenant sans doute d'un gramophone situé à l'étage.

— Est-ce que vous devez vraiment venir aussi ? murmura Pamela à Louisa alors qu'elles montaient prudemment l'étroit escalier, la sœur aînée menant la marche. Maintenant que je suis avec Nancy…

— Je l'ai promis à lady Redesdale, lui rappela Louisa, malgré la compassion que lui inspirait sa protégée.

Plus tôt dans la journée, elle l'avait entendue pleurer en silence dans la salle de bains pour finir par en sortir avec, dans la main, un bouton qui avait sauté de la fermeture de sa jupe. Pamela s'était contentée de donner le bouton à Louisa qui, sans mot dire, était allée chercher une aiguille et du fil pour le recoudre tandis que la jeune fille sanglotait doucement.

Tout en montant l'escalier, Louisa s'armait de courage en prévision de ce qui les attendait. Elle avait bien eu un aperçu des amis de Nancy à Asthall, mais ce n'était pas pareil que de les voir évoluer librement dans leur milieu naturel. Quand elle entra dans la pièce, elle eut l'impression de se retrouver dans les pages mondaines du *Tatler*, non pas en noir et blanc comme dans le journal satirique, mais en couleur. Elle mit un moment à adapter sa vision en découvrant la masse confuse des jeunes gens et jeunes filles serrés les uns contre les autres, dont les traits étaient à la fois adoucis et rehaussés par les lueurs vacillantes du feu et la lumière des lampes Tiffany disposées çà et là. Ses yeux relevèrent alors certains détails au hasard : traces de rouge à lèvres sur un verre vide, longs fume-cigarettes menaçant d'embraser les cheveux de tous ceux qui les frôlaient de trop près, bandeaux sophistiqués ornés de plumes, audacieux violet de chaussettes apparaissant lorsqu'un homme croisait les jambes. Quant à Pamela, elle avait été engloutie par la foule comme Jonas par la baleine. Louisa se trouva une chaise contre un mur, d'où elle pourrait surveiller sa protégée et les amis de Nancy.

Debout près de l'immense cheminée, une main posée sur le manteau pour garder l'équilibre, Adrian tendait son verre pour réclamer encore du whisky, sans un regard pour le jeune homme qui le servait. Louisa le reconnut d'après la description que Nancy lui en avait faite et d'après les photos parues dans la presse à scandale, illustrant généralement un nouvel article sur les excentricités éhontées de la jeunesse dorée. Il avait une voix d'une sonorité frappante pour un homme dont le corps longiligne faisait penser à une couleuvre. Malgré la gomina, ses cheveux noirs ondulés restaient rebelles, et ses yeux bleu clair, en l'occurrence un peu vitreux, se posèrent sur le décolleté de Nancy tandis qu'elle approchait. Son nœud papillon était défait et le devant de sa chemise taché, sans doute à cause d'un verre qui avait dû se renverser. Louisa savait qu'Adrian servirait d'appât, s'il acceptait de venir à la fête de Pamela ; par effet de domino, tous les autres viendraient aussi.

— Que nous amènes-tu là, chérie ? demanda Adrian à Nancy tout en regardant sa sœur cadette droit dans les yeux. Pauvre petite, on dirait un agneau qu'on mène à l'abattoir, s'exclama-t-il en riant avant de vider son verre.

— Voici Pamela. Cette oie blanche n'a que dix-sept ans, alors sois gentil, s'il te plaît, Ade, répondit Nancy en lui lançant un regard peu amène.

— Enchantée, monsieur Curtis. Comment allez-vous ? dit Pamela d'une voix aussi adulte que possible en lui tendant la main, ce qui le fit éclater de rire.

— Oh oh ! C'est un peu vieux jeu, comme entrée en matière, ma chère. Je t'en prie, appelle-moi Adrian. Alors, que puis-je t'offrir à boire ?

Il se tourna pour taper sur l'épaule du type à la bouteille de whisky, quand une femme assise sur une chaise non loin de là se manifesta par une sorte de grognement. Sous de longs cheveux bouclés tout ébouriffés, ses yeux étaient non pas bleus, mais bruns, pourtant elle avait les mêmes lèvres boudeuses qu'Adrian et était aussi longiligne. Ses hautes pommettes donnaient du caractère à un visage empreint d'une certaine distinction.

— Surtout, ne faites pas attention à mon frère, dit-elle, c'est un rasoir de première, et il est d'une grossièreté inouïe. Au fait, je m'appelle Charlotte.

— Et moi, Pamela.

Ce fut tout ce que la jeune fille trouva à dire et elle resta plantée là, en silence. À part un ou deux mois en France, Pamela avait passé toute sa vie dans la nurserie en la seule compagnie de son frère, de ses sœurs, de Nanny et de Louisa. Elle était quasiment en terre inconnue.

— Venez donc vous asseoir ici, dit Charlotte en se levant elle-même pour prendre deux verres sur un plateau et en tendre un à Pamela, qui prit le verre après l'avoir remerciée, but une grande gorgée, et s'étrangla à moitié.

S'essuyant la bouche d'un revers de la main, elle étala tout le rouge à lèvres qu'elle avait osé mettre dans le taxi.

— Oh, flûte ! s'exclama-t-elle, ce qui fit glousser Charlotte.

— Venez là, que je vous débarbouille un peu, lui proposa-t-elle. J'ai un mouchoir. Allons, prenez ça à la rigolade, ma mignonne.

Soulagée, Pamela hocha la tête en pouffant. Charlotte lui nettoyait le menton quand elle arrêta soudain son geste en voyant Nancy remonter une pendulette d'officier, qui se trouvait sur le manteau de la cheminée.

— Elle s'est arrêtée ? lui lança-t-elle.

— Non, mais je la retarde un peu, répondit Nancy en lui faisant un clin d'œil appuyé. Histoire de nous donner un peu de marge.

— Très drôle, commenta Charlotte en finissant de débarbouiller Pamela.

Comme Louisa les quittait enfin des yeux, elle fut contente d'apercevoir Clara Fischer, qui traversait la salle. À presque vingt et un ans, Clara, surnommée l'Américaine par les Mitford, était plus proche en âge de Nancy, mais bien plus gentille avec Pamela que sa sœur aînée. Pamela et Clara avaient passé du temps ensemble à Asthall, à jouer avec les chiens et à débattre avec animation du comportement canin en déplorant que les animaux ne parlent pas, tout en imaginant ce qu'ils diraient s'ils avaient la parole. Clara avait un physique agréable, avec des cheveux blonds joliment ondulés au fer à friser et des lèvres pulpeuses d'un rose délicat. Elle portait toujours des robes vaporeuses en mousseline de soie dans des couleurs pastel.

— Bonjour, dit-elle en rejoignant Pamela. Je n'espérais pas vous trouver là ce soir.

— Ce n'était pas gagné. Farve n'était pas chaud du tout.

— Ça ne m'étonne guère, répondit Clara en lui adressant un sourire en coin. D'ailleurs, je ne l'en blâmerais pas, quand on voit cette bande de dégénérés.

— Ils ne me font pas si mauvaise impression, remarqua Pamela en regardant autour d'elle.

— Ne vous y laissez pas prendre. Tenez, poussez-vous donc un peu.

— Clara, lui dit Charlotte, assez froidement. Avez-vous vu Ted ? Il faut toujours qu'il disparaisse pour aller téléphoner à cette pauvre Dolly.

— Tenez, il est juste là ! répondit Clara en regardant vers la cheminée. Je me demande ce qu'ils manigancent, ces trois-là, ajouta-t-elle en haussant un sourcil à l'arc parfait.

À côté de Nancy, il y avait Adrian et un autre homme plus petit au teint mat, avec un long menton et des yeux si enfoncés qu'on les voyait à peine. Clara et Charlotte l'avaient appelé Ted, mais Louisa le reconnut d'après les journaux comme étant lord De Clifford. Le trio semblait tituber un peu, et chacun éclatait de rire avant même que l'autre ait fini sa phrase. Nancy avait dû sentir leurs regards peser sur elle, car elle se retourna et leur fit signe.

— Venez donc vous joindre au complot, dit-elle. Vous ne serez pas déçus.

À contrecœur, Charlotte les rejoignit, suivie de Clara, qui se retourna pour encourager Pamela à les accompagner.

— Cela s'adresse aussi à vous.

— Rapprochez-vous, les gars, dit Adrian d'une voix sonore.

Sebastian surgit alors de nulle part pour s'immiscer près de Charlotte en tendant le cou. Il affichait l'air blasé dont Louisa savait qu'il était de rigueur chez Nancy et ses amis. Elle se leva pour écouter tandis qu'ils formaient un cercle autour de la cheminée. Adrian ne baissa pas le ton pour autant, mais son élocution était un peu pâteuse et ralentie, comme un disque joué à la mauvaise vitesse.

— Ted a eu une merveilleuse idée. Nous allons organiser une chasse au trésor.

— Quoi, maintenant ? s'étonna Charlotte en faisant la moue. Qu'allez-vous encore inventer comme ânerie…

— Mais non, pas maintenant, dit Adrian. Cela exige certains préparatifs. Au bal de Pamela, le mois prochain… déclara-t-il avec un grand sourire, en levant les mains comme un Monsieur Loyal annonçant l'entrée en scène des voltigeurs.

— Oh, je ne crois pas que Farve… commença Pamela en blêmissant.

— Tais-toi donc, Belle Plante, la tança Nancy, et Louisa tressaillit en l'entendant adresser à sa cadette le surnom détesté, conçu des années plus tôt pour se moquer des formes précoces de Pamela au début de la puberté. Pas besoin de le mettre au courant. Nous la ferons quand les parents seront couchés. Alors nous aurons la maison tout à nous, et même le village au besoin.

— Mieux vaudrait ne pas avoir l'un de ces journalistes ridicules sur nos traces, remarqua Sebastian en croisant le regard de Ted.

Car les journaux s'en donnaient à cœur joie, quand un jeune pair du royaume était surpris à se dévergonder dans les chasses au trésor londoniennes. D'ailleurs la gentry ne s'en offusquait pas : Louisa se rappelait avoir entendu dire que lord Rothermere en personne avait fait paraître un indice dans l'*Evening Standard*.

— Vous voulez dire, à la campagne ? Oh, il fera nuit noire, ce sera terrifiant à souhait ! s'enthousiasma Clara en applaudissant. C'est une idée absolument géniale.

— N'est-ce pas ? dit Adrian. D'après Nancy, il y a même un cimetière qui jouxte le mur du jardin, renchérit-il en vacillant un peu en arrière avant de se redresser, ce qui fit rire Nancy.

— Et pas besoin de virées en voiture. Nous ferons tout le truc à pied, expliqua-t-elle. Chacun pourra écrire un indice, dont la réponse sera un objet courant. Topons là, ensuite, nous pourrons travailler par deux.

Un plan ingénieux pour faire grimper le nombre des réponses à l'invitation, se dit Louisa.

— Et qui sera le vainqueur ? lança Clara.

— Le dernier à rester en lice, évidemment, répondit Adrian.

Et ce fut ainsi qu'Adrian Curtis, à l'âge de vingt-deux ans, programma sa propre mort pour trois semaines plus tard.

2

Guy Sullivan était au bureau d'accueil depuis 8 heures ce matin et il s'était jusqu'à présent occupé de trois affaires. Une vieille dame venue dans l'intention de remercier le jeune et beau sergent qui, la veille, avait aidé son Tibbles à descendre du toit ; un homme embarqué en état d'ivresse sur la voie publique, qui roupillait maintenant en cellule ; et un anneau en or trouvé, étrangement, à Golden Square, sur le trottoir. Guy avait dûment consigné dans le registre le message, l'infraction et l'objet trouvé. Planté derrière le bureau, il s'efforçait maintenant de ne pas s'y affaler en bayant aux corneilles. Il était 10 heures et demie du matin, il avait donc encore deux heures à tirer avant le déjeuner, et sept avant de rentrer chez lui. Certes il ne voulait pas se montrer ingrat quant au poste qu'il occupait. N'avait-il pas souhaité ardemment être un jour sergent dans la Metropolitan Police de Londres ? Il en tirait toujours fierté quand il polissait l'insigne de son casque et faisait reluire ses bottes, mais il avait parfois du mal à se sentir vraiment utile. Depuis presque trois ans, Guy était un policier, un vrai, et non plus un employé de la police des chemins de fer comme avant. Il lui tardait de faire ses preuves en tant qu'enquêteur.

À peine entamée, sa tentative d'aborder la question avec son supérieur, l'inspecteur Cornish, avait fini en pétard mouillé. Cornish s'était fait un plaisir de rappeler au jeune sergent qu'il appartenait à la meilleure police du monde ; s'il voulait une promotion, il devait leur montrer qu'il avait une bonne raison de la mériter, et ne pas attendre qu'elle lui tombe tout cuit dans le bec. Mais tant qu'il serait consigné à l'accueil, comme c'était le cas depuis sept mois, Guy ne voyait pas comment faire preuve d'initiative. Les policiers qui ramenaient de nouvelles affaires au bureau ne voulaient pas qu'il s'en mêle, et les gens qui venaient de leur propre gré déposer plainte ou dénoncer quelque méfait devaient être orientés vers un autre sergent, car Guy n'avait pas le droit de quitter son poste.

Pour la centième fois ce matin-là, Guy se lissa les cheveux et nettoya ses lunettes. Sa mauvaise vue lui avait valu d'être exempté et de ne pouvoir combattre durant la guerre. Serait-ce elle qui dissuadait son chef de lui confier des dossiers intéressants ? Ses collègues l'avaient charrié sur sa myopie, un matin où il n'avait pas reconnu l'inspecteur principal quand il était entré dans le poste de police sans son uniforme. Guy s'était récrié en disant que c'était parce qu'il n'avait pas l'habitude de le voir en civil, mais ses protestations n'avaient fait qu'alimenter les railleries : à ce compte-là, comment Guy repérerait-il un criminel connu sous un déguisement ? En entendant ce raffut, Cornish avait demandé ce qui se passait et, depuis ce jour-là, Guy n'avait plus fait de patrouille. Du moins était-ce ainsi qu'il expliquait sa mise à l'écart.

Alors qu'il hésitait entre classer le courrier sortant par ordre alphabétique ou arroser la plante près de l'entrée, son attention fut soudain attirée par une jeune femme en uniforme, qui s'approchait de l'accueil. C'était relativement rare. On disait qu'elles n'étaient qu'une cinquantaine d'agents féminins au sein de la police. Un ou deux ans plus tôt, on leur avait attribué le droit de procéder à des arrestations, ce qui avait provoqué des remous chez leurs collègues masculins. Pourtant les femmes étaient généralement dépêchées sur des missions sans risque, à la recherche d'enfants ou de chats perdus. Guy ne s'était encore jamais adressé à l'une d'elles. Pour avoir croisé celle-ci quelques fois, il avait remarqué qu'elle avait un joli sourire, mais aujourd'hui, ce fut autre chose qui attira son attention : elle tenait par l'oreille un jeune garçon qui gigotait en tous sens. Avançant d'un pas martial vers l'accueil, elle se planta devant lui, un peu essoufflée, l'air farouchement déterminée et très contente d'elle.

— Je l'ai surpris à voler des pommes dans une brouette à St James's Market, dit-elle d'un ton sévère, laissant penser qu'elle amenait fréquemment des criminels endurcis au poste de police de Vine Street.

Guy décida de jouer le jeu.

— Je parie qu'il n'en est pas à son premier méfait, hein ?

— Non, hélas, confirma la policière en lui décochant un petit sourire reconnaissant, et elle reprit son souffle sans pour autant lâcher l'oreille du garçon.

L'interpellé, qui devait avoir dans les quatorze ans, était petit et maigriot, mais il aurait facilement pu se libérer, s'il l'avait voulu. Peut-être était-il tenté par l'idée de se reposer au chaud en cellule avec un bol de soupe et du pain ?

— Nous pourrions inscrire son identité et son adresse, puis consulter le chef sur la marche à suivre, proposa la jeune femme.

— Certainement, madame l'agent, dit Guy.

Ravi de la voir à nouveau sourire de contentement, il se redressa tel un matou qui fait le beau. Soudain Louisa Cannon lui vint en tête, car elle lui faisait le même effet, mais il chassa vite ce genre d'évocation pour se remettre au travail. Il prit donc le nom du garçon ainsi qu'une adresse qui devait être fausse, et confia à un autre agent le soin de l'emmener en cellule. Se voyant congédiée, la jeune femme sembla très déçue. Guy détailla discrètement son uniforme impeccablement repassé et ses jambes, qui semblaient bien menues, sortant de gros godillots noirs à lacets.

— Bon travail, lui dit-il.

— Merci, répondit-elle d'un air contrit, puis elle regarda autour d'elle pour vérifier que personne n'écoutait. C'est juste que…

— Quoi ?

— Il s'agit toujours de vétilles. Rien à voir avec du vrai travail de policier. Je pensais qu'on me laisserait au moins emmener le gamin en cellule, mais je suppose qu'on le libérera dès cet après-midi, n'est-ce pas ?

Guy haussa les épaules, mais se reprit en s'interdisant de la traiter avec condescendance.

— C'est probable, admit-il. Il faudrait un motif grave pour le retenir. N'empêche, vous avez bien fait, et je suis sûr qu'il y repensera à deux fois avant de récidiver.

— Peut-être bien. Merci, conclut-elle en s'apprêtant à partir, puis elle sembla se raviser et revint à Guy. Au fait, comment vous appelez-vous ?

— Sergent Sullivan, dit-il. Mais vous pouvez m'appeler Guy, ajouta-t-il, plus doucement.

— D'accord. Si vous m'appelez Mary. Je suis l'agent Moon.

— Mary Moon ?

— Inutile d'en rajouter. J'ai déjà eu droit à toutes les mauvaises blagues que vous pouvez imaginer, et plus encore.

Ils riaient quand un agent se pointa derrière le bureau d'accueil, du côté de Guy.

— Si vous n'avez rien de mieux à faire que rester là à ricaner, rendez-vous à la salle de réunion. Cornish y convoque tous ceux qui ne sont pas de patrouille aujourd'hui, déclara-t-il avant de poursuivre son chemin pour aller en prévenir d'autres.

Toute réjouie, Mary se dirigea vers la salle de réunion, mais elle s'arrêta soudain pour regarder en arrière.

— Vous ne venez pas ?

— Impossible, dit Guy. Je n'ai pas le droit de quitter le comptoir.

— Même pour cinq minutes ?

En voyant Guy secouer la tête, Mary revint sur ses pas.

— Allez-y. Pendant ce temps, je garderai l'accueil. Je suis sûre de pouvoir me débrouiller.

— Mais…

— De toute façon, on ne me donnera rien d'intéressant à faire, alors… Allez-y, vous me raconterez.

Guy hésita un instant pour être certain qu'elle ne regrettait pas sa décision, mais pas longtemps. L'occasion était trop belle.

Dans une salle de réunion bondée, l'inspecteur Cornish s'adressait à des policiers sur le qui-vive. Guy entra discrètement et s'adossa au mur en tendant l'oreille avec avidité. Cornish passait pour quelqu'un de brutal mais d'efficace, aussi tolérait-on ses expressions triviales et son bagout, que certains trouvaient même parfaitement adaptés à la nature de leur travail. « Si vous n'êtes pas à la hauteur, que faites-vous dans la police ? » Guy avait entendu plusieurs fois cette injonction, destinée, fort heureusement, à d'autres qu'à lui. Le complet de Cornish était mieux coupé qu'on aurait pu l'attendre d'un inspecteur, et on le voyait rouler au volant d'une Chrysler dernier modèle, qui semblait bien au-dessus de ses moyens. Des rumeurs de pots-de-vin et de corruption circulaient à son propos, mais elles ne reposaient sur rien d'établi et s'accompagnaient de petits haussements d'épaules désinvoltes, d'un air de dire « et alors ? », qui dissuadaient toute velléité d'aller plus loin. Il faut reconnaître que depuis trois ans qu'il travaillait au sein de la police de Londres, Guy n'avait guère vu d'exemples illustrant les bons côtés de la nature humaine.

— Vous tous, bande de corniauds qui croyez encore au Père Noël et qui salivez d'avance en pensant à la grosse dinde farcie sortant du four, vous vous fourrez le doigt dans l'œil, permettez-moi de vous le dire ! C'est vous qui êtes les dindons de la farce ! Car pour ces voyous à l'affût dans les rues, Noël, c'est pas le moment de faire des cadeaux, mais de se servir… Tout est à prendre, rien à donner. Et ils ne vont pas attendre que s'ouvre la première fenêtre du calendrier de l'avent, croyez-moi.

Il y eut quelques rires polis comme à la première d'un spectacle de music-hall, tandis que Cornish s'esclaffait bruyamment devant ses propres plaisanteries.

— Bon, nous avons de bonnes raisons de penser que Mlle Alice Diamond est en pleine forme et qu'elle a lâché ses Quarante Voleuses sur Oxford Street, Regent Street et Bond Street. Depuis un ou deux ans, étant donné que Londres était devenu un peu trop chaud pour elle grâce à nous, Alice avait déplacé ses activités vers les villes de province. Mais elle a regagné ses pénates pour Noël, dirait-on, et il va falloir déployer largement notre filet pour l'attraper, cette fois. C'est pourquoi je vous veux dehors le plus nombreux possible, pour me faire un rapport à la fin de chaque quart, après le changement d'équipe. Compris ? fit-il en lorgnant l'assemblée d'un air mauvais. Bon. Mettez-vous en rang, et le sergent Cluttock, ici présent, vous donnera votre affectation. Vous travaillerez en duo et en civil.

Après un dernier regard en coin vers ses hommes au garde-à-vous, il quitta la salle.

Guy jeta des coups d'œil éperdus autour de lui. Chacun eut vite fait de se trouver un partenaire, un simple clin d'œil ou un hochement de tête y suffisait. Avec un serrement de cœur, il pensa à Harry, son ancien camarade ; il avait continué à travailler dans la police des chemins de fer après la mutation de Guy à la Met, mais il avait démissionné quelques mois plus tôt pour être musicien dans les nouvelles boîtes de jazz, qui poussaient en ville comme des champignons. Guy avait bien des camarades parmi ses collègues du poste, mais en l'occurrence, il ne s'agirait pas seulement de manger ensemble à la cantine le midi. Il faudrait quelqu'un avec qui réussir de bons coups de filet et se faire bien voir de Cornish, un partenaire qui vous rapporte louanges et promotion. Or sept mois passés à l'accueil n'avaient pas révélé en Guy le fin limier. Tétanisé, il regarda la salle se vider tandis que les hommes sortaient deux par deux d'un air réjoui, tels les animaux montant dans l'arche de Noé. La dernière paire à sortir lui fit penser à un couple d'hyènes ricanantes. Le sergent Cluttock se mit à rassembler ses papiers et il s'apprêtait à partir quand Guy s'approcha de son bureau.

— Excusez-moi, monsieur, dit-il d'une voix rauque tant il avait la bouche sèche.

— Quoi ?

— Je me demandais si vous pourriez me donner mon affectation, s'il vous plaît ?

— Je ne vois personne pour vous accompagner, remarqua Cluttock en donnant des coups de tête vers les quatre coins de la salle. Vous avez entendu le chef. Il faut travailler en duo.

— Oui, monsieur. J'ai une partenaire, c'est juste qu'elle… commença Guy, puis il s'interrompit et réfléchit à la vitesse de la lumière. Elle est détachée sur une autre affaire en ce moment même, s'empressa-t-il d'ajouter. Mais elle sera vite de retour et nous pourrons alors nous mettre au travail.

— Nom ?

— Le mien ?

— Non, celui du cireur de chaussures du roi d'Angleterre.

— Sergent Sullivan, monsieur. Et ma partenaire est l'agent Moon.

Cluttock consulta sa liste.

— Vous pouvez vous rendre sur Great Marlborough Street. Ce sont de petits commerces, aussi y a-t-il peu de chance qu'ils servent de cible, mais on ne sait jamais. Rentrez faire votre rapport à 18 heures tapantes. Consignez tout ce qui vous paraîtra suspect, parlez avec les vendeuses, etc. Vous connaissez la procédure ? lui demanda-t-il en haussant un sourcil. La connaissez-vous, au moins ?

— Mais oui, monsieur, merci beaucoup.

Guy souriait comme s'il venait de découvrir que son bas de Noël décroché de la cheminée contenait des pièces d'or au lieu de pièces en chocolat. Il arrêta de sourire en se rendant compte que Cluttock l'observait.

— Je suis toujours là, n'est-ce pas, monsieur ?

— On le dirait, sergent Sullivan.

— Plus pour longtemps, dit Guy avant de sortir en trombe de la salle pour regagner la réception.

Quand il lui apprit la nouvelle, Mary sautilla de joie.

— Vous lui avez donné mon nom ? demanda-t-elle pour la troisième fois. Et il n'a pas soulevé d'objection ?

— Oui… Non, la rassura-t-il une nouvelle fois. Mais il y a un autre problème.

— Lequel ?

— Je suis censé rester à l'accueil.

— Eh bien… pourquoi ne pas dire à celui qui organise le tableau de service qu'on vous a assigné une mission spéciale ? Ils n'auront qu'à trouver quelqu'un d'autre, suggéra-t-elle, puis elle fit de grands yeux implorants et joignit les mains en prière. Je vous en prie, tentez le coup. C'est ma seule et unique chance de faire mes preuves. Il faut que je la saisisse.

Guy ne savait que trop bien ce qu'elle ressentait. Il acquiesça et s'éloigna vite tant qu'il en avait encore le courage. À sa grande surprise et à son grand ravissement, son chef accepta sans poser de questions. Le mot avait dû circuler qu'on avait besoin de tout le monde pour coincer Alice et les Quarante Voleuses.

En un temps record, Guy et Mary étaient rentrés chacun chez soi pour se mettre en civil, et ils filaient maintenant vers Great Marlborough Street à la poursuite de l'une des criminelles les plus tristement célèbres du pays, et de son gang.

3

Après la soirée, Nancy, Pamela et Louisa avaient regagné l'appartement d'Iris Mitford sur Elvaston Place. Le lendemain, une longue grasse matinée ainsi que des réactions plutôt lentes à l'interrogatoire en règle mené par Iris lors du déjeuner avaient trahi le fait qu'elles étaient rentrées bien plus tard que prévu. Louisa avait aidé Nancy et Pamela à plier bagage, puis elle les avait accompagnées à la gare de Paddington, où elles avaient pris le train juste à temps pour être rentrées à l'heure du dîner à Asthall Manor. Louisa fut alors libre de se rendre à son rendez-vous avec Dulcie Long, la soubrette qu'elle avait rencontrée la veille au soir.

Auparavant, elle avait obtenu de lady Redesdale la permission de rester à Londres pour la soirée en prétextant qu'elle souhaitait rendre visite à une cousine même si, en vérité, elle n'avait plus véritablement de famille en ville. Son père était mort des années plus tôt, sa mère avait quitté Londres pour s'installer dans le Suffolk ; quant à son oncle Stephen, il s'était engagé dans l'armée et ne leur avait pas donné de nouvelles depuis, ce dont elle se félicitait. Enfant unique, elle avait quitté l'école à quatorze ans pour travailler. Quand elle avait commencé à servir chez les Mitford, loin du bloc d'immeubles Peabody Estate où elle avait grandi, elle avait perdu quasiment tout contact avec ses anciennes fréquentations. Jennie, son amie de longue date, avait fait un beau mariage grâce à son charme et à son éclatante beauté, et elle évoluait dans un tout autre milieu à présent, même si Louisa savait que Jennie serait toujours heureuse de la voir. Pourtant, combiner un séjour à Londres avec son dimanche de congé mensuel était une occasion à ne pas manquer. En fait, elle avait surtout envie d'inspirer à pleins poumons l'air vicié de la grande ville, après tout ce temps passé à la campagne, à patauger dans la boue dès qu'elle mettait le nez dehors. Un bout de trottoir lui paraissait un remède sûr à la mélancolie. L'âcre mélange de brouillard et de suie consternait peut-être les instincts bucoliques de lord Redesdale, mais il procurait à Louisa une bouffée de nostalgie aussi agréable qu'une tranche du fameux gâteau irlandais à la bière brune de sa mère.

Elle avait bien envisagé de retrouver Guy Sullivan, mais sans rien planifier. Ensuite, chez les Curtis, alors que Nancy et Pamela assistaient au grand dîner et qu'elle n'avait pas à les tenir à l'œil, elle avait engagé la conversation avec la soubrette qui leur avait ouvert la porte.

Peut-être était-ce son accent faubourien qui lui avait donné envie de mieux la connaître. Ou bien leur ressemblance les avait-elle irrésistiblement attirées l'une vers l'autre, en jouant sur leur vanité. En tout cas, l'instinct de Louisa ne l'avait pas trompée : Dulcie travaillait elle aussi à la fois comme domestique et chaperon de Mlle Charlotte. Tout en aidant la cuisinière à préparer le dîner, les deux jeunes femmes avaient bavardé en échangeant des confidences sur les exigences et excentricités de leurs familles respectives. Elles avaient aussi en commun un passé un peu trouble, que leurs employeurs ignoraient fort heureusement et ne comprendraient pas. Bref, en compagnie de la jeune Dulcie, Louisa s'était plus sentie chez elle que lors de la semaine qu'elle passait une fois l'an dans la petite maison de sa mère, à Hadleigh.

Elles avaient eu tant de plaisir à se parler qu'elles avaient décidé de se retrouver près des lions de Trafalgar Square, à 18 heures le lendemain soir. C'était Dulcie qui avait eu l'idée du lieu de rendez-vous. Louisa avait failli lui demander d'en changer, puis elle s'était raisonnée en se traitant de cruche. Il faut dire qu'elle gardait un très mauvais souvenir de la dernière fois où elle s'était trouvée là avec Nancy, juste après s'être toutes deux enfuies du bal du Savoy par crainte que l'un des hommes présents puisse révéler à l'oncle Stephen où Louisa se trouvait. Il s'en était suivi une âpre dispute entre les deux jeunes filles, quand Louisa avait tenté d'expliquer à Nancy qu'elle ne pouvait retourner au bal ; mais alors elles étaient tombées sur un homme qui prétendait s'appeler Roland Lucknor. Cette rencontre n'était que le prélude d'une longue période tumultueuse pour eux trois, ainsi que pour Guy, autour du mystérieux assassinat d'une infirmière, Florence Nigthingale Shore.

Durant les années qui avaient suivi, si Louisa avait toujours plaisir à travailler chez les Mitford, son amitié avec Nancy lui avait manqué, et elle avait un peu jalousé la jeune fille en la voyant passer si facilement de l'enfance à l'âge adulte. Nancy ne dormait plus dans la nurserie, elle s'était installée dans l'aile principale de la maison et passait ses week-ends avec des amis à Oxford ou à Londres, pour revenir à la maison avec tout un tas d'anecdotes sur leurs fredaines et sa vie trépidante.

Quant à Guy, Louisa ne l'avait guère vu, même s'ils s'écrivaient et qu'elle trouvait ses lettres divertissantes, car il lui décrivait les individus peu recommandables qu'il rencontrait depuis qu'il servait dans la Metropolitan Police, des petits filous aux fous dangereux. En lisant entre les lignes, elle devinait que ce n'était pas lui qui procédait aux arrestations et que ces rencontres étaient plutôt fugaces, mais il ne se plaignait jamais de son sort et elle trouvait cela admirable… à défaut d'être palpitant.

Il était 18 heures passées de dix minutes et Louisa attendait toujours près des lions de pierre dans sa plus jolie tenue, une robe bleu marine que Nancy lui avait donnée et qu'elle avait reprise pour l'ajuster à sa taille. Les passants et passantes s'étaient habillés pour la soirée et se hâtaient vers leurs réjouissances respectives. Mal à l'aise d'être obligée de faire ainsi le pied de grue, Louisa commençait à regretter d'être venue quand Dulcie apparut soudain et lui fit signe.

— Pardon d'être un peu en retard, dit-elle en la rejoignant à pas pressés. Mlle Charlotte ne trouvait pas sa broche en grenat, et comme c'était, d'après elle, la seule qui aille avec sa tenue, j'ai dû fouiller partout pour la retrouver…

Elle ponctua ses excuses en levant les yeux au ciel d'un air complice, et toutes deux s'esclaffèrent. Bonté divine, comme ça faisait du bien de pouvoir se laisser aller, songea Louisa.

— On va prendre le bus 36, poursuivit Dulcie. Il va nous emmener jusqu'à mon pub préféré. Là-bas, ce sera du gâteau. On va bien s'amuser, prendre un verre, faire la fête et danser sans que personne ne vienne nous embêter. Ce n'est pas comme dans ce quartier, tu as vu tous ces snobinards qui te reluquent et cherchent à voir sous tes jupes pour quelques sous ? Mais tu n'es pas née de la dernière pluie, hein ? Allez viens, ma fille, conclut-elle, puis elle s'en fut à grands pas.

Louisa inspira un peu d'air et la suivit.

4

Une heure plus tard, elles étaient assises à une table de l'Elephant and Castle, un pub situé au coin d'un carrefour animé de Southwark. Ce quartier de Londres se trouvait juste de l'autre côté de la Tamise, pourtant on avait l'impression de pénétrer en pays étranger. Les réverbères, plus rares, fonctionnaient encore au gaz et non à l'électricité comme ailleurs dans la ville. Tout semblait plus âpre, plus sombre, et pour ainsi dire au ralenti. Il y avait moins d'automobiles que de chevaux tirant des voitures ; les gamins des rues se couraient après, frôlant ou même bousculant les passants, qui protestaient avec colère. Les femmes marchaient à pas pressés ou attendaient le bus en bavardant avec un fort accent cockney, cadencé, plein de voyelles étirées. Les hommes avançaient d'un air décidé, tête baissée, la cigarette au bec. Dans les bus qui passaient en brinquebalant, les gens s'entassaient comme des asticots dans une boîte, hormis quelques audacieux accrochés dangereusement à une barre, au coin de la plate-forme.

Le pub était tout aussi animé que la rue, et beaucoup mieux éclairé. Sous les appliques en cuivre, le bois bien astiqué du bar reluisait. Le tapis au motif tarabiscoté dissimulait sans doute une multitude de bévues peu glorieuses mais, à l'œil nu, l'endroit était bien entretenu et les clients bien sapés, comme aurait dit sa mère. Les hommes étaient peu nombreux : surtout des vieux, qui sirotaient tranquillement leur chope de bière ou jouaient aux cartes. Les femmes constituaient le gros de la clientèle, et Louisa fut très étonnée de voir qu'elles réglaient elles-mêmes leurs consommations ; elle en vit même faire servir un pichet de bière à un client au menton pourvu de rouflaquettes, qui leva son bock en hochant la tête avec gratitude. Elles étaient jeunes, à peu près de son âge. On voyait bien qu'elles n'étaient pas de Mayfair, leurs tenues n'étaient pas luxueuses ni à la dernière mode, mais il y avait dans leur manière d'être une sorte d'assurance qui les rendait capables de damer le pion aux dames de la haute. Il n'émanait d'elles aucune résignation due à une vie d'oppression et de renoncement, mais au contraire un genre de fierté, celle d'être autonomes et de s'assumer pleinement. Comment était-ce possible, alors qu'elles menaient sûrement la même vie besogneuse que les ouvrières et les blanchisseuses avec lesquelles Louisa avait grandi ?

L'une des portes du pub s'ouvrit à ce moment-là sur une femme qui s'avança et s'arrêta un instant sur le seuil, en attente, les conversations diminuant soudain d'intensité. Elle y demeura quelques secondes tandis que le brouhaha repartait, quoique moins fort qu'auparavant. Dulcie lui donna un petit coup de coude dans les côtes.

— C'est Alice Diamond, murmura-t-elle avec respect. J'espérais bien qu'elle se pointerait ce soir, mais avec elle, on ne sait jamais.

Aussi grande qu'un homme, Alice Diamond portait un manteau en épais brocart et, à chaque doigt, une bague sertie de pierres précieuses. Sous des cheveux courts et ondulés, d'un acajou de la même nuance que le comptoir du bar, elle avait un visage d'une pâleur extrême dont les traits semblaient enfoncés telles des pièces de monnaie dans de la pâte, avec une fossette au menton et la ligne argentée d'une cicatrice sous l'œil gauche. Formant bloc, trois femmes la suivaient deux pas en arrière, comme des favorites leur monarque.

— Qui est-ce ? murmura Louisa.

— La reine, répondit Dulcie en osant parler plus fort maintenant que les voix avaient retrouvé un niveau sonore habituel. C'est elle qui gouverne tout, par ici.

Fascinée, Louisa regarda Alice s'asseoir à une table dans un coin resté étrangement vide quand par ailleurs le pub se remplissait. À présent, Louisa savait pourquoi : c'était le domaine réservé d'Alice. Deux des femmes s'assirent à côté d'elle tandis que la troisième gagnait le bar en brandissant un billet d'une livre. L'une, robuste et quelconque, avait l'air revêche ; l'autre était très jolie, avec de longs cils noirs et un nez délicat. Suivant le regard de Louisa, Dulcie se pencha vers elle.

— C'est Babyface, son lieutenant. Mais ne te laisse pas abuser par sa beauté. C'est la plus dangereuse de toutes. On l'a mise en taule pour avoir défiguré une rivale à coups de rasoir.

Après qu'une jeune serveuse, un plateau tremblant dans les mains, leur eut servi à boire, elles descendirent leurs verres en un clin d'œil entre deux éclats de rire tonitruants. Louisa sentit presque l'assistance soupirer de soulagement. Visiblement, la journée avait été bonne pour Alice Diamond et elle était d'humeur festive. Le signal était donné : chacun et chacune pouvaient participer aux réjouissances.

— La reine ? Mais de quoi exactement ?

— Elle est à la tête du gang des Quarante Voleuses, répondit Dulcie, avant d'essuyer d'un revers de la main sa lèvre ourlée de mousse de bière. Uniquement des femmes. Et puis il y a les Elephants, qui sont tous des hommes. Deux gangs séparés, mais… pas tout à fait, si tu vois ce que je veux dire. Ils vivent tous dans le quartier.

Louisa hocha la tête. Ces noms lui rappelaient quelque chose, et elle ne voulait pas paraître choquée ni trop naïve aux yeux de Dulcie.

— J'en ai entendu parler, dit-elle en cédant à la tentation de dévoiler un peu de son passé peu glorieux, comme pour s'en vanter. Quand mon oncle et moi, on opérait dans les gares, on savait qu'il valait mieux éviter les boutiques d'Oxford Street.

Dulcie lui fit un petit sourire en coin.

— Oui, même si ces derniers temps elles ont dû dégager de Londres. Ce fut un coup de maître d'emmener les Quarante écumer la province. Birmingham, Nottingham, Liverpool et compagnie. Mais ces coins-là, moi, c'est pas ma tasse de thé…

Elle s'interrompit alors et décocha à Louisa un regard en biais.

— Parce que toi aussi, tu en étais ?

Dulcie hocha la tête.

— Plus maintenant, ajouta-t-elle, puis elle finit son bock. Un autre ?

Louisa acquiesça. Pendant que Dulcie était au bar, elle parcourut la salle du regard. L'arrivée d'Alice avait comme braqué une loupe sur le décor, tout semblait plus précis, plus brillant. Louisa voyait maintenant que si Alice gouvernait son monde, ses sujettes profitaient aussi de sa position. Certaines portaient des manteaux élimés aux coudes et des bottines qui auraient eu besoin d'être ressemelées, mais la plupart avaient assez d'allure pour faire figure de clientes aisées dans les grands magasins. Une ou deux auraient même pu fréquenter le rayon fourrure de chez Harrods. Surtout, il y avait quelque chose dans leur comportement qui suggérait qu'elles portaient ces vêtements parce qu'elles y prenaient plaisir. En quelques rares moments de solitude, Louisa elle-même s'était mirée dans le miroir en pied en tenant devant elle une robe de Nancy, avant de l'emporter au raccommodage ou au nettoyage. Une fois, pinçant une robe en soie à la taille tout en avançant la jambe, elle s'était dit que personne n'aurait jamais deviné qu'elle était domestique. Mais, entendant Mme Windsor arriver du vestibule, elle avait vite replié la robe sur son bras en espérant que le rouge qui lui était monté aux joues s'estomperait le temps de descendre l'escalier jusqu'à la buanderie.

Dulcie posa leurs bocks sur la table.

— Tu as l'air songeuse. À quoi penses-tu ?

— Oh, répondit Louisa en secouant la tête. À rien, je…

Une femme s'approcha alors de Dulcie et abattit sur son épaule une main grassouillette en l'obligeant à s'asseoir, avec un rire qui tenait davantage du rugissement. D'épais cheveux noirs coupés au carré lui faisaient comme un casque, et l'ombre bleutée qui soulignait son menton pouvait passer pour une barbe de trois jours.

— Qui est-ce ? dit-elle en désignant Louisa, qui tressaillit. Ici, on n'admet pas les étrangères.

— Elle est des nôtres, répondit Dulcie. Pas de souci.

Louisa ne savait pas très bien que penser de cette réponse.

— Une nouvelle recrue ? s'étonna la femme en plissant les yeux. Ça ne me dit rien.

— Non, répondit Dulcie, mais elle est dans la partie. Elle n'ira pas moucharder.

La femme sembla s'apaiser ; ou peut-être n'était-elle pas d'humeur à chercher la bagarre. Il était encore tôt.

— Hum. Fais gaffe. On t'a à l'œil.

— Je sais, acquiesça Dulcie en se forçant à sourire. Je suis venue comme promis me montrer, non ? Je ne me suis pas enfuie quelque part ni vu ni connu.

La femme hocha la tête et s'éloigna pour aller reprendre son poste de chien de garde au bar, appuyée sur les coudes, à siffler sa bière tout en surveillant la salle.

— Désolée, dit Dulcie. Ce n'est pas toujours aussi pénible que ça, mais je suis un peu dans leur collimateur, en ce moment.

— Pourquoi ? s'enquit Louisa, tout ouïe.

— Je veux m'en aller. Ma sœur s'est mariée ailleurs et elles s'inquiètent : si moi aussi je m'en vais, elles ont peur qu'on les balance. Alors j'ai essayé de conclure un marché avec elles.

— Quel genre de marché ?

— Je vais devoir payer ce qu'elles estiment être une dette. Ce sera la dernière chose que je ferai pour elles. Ensuite, je serai hors jeu. En fait, je me demandais… commença-t-elle en lui décochant un regard timide.

Louisa ne dit rien. Elle n'était pas certaine d'avoir envie d'entendre la suite. Sa raison le lui déconseillait, mais son cœur battait fort dans sa poitrine, et l'excitation qu'elle ressentait était meilleure que tout ce qu'elle avait éprouvé depuis un sacré bout de temps.

— J'espérais que tu pourrais peut-être m'aider.

5

Moins d'un mois plus tard, les invitations à l'anniversaire de Pamela avaient été envoyées aux brillants amis de Nancy et les réponses confirmant leur venue étaient arrivées. Mme Windsor, l'intendante, avait engagé du personnel en extra pour la soirée et Mme Stobie, la cuisinière, avait passé des journées entières en commandes et préparatifs en vue du dîner de fête et du petit déjeuner du lendemain. Très intéressée par cette partie de l'organisation, Pam s'était glissée dans les cuisines en demandant qu'on la laisse remuer une sauce dans une casserole ou qu'on lui apprenne à étaler une pâte.

Quant à Louisa et Nanny Blor, elles avaient dû user de toute leur habileté pour cacher ces préparatifs et l'excitation qui les accompagnait aux sœurs cadettes, de peur qu'elles exigent de descendre guetter l'arrivée des invités, comme elles en avaient le droit d'habitude. Pas ce soir-là. Lord Redesdale avait inopinément surgi dans la nurserie et ordonné expressément à Nanny de ne pas même laisser ses filles poser les yeux sur les « abominables », surnom donné par lui aux amis de Nancy.

— Si l'un de ces zèbres se pointe avec un peigne dans sa poche de poitrine, Farve risque d'avoir une attaque, dit Nancy d'un air jubilatoire en apprenant par Louisa les dernières consignes de son père.

Les plus jeunes des filles, Debo, cinq ans, Jessica, huit ans, et Unity, onze ans, se laissèrent facilement gagner par des promesses de chocolat chaud avant d'aller au lit, mais Diana, qui approchait de ses quinze ans, en fut révoltée. Fort heureusement, Tom était toujours à Eton, et ne rentrerait pour les vacances de Noël que dans deux semaines.

Ce soir-là, l'air frémissait d'impatience. À chaque bout du grand hall d'entrée craquait un feu nourri. Les sévères portraits à l'huile avaient été décorés de banderoles en papier crépon, et des dizaines de bougies allumées créaient déjà une ambiance festive. D'ailleurs, l'avent n'était pas loin. Louisa avait été enrôlée, ainsi que deux autres petites bonnes, et elle tenait à disposition des invités des coupes de champagne sur un plateau. Ne tenant pas en place, lord Redesdale faisait les cent pas près de la porte d'entrée, tandis que son épouse laissait échapper de petits soupirs d'exaspération en se débattant avec les boutons de la robe de Pamela. Nancy avait persuadé ses parents d'organiser un bal costumé pour fêter la sortie dans le monde de sa cadette, qui avait au départ adhéré à cette idée. Mais à présent, affublée d'une robe blanche à corbeille froufroutante et d'une perruque d'anglaises, elle se plaignait d'avoir beaucoup trop chaud et de ressembler à un gâteau d'anniversaire…

— Assez ! la réprimanda lady Redesdale. Si tu veux que ta fête soit réussie, cesse donc un peu de ne penser qu'à ton apparence.

Nancy prit une coupe sur le plateau de Louisa et lui fit un clin d'œil. Costumée en comtesse espagnole du XVIIIe siècle, elle arborait une haute mantille parsemée de pierres précieuses, un peu incongrue sur ses cheveux coupés au carré. Elle portait un haut de satin sans manches, audacieusement orné d'une énorme broche sur le décolleté, et une jupe à larges pans droits sur les hanches, d'où son haut sortait telle une flèche du toit d'une église. Lord Redesdale était mince et bien conservé, malgré ses cheveux blancs et les rides qui lui barraient le front. Pour tout déguisement, il avait enfilé son costume de chasse en tweed ; d'après Nancy, jamais il n'avait été aussi à son aise dans une soirée. Quant à lady Redesdale, elle semblait bien plus âgée que son mari, sous une perruque jaune vif qui la faisait paraître encore plus livide, et dans une robe médiévale mal ajustée, sans doute tirée du coffre à déguisements dont on se servait pour les jeux de mime à Noël, soupçonnait Louisa. Croulant sous la quantité de choses à organiser, madame la baronne n'avait dû penser qu'au dernier moment à se trouver un costume.

Enfin, Nancy sembla se rappeler quel anniversaire on fêtait et, prenant une deuxième coupe sur le plateau, elle la tendit à Pamela. Lord Redesdale décocha à sa fille cadette un regard sévère qui la fit hésiter.

— Repos, Farve, dit Nancy à l'ancien militaire, cela va l'aider à se détendre un peu.

Farve bougonna, puis se mit à attiser le feu. Juste au moment où Louisa craignait de laisser tomber le lourd plateau tant ses bras fatiguaient, ils entendirent une voiture se garer dehors, puis des bruits de pas crissant sur le gravier et des éclats de voix. Mme Windsor, qui jouait le rôle de majordome puisque lady Redesdale se refusait à employer du personnel masculin, ouvrit la porte sur un courant d'air glacial et le premier invité.

Lady Redesdale et Nancy s'avancèrent, et Louisa reconnut certains des nouveaux arrivants pour les avoir vus à la fête des Curtis. Ils étaient en avance, car ils assistaient à une fête chez les Watney, les voisins immédiats des Mitford, où on les avait gardés pour le dîner d'avant le bal, lord Redesdale ayant refusé d'accueillir un seul des amis de Nancy à leur propre dîner. Nancy poussa Pamela vers Oliver Watney. On complotait de les marier, mais Louisa les trouvait bien mal assortis : Pamela était éclatante de santé, tandis que ce jeune homme pâlot et insipide était affligé d'une toux permanente, séquelle d'une tuberculose enfantine. Son costume de Chapelier fou complété d'un frac en patchwork ne le mettait guère en valeur et, tout en s'approchant d'eux avec son plateau, Louisa retint le fou rire qui lui montait dans la gorge.

— Vos amis sont parfaitement grotesques, dit Oliver Watney à Pamela en prenant une coupe.

— Ce ne sont pas vraiment mes amis, protesta Pamela, tiraillée entre deux loyautés.

— Tant mieux. Cet Adrian Curtis en particulier, quel type imbuvable. Il croit que tout le monde est à sa botte. Qu'il ne s'avise surtout pas de m'aborder, sinon…

Louisa n'entendit pas la fin de sa phrase, car il s'éloignait avec sa coupe à la main, tandis que Pamela le suivait d'un air contrit.

Sebastian Atlas faisait partie du groupe des premiers arrivants. Il prit deux coupes sur le plateau de

Louisa, avala d'un trait l'une puis l'autre, les reposa, et s'éloigna muni d'une troisième, sans même lui adresser un signe de tête. Bien que sans chapeau ni perroquet, il était apparemment déguisé en pirate, d'un ample pantalon et d'un gilet noir au-dessus d'une chemise blanche ouverte sur sa poitrine glabre, un foulard rouge noué autour du cou. Il s'approcha de Clara Fischer, restée sur le seuil, et la prit par la taille, mais Louisa la vit alors tressaillir à son contact.

Louisa se rendit rapidement dans le couloir qui menait aux cuisines pour reprendre des coupes pleines sur une table disposée là provisoirement, avant de retourner dans le grand hall. Deux ou trois automobiles avaient dû arriver entre-temps, car le hall s'était rempli et résonnait bruyamment d'exclamations et de commentaires réciproques sur les costumes des uns et des autres. Deux amies de Pamela lui tenaient compagnie, visiblement intimidées par la foule et la faune présente, mais Louisa fut contente de constater que Pam affichait un air enjoué et semblait décidée à s'amuser, même si elle ne cessait de tirer nerveusement sur sa robe.

Clara, déguisée en fée Clochette, s'avança dans un bruissement de voiles argentés qui semblaient éclairés de l'intérieur par sa peau diaphane. Avec ses grands yeux et sa jolie bouche, elle avait un petit air de Mary Pickford, et Louisa croyait volontiers à la rumeur qui la disait venue à Londres dans l'intention de devenir actrice et de monter sur scène. Clara prit une coupe de champagne et demeura un bref instant près de Louisa.

— Une fête réussie, n'est-ce pas ? lui chuchota-t-elle avec un accent new-yorkais un peu adouci, et

Louisa ne comprit pas tout de suite que Clara s'adressait à elle.

— Oui. Cela fait des jours qu'on s'y prépare.

— Ça ne m'étonne pas. C'est vraiment bien parti, dit Clara en sirotant lentement son champagne. Tiens, voilà Ted. Bon, j'imagine qu'il faut se jeter à l'eau, conclut-elle en lui faisant un sourire d'excuse. Salut !

— Salut, répondit Louisa avec un temps de retard, tandis que Clara rejoignait déjà les invités qui se dirigeaient vers le Cloître, l'allée extérieure menant à la salle de bal.

Cette fois, Farve n'avait pas allumé les lampes à pétrole comme il l'avait fait pour la fête de Nancy quatre ans plus tôt ; s'il était en conséquence plus sombre et plus froid, le passage était aussi dégagé des vapeurs nocives.

Louisa débarrassait quelques coupes vides restées sur les tables quand la porte d'entrée s'ouvrit sur Adrian Curtis, qui se rua à l'intérieur, suivi de sa sœur Charlotte. Louisa sursauta en se rappelant la promesse qu'elle avait faite à Dulcie ; une promesse qui n'avait guère quitté ses pensées de toute la journée. Il fronçait les sourcils d'un air sombre, tandis que sa sœur lui parlait en haussant le ton, sans le quitter de ses yeux noirs. Adrian était costumé en pasteur de province, avec des bésicles, un grand col blanc et un chapeau de paille noir démodé. Cet accoutrement lui conférait un air digne et compassé qui devait encore plus exaspérer sa sœur, se dit Louisa. Quant à Charlotte, peu convaincante en reine Victoria, elle était visiblement de fort méchante humeur. Soudain ils remarquèrent Louisa, et Charlotte s'interrompit au beau milieu d'une phrase.

Adrian fit un geste désignant Louisa sans vraiment la regarder.

— Eh bien, ma chère sœur. Continuez donc sur votre lancée, je vous en prie.

— Ferme-la, dit la reine Victoria.

Tous les trois observèrent un silence gêné dans le grand hall désert.

— Tout le monde s'est rendu à la salle de bal, dit enfin Louisa l'air de rien. Voulez-vous que je vous montre le chemin ?

Elle se mit en marche et ils suivirent, quelques pas en arrière. Charlotte continua en effet sur sa lancée et, elle avait beau ne pas crier, Louisa entendait distinctement ses propos.

Une bonne domestique n'écoute jamais ce que se disent ses maîtres, Louisa le savait, mais il est parfois impossible de ne pas tendre l'oreille. Ada et elle riaient souvent sous cape en percevant des bribes de conversation qu'elles n'étaient pas censées entendre. Ces moments de complicité lui manquaient, ils étaient rares ces temps-ci, mais peut-être pourrait-elle en partager de semblables avec Dulcie. Pas ce soir, toutefois.

— Tu dois parler à Mère de ta dette, disait Charlotte. Elle n'est pas au courant et Noël approche.

— Je ne vois pas le rapport, persifla Adrian.

Louisa ne pouvait les voir puisqu'ils étaient tous les deux derrière elle, mais elle imaginait Charlotte se hérissant de colère.

Comme ils arrivaient à la salle de bal, Louisa s'écarta pour les laisser passer. Aucun ne lui adressa même un regard.

À l'intérieur, la foule était en ébullition. Tandis que, distraits par leur dispute, Charlotte et Adrian étaient entrés par erreur dans le grand hall, d'autres avaient remonté l'allée en voiture pour se rendre directement dans la salle de bal, qu'on appelait d'habitude la bibliothèque. Pour l'occasion, on avait enlevé le canapé et disposé un certain nombre de chaises le long des murs pour les chaperons. Jusqu'à présent, elles n'étaient que trois ou quatre : des mères heureuses de découvrir l'intérieur de la maison Mitford, qui échangeaient les derniers potins avec leurs amies. Louisa avait découvert que même s'ils ne s'étaient encore jamais rencontrés, les gens de la haute société faisaient comme s'ils se connaissaient depuis toujours et évoquaient complaisamment leurs amis et relations communes. Ils fonctionnaient par cooptation : de la même manière que pour devenir membre d'un club, vous étiez introduit et appuyé par deux initiés déjà dans la place. Pour adhérer, on se passait de briques ou de mortier, mais cette appartenance obéissait à des règles et à des conventions bien précises ; autrement, on avait vite fait de vous exclure de ce club extrêmement privé, et de vous en bannir à jamais.

Certaines de ces règles changeaient, à la grande horreur de la vieille génération. Il n'y a pas si longtemps, le divorce entraînait une exclusion immédiate et permanente de la bonne société, du moins pour les femmes, mais depuis que le duc et la duchesse de Marlborough avaient fait annuler leur mariage après la guerre et se voyaient l'un comme l'autre invités à autant de soirées qu'auparavant, la chose était tolérée.

— Si Muv et Farve divorçaient, cela donnerait

enfin du piquant à la vie de famille, disait Nancy d'un air de regret, mais je suppose qu'ils ne le feront jamais.

Cependant, quelques règles étaient gravées dans le marbre, et on leur accordait une égale importance : pas d'enfants illégitimes, pas de chaussures marron en ville, pas de bouquets de fleurs offerts à une hôtesse. Louisa savait que, même en imitant l'accent de la gentry à la perfection et en empruntant la robe et les perles de rigueur, elle serait jetée dehors comme un vulgaire manant par n'importe lequel de ces privilégiés. Pour toutes les règles déclarées dont ils se targuaient, il en existait des milliers non écrites. Il suffisait d'un seul faux pas – porter un tweed de la mauvaise épaisseur lors d'une chasse, ou demander une serviette au lieu d'utiliser son mouchoir pour essuyer des miettes de gâteau sur ses lèvres –, et la partie était finie. Au mieux, vos soi-disant amis riraient sous cape de vos maladresses, au pire la porte se claquerait, et vous auriez beau frapper, user d'argent ou de suppliques, jamais elle ne se rouvrirait.

Dans la foule, Louisa repéra Clara, qui croisa son regard et lui fit un petit signe. C'était le genre de bourde à éviter à tout prix, mais Nancy lui avait expliqué qu'on pardonnait presque tout à Clara, car « étant américaine, elle n'appartient à aucune classe sociale distincte, et tout cela lui échappe forcément ». Nancy disait toujours ce genre de choses à Louisa du ton que Nanny employait avec Decca, quand elle voulait la persuader de manger ses carottes. Le ton d'un professeur, patient mais impérieux. Manger des carottes pour mieux voir dans le noir ; les Américains appartiennent à une société sans classes : autant d'affirmations présentées comme des faits incontestables. Ce qui jetait Louisa dans le doute vis-à-vis des instructions dont sa mère l'avait nourrie, et qui s'avéraient aujourd'hui contradictoires. Elle ne parvenait toujours pas à dissuader les enfants de dire « quoi ? » au lieu de « pardon ? ». Un gouffre séparait ces deux mondes et lui donnait parfois le vertige, tant elle avait peur d'y tomber.

Certains des invités avaient déjà le feu aux joues, soit parce qu'ils avaient trop chaud dans leur costume, soit parce qu'ils avaient déjà bu du vin au dîner avant d'arriver à la fête, Louisa n'aurait su le dire. En tout cas, à son grand soulagement, elle vit que Pamela n'avait pas de coupe à la main ; abuser du champagne aurait eu un effet déplorable sur la jeune fille. Nancy dansait avec un Oliver Watney à l'air morose, tout en menant plusieurs conversations avec d'autres danseurs tandis qu'ils virevoltaient sur le parquet. Louisa reconnut deux ou trois autres garçons qui étaient déjà venus en week-end : Brian Howard, un type à l'air maladif et aux yeux cernés, mais qui faisait mourir de rire Nancy ; Patrick Cameron, qui était régulièrement sollicité comme cavalier par Nancy, et maintenant par Pamela. Chose excitante, les deux sœurs Jungman étaient présentes ; plus âgées que Nancy, elles avaient récemment défrayé la chronique, et leur beauté insolente fascinait. Ce soir, costumées en laitières, elles étaient munies de seaux qui menaçaient à tout moment de se renverser. À leur entrée, lord Redesdale les avait regardées d'un œil exorbité, tandis que sa femme le retenait par le coude de réagir.

Louisa sentit qu'on lui donnait une tape dans le dos.

— Louisa, vous êtes demandée aux cuisines, lui murmura-t-on sèchement.

— Bien, madame Windsor. J'y vais de ce pas.

Baissant la tête, elle quitta la salle de bal pour regagner le monde auquel elle appartenait.

6

Deux ou trois heures plus tard, Louisa et Ada étaient seules dans la cuisine, car Mme Stobie était allée se coucher en grommelant avec acrimonie qu'elle se faisait trop vieille pour ce genre de fantaisies. Les servantes engagées en extra avaient déjà fait la vaisselle et débarrassé puis nettoyé la salle de bal, aussi ne restait-il pas grand-chose à faire, à part essuyer quelques assiettes et couverts. Le kedgeree et le bacon attendaient dans le four d'être servis avec du café et des toasts à la collation prévue vers 2 heures du matin. Mais Louisa avait encore une tâche à accomplir, et ce n'était pas la moindre.

Elle espérait que Dulcie arriverait bientôt, comme elles l'avaient prévu. Il fallait que ce soit avant 2 heures et demie du matin, heure convenue officiellement par lady Curtis et lady Redesdale. En effet, la mère de Charlotte avait insisté pour que sa domestique vienne chercher Charlotte et la ramène chez les Watney, afin que sa fille ne veille pas trop tard en une compagnie masculine. Dulcie devait donc venir à pied de chez les Watney, qui habitaient à quelque six cents mètres de distance, mais Hooper serait à leur disposition pour les ramener en voiture. C'était le compromis auquel était parvenue Charlotte, qui ne voulait pas s'encombrer d'un chaperon pour la soirée, alors qu'aucune de ses amies n'en aurait. Cela signifiait aussi que Dulcie et Louisa ne disposeraient que d'un court laps de temps pour accomplir la tâche qu'elles s'étaient fixée.

Un peu avant, Mme Windsor informa Louisa que lady Redesdale avait sonné afin qu'on apporte deux tasses de chocolat chaud dans sa chambre. C'était le signe que, pour sa maîtresse et ceux de sa génération, la fête était finie. Les canapés chauds avaient été servis, et l'intendante avait déjà disposé un plateau de verres avec les bouteilles de whisky et de porto dans le salon, pour que les plus jeunes puissent se servir eux-mêmes. Après avoir monté le chocolat, Mme Windsor n'irait pas se coucher puisqu'elle serait la dernière à veiller, mais elle lirait seule, dans son petit salon.

À cette heure, il ne restait pas grand monde. Si Nancy avait réussi à faire venir ses amis de Londres, et quelques-uns d'Oxford, la grande majorité des invités provenait du carnet d'adresses de lord et lady Redesdale, et pour eux, se coucher plus tard que d'habitude était aussi insolite qu'une chute de neige au mois de mai. Ils savaient aussi que, passé minuit, la soirée appartenait aux jeunes. Pourquoi leur gâcher le plaisir en les encombrant de leur présence ? À la grande déception de la petite bande, ses éléments les plus éblouissants étaient partis aussi : Brian Howard avait promis de ramener les sœurs Jungman à Londres cette nuit-là, car leur cousine se mariait le lendemain et elles devaient assister à la cérémonie. Avec deux ou trois autres servantes, Louisa et Ada avaient assisté à leur départ, incapables de résister à l'envie de jeter un dernier coup d'œil à leurs silhouettes de vamps enfouies dans de longs manteaux à col de fourrure. Les seaux à traire avaient été inconsidérément vidés dans l'allée avant qu'elles montent en voiture. Au matin, Hooper ne serait guère ravi de découvrir cette mare de lait sur le gravier.

Il y avait eu un léger incident plus tôt, quand l'amie de Clara, Phoebe Morgan, une beauté aux cheveux de jais costumée en Cléopâtre, avait trébuché sur l'un des chiens de lord Redesdale couché dans le passage et s'était foulé la cheville. Comme elle ne voulait pas rater la fête en rentrant tôt chez les Watney, où elle séjournait, elle était à présent installée sur le canapé près du feu, une compresse froide sur sa jambe, un grog à la main.

— Peut-être devrais-je aller voir si elle n'a besoin de rien, dit Louisa, qui espérait que la chasse au trésor aurait commencé avant l'arrivée de Dulcie.

— Et tu en profiteras pour jeter un coup d'œil à la fête, hein ? la taquina Ada.

— J'en ai pour une seconde, répliqua Louisa en fichant d'un geste espiègle son torchon sur le bras d'Ada.

Alors qu'elle traversait le grand hall, elle entendit le son craquant du gramophone qu'on avait installé dans le salon. En ouvrant la porte, elle fut assaillie par une bouffée de chaleur imprégnée de fumée de cigarette. Sebastian et Charlotte dansaient languissamment sans respecter le moins du monde le rythme de la musique, elle nichant sa tête contre la poitrine de son cavalier, les yeux clos. Sur un divan près du feu, bien calée entre deux autres invitées, Phoebe les observait, la jambe un peu surélevée, mais la couleur était revenue à ses joues. Sur le divan d'en face, il y avait un amas de corps dont Louisa extirpa mentalement quatre individus distincts. Les femmes avaient ôté leur perruque et libéré leurs cheveux, pourtant Nancy avait gardé sa mantille et Adrian ses bésicles de pasteur. Il discourait en tirant sur un gros mégot de cigare, dans une posture où il semblait s'adresser à toute l'assemblée, alors que Nancy était la seule à l'écouter attentivement.

Clara, aussi fraîche et pimpante qu'un modèle de Toulouse-Lautrec en cette fin de soirée, discutait tranquillement avec Ted. Lui était costumé en Dracula, très élégant en smoking recouvert d'une grande cape en velours attachée sur ses épaules. Nancy avait été aux anges quand elle avait reçu confirmation de sa venue, sur un épais papier à lettres aux armes des De Clifford.

Louisa hésitait entre signaler sa présence en toussotant ou entrer pour débarrasser quelques verres, quand Nancy la vit et l'appela « Lou-Lou ! », ce qui la fit sourire, car cela faisait longtemps que Nancy ne s'était plus adressée à elle en usant de son surnom.

— Vous tombez à pic, approchez. Nous allons jouer à un jeu et il nous manque justement une personne à cause de cette pauvre Phoebe. Vous voulez bien compléter l'équipe ?

— Moi ? dit Louisa, interloquée.

— Mais oui, vous ! confirma Nancy en lui faisant signe de la rejoindre.

L'estomac noué, Louisa se sentit soudain bien minable dans sa robe terne et ses épais bas de laine.

Elle ne s'était jamais maquillée de sa vie. Autour d'elle les corps et les visages formaient comme un arc-en-ciel chatoyant de paillettes, de plumes, d'ongles vernis de rouge. Nancy se leva et claqua des mains en réclamant l'attention de l'assistance. Sebastian et Charlotte se séparèrent et chacun d'eux se percha sur un bras du divan. Pamela, dont c'était l'anniversaire après tout, bayait aux corneilles, et elle considéra sa sœur avec appréhension. Ses amies à elle étaient parties, la plupart avaient dix-sept ans et étaient chaperonnées par leur mère, et Louisa devina que Pamela serait volontiers allée se coucher, si elle n'avait craint de rater les prochains rebondissements de sa propre fête. Nancy n'aurait cessé de la charrier à ce propos durant des semaines.

— La chasse au trésor va commencer, annonça Nancy.

— Y sommes-nous vraiment obligés ? s'enquit Charlotte en soupirant.

— Oui ! Nous tous, sans exception ! déclara Nancy à la ronde, visiblement ravie de tenir la vedette.

Du moins Louisa l'espérait-elle car, si son entrain était dû à l'abus de champagne, toute la maison en subirait les conséquences, Nancy étant parfois redoutable certains lendemains de fête.

— Nous sommes huit participants, maintenant que Lou-Lou est avec nous. Nous pourrons donc nous mettre par deux. Vous connaissez tous les règles. Quand vous aurez trouvé votre réponse, vous la rapporterez ici, et Seb et Phoebe vous donneront l'indice suivant. Nous avons huit indices et chacun reçoit les mêmes, mais en relais, de sorte que personne ne cherche la même chose au même moment. Le gagnant sera le premier qui réussira à élucider les neuf énigmes.

— Une vraie chasse au trésor ! s'exclama Clara. Celles de Londres sont devenues si détestables ces derniers temps, à cause de ces garçons qui fichent tout en l'air avec leurs bolides.

— Merci, mademoiselle Fischer, répliqua sèchement Adrian. Nous faisons de notre mieux, tu sais.

— Oh, ne sois pas idiot, dit Clara en rosissant un peu. Tu vois très bien ce que je veux dire.

— Je vais me mettre avec Clara, décréta Nancy. Pamela, tu iras avec Louisa.

Ouf ! songea Louisa.

— Ted, tu iras avec Togo… Pardon, Oliver.

Le visage d'Oliver, qui affichait en permanence un air pincé, se crispa encore davantage en s'entendant appeler par le surnom que lui donnaient les Mitford.

— Donc Adrian et Charlotte, vous serez ensemble, mais comme vous êtes frère et sœur, l'honneur est sauf.

— S'il le faut, dit Adrian en soufflant des ronds de fumée par-dessus la tête de sa sœur, qui le considéra sans broncher. Je pensais être associé à Seb.

Sebastian lança un regard en biais à Phoebe, toujours assise sur le divan.

— Il y a eu un changement de programme, déclara-t-il.

Phoebe lui décocha alors un sourire suffisant, tandis que Charlotte détournait vivement la tête en montrant un soudain intérêt pour un bouton de son chemisier.

— En ce cas, dit Adrian, puisque nous sommes aussi peu nombreux, je trouve que nous devrions jouer la partie en solitaire. À quoi bon deux cerveaux, quand nous en avons chacun un en parfait état de marche ? Du moins pour certains d'entre nous, ajouta-t-il après un petit silence.

Était-ce une façon de se débarrasser d'elle ? Louisa eut du mal à ne pas se sentir visée. Mais non, il n'avait pas pensé à elle en particulier, car il n'avait même pas dû remarquer sa présence. Pourtant elle éprouvait un vif sentiment de déception, alors qu'elle aurait dû être soulagée que sa participation à la chasse au trésor n'entrave pas la petite mission qui lui restait à accomplir.

Sans même un regard à Louisa, Nancy conclut :

— Bien. Nous jouerons donc chacun pour soi.

Louisa sut alors que c'était le moment de prendre congé, pourtant elle avait envie de voir comment les choses tourneraient. Pamela se mit à gigoter à côté d'elle.

— Tout va bien, mademoiselle Pamela ? murmura Louisa à la jeune fille, qui esquissa un faible sourire.

— Oui, murmura-t-elle en s'assurant que Nancy regardait ailleurs. Dommage, j'étais contente de faire équipe avec vous. Les autres me rendent un peu nerveuse.

Louisa compatissait sincèrement, et s'apprêtait à la rassurer quand elle vit que Nancy avait traversé la salle pour gagner son bureau près de la fenêtre… bureau en partie dissimulé par un paravent, car lord Redesdale n'aimait pas avoir la machine à écrire de sa fille sous les yeux quand il prenait un dernier verre après le dîner. Nancy se saisit d'un livre que Louisa reconnut pour l'avoir souvent lu à Decca et à Unity. Les deux petites adoraient voir Alice glisser dans un trou pour se retrouver dans un monde où tout est à l'exact opposé de ce qui est familier et logique. *Alice au pays des merveilles*… Un monde où les choses ne se font pas obligatoirement dans les règles. À cette idée, Louisa éprouva un léger vertige.

Ouvrant le livre, Nancy en sortit une liasse de feuilles dactylographiées. Elle s'était acheté une machine à écrire deux ou trois mois plus tôt, et c'était son bien le plus précieux. Ses sœurs n'avaient absolument pas le droit d'y toucher, même si, à vrai dire, on l'entendait assez rarement s'en servir. Louisa soupçonnait Nancy de prendre un malin plaisir à exhiber cette machine, car depuis quelque temps elle narguait sa famille en évoquant le roman qu'elle avait en projet. En réalité, les rares fois où on la voyait y travailler, elle écrivait à la main sur un vieux cahier d'écolier, selon une habitude bien ancrée.

— Comme vous le savez tous, nous avons demandé à chacun d'entre vous de fournir une énigme, par conséquent il y en aura huit dont vous ignorez la réponse et une qui vous sera connue, même si vous allez quand même devoir fouiller la maison pour trouver son objet. Chacun était censé prendre un objet courant en réponse à son énigme, même si je soupçonne un ou deux d'entre vous d'avoir compliqué les choses à plaisir, ajouta Nancy en roulant comiquement des yeux à l'adresse d'Adrian, qui lui fit en retour une petite grimace.

— Je vais maintenant confier ces devinettes à Sebastian. Chéri, nous feras-tu l'honneur de lire la première à haute voix ? J'ai pensé que nous pourrions commencer ensemble, juste pour le plaisir. Ensuite, tu pourras distribuer les autres énigmes à mesure que nous reviendrons chacun vers toi.

— Bien madame, acquiesça Seb d'un ton facétieux.

Sous ses cheveux d'un blond doré lissés sur son crâne, ses yeux semblaient un peu embrumés. Est-il ivre d'alcool, ou sous l'effet d'une autre substance ? se demanda Louisa en le voyant se lever, puis prendre les indices des mains de Nancy. Il y avait quelque chose d'étrange dans sa manière d'être qui la fit frémir.

Il se posta bien campé sur le tapis persan, jambes écartées.

— Avec moi, une bête va plus vite et un humain a besoin d'un pansement. Que suis-je ?

Il y eut un silence, puis Seb prit son verre, le remplit de whisky à ras bord et le leva en l'air.

— Bonne chance à tout le monde, et puissiez-vous revenir en héros que vous êtes.

Les acclamations fusèrent, et les invités se levèrent en discutant avec excitation. Louisa sortit de la salle avec Pamela.

— Savez-vous ce que ça signifie ? lui demanda-t-elle.

— Je crois que oui ! s'exclama Pamela, radieuse. Merci, Lou-Lou.

Louisa sourit avec plus de confiance qu'elle n'en éprouvait. Sa tâche restait à accomplir, et soudain, elle doutait fortement d'avoir fait le bon choix en s'y engageant.

7

La chasse au trésor une fois lancée, des bruits de pas étouffés et des rires sous cape résonnèrent dans tout le rez-de-chaussée de la maison tandis que chacun des joueurs courait en quête de la réponse à la première énigme. Louisa en profita pour monter vérifier laquelle des chambres réservées aux invitées était encore vide. Tout ce que Dulcie lui avait demandé, c'était de trouver une pièce où elle pourrait rencontrer en privé Adrian Curtis. « Ce doit être une chambre pour une femme seule, car ainsi il acceptera d'y monter si on l'y invite », avait expliqué Dulcie. Louisa avait misé sur Iris Mitford, la sœur de lord Redesdale. On lui réservait tout spécialement une chambre qui se trouvait dans le même couloir que le dressing de son frère, avec une grande salle de bains intermédiaire. Baptisée la chambre bouton-d'or à cause de ses murs jaunes, c'était l'une des plus petites, mais Iris exigeait d'y dormir, car c'était aussi, selon elle, la seule pièce de la maison qui ne fût pas hantée. Louisa savait que lady Redesdale et sa belle-sœur avaient l'habitude de bavarder longuement en fin de soirée dans la chambre de sa maîtresse, et elle comptait qu'après la fête, elles auraient encore plus matière à potiner que d'habitude. Le couloir était vide, et la lumière allumée dans la chambre de lord Redesdale ; il devait donc être occupé à se changer. Une fois couché, il s'endormirait vite. La chambre d'Iris était sombre, silencieuse et déserte.

Bien. Mme Windsor avait dû servir le chocolat chaud une dizaine de minutes plus tôt, et Louisa estima qu'elle et Dulcie disposaient d'une heure pour accomplir le plan prévu. Au début, elle était réticente mais, à mesure qu'elles l'avaient passé en revue tout en buvant leur chope à l'Elephant and Castle, la requête lui avait semblé peu exigeante et sans danger, sinon tout à fait innocente. Dulcie lui avait expliqué qu'elle avait juste besoin d'une occasion de parler à Adrian, qui refusait de la voir seule. « À la maison, il s'arrange pour être toujours en compagnie, avait-elle dit, et j'ignore quand nous retournerons à Oxford. Autre avantage, tu connais bien la disposition des lieux. » Pourquoi Dulcie avait-elle besoin de parler avec Adrian en privé ? Par souci de discrétion, Louisa n'avait pas eu envie de le lui demander, même si c'était assez facile à deviner. Un jeune homme arrogant et une jolie domestique… Une histoire banale, somme toute. Ils n'étaient pas les premiers et ne seraient pas les derniers.

Louisa descendit vite par l'escalier de service aux cuisines, à présent désertes et briquées comme le pont d'un navire. Ada était partie après avoir passé la serpillère jusqu'à la porte du jardin. La serpillère était restée suspendue près de la porte, au-dessus d'un seau. Louisa la décrocha et souleva le seau d'eau grisâtre. Elle regagnait l'évier quand elle entendit frapper doucement.

C'était prévu, pourtant elle était si nerveuse qu'elle sursauta en éclaboussant sa robe d'eau sale.

— Pétard ! dit-elle, un juron emprunté à lord Redesdale parmi d'autres mitfordismes, imaginant aussitôt sa mère se bouchant les oreilles.

Elle reposa le seau et alla ouvrir la porte. Dulcie s'engouffra dans la pièce, comme craignant d'être espionnée par quelqu'un posté au-dehors. Sur sa peau translucide, les taches de rousseur semblaient s'être effacées, et elle transpirait un peu ; c'était peut-être d'avoir marché de chez les Watney jusqu'ici, même par une nuit aussi froide.

— La voie est libre ? lui chuchota-t-elle.

— Oui, confirma Louisa, qui se sentait étrangement calme et maîtresse d'elle-même, maintenant qu'elles étaient dans le feu de l'action.

Pourtant elle allait laisser s'introduire subrepticement dans la chambre d'une invitée une fille qui, tout récemment encore, était membre d'une bande de voleuses organisée… Mme Windsor n'aurait guère apprécié.

— Lady Redesdale s'est retirée et sa belle-sœur l'a rejointe pour boire du chocolat chaud tout en bavardant avec elle. Tu devrais avoir trois bons quarts d'heure devant toi.

Dulcie vérifia l'heure à sa montre, qui semblait bien trop grosse à son menu poignet et trop chic pour quelqu'un de sa condition. Peut-être était-ce une montre d'homme ?

— En ce cas, tu ferais mieux de me montrer la chambre maintenant, et j'y attendrai Adrian. Où sont les autres domestiques ?

— Rentrés chez eux ou couchés. Il n'y a plus que Mme Windsor, mais elle est dans son petit salon, répondit Louisa. Pourvu qu'on ne tombe pas sur M. Curtis ou sa sœur, personne ne se rendra compte que tu ne faisais pas partie des servantes engagées pour la soirée. Tu ferais quand même mieux d'ôter ton manteau.

— Oui, bonne idée, dit Dulcie.

Elle déboutonna son manteau en laine brune et l'étendit sur une chaise de cuisine. Encore un vêtement qui aurait pu sortir de la garde-robe de Louisa. Décidément, tout était uniforme dans leur vie de domestiques issues des classes populaires. Elles savaient toutes deux que même si Clara ou Sebastian la voyaient, ils ne feraient pas de rapprochement entre elle et la jeune fille qui servait lors de la fête des Curtis, à Londres. Il était rare qu'une domestique appartenant à une autre maison soit reconnue par un membre de la haute société : quand on prend une coupe de champagne, regarde-t-on seulement le visage de celle qui tient le plateau ?

— Suis-moi, on va monter par l'escalier de service.

Toutes les deux gravirent les deux étages en prenant garde de ne pas faire craquer les marches. Juste avant d'arriver sur le palier, Louisa fit signe à Dulcie de s'arrêter. Elle scruta le couloir à chaque bout : personne. En bruit de fond, elles entendaient des rires étouffés et des gens courant à pas de loup sur les tapis.

À droite du couloir, il y avait les chambres qu'elle avait déjà vérifiées. Louisa désigna la bonne porte à Dulcie. Celle de la chambre de lord Redesdale était fermée, et aucun rai de lumière n'en filtrait.

— Ne fais pas de bruit, murmura-t-elle. Lord Redesdale vient de se coucher. Je vais faire le guet, pour m'assurer que personne ne risque de te surprendre.

— Où seras-tu ?

— Là, indiqua Louisa en montrant, face à la salle de bains, de lourds rideaux ornés de glands, qui cachaient une fenêtre donnant sur le cimetière de l'église.

— D'accord, dit Dulcie d'une voix un peu étranglée, avant de s'engager à droite dans le couloir, tandis que Louisa s'en retournait.

Après avoir rapidement parcouru le grand hall du regard et vérifié qu'il était vide, elle passa au petit salon, où seul Oliver était présent : il examinait un coupe-papier qu'il avait trouvé sur le bureau de lady Redesdale. Puis Louisa s'arrêta devant la salle à manger. De là, elle entendit dans le fumoir Nancy et une autre voix de femme – Charlotte ? Elle supposa qu'Adrian, dont Nancy louait la brillante intelligence, devait déjà en être à son deuxième indice, en espérant qu'il trouverait vite la réponse, car elle n'avait pas envie de le chercher à travers toute la maison. En s'approchant de la porte le cœur battant, elle repassa dans sa tête les mots qu'elle avait promis de dire. La main sur la poignée en verre, elle s'arrêta en entendant deux voix à l'intérieur. Celle d'Adrian, qu'elle reconnut sans doute possible, et celle de… Pamela. Manifestement, Pam était douée pour les devinettes. Après un instant de réflexion, Louisa franchit le seuil.

La salle à manger était peu éclairée. La table avait été débarrassée du dîner de famille d'avant le bal, et on avait éteint toutes les chandelles, puis allumé deux appliques murales électriques dont la lumière ne portait pas loin et laissait une partie de la salle dans l'obscurité. Pamela fouillait dans un tiroir du buffet, tandis qu'Adrian, un peu plus loin, fumait une cigarette dans la pénombre. Il parlait de son ton habituel, monocorde et profond, et ses propos étaient ponctués des réactions un peu enfantines de Pamela.

— ...Voyons, Pam, Ted sait pertinemment que tu lui conviens bien mieux, disait-il. D'ailleurs je lui en ai parlé. Il ne peut pas continuer avec cette petite dinde.

— Elle m'a l'air de quelqu'un de très bien, protesta Pamela, toujours penchée sur le tiroir où l'on rangeait des ronds de serviette dont on ne se servait jamais, car lady Redesdale jugeait superflus les frais de blanchisserie qu'aurait entraînés l'usage de serviettes de table.

Louisa entra, puis referma la porte derrière elle.

— Qu'y a-t-il ? lança Adrian avec brusquerie.

— Pardon, monsieur Curtis. Je ne voulais pas vous déranger. J'ai un message pour Mlle Pamela.

Pamela avait cessé de fouiller dans le tiroir et regardait Louisa d'un air gêné, comme une écolière prise en faute.

— Lady Redesdale voudrait que vous la rejoigniez dans sa chambre, lui déclara Louisa, qui n'avait rien trouvé de mieux.

Au moins, avant que Pamela et sa mère finissent par se rendre compte de ce malentendu, elle aurait eu le temps de mener à bien sa mission.

— Oh, la barbe. Je vais rester à la traîne des autres alors que j'étais si bien partie, répondit Pamela, sans envisager pourtant de désobéir à sa mère, comme Nancy l'aurait fait.

Elle quitta la pièce, tandis que Louisa y demeurait. Adrian s'avança vers le buffet et mit une fourchette dans sa poche, mais quand il vit que Louisa restait plantée là, il lui jeta un regard interrogateur.

— J'ai un message pour vous, monsieur, déclara-t-elle.

— De qui donc ?

— Mlle Iris Mitford… répondit-elle, puis elle observa un petit silence en laissant l'information faire son chemin. Je puis vous conduire à sa chambre.

Adrian parut décontenancé, mais il se ressaisit vite.

— Si je m'attendais, marmonna-t-il. Bon, je vous suis. Dépêchons-nous.

Louisa regagna le grand hall, Adrian dans son sillage. Clara était là, à quatre pattes sous une crédence, la tête et les épaules cachées par le plateau de marbre.

— Eh bien, quel spectacle ! ricana Adrian en passant près d'elle.

Il y eut un choc sourd suivi d'un cri de douleur, et Clara sortit la tête en restant à quatre pattes, tout ébouriffée, hilare. Mais en voyant Adrian, elle blêmit et retourna sous le meuble.

— À mon humble avis, elle fait fausse route, commenta-t-il sans s'adresser à personne en particulier. Même si ce n'est pas la première fois que Clara essaie d'obtenir ce qu'elle veut en se mettant à genoux.

En entendant ces mots, Louisa fit halte, mais Adrian toussota sans rien ajouter, et tous deux montèrent l'escalier. À l'étage, Louisa vit que la lumière était allumée derrière la porte de la chambre d'amis et qu'une paire de pantoufles avait été disposée devant. C'était le signal convenu pour dire que la voie était libre. En y repensant, c'était une bonne chose, que Pamela se fût trouvée en compagnie d'Adrian ; peut-être sa visite inopinée dans la chambre de sa mère retarderait-elle le retour d'Iris. Sans mot dire, Louisa s'arrêta devant la porte et indiqua à Adrian qu'ils étaient arrivés. Sans même lui jeter un regard, il entra dans la chambre.

Après avoir rapidement vérifié qu'il n'y avait personne dans le couloir, Louisa se glissa derrière les rideaux. De là, elle pourrait guetter le retour éventuel d'Iris et prévenir Dulcie. Les pantoufles déposées devant la porte n'étaient pas seulement un signal ; si la tante les voyait là, le bruit qu'elle ferait en les ramassant donnerait à Dulcie le temps de reprendre son rôle de servante en faisant mine de retourner les draps et les couvertures. À Adrian de se débrouiller pour expliquer sa présence. Avec un peu de chance, cela n'arriverait pas.

Derrière les rideaux, il y avait une fenêtre en saillie, assez basse, avec un large rebord où Louisa put s'asseoir en ramenant ses pieds sous elle. Elle essaya de se détendre, mais son cœur battait fort et son sang rugissait dans ses oreilles, comme les vagues sur la plage de St Leonards. Soudain le souvenir lui revint, de ce moment passé au bord de la mer, à manger des chips brûlantes en compagnie de Guy Sullivan, et son cœur se serra tant il lui manquait. Malgré toutes les complications qui avaient suivi leur rencontre, Guy était par essence un homme honnête et d'une grande bonté. Présentement, Louisa doutait de pouvoir en dire autant d'elle-même.

Soudain, elle dressa l'oreille en entendant des éclats de voix provenant de la chambre d'amis. Adrian s'emportait, face à une Dulcie dont la voix était plus mesurée, mais insistante. Elle essaya désespérément de deviner ce qu'ils se disaient mais, derrière les épais rideaux et avec cette porte faisant obstacle, elle ne perçut que quelques mots de-ci, de-là : *de quel droit... menteuse... c'est scandaleux.*

Peu après, Louisa se rendit compte que, absorbée par la dispute, elle n'avait pas entendu quelqu'un avancer dans le couloir pour s'arrêter précisément devant la chambre bouton-d'or. Écartant les rideaux d'un centimètre, elle découvrit Pamela, debout près de la porte, toujours coiffée de la perruque Pompadour, la tête penchée. Louisa ne pouvait distinguer son visage mais, à la raideur de ses épaules, elle devina qu'elle avait peur, et que ce n'était pas juste une frayeur d'enfant. Peur... comme Marie-Antoinette face à la guillotine.

Que faire ? Elle savait que Pamela ne devait pas en entendre davantage, et surtout ne pas voir Dulcie sortir de la chambre. Dulcie avait assez insisté : personne ne devait être au courant pour elle et Adrian, car les gens s'en mêleraient et ça ferait des histoires, avait-elle dit. Or Louisa tenait à respecter sa volonté.

Alors qu'elle restait indécise, on entendit un fort claquement venant de derrière la porte. Un claquement sec, et sinistre. Pour Pamela, ce fut comme le coup de feu d'un pistolet de starter, elle détala et redescendit l'escalier jusqu'au grand hall. Louisa paniqua et à son tour s'enfuit vers les cuisines par l'escalier de service, mais avant, elle eut le temps d'entendre derrière elle la porte de la chambre jaune s'ouvrir et se refermer, puis des pas pesants qui ne pouvaient être que ceux d'Adrian.

8

Louisa venait à peine de regagner les cuisines quand Pamela entra, la perruque de travers, blême d'angoisse, tenant ses jupes qu'elle avait relevées autour de sa taille pour ne pas trébucher en courant.

— Louisa, Louisa, je crois qu'il est arrivé quelque chose d'affreux.

Louisa se força au calme en remerciant le ciel que Pamela, dans son désarroi, n'ait pas remarqué qu'elle-même avait du mal à reprendre son souffle.

— Quoi donc ? Allons, ça ne doit pas être si terrible que ça, dit-elle en usant de la réponse toute faite qu'employait avec succès Nanny Blor pour désamorcer les pires frayeurs enfantines, ours en peluche décapité ou chien errant montrant les dents sur la route du village.

Pamela laissa retomber ses lourdes jupes et prit les mains de Louisa dans les siennes.

— C'est étrange. Quand je suis allée dans la chambre de Muv, elle m'a dit qu'elle ne m'avait pas fait appeler.

— Peut-être ai-je mal compris ? avança Louisa, à court d'arguments.

— Peu importe. Quand j'y suis montée, Tante Iris m'a dit d'aller chercher dans sa chambre un livre qu'elle désirait montrer à Muv. Mais, une fois arrivée devant sa porte, j'ai entendu des voix à l'intérieur. La porte était fermée et je n'ai pas osé l'ouvrir, mais je jure que j'ai entendu par mégarde M. Curtis se disputer avec quelqu'un. Il a une voix bien reconnaissable, n'est-ce pas ? dit-elle en cherchant son approbation, et Louisa hocha la tête. Je l'ai entendu dire « personne ne vous croira, tout le monde s'en fichera », et soudain, il y a eu ce terrible bruit…

— Quel genre de bruit ? demanda Louisa alors qu'il résonnait encore dans sa tête.

— Une sorte de coup ou de craquement. Comme quelque chose qui se brise, ou un coup violent donné à quelqu'un. Je viens de voir M. Curtis dans le hall. Si vraiment il a frappé quelqu'un, il y a peut-être un blessé. Il faut que nous allions vérifier.

— Non ! s'exclama Louisa, trop vivement, et Pamela la regarda, choquée.

— Pourquoi ?

— Parce que vous ne savez pas ce qui a pu se passer. Peut-être avez-vous mal entendu.

La peur de la jeune fille se mua soudain en indignation.

— Je suis sûre de ce que j'ai entendu.

— Et si M. Curtis n'a blessé personne, s'il a juste cassé quelque chose par accident ? Ou que la personne avec laquelle il se disputait fait partie des invités ? C'est peut-être l'une des amies de Mlle Nancy ? insista Louisa d'un ton plus égal. Attendons de voir. Peut-être cela fait-il partie de la chasse au trésor ?

— Oui, peut-être. Merci, Louisa, convint Pamela en se laissant fléchir, et elle regarda autour d'elle, un peu honteuse.

Louisa comprit que Pam avait envie de reprendre la chasse au trésor, mais qu'elle ne voulait pas avoir l'air d'oublier trop vite l'incident.

— Rejoignez les autres, lui dit-elle en lui tendant la perche. Allez vous amuser, prenez du bon temps. Je m'en vais jeter un coup d'œil là-haut pour m'en assurer, mais je suis certaine qu'il n'y a pas lieu de s'inquiéter.

Pamela acquiesça et s'empressa de quitter la pièce.

Il était moins une, se dit Louisa.

Il fallait maintenant trouver Dulcie, et vite.

9

Louisa remonta l'escalier au pas de course, mais avant d'avoir atteint le palier, elle faillit se heurter à Dulcie, qui recula de frayeur. Elle était salement amochée, avec une entaille sur l'arcade sourcilière et un œil poché, injecté de sang.

— Il t'a cognée, constata platement Louisa.

— Ça va, rien de grave.

— Arrête, dit Louisa.

Comme des rats coincés dans un tuyau, elles restèrent immobiles sur les marches où ne filtrait que la lumière venant du couloir à l'étage et celle de la cuisine en dessous.

— Qu'est-ce qui s'est passé ?

— À ton avis ? répondit froidement Dulcie.

— Est-ce qu'il va te dénoncer ? Ou moi ? s'inquiéta Louisa, en imaginant déjà qu'on allait la renvoyer.

— Non, il n'a rien à y gagner et tout à y perdre, répondit Dulcie. Laisse-moi passer. Merci pour ta sollicitude, mais tu ne fais qu'empirer les choses.

— Lui ne dira peut-être rien, mais Mlle Pamela risque d'en parler.

— Quoi ? Que dis-tu ? s'inquiéta Dulcie en se figeant sur place.

— Elle est montée jusqu'à la chambre. Je ne l'ai pas vue car j'étais derrière les rideaux, et je ne l'ai pas entendue à cause des cris que vous poussiez, M. Curtis et toi. Elle aussi vous a entendus vous disputer. Pamela ne te connaît pas, mais elle risque de comprendre, en voyant cet œil au beurre noir. Et si elle en parle à sa sœur ?

Dulcie scruta l'obscurité en contrebas.

— Je vais me cacher jusqu'à ce qu'il soit l'heure de ramener Mlle Charlotte. Il faut que j'y aille. C'est toujours nous autres qu'on soupçonne en premier.

— Dulcie, s'effraya Louisa, sans bien savoir pour qui ni de quoi elle avait peur au juste.

Elle recula un peu, et Dulcie la bouscula presque avant de dévaler les marches pour rejoindre les cuisines et sortir par la porte de derrière.

Les jambes flageolantes, Louisa descendit lentement l'escalier. Que voulait dire Dulcie ? De quoi seraient-elles soupçonnées en premier ?

Une fois dans les cuisines, elle resta plantée là, si bouleversée qu'elle n'arrivait pas à réfléchir. Que faire, maintenant ? Elle se méfiait de cet Adrian Curtis, qui ne lui plaisait pas, à cause de son arrogance, et de ses pupilles noires qui ressortaient telles des têtes d'épingle dans ses yeux bleu pâle. Nancy le trouvait charmant et drôle, mais elle était influencée par son ironie mordante, ses relations mondaines, ses études à Oxford.

En ce moment même, il devait avoir rejoint la bande ; peut-être leur parlait-il de Dulcie et leur révélait-il le rôle que Louisa avait joué en l'envoyant à l'étage sous un faux prétexte ? Pamela serait horrifiée.

Louisa ne savait plus que faire. À l'origine, le plan paraissait si simple. Le seul obstacle à son exécution, c'était sa conscience, qu'elle sentait maintenant la tourmenter à la manière de mille piqûres d'épingle. Comment avait-il pu si mal tourner ?

Le manteau que Dulcie avait posé sur le dos d'une chaise avait disparu avec elle. Louisa jeta un coup d'œil à l'horloge accrochée au-dessus du fourneau, fidèle alliée de Mme Stobie pour cuire ses gâteaux à la perfection. Depuis les cuisines désertes et silencieuses, elle entendait par moments des bruits sourds et les pas de course des invités en quête de leurs indices. Elle savait qu'aucun d'entre eux ne risquait de pénétrer dans ce domaine strictement réservé aux domestiques, mais elle avait besoin de savoir où en était Adrian et s'il faisait des histoires. Elle irait vérifier en faisant mine de ranger les derniers vestiges de la fête, même si c'était risqué. Mme Windsor aurait désapprouvé : passé une certaine heure, la famille et les invités aimaient rester entre eux, et les domestiques devaient respecter leur quant-à-soi.

Lorsque Louisa rejoignit le grand hall, il était vide, et elle n'entendit rien de particulier. Quelques verres traînaient encore çà et là, ainsi que des accessoires de costumes abandonnés sur une chaise, près de la porte d'entrée. Où étaient-ils tous passés ? Se sentant dans la peau d'une intruse, elle s'avança sur le parquet en marchant sur la pointe des pieds. Alors qu'elle hésitait à entrer dans le salon, Nancy apparut et la regarda d'un air un peu étonné, mais sans animosité. Visiblement, elle vivait le grand moment de sa vie. À la main, elle tenait un coffret en argent contenant une boîte d'allumettes :

un objet qui se trouvait d'ordinaire dans le bureau de lord Redesdale.

— Je suis venue voir s'il y avait encore des choses à ranger, dit Louisa sans grande assurance, car elle savait que Nancy ne serait pas dupe.

Heureusement, celle-ci était d'humeur conciliante.

— Faites donc. Moi, je vais chercher mon prochain indice. Je m'en sors comme un chef. Au fait, avez-vous vu la Belle Plante quelque part ?

— Euh, pas depuis un moment, répondit Louisa, prise au dépourvu. Pourquoi ?

— Sebastian la cherchait pour lui offrir un cadeau d'anniversaire après minuit. J'avais envie de voir ce que c'était. La pauvre, ajouta-t-elle avec un petit rire condescendant, je suis sûre que c'est juste pour la taquiner. En réalité, il n'en a rien à faire.

Louisa préféra ignorer cette remarque et s'excusa. Il serait plus sûr d'attendre dans les cuisines que Dulcie revienne chercher Mlle Charlotte.

Il y eut un hurlement.

Puis un autre.

Cela venait de dehors. Un son ténu, mais net. Dans les cuisines, Louisa lisait, mais elle restait en alerte tel un chien ne dormant que d'un œil et attendait Dulcie. Elle referma son livre et s'empressa de rejoindre le grand hall par le couloir. Au même instant, Clara sortit de la salle à manger, décoiffée, son costume de fée Clochette tout terni et aplati. Son rouge à lèvres s'était effacé en laissant une traînée violette autour de sa bouche et son cou était marqué de traces rouges.

— Qu'est-ce que c'était ? demanda-t-elle à Louisa, est-ce que ça fait partie du jeu ?

— Non, je ne crois pas, répondit Louisa en sentant le sang refluer de son visage.

Elles sortirent par la grande porte d'entrée et s'engagèrent dans l'allée, vite rejointes par Ted, toujours en Dracula, qui lissait ses cheveux d'un air un peu honteux. Sebastian apparut peu après et frissonna dans la fraîcheur de la nuit, vêtu de son seul costume de pirate avec sa chemise grande ouverte. Il y eut un autre cri, d'angoisse plus que de peur cette fois, qui venait de derrière le mur de l'église. Ils s'y précipitèrent, et alors qu'ils passaient le porche voûté, Louisa entendit Charlotte sortir de la maison en demandant ce qui se passait d'une voix stridente. Nancy la suivait.

Mais où donc étaient Pamela et Oliver ? Ils arrivèrent enfin, séparément. Pamela était livide. Quant à Oliver, il clignait des yeux d'un air ensommeillé.

Le groupe avait pénétré dans le cimetière, qui se trouvait de l'autre côté de l'allée longeant la façade de la maison. Le sol était trempé d'humidité nocturne, la lueur de la lune avait du mal à percer les nuages. Il soufflait un vent léger et, dans le silence, on entendait bruire les feuilles des arbres. Les pierres tombales des hommes, femmes et enfants qui avaient vécu et étaient morts sous les règnes successifs d'Elizabeth Ire jusqu'à George V se dressaient telles des formes noires surgies de terre. Tout baignait dans l'ombre, mais un cruel rayon de lune révéla ce qui se trouvait sur le sol humide, au pied du clocher de l'église.

Un bras en travers du cou, les jambes recroquevillées sous lui, Adrian Curtis gisait bouche bée, le regard fixe. Juste à côté de son corps brisé et inerte, il y avait Dulcie Long, frappée d'horreur, muette, et cachant sa bouche dans ses mains.

10

Guy et Mary se retrouvèrent devant la station de métro d'Oxford Circus, comme c'était devenu leur habitude ces dernières semaines. La première fois, ils avaient bien failli ne pas se reconnaître sans leurs uniformes, revêtus qu'ils étaient tous deux de longs manteaux au col relevé pour se protéger du froid et passer aussi incognito que possible. Jusqu'à présent, ils n'avaient obtenu aucun résultat, et leur sentiment d'échec avait mis leur ardeur à rude épreuve. Pourtant, ce matin-là, Guy débordait d'enthousiasme. Une idée lui était venue, qui le rendait aussi frétillant qu'un gamin de six ans sûr d'avoir un cadeau pour son anniversaire. La veille au soir, avant de quitter le poste de police, un autre sergent lui avait fourni des informations supplémentaires, susceptibles, selon lui, d'accroître leur chances. On leur avait donné pour consigne de s'en tenir aux petits commerces de Great Marlborough Street, une artère parallèle à Oxford Street et qui en était séparée par une ou deux rues transversales : autant d'issues bien pratiques pour les voleuses à l'étalage qui chercheraient à prendre la poudre d'escampette après leurs forfaits sans avoir de voiture pour s'enfuir.

— Des voitures ? s'étonna Mary. Parce que certaines voleuses ont des voitures ?

— Oui, et pas n'importe lesquelles, lui confirma Guy. Alice Diamond, la chef de bande, roule en Chrysler.

— Mazette, fit Mary en sifflant tout bas. Et on dit que le crime ne paie pas…

— Bon, dit Guy en riant. On ferait mieux de s'y mettre.

— À quoi exactement ?

Tous les deux venaient de s'engager dans Little Argyll Street et avançaient sans se presser en clignant des yeux face au soleil.

— J'ai eu une idée, dit Guy. Le sergent Bingham m'a dit que même si les Quarante Voleuses avaient la réputation d'être bien habillées, elles ne portaient jamais sur elles les fruits de leur rapine, sans doute parce que ce serait trop risqué ou trop voyant. Donc elles les fourguent à un receleur, qui les revend.

— Un receleur ?

— C'est comme ça qu'on appelle quelqu'un qui revend des biens volés.

— Et à qui les revend-il ?

— Au marché noir, je suppose, répondit Guy en haussant les épaules. À des particuliers. Il y a toujours des gens qui cherchent à payer quelque chose moins cher que sa valeur. Mais voici mon idée.

Il s'interrompit le temps de contourner un vieux monsieur qui marchait à pas comptés devant eux sur le trottoir.

— Étant donné que Soho et ces petites boutiques sont très proches d'Oxford Street, il me semble logique que nos voleuses se débarrassent au plus vite des robes et des manteaux de fourrure qu'elles ont chipés, expliqua-t-il. À mon avis, nous devrions chercher de ce côté-là. Non pas les commerces où ont eu lieu les vols, mais ceux où les objets volés sont revendus.

Mary le regarda avec… mais oui, avec admiration, remarqua Guy, ravi. Et pourquoi pas ? Aujourd'hui, il avait l'impression que le monde lui appartenait. Mais Mary prit bientôt un air sceptique qui refroidit son euphorie.

— Ça me paraît peu vraisemblable, lui dit-elle. Je les vois mal aller tout droit de chez Debenham and Freebody pour revendre les produits de leur vol juste au coin de la rue, non ? Ça doit sans doute se faire ni vu ni connu.

— C'est possible, reconnut Guy, tout déconfit.

— Bon, mais ça vaut quand même le coup de vérifier les receleurs, convint Mary avec diplomatie. J'image que ce sont des hommes ?

— Oui, et de tristes individus, répondit Guy avec componction. La bande des Quarante Voleuses d'Alice Diamond travaille en étroite collaboration avec le gang Elephant and Castle. Ils viennent tous du même quartier de Londres.

— Oui, j'en ai entendu parler. Ils sont armés et roulent dans des bolides. Il y a eu cette poursuite l'an dernier, depuis Piccadilly et tout autour de Londres. Leurs voitures faisaient du soixante-quinze kilomètres à l'heure, paraît-il. J'ignorais qu'on pouvait rouler aussi vite.

Guy regarda au loin comme s'il revoyait le moment précis où la poursuite avait commencé.

— Eh bien, c'est le cas. Bon, allons d'abord essayer ces boutiques, dit-il en se tournant vers elle. Et souhaitons-nous bonne chance, murmura-t-il en prenant Mary par le bras.

Quatre heures et plusieurs boutiques plus tard, ils se sentaient fatigués et déçus dans leurs espoirs. Manifestement, ils n'obtiendraient aucun résultat rapide avec cette nouvelle tactique. Éviter les autres policiers en civil déployés dans le quartier semblait aussi ardu que de trouver l'une des Quarante ou leurs receleurs.

— Nous ne sommes pas assez futés, soupira Guy alors qu'ils arpentaient la rue en évitant de croiser le regard de leurs collègues marchant en sens contraire.

— N'y a-t-il donc personne que nous pourrions interroger pour en savoir plus ? demanda Mary.

— À quel sujet ?

— Je ne sais pas, au sujet des Quarante, ou des hommes qui revendent les objets volés… quelque chose pouvant nous servir d'indice. Pour l'instant, nous n'avons absolument rien.

Guy fut heureux d'entendre Mary exprimer cette ambition. Il savait qu'un bon nombre d'agents partisans du moindre effort voyaient en cette opération l'occasion de traînasser dans les rues en s'accordant régulièrement une pause dans un café. Mais pour elle et lui, c'était l'occasion ou jamais de faire enfin leurs preuves.

— Il y a bien un endroit où l'on pourrait tenter le coup, dit-il en hésitant. Ce n'est pas gagné, je ne suis pas certain que quelqu'un là-bas voudra bien nous parler. Mais j'ai une arme secrète…

— Socks ? s'étonna Mary, accroupie près du chien noir et blanc qui fourrait son museau dans ses mains.

— J'ai hérité du nom avec l'animal. C'est une longue histoire, répondit Guy, peu désireux de raconter dans le détail comment il avait acquis ce chien d'apparence un peu miteuse mais d'un caractère enjoué, contrairement à celui de son ancien maître, autrement dit Stephen, l'oncle de Louisa. Disons seulement qu'il m'a été confié un peu par hasard, et qu'on s'est pris d'affection l'un pour l'autre.

— C'est ce que je vois, remarqua Mary en riant, car Socks sautait sur Guy pour réclamer un gratouillis derrière les oreilles, son câlin préféré.

— Il appartenait à un triste individu aux mauvaises fréquentations. J'ai bon espoir que Socks nous serve de passeport. En le reconnaissant, certains des acolytes de son ancien maître seront peut-être mis en confiance, et prêts à nous renseigner sur les receleurs en nous disant comment remonter jusqu'à eux.

— Ça vaut le coup d'essayer.

— Vous êtes partante ? Il est 18 heures passées, vous avez peut-être envie de rentrer chez vous.

— Pour contempler les murs tout en mangeant ma soupe ? Non merci. Je préfère de loin continuer nos recherches.

Ils étaient donc allés récupérer Socks chez Guy à Hammersmith, où il habitait toujours avec ses parents. De là, deux courts trajets en bus les avaient emmenés jusqu'à Chelsea, au pub situé au coin de Peabody Estate, le bloc d'immeubles où Louisa Cannon avait grandi.

— Nous sommes juste deux jeunes gens qui nous arrêtons pour boire un verre en rentrant chez nous, vous vous rappelez ? dit Guy à Mary tandis qu'ils approchaient du Cross Keys.

— Oui, ne vous en faites pas. Je suis déjà entrée dans un pub, figurez-vous.

Quand Guy ouvrit la porte, Socks se rua à l'intérieur. Par chance, c'était vendredi soir et le pub était déjà bondé de clients venus dépenser leur paie de la semaine, ou le fruit de leur rapine, songea Guy. L'air saturé de fumée couvrait une âcre odeur de sueur. Pintes pleines et chopes à moitié vides s'alignaient sur le comptoir du bar, où s'agglutinaient les buveurs, compressés comme des orteils dans une botte trop étroite. Il y avait aussi quelques box et des tables sur les côtés, dont presque tous les tabourets étaient pris, mais Guy repéra une table libre dans un coin et fit signe à Mary. Seule femme à part les serveuses, sa compagne semblait toutefois bien décidée à ne pas se laisser intimider.

— Une ginger ale ? lui souffla-t-il, et elle acquiesça.

Il se fraya alors un chemin jusqu'au bar au milieu des clients, qui bougonnèrent un peu à son passage. À quelques coups d'œil jetés dans sa direction, il devina qu'il détonnait dans le décor et ne passait pas inaperçu. Non seulement il n'était pas un habitué, mais ses lunettes et son allure proprette le dénonçaient comme un col blanc, un employé de bureau. Bravement, il soutint sans broncher certains regards scrutateurs et passa commande.

De retour à leur table, Guy s'assit et tendit sa consommation à Mary.

— Et Socks, où diable est-il passé ?

— Il est là-bas, indiqua-t-elle en montrant un vieux bonhomme qui tapotait Socks sur la tête tandis que le chien attendait, assis.

En riant, le vieux sortit de ses poches une friandise, puis il se rendit compte que Guy l'observait et l'interpella.

— Il est à vous ?

Guy confirma en hochant la tête. À son grand étonnement, le vieux vint les rejoindre, Socks sur les talons. Il devait avoir quatre-vingts ans bien sonnés. Sous une belle crinière de cheveux neigeux, ses yeux vifs enfoncés dans leurs orbites rappelaient à Guy ceux d'un vieux singe malicieux, et si son pantalon et son veston étaient râpés, ils semblaient propres. Prenant un tabouret, il l'approcha de leur table, s'assit et leva son verre à leur santé.

— Alors comme ça, vous êtes des amis de Stephen, dit-il.

Mary réprima vite son étonnement en entendant Guy déclarer :

— Oui, ça fait un petit moment qu'on se connaît.

— J'ai toujours bien aimé ce chien. Au fait, je m'appelle Jim.

— Bertie, s'empressa de répondre Guy. Et voici Mae.

— Charmé de vous rencontrer, Mae, répondit Jim en ôtant, à l'adresse de la jeune femme, un couvre-chef imaginaire. Qu'est-il donc arrivé à Stephen ? Il a disparu brusquement de la circulation et on n'en a plus entendu parler. Je parie qu'il a fichu le camp pour éviter quelqu'un à qui il devait de l'argent, ricana-t-il.

— Il s'est engagé dans l'armée, répondit Guy en buvant une longue gorgée de bière afin de cacher sa nervosité. On a dû l'envoyer à l'étranger.

Puis il jeta un coup d'œil à la ronde comme pour s'assurer que personne ne pouvait les entendre.

— Du moins, c'est la version officielle, ajouta-t-il.

— Et l'autre version ? demanda Jim en se penchant un peu vers lui.

— Il serait allé dans le sud du pays rejoindre les Elephants.

— Drôle de fréquentation, déclara Jim en aspirant de l'air entre ses dents. Ça risque de ne pas lui porter chance, si vous voulez mon avis.

— Mae envisage de rejoindre les Quarante… avança Guy en désignant Mary.

— Ah, elles, ce sont des malines. Mais je ne crois pas que ce soit aussi simple. À mon avis, pour en faire partie, faut être du milieu.

— C'est mon cas, répondit Mary avec l'accent typique du sud de Londres, à la grande surprise de Guy.

— Ah, on revient à ses racines, alors ?

— Oui, c'est un peu ça, acquiesça Mary.

— Je croyais qu'elles ne travaillaient plus à Londres, dit Jim. C'était devenu trop chaud pour elles, avec toute cette flicaille à leurs trousses.

— Où pourraient-elles bien opérer, sinon à Londres ? demanda Guy un peu trop vite, et Jim lui décocha un coup d'œil perçant.

— Partout où il y a des grands magasins : Manchester, Birmingham. Attendez un peu, ajouta Jim en se retournant pour faire signe à un vieux copain de venir les rejoindre.

L'autre arriva en clopinant, sa chope à la main, dont la bière menaçait à chaque pas de déborder.

— Quoi ? lança-t-il sans ambages, mais d'un ton qui n'avait rien d'inamical.

— Je vous en prie, asseyez-vous, l'invita Guy en se levant pour lui laisser son tabouret.

— Non merci, déclina l'ancien. Ça me fait du bien de rester debout, je suis assis toute la journée. Alors ? Que puis-je faire pour vous ?

— Les Quarante Voleuses, ça te dit quelque chose ? lui demanda Jim, puis il revint à Guy et à Mary. L'ami Pete est au courant de tout ce qui se passe en ville. Rien ne lui échappe, déclara-t-il.

Pete rit tout bas.

— Faut rien exagérer. Pour ce qui est des Quarante, on dit qu'elles sévissent par ici depuis deux siècles sous une forme ou sous une autre. J'ignore quel est leur chef actuelle. Une cousine à nous en faisait partie avant la guerre. Pourquoi ? Ça vous intéresse ? dit-il en haussant un sourcil à l'adresse de Mary.

— Ça se pourrait, répondit Mary, toujours avec un authentique accent cockney, en relevant le menton d'un air de défi.

Pete but une gorgée de bière.

— Eh bien, j'ignore où elles en sont en ce moment. J'ai entendu dire qu'elles avaient quitté Londres.

— C'est ce que je leur ai dit, intervint Jim.

— Aux dernières nouvelles, elles se faisaient engager comme femmes de chambre dans de grandes maisons de campagne, reprit Pete. Pratique pour jouer les pies voleuses.

— Et comment se débarrassent-elles de leur butin ? demanda Guy.

— J'ai comme qui dirait le gosier sec, dit Jim en agitant sa chope, pourtant aux deux tiers pleine.

Guy se tourna alors vers Mary.

— Tu veux bien nous rendre service ? dit-il en lui tendant quelques pièces.

Sachant qu'elle aurait droit à une ou deux réflexions déplacées de la part des autres clients, il avait un peu honte, mais il ne voulait pas risquer de manquer quelque chose. Elle fit la moue, mais se leva pour gagner le bar. Jim se pencha d'un air concupiscent.

— C'est votre poule ?

— On peut dire ça, répondit Guy.

— Alors vous feriez mieux de veiller au grain, si elle rejoint les Quarante, hein ? Elles n'apprécient guère que leurs filles aillent chercher ailleurs ce qu'elles peuvent trouver sur place, vous pigez ?

— Qu'entendez-vous par là ? demanda Guy en sentant sa gorge se nouer.

— Pour certains services, elles font appel au gang des Elephants, intervint Pete. Ils leur arrangent le coup. En revendant ce qu'elles ont chouravé, et si nécessaire, ils n'hésitent pas à…

Au lieu de finir sa phrase, il traça d'un doigt un trait sous sa gorge, en un geste évocateur.

Grâce au ciel, Mary revint à cet instant pour déposer deux chopes remplies à ras bord devant eux sur la table.

— Et où revendent-ils le tout ? demanda Guy, mais c'était pousser le bouchon trop loin.

— Tu poses trop de questions, mon gars, répliqua Jim d'une voix changée. Qu'est-ce que tu cherches au juste ?

Soudain ce fut comme si Pete ou Jim avait lancé un genre de signal à son insu. Trois ou quatre types accoudés au bar se retournèrent pour les fixer d'un air mauvais. Il s'empressa de se lever, et Socks sortit alors de sous la table, où il sommeillait à ses pieds.

— Bon, on vous remercie bien, mais on ferait mieux de rentrer, maintenant. Viens, Mary.

— Je croyais qu'elle s'appelait Mae, dit Jim en reposant sa chope.

— Ma langue a fourché, dit Guy, puis il contourna Jim pour s'en aller, Mary derrière lui.

Plusieurs types s'étaient adossés au bar pour suivre la scène des yeux. Guy venait à peine d'atteindre la porte du pub et il tournait la poignée quand il sentit Mary tressaillir dans son dos. Escortés de Jim, les guetteurs avaient avancé sur elle, mais Mary leur tint tête, Socks à ses côtés.

— Je vous le déconseille, dit-elle d'un ton menaçant. Rappelez-vous, je connais bien le milieu. J'y suis née.

Les types hésitèrent un instant, déconcertés, et Jim tendit le bras pour les arrêter. Puis il regarda Mary et lui décocha un petit sourire en coin.

— Du calme, les gars, dit-il. Y a pas de quoi s'énerver.

Avec soulagement, Guy ouvrit la porte du pub et ils sortirent dans la nuit noire. Après tout, ils avaient obtenu ce qu'ils voulaient, et ils savaient maintenant vers où diriger leurs recherches.

11

Sebastian rompit le silence. Il s'avança et prit doucement Dulcie par les épaules.

— Vous feriez mieux de rentrer dans la maison, dit-il d'une voix que l'alcool et le choc rendaient pâteuse.

Louisa chercha à croiser le regard de Dulcie, mais la jeune femme gardait les yeux fixés à terre et se laissa emmener par Sebastian en chancelant. Que s'était-il passé ? Une deuxième querelle entre elle et Adrian ? Louisa n'avait pas revu Dulcie depuis qu'elle avait dévalé l'escalier pour sortir par la porte de derrière. Dans l'intervalle, tout avait pu arriver. Était arrivé.

Et Pamela, oh mon Dieu ! Que dirait Pamela sur ce qu'elle avait entendu dans la chambre de sa tante ? Révélerait-elle à la police que Louisa l'avait envoyée voir sa mère à l'étage en usant d'un faux prétexte ? Serait-elle soupçonnée ? D'ailleurs elle avait de quoi se sentir coupable. Elle avait laissé Dulcie pénétrer dans la maison et lui avait indiqué une chambre vide où retrouver un homme qui, une heure plus tard, était mort. Sa gorge se noua, et Louisa eut une folle envie que tout le monde s'en aille, vite, avant qu'elle-même cède à l'affolement. Soudain, elle songea à Guy avec une intense nostalgie. Elle aurait tant voulu l'avoir auprès d'elle, sentir sa présence calme, rassurante, et ses bras se refermer sur elle pour la réconforter. Jamais elle ne s'était sentie si seule.

Les autres aussi réagissaient, chacun à sa manière, face à la macabre découverte. Charlotte avait bien failli se trouver mal, mais Ted l'avait retenue et l'accompagnait maintenant jusqu'à la maison, tandis que Nancy la soutenait de l'autre côté en l'empêchant de regarder par-dessus son épaule vers le cadavre recroquevillé. Louisa pria Clara d'emmener Mlle Pamela, qui ne pleurait pas mais ravalait des sanglots en hoquetant. Quand les derniers eurent passé sous la voûte du porche, Louisa s'approcha du corps. Le décès ne faisait aucun doute. Le visage avait cet éclat morbide qu'on assimile au masque de la mort. Quant au corps, il n'était pas encore atteint de la rigidité cadavérique qui viendrait plus tard, et Louisa se demanda si elle devait l'allonger afin d'éviter des complications par la suite, puis elle se ravisa ; cela pourrait être considéré comme une interférence dans la scène de crime. Si c'était un crime. Peut-être était-il tombé ? Et si lui-même s'était donné la mort ? S'il avait décidé sciemment de se supprimer durant la chasse au trésor, en une sorte de plaisanterie macabre ? songea-t-elle, écœurée, révoltée même par cette idée. Puis elle se calma ; il fallait attendre l'inévitable arrivée de la police. Il n'y avait rien par terre à part le corps inerte, et le chapeau de paille noir qu'Adrian avait porté avec son costume de pasteur, qui avait atterri un peu plus loin. Elle laissa tout en l'état, et s'en retourna lentement vers la maison.

Lady Redesdale et sa belle-sœur, toutes deux en robe de chambre, étaient en bas, dans le grand hall, quand Louisa y entra, ainsi que quelques autres invités, des amis de lord et lady Redesdale qui s'étaient eux aussi couchés tôt. Trois ou quatre d'entre eux manquaient, ils devaient encore dormir malgré le chambardement. Louisa n'avait pas suivi les autres, qui entraient par la grande porte. Par habitude, ou peut-être mue par le désir de ne pas bousculer le protocole alors qu'autour d'elle tout était sens dessus dessous, elle avait pris l'entrée de service et rejoint le grand hall en poussant la porte recouverte de feutre vert qui séparait le quartier des domestiques de celui de la famille. Tout le monde restait debout à faire du surplace en silence, comme des clients faisant la queue au bureau de poste. Le seul bruit, c'était les pleurs de Charlotte, une suite de sanglots entrecoupés de hoquets. Les bougies étaient éteintes, mais on avait allumé les lampes électriques, ce qui donnait au décor un éclat trop cru, irréel, comme si c'était soudain le matin. Lord Redesdale sortit du recoin du hall où se trouvait le téléphone, lui aussi en robe de chambre étroitement ceinturée.

— Bon. J'ai appelé la police, ils arrivent. Inutile de rester ici dans le froid, allons dans le salon.

Sebastian ouvrit la marche vers le salon en soutenant toujours Dulcie qui avançait gauchement ; on aurait dit une enfant terrifiée. Phoebe s'était levée pour voir ce qui s'était passé, mais elle avait vite regagné le divan jaune en boitillant. Pamela était réconfortée par sa mère, qui affichait un calme olympien, ne trahissant rien de ses émois intérieurs. Dans le salon, Louisa attisa le feu et ajouta une ou deux bûches, puis elle alla chercher des plaids et des couvertures posés sur un appui de fenêtre et les distribua machinalement aux femmes avec des gestes efficaces. Nancy ayant ôté sa mantille et Pamela sa perruque, leurs cheveux étaient tout aplatis et leurs visages livides.

— Je vais chercher Mme Windsor et préparer du lait chaud, madame, dit Louisa, puis elle s'empressa de sortir, soulagée de quitter les lieux et désespérée de ne pouvoir parler à Dulcie.

Louisa était certaine que Dulcie n'avait pu commettre le meurtre, mais y avait-elle joué un rôle ? Avait-elle attiré Adrian près de l'église en sachant qu'il y trouverait la mort ? Dans ce cas, pourquoi aurait-elle cherché à le rencontrer plus tôt dans la maison ? Cela n'avait pas de sens.

Dans son petit salon, Mme Windsor s'était endormie dans un fauteuil encombré de coussins et ronflait doucement, bouche bée, son livre tombé à terre. Louisa la réveilla en la secouant par l'épaule et lui expliqua la situation autant qu'elle le pouvait.

— M. Curtis ? Mort ? s'exclama l'intendante.

— Oui. Ils sont tous dans le salon, où ils attendent l'arrivée de la police. Je vais leur servir un peu de lait chaud ; le petit déjeuner est déjà prêt, mais je ne pense pas qu'ils aient beaucoup d'appétit.

— Oui, oui, dit Mme Windsor en se levant, puis elle arrangea machinalement ses cheveux et prit sa coiffe amidonnée.

On aurait dit qu'elle essayait de chercher dans sa mémoire la page d'un livre expliquant comment s'occuper d'un lord et d'une lady après la mort soudaine d'un invité. En vain, apparemment.

Quand Louisa et Mme Windsor eurent gagné le salon avec des tasses de lait fumantes, quelques biscuits et un cake qu'elles avaient trouvé dans le cellier, un policier se tenait dans la pièce. Elles apprirent qu'un autre se trouvait dans le petit cimetière attenant à l'église, où il examinait le corps.

Clara était assise sur le rebord de la fenêtre, les genoux repliés sous le menton et une couverture drapée sur les épaules. Elle prit avec gratitude la tasse de lait chaud que Louisa lui offrit, et Louisa osa s'adresser à elle, car l'Américaine avait toujours été plus facile d'abord que les autres.

— Que s'est-il passé ?

Clara regarda le groupe réuni autour du feu. Lady Redesdale avait le bras autour des épaules de Pamela, qui avait cessé de hoqueter et semblait effrayée et épuisée. Sebastian contemplait le feu, mains dans les poches, et Charlotte pleurait toujours à chaudes larmes à côté de Nancy, visiblement dépassée par les événements. Ted, dévêtu de son costume de Dracula, conversait avec un lord Redesdale au visage grave. On avait nourri le feu, pourtant un courant d'air glacial traversait la salle. Louisa sentait le froid engourdir peu à peu le bout de ses doigts. Elle se rendit compte alors que Dulcie n'était pas là.

— La police a emmené la servante pour l'interroger, déclara Clara. Apparemment, c'est elle qui l'a fait. Vous vous rendez compte ?

Elle s'interrompit pour avaler une gorgée de lait.

— C'était le chaperon de Charlotte, et la femme de chambre de sa mère. Elles avaient une meurtrière sous leur toit, reprit-elle d'un air sidéré. Elles la nourrissaient, lui versaient un salaire.

Clara frémit et ferma les yeux, comme si cette idée lui était insoutenable, impensable. Or, pas plus que les autres, elle n'avait assisté au meurtre.

Louisa faillit bien lâcher le plateau.

— Mais ce n'est pas elle !

Sa protestation était sortie malgré elle.

Clara leva les yeux, surprise, et il y eut du mouvement près du feu tandis qu'une ou deux têtes se tournaient dans leur direction.

— Pardon, bégaya Louisa, puis elle posa le plateau sur une desserte et s'enfuit, sans savoir ce qu'elle fuyait exactement ni où elle pourrait se réfugier.

Elle avait fait quelques pas dans le couloir quand une main s'abattit sur son épaule.

— Venez avec moi, mademoiselle, dit le policier. L'inspecteur principal veut s'entretenir avec vous.

Louisa se retourna et haussa les épaules pour qu'il ôte sa main. Les vieilles habitudes ont du mal à mourir. C'était un jeune policier, les cheveux coupés ras derrière les oreilles. Il semblait à la fois intimidé par elle et bien décidé à ne pas la laisser leur filer entre les doigts. Quelque chose de son ancienne insouciance revint à Louisa, un instinct toujours vivace après toutes ces années.

— Hé, du calme ! lui lança-t-elle d'un ton mordant. J'allais juste aux cuisines.

— Suivez-moi, lui dit-il, sachant qu'elle était contrainte d'obtempérer.

— Vous ne connaissez pas le chemin, répliqua-t-elle d'un ton rageur. Je suppose que nous allons dans le bureau de lord Redesdale ?

S'il y avait un inspecteur pour mener des interrogatoires, elle savait où on avait dû l'installer. Elle dépassa le policier et avança à pas vifs en ignorant ses protestations. Mais il se tut tandis qu'ils longeaient le passage, traversaient le grand hall et prenaient d'autres couloirs avant d'arriver devant la lourde porte du bureau de lord Redesdale, seule pièce de la maison interdite aux enfants. Une fois là, elle s'écarta en laissant au policier l'initiative de la suite.

Les dernières paroles que Dulcie avait échangées avec elle résonnaient dans sa tête.

« C'est toujours nous autres qu'on soupçonne en premier. »

12

Dans la pièce, un homme, dont Louisa présuma qu'il s'agissait de l'inspecteur principal de la police locale, était assis derrière le bureau de lord Redesdale, jonché, comme d'habitude, d'un fatras de factures, de coupures de presse et de matériel de pêche. Les mois d'hiver, lord Redesdale passait son temps à démêler des lignes et à refixer des plumes sur les hameçons. Une petite lampe de bureau à abat-jour vert projetait un faisceau de lumière limité, qui n'éclairait du visage de l'inspecteur qu'un gros nez bulbeux et couperosé surplombant une moustache bien taillée et des lèvres charnues, laissant dans l'ombre les yeux et le front. Il se tenait les bras croisés sur une chaise en bois inconfortable où il tentait vainement de s'adosser. Lord Redesdale aimait donner à son lieu de travail un caractère spartiate.

Devant le bureau, sur une chaise d'aspect fragile, où ne reposaient d'habitude que quelques exemplaires de *Country Life*, était assise Dulcie Long. Une grande tension se dégageait de tout son être, que Louisa devina à la raideur de ses épaules et de son dos. À l'entrée du policier et de Louisa, Dulcie ne se retourna pas, comme incapable de détacher son regard de la moustache qui lui faisait face, tel un lapin pris au piège dans la lueur des phares.

— Voici Mlle Louisa Cannon, monsieur, annonça le policier. Elle fait partie du personnel de la maison, et elle était présente quand le corps a été découvert.

— Merci, Peters, répondit la bouche aux lèvres charnues. Allez donc rejoindre le groupe dans le salon, et assurez-vous que personne ne quitte les lieux.

— Bien monsieur, répondit Peters avant de s'en aller.

Louisa se posta derrière Dulcie. Elle sentait presque la chaleur qui émanait de son corps et mourait d'envie de pouvoir poser une main rassurante sur son épaule. Mais, ce faisant, elle signerait sa propre condamnation. Or il fallait impérativement que l'une d'elles puisse s'en sortir.

Comme l'inspecteur se penchait en avant, Louisa vit ses yeux rougis par le manque de sommeil. On avait dû le tirer du lit et il n'avait pas l'air ravi d'être là. Pourtant il y avait mort d'homme, et les circonstances exigeaient toute son attention. Il scruta Louisa en plissant les yeux.

— Connaissez-vous cette femme ?

— Oui, répondit-elle en repensant à cette soirée passée à l'Elephant and Castle.

Il émit un claquement de langue impatient.

— Dans quelle mesure la connaissez-vous ?

— Pas très bien, monsieur. Nous nous sommes rencontrées quand j'ai accompagné Mlle Pamela à un dîner à Mayfair, le mois dernier. Chez lady Curtis.

Chaque mot de sa déclaration devait être une pierre ajoutée à l'édifice qui assurerait sa protection.

— Et vous êtes-vous revues ?

— Ce soir, monsieur. Elle est entrée par la porte de service, comme prévu. Il avait été convenu avec lady Redesdale qu'elle raccompagnerait Mlle Charlotte chez les Watney. Hooper devait les reconduire en voiture.

Encore un claquement de langue. L'inspecteur tenta de nouveau de s'adosser plus confortablement, en vain, et fit craquer les jointures de ses doigts. Il regarda d'abord Dulcie, puis Louisa, assez longtemps pour les mettre mal à l'aise. Dulcie ne fit aucun mouvement, même si l'on entendit grincer sa chaise.

— À quelle heure Mlle Long est-elle arrivée ?

— Je ne saurais dire, monsieur. Il était tard, la fête touchait presque à sa fin et il ne restait que quelques invités.

— Vous étiez seule dans la cuisine quand elle est arrivée ?

— Oui, monsieur. Mme Stobie, c'est la cuisinière, était allée se coucher. Les serveuses en extra étaient rentrées chez elles, et Mme Windsor était dans son petit salon.

— Lui avez-vous indiqué une chambre à l'étage ?

Indécise, Louisa hésita un bref instant. Savait-il que Dulcie et Adrian s'étaient retrouvés et qu'elle-même avait aidé à arranger leur rendez-vous ? Non, sûrement pas. Dulcie lui avait donné sa parole que personne ne découvrirait le rôle que Louisa avait joué, au risque qu'elles perdent toutes deux leur emploi. Elle fit le pari que Dulcie ne l'avait pas dénoncée.

— Non, monsieur. Quand elle est arrivée, j'ai quitté les cuisines pour aller débarrasser quelques verres vides qui subsistaient de la fête. J'ai supposé qu'elle resterait là à attendre qu'il soit l'heure de ramener Mlle Charlotte chez les Watney.

— Où étiez-vous quand on a entendu Mlle Long hurler au-dehors ?

— J'étais retournée aux cuisines pour préparer une collation, répondit Louisa.

— Et Mlle Long y était-elle quand vous êtes arrivée ?

— Non, monsieur, répondit Louisa après une brève hésitation. J'ai supposé qu'elle était déjà allée chercher Mlle Charlotte.

Pourvu que cette réponse ne fasse pas de tort à Dulcie, songea-t-elle. Mais que dire d'autre ?

L'inspecteur se pencha sur le bureau. Il souleva un chiffon d'un geste un peu exagéré, tel un serveur soulevant une cloche d'argent pour découvrir un mets de choix. En l'occurrence, c'était une collection de bijoux : un long sautoir de perles fines, un bracelet en saphir et diamants, quelques bagues, plusieurs paires de boucles d'oreilles. Louisa faillit tressaillir de saisissement. Dulcie avait-elle dérobé ces bijoux ? Elle se sentit trahie et pourtant… elle savait bien que Dulcie avait fait partie des Quarante Voleuses, non ? Et elle l'avait introduite dans la maison. Oui, elle avait sciemment laissé une voleuse entrer dans la maison de ses maîtres et lui avait même indiqué une chambre vide, en lui garantissant une bonne demi-heure de tranquillité. De quoi d'autre encore s'était-elle rendue coupable ? Son cœur battait la chamade et elle sentait le souffle lui manquer. Pourtant il lui fallait absolument garder son calme et afficher un air innocent. Quoi qu'il ait pu se passer, elle n'avait pas commis de meurtre.

— Voyez-vous, ce que je n'arrive pas à comprendre, c'est comment Mlle Long a pu empocher tout ça alors qu'elle devait raccompagner Mlle Charlotte, commença l'inspecteur. Non seulement elle a eu le temps de se rendre dans la chambre de Mlle Iris Mitford mais, par un heureux hasard, cette chambre était inoccupée. Pourtant Mlle Long n'était jamais venue en ces lieux auparavant, exposa-t-il posément, avec l'assurance d'un professeur qui a conclu une équation mathématique en un temps record, à la stupéfaction de ses étudiants.

Louisa savait que Pamela rapporterait à l'inspecteur la dispute qu'elle avait entendue par mégarde entre M. Curtis et une femme qui ne pouvait être que Dulcie. Cette dernière avait un œil poché qu'elle devait à M. Curtis, et elle avait été découverte à côté du corps, les poches pleines de bijoux volés. Louisa prit vite sa décision en priant pour qu'elle n'en vienne pas à la regretter.

— Je ne peux vous l'expliquer, monsieur, dit-elle. Après avoir quitté la cuisine, je ne l'ai pas revue jusqu'à ce que j'entende les cris venant du dehors et… le reste, vous le savez déjà.

— En effet, dit l'inspecteur, et les épaules de Dulcie se mirent à trembler. Vous pouvez vous retirer, mademoiselle Cannon, mais restez dans les parages, d'accord ? J'interdis à quiconque de quitter la maison.

13

Le petit déjeuner fut servi à 8 heures pile comme d'habitude, car rien n'aurait pu contrarier l'emploi du temps fixé par lord Redesdale, pas même un meurtre. Peu après, tous ceux qui étaient sortis dans le cimetière la nuit précédente se retrouvèrent dans la bibliothèque à la requête de l'inspecteur principal Monroe, ainsi qu'il venait de se présenter. En tant que témoin ayant vu Dulcie près du cadavre d'Adrian Curtis, Louisa en faisait partie. Les rares invités qui avaient dormi sans se rendre compte de rien étaient partis tôt, sans doute dans un état d'hébétude et d'horreur, ou bien ils prenaient leur café dans le petit salon.

Un soleil d'hiver bleuâtre brillait à travers la large baie vitrée. Tout avait été débarrassé la veille et il ne restait aucune trace de la fête à part un cendrier laissé par mégarde sur une haute étagère qu'Ada, venue à l'aube pour balayer et faire la poussière, avait oublié. Le divan avait été repoussé au centre de la pièce et les chaises en bois destinées aux chaperons empilées et emportées. Les invités avaient passé des pulls en laine sur leurs costumes. Dépouillés de leurs perruques et accessoires, ils étaient les bien pâles copies des personnages qu'ils avaient choisi d'incarner. Pamela avait les yeux rouges, mais elle n'était pas la seule dans ce cas : ils avaient tous les traits tirés, et pas un n'avait la mine fraîche et reposée qui suit une bonne nuit de sommeil. C'était dû non seulement aux interrogatoires menés par l'inspecteur tout au long de la nuit, mais aussi au fait qu'il n'y avait pas assez de chambres préparées et chauffées pour les recevoir. Ils avaient presque tous sommeillé sur des fauteuils ou des canapés dans le salon, sous des couvertures en laine rêche.

Parcourant la bibliothèque du regard, Louisa vit lord Redesdale debout près de la cheminée, qui tapotait sa pipe pour en vider les cendres dans une soucoupe. Nancy, Clara et Charlotte étaient assises sur le divan, un peu écartées les unes des autres. La sœur de la victime fumait sans plus se servir du long fume-cigarette en argent qu'elle exhibait la veille au soir. Phoebe avait le pied posé sur un tabouret, tandis que Sebastian était assis dans un petit fauteuil, jambes croisées, fumant aussi. Ted était debout près du piano, et Oliver Watney assis sur le tabouret de piano. Blême, il faisait mine de feuilleter un recueil de partitions de ses mains tremblantes. Comme s'il prévoyait de donner un récital en de telles circonstances !

Assises dans le renfoncement de la fenêtre, lady Redesdale, sa belle-sœur Iris et Pamela semblaient chacune enfermées dans leur bulle. Elles n'échangeaient aucun geste, ni regard. Quant à Dulcie, elle ne se trouvait pas dans la pièce.

— Merci de vous être toutes et tous rassemblés ce matin, commença Monroe sans tenir compte du reniflement dédaigneux émis par lord Redesdale. Je comprends que certains d'entre vous soient impatients de rentrer à Londres, mais il était important que je m'entretienne d'abord avec vous tous réunis. Je suis sûr que vous en comprenez les raisons. Vous serez soulagés d'apprendre que, selon moi, nous tenons notre coupable.

Il toussota pour cacher son air réjoui. Louisa sentait son cœur battre si fort dans sa poitrine qu'une image saugrenue lui vint en tête : celle d'un lapin tapant en rythme avec ses pattes arrière.

— Il va de soi que ces conclusions devront être soumises au bureau du coroner avec un rapport à la clef, mais j'ai d'ores et déjà procédé à l'arrestation de Dulcie Long sous deux chefs d'inculpation : le vol d'une quantité importante de bijoux, et le meurtre de M. Adrian Curtis.

En l'entendant, Louisa chancela, mais elle se reprit aussitôt. Surtout, elle ne devait rien montrer de son émoi. Elle venait de passer une nuit de tourments depuis qu'elle avait appris que, grâce à sa complaisance coupable, Dulcie avait pu dérober les bijoux. Entendre l'inspecteur déclarer qu'il avait arrêté Dulcie pour meurtre lui fit l'effet d'un coup de pied dans le ventre. Elle avait été aussi naïve que Pamela. Et dire qu'elle s'était vantée auprès de Dulcie de ses expériences de pickpocket !

Charlotte se remit à pleurer et, comme Clara lui prenait la main, Louisa la vit l'écarter d'un geste brusque, sans s'arrêter de pleurer pour autant.

— Apparemment, une dispute a éclaté entre M. Curtis et Mlle Long peu avant la mort de ce dernier, quand il l'a suivie dans la chambre de Mlle Iris Mitford, reprit l'inspecteur. Nous pouvons présumer qu'il l'a surprise à voler les bijoux et qu'il lui a demandé des comptes, déclara-t-il avant de lancer un coup d'œil à la ronde pour s'assurer qu'il tenait son auditoire en haleine. Mlle Pamela a entendu leur dispute par mégarde ainsi qu'un bruit, sans doute celui du coup porté par M. Curtis à Mlle Long, qui valut à cette dernière un œil au beurre noir.

« Mlle Curtis m'a discrètement informé qu'il y avait eu, disons, une relation d'un certain genre entre M. Curtis et Mlle Long ces derniers temps. J'avancerais donc l'hypothèse suivante : Mlle Long a attiré la victime jusqu'au clocher de l'église en usant de ses charmes.

Il toussota, cette fois pour cacher son embarras, tandis que, de fureur réprimée, lord Redesdale virait au pourpre, et que lady Redesdale détournait pudiquement les yeux.

— Une fois en haut du clocher, le prenant par surprise, elle a poussé M. Curtis dans le vide, une chute qui s'est avérée mortelle. Il a dû en effet mourir sur le coup. Prenant conscience de ce qu'elle avait fait, Mlle Long s'est mise à hurler, des hurlements qui ont alerté le reste des invités. Ce fut alors que la plupart d'entre vous sortirent pour courir jusqu'au cimetière et y découvrir à la fois la victime et la coupable.

Monroe jeta un nouveau regard circulaire, puis déploya un grand mouchoir pour moucher longuement un nez qui n'avait rien perdu de son éclat purpurin à la froide lumière du jour. Un lourd silence tomba sur l'assemblée.

Louisa était comme hébétée. Elle s'était complètement fourvoyée au sujet de Dulcie. Elle s'était dit qu'elles avaient beaucoup en commun, qu'elles se comprenaient d'une façon qui les rendait sympathiques l'une à l'autre. Elle s'apercevait à présent qu'elle ignorait totalement qui était en réalité Dulcie. Bref, il lui fallait regarder les choses en face : Dulcie était selon toute vraisemblance coupable de vol et de meurtre. L'aurait-elle aussi trahie ?

14

Guy avait pris la conversation au Cross Keys comme une menace les avertissant de ne pas tenter d'approcher les receleurs, qui devaient eux-mêmes faire partie du gang Elephant and Castle. En conséquence, ils en étaient revenus à leur première idée : tenter de coincer les femmes appartenant à la bande des Quarante Voleuses. À cette fin, Mary Moon et lui-même avaient mis au point une méthode qu'il trouva de prime abord assez plaisante. Il entrerait seul dans une boutique de luxe, fourreur ou joaillier, le genre de lieu susceptible d'attirer l'une des Quarante, et engagerait la conversation avec la ou le responsable au sujet des articles proposés. Grâce à ce stratagème, une voleuse serait tentée de passer à l'acte en voyant que la personne qui risquait le plus de repérer ses manigances était occupée. En effet, Guy savait qu'il serait vite percé à jour comme policier en civil, les hommes fréquentant les boutiques pour dames étant plutôt rares. Quant à Mary, elle devait entrer dans la boutique quelques minutes après lui et, une fois dans la place, elle serait en mesure de repérer facilement toute cliente au comportement suspect.

Enfin, tel était le plan. Mais depuis deux jours qu'ils traînaient dans les petits commerces de luxe de Great Marlborough Street, Guy avait surtout subi de longues explications détaillées sur un certain nombre d'articles, notamment des montres pour femmes, des étoles en renard, un collier de chien incrusté de faux brillants et un service de verres en cristal. Or le seul moment critique avait été celui où Guy avait envisagé d'acheter ledit collier de chien pour l'offrir à Socks. Nulle tentative de vol n'avait été décélée durant leur guet. À vrai dire, c'était même Mary et lui que les vendeuses commençaient à regarder de travers.

Au dernier changement d'équipe, Guy avait appris l'arrestation d'une troisième personne. On n'avait encore aucune confirmation de son lien avec les Quarante, mais les collègues s'étaient retrouvés dans la soirée au pub du coin, près du poste de Vine Street. Cornish aussi était venu boire un whisky, et il avait félicité d'une tape sur l'épaule l'auteur de l'arrestation. Guy était parti après avoir bu deux chopes, et il était rentré chez lui en faisant presque tout le trajet à pied, la tête lourde, heureux de sentir l'air frais de la nuit chasser les vapeurs de l'alcool et ses idées noires.

Le lendemain matin, Mary et lui arpentaient Oxford Street en contournant des flaques d'eau huileuse datant de la dernière pluie quand, en voyant la masse imposante des grands magasins se dresser devant eux, Guy prit soudain une décision.

— Aujourd'hui, nous ferons Debenham and Freebody, agent Moon, déclara-t-il à Mary sans ralentir le pas.

— Mais il y a déjà des hommes en faction là-bas, non ? remarqua Mary en tirant sur le lobe de son oreille gauche, un tic que Guy finissait par trouver attendrissant.

— Peut-être, mais nous aurons un avantage grâce à vous. Nous savons qu'il se commet des vols dans les grands magasins, or deux hommes plantés dans un rayon d'articles pour dames ne passent pas inaperçus. Les Quarante ne risquent pas de s'en approcher. Ils pourraient aussi bien être en uniforme. Tandis qu'avec vous, personne ne se doutera de rien.

— C'est vite dit. Jusqu'à présent, nous n'avons obtenu aucun résultat, remarqua Mary avec une certaine amertume, mais sans faire la moue, car ce n'était pas son style.

Pourtant, Guy savait qu'elle mourait d'envie de mettre une arrestation à son actif. Et pour cause : il éprouvait exactement la même chose.

— Réfléchissez, reprit-il. C'est logique de leur part de viser une cible plus importante. Il est bien plus facile de se cacher au milieu d'une foule de clientes. Elles savent qu'il n'y a pas assez de personnel pour surveiller leurs moindres faits et gestes. D'ailleurs, la dernière arrestation a eu lieu là-bas.

— Et si nous empiétons sur le territoire d'un collègue ? observa-t-elle, toujours en se pinçant l'oreille gauche.

— C'est un risque à courir. À mon avis, Cornish ne serait pas trop regardant si nous réussissions à arrêter l'une des voleuses, non ?

— Hum… Non, je suppose qu'il ne nous en voudrait pas.

Ils s'étaient arrêtés au coin du boulevard en attendant de traverser. Mary sortit une cigarette d'un fin étui en argent. Elle en proposa une à Guy, qui déclina son offre en souriant.

— Je sais bien que vous ne fumez pas, mais ce serait grossier de ma part de ne pas vous en proposer, lui dit-elle, puis elle lui tendit le briquet et il lui offrit du feu.

Encore un rituel. Ils en avaient vite établi entre eux, de ces petits rituels, et soudain Guy sentit quelque chose remuer au creux de son ventre. Plaisir ou gêne ? Il n'aurait su le dire.

Ils n'étaient pas en uniforme, et cela aussi modifiait la donne. Sans leurs strictes vestes bleu marine et leurs bottes cirées, ils échappaient peu à peu à un comportement purement professionnel, alors même qu'ils étaient en service. Guy était vêtu plus élégamment que pour sortir le samedi, avec une épingle de cravate et une pochette en triangle d'un blanc immaculé sortant de sa poche de poitrine. Ce raffinement l'aidait à mieux faire illusion dans le rôle du client habitué des boutiques de luxe tandis qu'il demandait des précisions sur la doublure en soie d'une étole en vison.

Guy se demanda si Mary changeait elle aussi de personnalité en changeant de tenue, comme la fois où elle l'avait surpris au pub en prenant un accent faubourien. Mais il ne le pensait pas. Son costume gris sombre composé d'une jupe plissée et d'une veste cintrée était à la mode, mais pas en vogue. D'où lui venait cette dernière expression ? Ah oui, sa belle-sœur l'avait employée en parlant d'une élégante et dans sa bouche c'était un compliment, sûrement en lien avec le très chic journal *Vogue*, se dit-il. En tout cas, Mary avait de l'allure, surtout quand elle se tournait un peu de côté comme maintenant, le dos cambré et la tête penchée en arrière pour souffler un panache de fumée. Cela mettait en valeur la finesse de sa taille. C'était drôle car, généralement, quelqu'un qu'on voit sans son uniforme perd au début un peu de sa superbe et de son autorité. Avec Mary, c'était différent. Dans son uniforme, elle avait l'air d'une gamine qui vient de s'accoutrer en puisant dans un coffre à déguisements mais, en civil, elle en imposait. On percevait mieux le cran qu'il lui avait fallu pour entrer dans la police.

— Allons chez Debenham and Freebody, insista Guy. Au moins, nous aurons tenté le coup. Et si nous ne décrochons pas le gros lot, eh bien… personne n'en saura rien, conclut-il avec un petit sourire complice.

Mary piétina sa cigarette et rajusta son chapeau, ou plutôt celui que sa sœur lui avait prêté. Un peu trop grand pour elle, il glissait sur son front quand elle baissait la tête. Mais il avait du chic, avec sa voilette bleu marine qui descendait jusqu'au bout de son nez.

— D'accord, dit-elle. Allons-y.

15

En deux heures, ils avaient fait méthodiquement presque tout le tour du grand magasin Debenham and Freebody. Guy avait examiné des vases, des cravates en soie, un service en argent. De son côté, Mary, sous couvert d'enquêter, avait résisté à son envie d'essayer un bon nombre d'adorables robes. Leurs estomacs commençaient à crier, certes plus d'ennui que de famine, néanmoins la perspective d'un bon bol de soupe et d'un chausson fourré à la viande dans un café du quartier s'avérait de plus en plus tentante. Ils n'avaient croisé aucun de leurs collègues, au point que Guy se demandait si ceux qu'on avait missionnés en ces lieux avaient décidé d'explorer de nouveaux territoires. L'heure du déjeuner approchant, le magasin se remplit peu à peu de secrétaires et de standardistes qui s'attardaient au rayon cosmétiques et parfums du rez-de-chaussée. Mary traînassait en faisant mine d'essayer sur le dos de sa main un rouge à lèvres framboise de la marque Revlon. Quant à Guy, il avait hâte de changer d'air, mal à l'aise de se trouver au milieu de toutes ces femmes qui se scrutaient dans leurs petits miroirs de poche.

— Je vais au rayon mercerie, dit-il.

Mary rougit et frotta la trace de rouge à lèvres sur sa main.

— Je vous accompagne.

Le troisième niveau plut davantage à Guy avec ses murs tapissés de rouleaux de tissu et dans l'air une odeur de coton qui lui rappelait la maison. Au fond, postée près d'une longue table, une vendeuse tirait les longueurs d'un épais rouleau de lin vert printemps qu'elle coupa ensuite d'une main experte à l'aide de grands ciseaux. Elle semblait à peu près de l'âge de sa mère et partageait avec elle ce style pratique et un peu terne des femmes qui avaient atteint l'âge moyen avant la guerre : cheveux gris ramenés en chignon, lunettes en demi-lunes relevées sur le front, qu'on abaissait au besoin. Et bien qu'il ait vu sa mère le matin même, Guy ressentit une bouffée de nostalgie en pensant à elle, à son sourire bienveillant, à ses paroles rassurantes qui lui faisaient tant de bien.

La vendeuse et la cliente plaisantaient ensemble en ponctuant leurs échanges de petits rires un peu surfaits à mesure que le tissu était déroulé, coupé et mis dans un sac en papier brun. Les femmes trouvaient toujours à rire… mais de quoi ? Même quand elles se connaissaient à peine, il leur suffisait d'échanger un petit hochement de tête et un clin d'œil complice, et c'était parti. Comme si toute la gent féminine partageait un secret que les hommes ne pourraient jamais comprendre, en admettant qu'ils le veuillent. À côté des machines à coudre, Mary vérifiait différents paquets d'aiguilles, faisant mine de rechercher une taille particulière, mais Guy voyait bien que ses yeux toujours en alerte fusaient de toutes parts. À présent, le rayon était bondé de clientes qui cherchaient leur bonheur dans les bobines de fil de coton, le tissu matelassé, les mètres de ruban.

Une femme grande et élégante attira soudain l'attention de Guy. En long manteau de brocart et chapeau noir très chic, elle n'avait pas l'allure d'une simple employée de bureau. Elle se déplaçait lentement et avec assurance à travers le rayon en tâtant différents tissus, sans requérir pour autant l'aide d'une vendeuse. Ce fut alors que Guy remarqua un petit groupe de trois jeunes employées. Elles restaient debout près des caisses à hocher la tête tout en chuchotant et en agitant les mains. On aurait dit trois petits pinsons picorant des graines. En les observant, Guy se rendit compte qu'elles suivaient des yeux la grande femme élégante dans ses déplacements et que cette dernière provoquait chez elles un certain émoi. Qui était-ce ? Peut-être une artiste de music-hall, car elle avait un air un peu suranné, alors qu'elle ne devait pas avoir plus de vingt-cinq ans. Ou encore l'une de ces actrices d'Hollywood faisant la une des magazines qu'affectionnait Mary ; elle avait bien tenté de l'y intéresser en lui faisant lire un ou deux articles, en vain. À quoi bon savoir ce qu'un acteur mange au petit déjeuner ou de quelle manière est meublée sa maison ? L'intérêt n'était-il pas justement de croire aux personnages que les acteurs et actrices incarnaient à l'écran ? Comment leur véritable personnalité pourrait-elle rivaliser avec celles des héros et héroïnes, princes et princesses, grandes amoureuses ou chevaliers tueurs de dragons…

Quelqu'un lui serra le bras. Se retournant, Guy découvrit Mary, son chapeau tombé si bas qu'il voyait à peine ses yeux derrière la voilette. Elle respirait de façon saccadée, comme en proie à une vive émotion.

— Là-bas, dit Mary en indiquant d'un hochement de tête la longue table où le tissu vert avait été déroulé quelques minutes plus tôt.

Près de la table, ses lunettes sur le nez, la vendeuse était quasi figée, les ciseaux à la main, et elle observait elle aussi la grande femme. Mais ce n'était pas elle que regardait Mary. Ses yeux gris étaient fixés sur une jeune fille qui se trouvait devant une pile de rouleaux de soie. Elle portait un long manteau de piètre qualité boutonné jusqu'au col sur une jupe d'une ampleur exagérée. Serait-ce pour cacher ses formes rebondies ? se demanda Guy. Une supposition qui fut vite démentie quand il eut détaillé son visage hâve aux traits tirés.

— Vous avez vu quelque chose ? murmura-t-il à Mary.

— Pas vraiment, mais… Regardez sa jupe, elle est bien trop large. C'est suspect.

Près des caisses, les trois pinsons avaient cessé de pépier. L'une d'elles s'occupait de facturer un tissu à une cliente tandis que les autres restaient clouées sur place. Alors la grande femme, qui jusqu'à présent s'était déplacée lentement, accéléra soudain le pas, tourna à droite et disparut. Dès qu'elle fut hors de vue, les jeunes vendeuses semblèrent se détendre et, quand Guy regarda la plus âgée postée près de la table de coupe, elle parut elle aussi soulagée, et entreprit de ranger son rayon. Pourtant Mary lui serra encore le bras et hocha de nouveau la tête en direction de la jeune femme aux traits tirés, qui s'était éloignée de la pile de rouleaux de soie et se dirigeait vers la sortie, les mains dans les poches, d'une allure un peu gauche.

Guy se dégagea et se dirigea vers la sortie d'un pas vif. Ce fut alors qu'une grosse femme, un panier sous le bras, lui barra le chemin dans l'étroit passage situé entre la table de coupe et le mur de rouleaux. Tenant un pince-nez de l'autre main, elle se penchait pour mieux examiner le motif d'un tissu.

— Excusez-moi, dit Guy, qui ne voulait pas la bousculer mais avait hâte qu'elle se relève pour le laisser passer, car, du coin de l'œil, il voyait la jeune femme au manteau miteux s'empresser de gagner la sortie.

La grosse dame se redressa, mais ce fut pour se tourner face à lui avec son panier sous le bras, lui bloquant toujours le passage.

— Pardon, monsieur, dit-elle d'un air agacé en le scrutant à travers son pince-nez. Mais j'ai besoin de…

Guy interrompit ses explications.

— Mes excuses, madame. Je vous prie de me laisser passer.

Ulcérée, la grosse dame se raidit, elle allait sûrement lui faire un sermon bien senti sur les bonnes manières, et sur la présence pour le moins suspecte d'un homme dans un rayon réservé aux dames venues là pour assumer leurs devoirs de maîtresse de maison en prenant le temps nécessaire. Mais Guy n'attendit pas la suite. Tandis que la fille à la grande jupe disparaissait de son champ de vision, il vit Mary lui filer le train, avec son chapeau qui rebondissait sur sa tête. S'il avait été Thésée, il aurait abattu ce Minotaure en jupon, mais il n'était pas un héros grec. Guy se sortit de ce guêpier en lui tournant le dos et se fraya un chemin vers la sortie en empruntant une autre voie. Il arriva juste à temps pour entendre Mary proclamer avec un certain contentement : « Vous feriez mieux de m'accompagner, mademoiselle. »

Soudain, ce fut comme si toutes les personnes présentes avaient reçu une décharge électrique. L'atmosphère changea du tout au tout. Guy rejoignit Mary au pas de course en contournant clientes et vendeuses. Elle agrippait la jeune femme, qui cherchait à se libérer en criant au scandale. Guy la saisit par l'autre bras et se tourna vers Mary en souriant malgré lui jusqu'aux oreilles ; sourire qui s'effaça tant la jeune femme appréhendée hurlait à pleins poumons.

— Tenez-vous tranquille, dit Guy. Gardez donc vos protestations pour la déposition que vous ferez au poste de police.

L'idée lui traversa l'esprit qu'en fait, il ne l'avait pas vue voler quoi que ce soit ; pourvu que Mary l'ait vue, elle ! Comme si l'interpellée lisait dans son esprit, elle cessa de se débattre et se contenta de maugréer en se plaignant de l'agression injustifiable dont elle était victime, etc. Guy sentait les regards des clientes les suivre alors qu'ils escortaient la femme à travers le magasin, y compris durant la descente en ascenseur jusqu'au rez-de-chaussée, moment gênant s'il en fut. Alors qu'ils allaient sortir dans la rue, la tenant chacun par le coude, un homme rougeaud en queue-de-pie arriva tout essoufflé. Il lança à Mary un regard perplexe et s'adressa à Guy.

— Pourriez-vous me dire ce qui se passe ici ?

Guy s'arrêta net et prit soudain conscience que ni Mary ni lui n'étaient en uniforme. Leur équipée devait sembler pour le moins bizarre.

— Je suis M. Northcutts, déclara l'homme, dont le teint rubicond ressortait sous des touffes de cheveux blancs. Directeur général de cet établissement, expliqua-t-il en voyant que son nom ne provoquait aucune réaction chez ses interlocuteurs.

— Je vous demande pardon, monsieur, dit Guy. Sergent Sullivan, du poste de police de Vine Street. Et voici l'agent Moon.

Le directeur ne daigna même pas jeter un coup d'œil à Mary, mais garda les yeux fixés sur Guy.

— Nous avons procédé à une arrestation, car nous avons de bonnes raisons de croire que cette jeune femme volait des articles dans le rayon mercerie et tissus de votre magasin, déclara Guy.

— Oui, oui, dit M. Northcutts en écartant ces mots d'un geste, mais qu'en est-il… commença-t-il, puis il baissa la voix et se pencha vers Guy tandis que l'interpellée se taisait pour écouter. Qu'en est-il d'Alice Diamond ?

Guy sentit la jeune femme réagir en entendant ce nom et il resserra son étreinte.

— Elle était là aussi, expliqua M. Northcutts. Les vendeuses savent à quoi elle ressemble. C'est un vieux stratagème : Alice entre, les distrait et, pendant qu'elles la surveillent, l'une de ses complices opère ni vu ni connu. Enfin, presque.

Ainsi, Alice Diamond était présente ? La fierté que Guy avait ressentie en attrapant une voleuse à l'étalage en prit un coup : et si Cornish découvrait qu'il avait laissé filer la reine des Quarante ? Il se maudit une fois encore pour sa courte vue. C'était comme s'il croyait avoir attrapé un gros poisson pour découvrir qu'en fait, il n'y avait qu'un peu d'algues au bout de son hameçon. Il fut presque tenté de laisser filer sa captive. Presque, mais pas tout à fait.

M. Northcutts dégoisait toujours en déplorant amèrement l'incompétence de la police quand Guy l'interrompit.

— Monsieur Northcutts, à mon avis, vous feriez mieux de venir faire une déposition, si vous avez été le témoin d'éléments qui pourraient s'avérer importants dans cette interpellation. Pour l'heure, si vous voulez bien nous excuser, nous allons de ce pas rejoindre le poste de police.

Dans le silence qui suivit, Guy sentit peser sur eux les regards de celles et ceux qui observaient la scène. L'anecdote animerait plus d'une conversation ce soir-là, que ce soit au pub ou au dîner. Les gens continuaient à affluer dans le grand magasin pour être arrêtés net par un groupe de mannequins disposés à l'entrée et figés en plein geste, tels les antiques victimes de Pompéi.

— J'ai rien fait, j'ai rien fait ! protestait la captive tandis qu'ils sortaient tous trois dans l'air froid de la rue, et que Guy priait pour qu'elle eût vraiment volé quelque chose.

16

Louisa était toujours enchantée de voir l'hiver enserrer de ses bras glacés la pierre dorée d'Asthall Manor, peut-être parce que c'était durant les frimas qu'elle avait découvert la demeure pour la première fois et qu'elle avait succombé à son charme. En se réveillant ce matin-là, elle avait vu les champs recouverts de givre par-delà le mur du jardin et, plus près, des toiles d'araignées tout emperlées de rosée scintillante. On aurait dit un autre monde, et d'une certaine manière c'était bien un autre monde, pour elle qui avait grandi à Londres, où il fallait lever les yeux vers le ciel pour voir aussi loin que le regard pouvait porter ici, sur les terres de lord Redesdale.

Les filles se plaindraient du froid, elles taperaient des pieds de façon exagérée dans la nurserie et menaceraient de fermer les fenêtres que leur mère insistait pour garder entrouvertes tout au long de l'année (ce qu'elles n'oseraient jamais faire, bien sûr). Nanny Blor les presserait gentiment, et elle irait chercher des pulls en laine qui sentaient la lavande, grâce aux sachets de fleurs séchées qu'on mettait dans les tiroirs afin d'éloigner les mites. Louisa aimait presque ce picotement familier au bout du nez tandis qu'elle se réchauffait les mains au-dessus du fourneau. Chaque matin, avant le lever du soleil, Ada allumait discrètement un bon feu dans la chambre de lady Redesdale avant de descendre aux cuisines pour aider Mme Stobie à préparer le petit déjeuner. Elle était maintenant mariée et habitait au village, pourtant elle venait toujours accomplir cette tâche quotidienne, et Louisa se demandait qui la remplacerait après son départ. Car Ada lui avait confié qu'elle était enceinte. « Un cadeau de Noël avant l'heure », avait-elle annoncé en riant, et Louisa avait beau se réjouir pour elle de cette heureuse nouvelle, elle plaignait aussi Ada dans son cœur pour la surcharge de travail que l'avenir réservait à son amie.

Après la mort d'Adrian Curtis, l'hiver avait beaucoup perdu de son charme. Les heures se suivaient, glaciales, dans une monotonie sans fin. Même les levers et les couchers du soleil ne semblaient diffuser qu'une lumière grisâtre. Personne n'avait envie de se livrer à ses passe-temps habituels, qui semblaient tous trop futiles ou exigeaient trop d'énergie. Nancy était d'humeur geignarde, ce qui ne lui ressemblait guère. Lady Redesdale était restée couchée trois jours durant en se plaignant d'un mauvais refroidissement et en demandant qu'on lui monte de la soupe sur un plateau deux fois par jour, elle qui n'était jamais malade. Lord Redesdale faisait de longues marches avec ses chiens, puis il rentrait au crépuscule pour se retirer aussitôt dans son bureau, pièce interdite aux enfants, où il fallait dorénavant allumer le feu tous les soirs. On laissait la salle à manger dans la pénombre, et Mme Stobie s'irritait de ne jamais savoir pour qui elle devait préparer les repas, ni si quelqu'un les mangerait.

Là-haut, dans la nurserie, Nanny Blor et Louisa s'efforçaient de maintenir un semblant de normalité pour les plus jeunes, qui restaient fort heureusement dans l'ignorance de l'événement, tout en sachant qu'il s'était passé quelque chose. Debo suçait son pouce avec tant d'acharnement que Nanny Blor lui répétait trois fois par jour qu'il n'allait plus rien en rester, mais, la plupart du temps, elle jouait tranquillement avec la maison de poupée dont cinq sœurs avant elle avaient usé sans ménagement. Quant à Decca et Unity, quand elles n'étaient pas en salle d'études avec la préceptrice, elles se réfugiaient dans le renfoncement d'une fenêtre et chuchotaient à voix basse. Si elles ne jouaient apparemment à aucun jeu précis, les propos qu'elles échangeaient semblaient fort les divertir. C'était un soulagement d'entendre ces rires d'enfant s'échapper de leur chambre.

Déjà furieuse de n'avoir pu assister à la soirée, Diana ne pouvait accepter d'avoir raté l'événement le plus sensationnel qu'Asthall eut jamais connu. Elle s'enfermait dans un silence morose, sauf quand Pamela ou Nancy étaient dans les parages ; alors elle les harcelait de questions et leur reprochait avec virulence de ne pas avoir défendu sa cause quand leurs parents lui avaient interdit d'assister à la soirée. Il en résultait des portes claquées et des crises de larmes, quand ce n'était pas les deux à la fois. En tout cas, ces comportements n'amélioraient pas l'ambiance générale de la maison.

Louisa, elle, paraissait tout engourdie. Lorsque Ada avait essayé de lui soutirer des détails, elle s'était heurtée à un mur. Louisa avait beau se raisonner, elle éprouvait un vague sentiment de culpabilité, comme si elle était responsable de ce qui était arrivé. Avait-elle encouragé Dulcie d'une manière ou d'une autre ? Avait-elle refusé de voir qui elle était vraiment et ce dont elle était capable, aveuglée par le prestige éblouissant des Quarante ? Ou bien avait-elle obéi à une envie irrépressible d'aider Dulcie à échapper à son passé, ainsi qu'elle-même avait réussi à le faire ? Elle n'aurait su dire. En réalité, elle n'était plus sûre de rien et flottait dans un état d'hébétude, ses repères complètement brouillés. Lorsqu'elle essayait de choisir un livre dans la bibliothèque, elle restait plantée devant les rayons, incapable de se rappeler quels auteurs elle aimait. Elle en avait aussi perdu l'appétit, et tous les aliments avaient pour elle le même goût. Au bout de trois jours, elle se rendit compte qu'elle ne s'était pas une seule fois regardée dans la glace. Son oubli d'elle-même était si fort qu'alors qu'elle descendait à pied au village, un après-midi, elle avait tressailli en voyant son ombre se profiler devant elle.

Le surlendemain, les derniers invités s'étaient empressés de quitter les lieux dès que l'inspecteur principal Monroe leur en avait donné l'autorisation. Lorsqu'il leur avait déclaré que ses investigations étaient terminées pour l'heure, ils avaient repris vie avec raideur dans un même mouvement, telle une guirlande de poupées en papier qui se déplie. Ragaillardis par du thé bien chaud accompagné de toasts, ils s'en allèrent enfin. Clara partit avec Ted, qui vint garer lentement sa voiture dans l'allée. Sebastian leur fit une frayeur au moment où les roues de son auto patinèrent sur le gravier mouillé et qu'il sembla un instant foncer tout droit sur le chêne géant du milieu de l'allée. Quant à Charlotte, elle était dans un tel état d'hystérie qu'on avait jugé plus sage de la garder. Malgré sa foi en la vertu de l'autoguérison, lady Redesdale avait fait venir le médecin du comté, et il avait donné à la sœur du défunt des sédatifs grâce auxquels elle avait pu dormir presque deux jours d'affilée. Louisa se partageait entre Nanny Blor, dans la nurserie, et Charlotte, dans la chambre bleue, ce qui supposait beaucoup de montées et de descentes d'escalier. À un moment, elle se vit cramponnée à la rampe, comme si elle était sur une échelle menaçant de tomber par grand vent.

Si l'enquête criminelle n'exigeait pas d'autopsie, les funérailles d'Adrian auraient lieu dans dix jours. Louisa était dans la chambre de Charlotte à ranimer le feu quand elle l'avait entendue émerger de son long et profond sommeil. Couchée en chien de fusil, la jeune fille la fixait d'un air hagard. Peut-être ne se souvenait-elle pas du lieu où elle se trouvait.

Louisa s'approcha vite, lui servit un verre d'eau, puis l'aida à se redresser pour boire jusqu'à la dernière goutte. Charlotte se rallongea, épuisée. Mais soudain, elle rouvrit les yeux et se dressa d'un bond comme un coucou sortant d'une pendule.

— Adrian, dit-elle.

— Allons, ne vous mettez pas martel en tête, lui dit doucement Louisa, consciente que ce n'était qu'une platitude.

— Il est mort.

Louisa se contenta de hocher la tête.

— Je vais aller chercher Mlle Nancy, proposa-t-elle.

— Non ! s'exclama Charlotte, mais elle sembla alors prendre conscience de ce qui l'entourait, de la présence de Louisa, et se rendit compte qu'elle ne pouvait plus rester dans l'ignorance de ce qui se passait.

Ce fut Pamela que Louisa croisa en premier. Elle rentrait d'une promenade à cheval et traversait le grand hall en chaussettes, jodhpurs et veste, tout échevelée, car on ne pouvait obtenir d'elle qu'elle mette une résille sous son chapeau. Ces derniers temps, Pamela s'était révélée sous un autre jour, en montrant une grande faculté de récupération et un refus de céder à la panique qui en avaient impressionné plus d'un. Son refuge, comme toujours, c'était les chevaux et la bonne chère ; tant qu'elle pouvait s'autoriser l'un ou l'autre de ces plaisirs, elle semblait être à peu près dans son état normal. Louisa estima que, tout compte fait, et dans ces circonstances, Pamela serait plus bénéfique à Charlotte que Nancy.

— Mademoiselle Pamela, lui lança-t-elle, et Pamela s'arrêta pour se retourner.

— Oui ?

— Mlle Charlotte s'est réveillée. Pourriez-vous monter la voir ? Je crois qu'elle a besoin de compagnie.

Pamela réfléchit, puis redressa les épaules.

— Oui, bien sûr. Faites monter du thé et des toasts, voulez-vous ? Ou mieux encore, apportez-les vous-même.

Louisa n'en crut pas ses oreilles, car Pamela n'avait encore jamais donné d'ordre.

— Oui, mademoiselle Pamela, tout de suite.

Et elles partirent chacune de son côté.

17

L'enquête judiciaire sur le décès d'Adrian Curtis eut lieu à la Crown Court de Banbury, cinq jours après l'événement. Lord Redesdale ne voulait pas en entendre parler, mais tous ceux qui avaient découvert Dulcie près du corps du défunt étaient censés assister à l'enquête, au cas où l'une ou l'autre des dépositions établies durant la nuit ait besoin d'être corroborée par un deuxième interrogatoire. Cette nouvelle avait provoqué des cris et des grincements de dents, qui avaient atteint leur paroxysme quand lord Redesdale s'en était même pris à son chien préféré. Pour finir, il emmena en voiture son épouse, Nancy et Charlotte, tandis que Louisa et Pamela étaient conduites par la mère d'Oliver Watney, accompagnée de son fils, qui tout au long du trajet sembla près de vomir par la fenêtre. À part un bonjour laconique, on ne put lui soutirer un mot, mais sa mère parla pour deux en exprimant haut et fort son indignation et sa déception. Quant à Pamela, elle garda les yeux obstinément fixés sur le paysage qui défilait derrière la vitre. Louisa avait bien envie de lui serrer la main mais elle se retint, car la jeune fille avait passé l'âge d'être dorlotée. Pourtant

Louisa elle-même aurait aimé que quelqu'un lui tienne la main. D'ailleurs Debo semblait le comprendre instinctivement car, quand elles se promenaient ensemble dans le jardin, sa petite menotte venait doucement se nicher dans la sienne.

La salle du tribunal n'avait rien d'impressionnant, avec ses murs gris ardoise, un grand bureau réservé au coroner, et des rangées de bancs destinés au public. Le jury, composé de deux femmes et dix hommes, siégeait sur le côté, chacun de ses membres évitant résolument de croiser le regard de quiconque, à part celui du coroner. En revoyant Dulcie, Louisa eut un choc. En cinq jours seulement, elle semblait avoir maigri et son joli visage était bien pâlichon. L'œil au beurre noir qu'elle avait récolté durant cette terrible soirée s'était estompé, il n'en restait qu'une légère auréole jaune et mauve. Quand elle croisa son regard, Dulcie s'empressa de détourner les yeux ; elle était gardée par un policier posté à côté d'elle, mais n'avait pas de menottes.

M. Hicks, le coroner, commença par se présenter et par déplorer les malheureux événements survenus le 21 novembre aux premières heures, puis il demanda au jury d'écouter attentivement les dépositions qu'on lui soumettrait. M. Hicks souligna que l'enquête devait établir la cause du décès et qu'il ne s'agissait pas d'un procès, mais d'un exposé des témoignages recueillis cette nuit-là, même si, aujourd'hui, d'autres questions pourraient être posées, si nécessaire. Louisa jeta un coup d'œil à Charlotte, qui était assise entre lord et lady Redesdale, si blanche que Louisa voyait des veines bleues transparaître sur la peau diaphane de ses paupières. Son père était mort depuis quelques années, mais il devait lui manquer en ces douloureux instants. Terrassée par le chagrin, sa mère était bien incapable de lui apporter le moindre réconfort ; selon une rumeur, lady Curtis n'avait pas quitté sa chambre depuis qu'elle avait appris la mort de son fils. Assis à côté de Charlotte, lord Redesdale semblait laisser penser qu'une nuit à Ypres en 1917 lui aurait paru préférable à cette salle de tribunal, auprès d'une jeune femme éplorée. Les autres, à savoir Sebastian, Ted, Clara et Phoebe, étaient arrivés de Londres juste avant le début de la séance, et ils se glissèrent dans la rangée derrière les Mitford, l'air grave et compassé.

— La cour appelle l'honorable Mlle Pamela Mitford.

Pamela gagna la barre des témoins, qui n'était en fait qu'une simple estrade, basse et entourée d'une sorte de rambarde. Son visage gardait une rondeur enfantine, mais elle avait emprunté un manteau et une jupe marron foncé à sa mère, ainsi qu'un chemisier crème à haut col. Une tenue un peu démodée et qui détonnait sur quelqu'un d'aussi jeune.

— Pouvez-vous, je vous prie, confirmer votre nom et votre lieu de résidence.

— Pamela Mitford, Asthall Manor.

— La fête du 21 novembre était censée célébrer votre dix-huitième anniversaire, n'est-ce pas ?

Pamela le confirma.

— Pourriez-vous dire au jury ce que vous avez déclaré à l'inspecteur Monroe sur votre rencontre avec le défunt, peu avant sa mort ?

Pamela hésita et baissa les yeux un bref instant.

— Ce n'était pas vraiment une rencontre, monsieur le juge.

— Je ne suis pas juge, mon enfant, la corrigea-t-il, non sans douceur. Veuillez juste raconter la chose au jury telle qu'elle s'est passée.

Pamela acquiesça et se tourna face au jury sans regarder personne en particulier, fixant un point sur le mur derrière eux.

— La fête était presque terminée, nous n'étions plus que quelques-uns, et nous étions engagés dans une chasse au trésor. Oh, une petite partie, dans la maison seulement. Nous venions de commencer à jouer quand j'ai reçu un message de ma mère, qui me demandait de monter la voir dans sa chambre.

— Qui vous a transmis ce message ?

— Ma bonne d'enfants. Elle est venue me prévenir.

— Et où étiez-vous ?

— Dans la salle à manger, avec Adrian Curtis.

Il y eut des remous dans le public tandis que les gens bougeaient sur les durs bancs de bois.

— Comment M. Curtis semblait-il aller à ce moment-là ? s'enquit M. Hicks en se penchant en avant.

Ne sachant si elle devait s'adresser au coroner ou au jury, Pamela se tortilla un peu.

— Il m'a semblé bien. Enfin, je n'ai rien remarqué de particulier chez lui. Je ne l'avais rencontré qu'une fois auparavant. Nous nous trouvions dans la même pièce parce que nous avions tous deux deviné nos deuxièmes indices et c'est là que nous les cherchions… Voyez-vous, ajouta-t-elle en se tournant vers le jury, on trouve un indice, et la réponse à l'énigme posée est un certain objet…

— Je suis certain que mesdames et messieurs du jury connaissent les règles d'une chasse au trésor, l'interrompit M. Hicks, même s'ils ne font pas eux-mêmes partie de la jeunesse dorée de Londres.

Il haussa les sourcils et quelqu'un glousa dans la salle. Pamela rougit de confusion.

— Oui, bien sûr.

— Je vous en prie, continuez. Vous avez donc eu le message… ?

— Oui, et je me suis rendue dans la chambre de ma mère. Elle était là avec ma tante, Mlle Iris Mitford. Apparemment, elle ne m'avait pas envoyé de message, mais comme j'étais là…

— Qu'avez-vous dit ? Lady Redesdale ne vous avait pas demandé de la rejoindre ?

— Non, monsieur. Notre domestique m'a expliqué plus tard qu'elle s'inquiétait de me voir seule dans une pièce en compagnie d'un homme, et que mes parents risquaient de ne pas trouver cela convenable, expliqua Pamela, dont le menton tremblait un peu.

En effet, Louisa lui avait fourni ce prétexte durant les jours suivant le meurtre, au cas où l'on s'en étonnerait plus tard. Grâce au ciel.

M. Hicks en prit bonne note.

— Je comprends. Continuez.

Les fenêtres du tribunal étaient noires de suie et munies de barreaux à l'extérieur, de sorte que peu de lumière filtrait, mais Louisa vit que le ciel blanc avait viré au gris foncé.

— Profitant de ma présence, ma tante m'a envoyée chercher dans sa chambre un livre dont elle voulait montrer un passage à ma mère… expliqua Pamela, puis elle hésita, le temps de reprendre son souffle, ou craignant peut-être de donner des détails inutiles. Et donc, je me suis empressée d'aller jusqu'à la chambre jaune, celle de ma tante. Ce n'était pas loin, elle se trouve juste à côté du dressing-room de mon père.

— Et votre père, était-il là ?

— Je crois, oui. Comme la lumière était éteinte, j'ai supposé qu'il dormait…

Elle observa un petit silence et M. Hicks l'invita d'un geste à poursuivre.

— La porte était fermée, mais j'ai entendu une dispute…

— Saviez-vous qui se trouvait dans la chambre ?

— Non. J'ai seulement reconnu la voix de M. Curtis. Il se querellait avec une femme, j'ignorais de qui il s'agissait, sur le moment.

— L'avez-vous découvert plus tard ?

Il y eut un silence. Louisa retint son souffle.

— Oui, répondit Pamela. La femme en question parlait avec un accent du sud de Londres, bien reconnaissable. Je l'ai entendue plus tard quand… eh bien, quand nous avons découvert M. Curtis.

— Cette femme, l'aviez-vous déjà rencontrée ?

— Pas vraiment. Le mois précédent, je l'avais vue servir chez M. Curtis, à Londres, durant un dîner auquel j'assistais, répondit Pamela d'un ton qui montrait qu'elle prenait de l'assurance.

— L'aviez-vous remarquée plus tôt au cours de votre fête d'anniversaire ?

— Non, je ne crois pas.

— Cette domestique se trouve-t-elle dans cette salle actuellement ?

Pamela hocha la tête.

— Pouvez-vous l'identifier, je vous prie ?

Pamela désigna Dulcie, qui soutint son regard en l'obligeant à détourner les yeux la première. M. Hicks l'invita à reprendre son récit.

— Je ne suis restée là que quelques secondes, et j'allais m'en aller quand j'ai entendu un bruit, une sorte de coup sec et violent. Cela m'a fait peur et je me suis enfuie.

— Qu'avez-vous fait ensuite ?

— Je suis allée aux cuisines pour prévenir Louisa… Je veux parler de Mlle Cannon, ma bonne d'enfants.

— Pourquoi en avez-vous parlé à Mlle Cannon ?

Louisa eut la sensation très désagréable d'être scrutée, même si le jury ne pouvait savoir qui elle était.

— C'est que je ne savais pas vers qui d'autre me tourner, répondit Pamela après un petit temps de réflexion. Ils étaient tous occupés par la chasse au trésor et dispersés dans la maison. J'étais sous le choc de la querelle que j'avais entendue.

— Et que vous a dit Mlle Cannon ?

Pamela chercha Louisa des yeux, puis revint au jury.

— Elle m'a dit que nous ne pouvions pas savoir de quoi il retournait, que cela faisait peut-être partie du jeu, et elle m'a conseillé de rejoindre les autres.

— Je vois. Vous pouvez regagner votre place, mademoiselle Mitford. Votre témoignage nous a été très précieux.

Pamela retourna donc à sa place à côté de sa mère, qui ne fit aucun geste vers elle, mais lui décocha un petit sourire, aussi crispé que fugace.

La personne qui fut ensuite appelée à la barre était Dulcie, escortée par l'agent de police qui la gardait depuis le début. À voir sa silhouette en forme de bonhomme de neige, l'on pouvait douter qu'il réussisse à rattraper une prévenue en fuite. Mais Dulcie ne s'enfuirait nulle part.

Après les formalités d'usage et la confirmation de ses nom et adresse, à savoir la maison de lady Curtis à Mayfair, même s'il paraissait peu probable que Dulcie retourne y habiter un jour, le coroner commença son interrogatoire.

— Veuillez dire au jury, je vous prie, comment vous vous êtes retrouvée à Asthall Manor.

— Il avait été convenu que j'irais chercher Mlle Charlotte pour la ramener en la demeure de Mme Watney, chez qui nous séjournions.

— La maison de Mme Watney était donc assez proche ?

Louisa vit Mme Watney se redresser à la mention de son nom dans une salle de tribunal et regarder autour d'elle en quête de regards intéressés. Elle en fut pour ses frais.

— À environ sept cents mètres en bas de la route, répondit Dulcie.

— Qu'avez-vous fait quand vous êtes arrivée à Asthall Manor ? Quelqu'un vous a-t-il accueillie ?

— Oui, monsieur. La domestique, Louisa, m'a fait passer par l'entrée de service qui accède aux cuisines.

Dulcie avait un air de défi, malgré l'uniforme de détenue provisoire qu'elle portait : une robe grise en toile rêche, sur une chemise d'un blanc douteux, trop large pour sa frêle silhouette. Il y eut un silence.

— Louisa Cannon vous a-t-elle montré la chambre à l'étage ?

— Non, monsieur.

Avait-elle répondu avec trop d'empressement ? Louisa sentit ses joues devenir brûlantes.

— Elle a dit qu'elle devait aller débarrasser les restes de la fête et elle m'a laissée seule dans les cuisines, ajouta Dulcie.

— Mais vous n'y êtes pas restée, n'est-ce pas ?

— Non, monsieur, répondit-elle posément. Je suis montée par l'escalier de service.

— Quelles étaient vos intentions, à ce moment-là ?

— Je me suis dit qu'il y aurait peut-être une chambre vide… où dénicher quelque chose qui vaille le coup, termina-t-elle d'un ton plus assuré.

C'était choquant de l'entendre proférer ces intentions à haute voix et, quand Louisa se rappela le rôle qu'elle y avait joué, elle eut envie de disparaître sous terre.

— Est-ce une pratique courante pour vous, mademoiselle Long ? Pénétrer ainsi dans une maison inconnue pour y chercher quelque chose à voler ?

— Non. Tout le temps que j'ai travaillé chez lady Curtis, je ne l'ai jamais fait.

— Dois-je comprendre que vous l'aviez fait avant de travailler pour votre actuel employeur ?

Dulcie demeura silencieuse.

— Greffier, veuillez noter dans le rapport que le témoin n'a répondu à la question ni par oui ni par non, dit M. Hicks. Continuez.

— Je suis montée à l'étage et je n'ai vu personne. La porte d'une chambre était entrouverte et, quand j'ai regardé à l'intérieur, j'ai vu qu'elle était vide. Je savais que tout le monde était en bas, à la fête, alors j'ai saisi l'occasion.

— Peu après, M. Curtis est entré dans la chambre ?

— Oui.

— Aviez-vous prévu de l'y rejoindre ?

Dulcie secoua la tête.

— Le témoin a répondu que non, dit M. Hicks à l'adresse du greffier, tandis que l'angoisse desséchait la bouche de Louisa. Que s'est-il passé quand il est entré dans la chambre ?

On voyait des gouttes de sueur perler au front de Dulcie et les jointures de ses mains agrippées à la barre étaient blanches, mais son regard ne vacillait pas. Sans bien savoir pourquoi, Louisa regarda derrière elle les bancs où quelques personnes étaient dispersées, principalement des journalistes, supposait-elle. Tout au fond, dans un coin de la salle, elle repéra alors une femme à la carrure massive ; elle la reconnut aussitôt comme étant celle qui avait menacé Dulcie, au pub Elephant and Castle. Visiblement, elle était venue dans le but de la surveiller de près, et Louisa sut que la jeune détenue en était parfaitement consciente. Il n'était pas question pour elle de faire le moindre faux pas.

— Il m'a prise sur le fait, à voler des bijoux dans un tiroir de la coiffeuse, répondit Dulcie.

— Et quelle a été sa réaction ? demanda M. Hicks, son stylo plume en l'air.

— Il était furieux. Il m'a dit de remettre les bijoux dans le tiroir, et comme j'ai refusé, il m'a frappée.

— Où vous a-t-il frappée ?

— Là, sur l'arcade sourcilière, répondit Dulcie en montrant son œil gauche.

M. Hicks croisa les bras sur son bureau.

— Est-ce à ce moment-là que vous avez décidé de vous venger ?

— Comment monsieur ? Non, monsieur. Non, en aucun cas ! protesta Dulcie en haussant le ton, les mains toujours agrippées à la barre, et Louisa devina qu'autrement, elle aurait chancelé.

— Vous êtes alors convenus de le rejoindre au clocher ?

— Non. Nous n'avons rien dit de plus. Il a quitté la chambre et peu après, moi aussi.

— Votre rencontre à l'église plus tard cette nuit-là serait donc selon vous une pure coïncidence ?

Un sentiment d'impuissance transparut sur le visage de Dulcie, mais elle ne fit valoir aucun argument qui aurait pu la racheter aux yeux du jury.

— Je ne l'ai pas rejoint, monsieur. J'ai seulement vu… commença-t-elle, incapable de finir sa phrase.

— Racontez-nous ce qui s'est passé quand vous avez quitté la chambre, mademoiselle Long.

Dulcie observa un petit silence, trop bref pour lui donner le temps d'inventer une histoire. Elle battit des paupières et eut soudain l'air d'une enfant désemparée qui attend près des grilles d'une école que sa mère vienne enfin la chercher.

— Je suis redescendue aux cuisines et j'ai pris mon manteau. Il n'y avait personne.

— Oui ? Et ensuite ? demanda M. Hicks d'une voix où perçait désormais une certaine impatience, lui qui jusqu'alors avait conservé un ton posé.

— L'heure n'était pas encore venue de ramener Mlle Charlotte, et comme je n'avais pas envie de croiser quelqu'un, avec mon œil au beurre noir, j'ai décidé d'attendre dehors.

Elle s'interrompit un instant et M. Hicks en profita pour consulter ses notes.

— Selon le rapport de l'inspecteur, cette nuit-là, il faisait froid, mais il ne pleuvait pas, et la lune était masquée par des nuages, déclara-t-il, puis il considéra le témoin. Aviez-vous une lampe torche sur vous ?

— Non monsieur, mais il y avait un peu de lumière venant des fenêtres de la maison. J'ai marché dans le jardin, puis je me suis assise dans un vieux pavillon d'été pendant un certain temps, mais j'ai fini par avoir froid. Alors j'ai décidé d'aller dans le cimetière, que j'avais vu plus tôt, en passant.

— Vous avouerez que c'est un drôle de lieu de promenade, au beau milieu de la nuit, remarqua M. Hicks. La plupart des gens n'aimeraient guère s'y retrouver seuls. Mais vous, vous saviez que vous y retrouveriez M. Curtis, n'est-ce pas ?

— Non, monsieur, je n'en savais rien ! s'exclama Dulcie en se retenant à grand-peine de hausser le ton. Et d'ailleurs, je n'ai pas peur des fantômes, car à vrai dire, je n'y crois pas. Je me suis dit que je pourrais attendre dans l'église sur un banc, et rester là un moment.

À côté de Louisa, il y eut de nouveaux remous. Elle avait presque oublié la présence des autres. Lord Redesdale et Pamela échangeaient des coups d'œil : eux croyaient aux fantômes, mais lady Redesdale déclarait à l'envi que ce n'était que balivernes, aussi gardaient-ils ça pour eux. Tous les deux affirmaient pourtant que durant plusieurs nuits, de l'eau avait coulé près de la fenêtre du bureau de lord Redesdale, alors qu'il n'y avait aucun robinet ni aucune flaque dans l'allée en dessous.

— Je suis entrée dans le cimetière, poursuivit Dulcie. Il faisait nuit noire, mais l'église est en brique blanche, et elle luisait presque dans la pénombre… Je me suis dirigée vers l'arrière, où je pensais trouver l'entrée, et alors j'ai vu…

Chacun savait ce que Dulcie avait vu et retenait son souffle, fasciné, comme devant un monstre de foire exhibé dans un cirque.

— Dites au jury ce que vous avez vu, mademoiselle Long.

— M. Curtis, mort, monsieur.

Dulcie baissa la tête et, relâchant son étreinte sur la barre, elle chancela un peu, sans toutefois s'évanouir.

Une idée saugrenue vint alors à Louisa : elle pensa à la tranche d'apple pie douce et fondante qu'elle s'était réservée sur une assiette, dans le cellier, et qu'elle avait prévu de manger à son retour d'une journée qui serait sûrement longue et difficile, pour se requinquer. Mais, au lieu d'en avoir l'eau à la bouche, elle sentit sur sa langue et sous son palais comme un goût de cendre.

18

La marche depuis Debenham and Freebody jusqu'à Vine Street ne prenait que quelques minutes, d'habitude… Avec une jeune femme qui se débattait comme un beau diable en donnant des coups de pied et en criant à tue-tête pendant tout le trajet, au point que Guy et Mary durent presque la porter le long d'Oxford Street, ils mirent une demi-heure. Quand enfin ils franchirent le seuil du poste de police, Guy transpirait à grosses gouttes et Mary avait renoncé à porter son chapeau, qu'elle agrippait d'une main.

L'agent posté à l'accueil était un vieux de la vieille, avec une moustache en guidon de vélo si abondante qu'on aurait dit qu'un petit animal à fourrure s'était blotti sous son nez pour y faire un somme. Guy et Mary n'avaient ni l'un ni l'autre le maintien discipliné qu'on attend d'ordinaire d'officiers de police, mais, vu leur air réjoui, ils avaient dû faire une bonne prise, aussi eurent-ils droit à un accueil chaleureux.

— Tiens donc, qu'est-ce que nous avons là ? leur lança-t-il.

Tout en tenant ladite prise par le coude, Guy avança d'un pas martial vers le comptoir, un peu haletant.

— Une jeune femme, qu'on a surprise en train de voler à l'étalage chez Debenham and Freebody, monsieur, déclara-t-il. Il nous faudrait dès maintenant une salle d'interrogatoire.

— Comment ça, nous ? s'enquit l'agent en haussant les sourcils.

— Moi-même et l'agent Moon, monsieur.

— L'agent Moon peut aller remettre de l'ordre dans sa coiffure et dans ses vêtements. Je vais vous conduire à une salle d'interrogatoire et j'irai chercher l'inspecteur Cornish. Je sais qu'il est dans le coin.

Il consulta une liste posée sur son bureau pour vérifier quelle salle était libre.

Mary s'avança d'un pas en frémissant d'une rage contenue, mais elle ne dit rien et ne lâcha pas le bras de la captive. D'ailleurs cette dernière ne cherchait plus à se libérer et se tenait tranquille, dans un silence maussade. Alors Guy se pencha en avant et déclara posément, mais fermement :

— Pardon, monsieur, mais l'agent Moon a joué un rôle essentiel dans cette interpellation. Sa présence en salle d'interrogatoire est donc nécessaire.

— Comme vous voudrez. Cornish en décidera. Troisième porte à gauche, dans le couloir.

Une fois dans la salle d'interrogatoire, Guy demanda à Mary de fouiller dans les jupes et jupons de la jeune interpellée, qui se débattit et se tortilla de plus belle en criant qu'elle n'avait rien.

— Inutile de vous fatiguer, mademoiselle, lui dit Guy en désignant les murs peints en marron et beige et la porte métallique fermée, avec sa fente en glissière.

La jeune femme se calma et Mary, soulevant les pans de l'ample jupe, découvrit cachés en dessous deux rouleaux de soie bleu lavande qu'elle sortit, puis déposa sur la table.

— Et ça, c'est quoi ?

La jeune femme haussa les épaules.

— Comment vous appelez-vous ? demanda Guy, bloc-notes et stylo à la main.

— Elsie White.

— Âge et adresse ?

— Dix-neuf ans. 36, Dobson Road.

— C'est au sud de la rivière, je présume ? dit Guy.

— Si ça vous chante, répondit-elle en s'amusant de sa propre insolence, car elle lui avait sûrement donné de fausses informations.

Guy allait la menacer d'une plainte pour obstruction à la justice quand la porte s'ouvrit en grand. Cornish entra dans la pièce, joufflu et baraqué, masquant de sa large silhouette la lumière du couloir. Il considéra Elsie et Mary, puis sourit à Guy.

— Deux d'un coup, mon garçon ?

— Non, monsieur. Une seulement, répondit Guy en indiquant d'un hochement de tête Elsie, qui se tenait toujours au milieu de la pièce, car aucun d'eux trois n'avait songé à s'asseoir.

— Qui êtes-vous donc ? lança Cornish d'un ton rogue à l'adresse de Mary.

— Agent Moon, répondit-elle. J'étais en service avec le sergent Sullivan, habillée en civil. Infiltration, vous comprenez.

Cornish fit un geste désinvolte dans sa direction, d'une main aux ongles propres et soignés qui semblait sortir de chez la manucure, pour revenir à Guy.

— Bien. Qu'est-il arrivé et en quoi suis-je concerné ?

Guy sentit le sang bouillonner dans ses oreilles.

— Nous étions dans le rayon tissus et mercerie de Debenham and Freebody vers 11 heures ce matin quand nous avons remarqué que les vendeuses n'avaient d'yeux que pour une femme de haute taille, qui se déplaçait dans le rayon sans rien acheter.

Cornish avança une chaise en râclant les pieds sur le sol et s'assit pesamment. Guy garda le silence tandis que l'inspecteur sortait un cigare, en coupait le bout et l'allumait, tout cela sans se presser. Les trois autres restèrent figés comme si on leur avait jeté un sort. Enfin Cornish fit un signe de tête à Guy, et le charme fut rompu.

— Alors que l'attention des vendeuses était retenue ailleurs, l'agent Moon a repéré les agissements suspects de cette jeune femme et, en la voyant gagner la sortie, elle lui a couru après…

— Oublions ça une minute, l'interrompit Cornish en soufflant une spirale de fumée grise qui monta vers le plafond. Revenons à cette femme de grande taille, c'est elle qui m'intéresse. À quoi ressemblait-elle ?

Guy accusa le coup.

— Elle portait un manteau et un chapeau noirs, très chics, dirais-je… Je ne sais quoi ajouter d'autre, monsieur.

Bon sang de bois. Au diable ma myopie, se dit Guy, mortifié.

— C'est ma faute, monsieur, intervint Mary, et Cornish se redressa un peu. J'ai distrait le sergent Sullivan. Je lui ai dit de me rejoindre pour arrêter cette femme.

— Votre bêtise a permis à Alice Diamond de nous filer entre les doigts, déclara sans pitié Cornish entre ses dents serrées.

Guy regarda Mary avec angoisse. Le directeur du magasin avait donc raison. Aurait-il téléphoné au poste de police ? C'était possible.

Cornish tira encore sur son cigare.

— Ça, elle est futée, je vous l'accorde, reprit-il. Même si vous l'aviez appréhendée, on n'aurait rien trouvé sur elle et on n'aurait rien eu à lui reprocher. Elle laisse la basse besogne à ses sous-fifres, conclut-il en soufflant de la fumée en plein dans la figure d'Elsie, qui grimaça, mais ne toussa pas. Découvrez à qui elle devait fourguer son butin.

— Pardon monsieur ?

— Le receleur, Sullivan.

En prenant appui sur sa cuisse, Cornish se leva.

— Prenez sa déclaration, enregistrez-la, et bouclez-la. Vous avez fait du bon boulot.

Le sang rugit un peu moins fort dans les oreilles de Guy.

— Mais vous auriez pu faire mieux, ajouta son chef. Beaucoup mieux. Un conseil, Sullivan. Faites vérifier votre vue et changez de lunettes.

La porte se referma en claquant.

19

Après l'interrogatoire de Dulcie, la séance fut suspendue le temps du déjeuner. Un déjeuner que leur groupe morose et disparate prit dans un café du coin de la rue. Louisa frissonna en songeant aux nombreuses personnes endeuillées et aux criminels qui avaient dû passer une heure ici, dans l'attente d'un verdict. Encore fragile, Charlotte marchait entre lord et lady Redesdale, qui la soutenaient, stoïques. Quant à Pamela, après son interrogatoire, elle semblait épuisée, mais refusait toute marque de compassion en disant que ce n'était rien, comparé à l'épreuve que traversait Charlotte.

Écœurée par l'atmosphère du café, qui sentait le renfermé et la friture, Louisa en sortit pour prendre l'air, et elle aperçut alors Ted et Clara qui s'entretenaient à voix basse sur le trottoir. Instinctivement, elle recula et demeura un peu cachée sous le porche. Ils fumaient, appuyés contre un réverbère. Louisa tendit l'oreille pour entendre, même si la rue était relativement calme. Le reste du monde continuait allègrement de tourner et les gens de vaquer à leurs occupations quotidiennes comme si de rien n'était, ce qui inspirait à Louisa un sentiment d'étrangeté.

— Et si on te redemande où tu étais cette nuit-là ? dit Ted.

Clara, dont le manteau rose supportait mal la poussière des rues, fit la grimace.

— Ça ne risque pas d'arriver, mais ne t'en fais pas. Je ne vendrai pas de mèche.

— La mèche, marmonna Ted.

— D'accord, si tu y tiens ! La mèche, comme vous dites en bon anglais, maugréa Clara.

Levant les yeux, Ted sembla apercevoir le manteau de Louisa qui dépassait du renfoncement.

— Nous ferions mieux de rentrer, dit-il, puis il écrasa sa cigarette par terre et se mit en marche vers le café, mais Louisa l'avait devancé, et elle avait déjà regagné sa place quand il referma la porte derrière Clara.

Que voulaient-ils dire ? Manifestement, lord De Clifford et l'Américaine partageaient un trouble secret concernant cette nuit fatale, mais était-il lié au meurtre ? Louisa ne pouvait que faire des suppositions. En tout cas, c'était assez grave pour qu'il leur ait fallu impérativement le cacher à la police. Tout ce qu'elle pouvait en conclure, c'était que ni Ted ni Clara ne se trouvaient là où ils l'avaient prétendu, au moment où le meurtre d'Adrian avait été commis.

Plus Louisa observait Nancy et ses amis, plus elle trouvait bizarre qu'à part Charlotte, évidemment, aucun d'eux n'ait l'air vraiment éprouvé par la mort d'Adrian Curtis. Après le choc de la découverte du corps, Louisa n'avait encore jamais entendu aucun d'eux exprimer qu'Adrian leur manquait, ou qu'ils déploraient ce qui lui était arrivé. D'après ce qu'elle en avait vu, Adrian était quelqu'un de grossier et de peu séduisant, mais ce n'était quand même pas une raison pour le tuer ?

Autre chose la déconcertait également : pourquoi Dulcie admettait-elle avoir commis le vol, mais pas le meurtre ? Certes, le premier crime était moins grave que le second mais, si vraiment elle avait tué Adrian, ne nierait-elle pas tout en bloc en tentant de se laver des deux accusations ? Quelle que soit la réponse, la mystérieuse conversation entre Ted et Clara rendait contestable l'arrestation de Dulcie. Louisa devait se fier à son intuition de départ : Dulcie était sincère quand elle lui avait dit qu'elle voulait dorénavant marcher droit. Le vol devait être le dernier forfait exigé par les Quarante avant qu'elle raccroche pour de bon. Le meurtre avait donc été commis par quelqu'un d'autre. Mais qui ?

20

De retour au tribunal, ces dames et messieurs du jury se retrouvèrent aux mêmes places, aussi figés et inexpressifs que des soldats de bois. Un pathologiste, M. Stuart-Jones, fut appelé à la barre. En une suite de réponses prononcées d'un ton sec et péremptoire, il confirma la mort de la victime, les diverses fractures dues à la chute, la cause du décès, à savoir une fracture cervicale, et la présence d'ecchymoses sur le cou et le haut des bras, résultant d'une lutte advenue quelques instants avant la chute. Une paire de lunettes cassées, qu'on attesta être portées par la victime comme accessoire de son costume, fut retrouvée sur le sol du clocher, corroborant encore qu'il y avait eu lutte.

Juste après, l'inspecteur principal Monroe fut appelé à témoigner. M. Hicks lui demanda de résumer les allées et venues des invités, à l'heure présumée du meurtre.

— Il y avait un certain nombre d'invités dans la maison, commença Monroe avec emphase. Quant à ceux qui participaient à la chasse au trésor, voici les pièces où ils se trouvaient au moment où l'alarme fut donnée. Lord De Clifford était dans le vestiaire, Mlle Clara Fischer dans la salle à manger, M. Sebastian Atlas et Mlle Phoebe Morgan dans la salle de réception…

Le coroner toussota, puis s'excusa et l'invita à poursuivre.

— Mlle Charlotte Curtis et Mlle Nancy Mitford étaient dans le petit salon, M. Oliver Watney dans le renfoncement où se trouve le téléphone, Mlle Pamela Mitford dans le fumoir. La domestique, Mlle Louisa Cannon, était aux cuisines. Les autres invités présents, lord et lady Redesdale, les enfants et le personnel étaient tous dans leurs chambres respectives, à part Mme Windsor, qui se trouvait dans son petit salon, et Hooper, le chauffeur et palefrenier, qui était dans la pièce qu'on lui réserve au-dessus des écuries. Ils ne dormaient pas, mais ils n'ont rien entendu de particulier.

— Pourriez-vous aussi confirmer à la cour ce que l'on a trouvé sur la personne de Mlle Long, quand on l'a interrogée ?

— Une bague en platine, saphir et diamants, une paire de boucles d'oreilles en or et rubis, un collier de perles, un bracelet en saphir et diamants, et un collier en or serti de rubis et de diamants. Autant de bijoux dont Mlle Iris Mitford a confirmé qu'ils lui appartenaient.

— Merci pour votre concision, inspecteur.

Lorsque Monroe quitta la barre, Louisa eut l'impression qu'il se retenait de saluer tel un artiste sortant de scène.

Il y eut quelques dernières observations, mais elle n'écoutait plus et n'avait d'yeux que pour la silhouette pathétique de Dulcie, prostrée sur le banc. Tandis que le jury sortait à la file pour se concerter avant de rendre le verdict, les paroles de Dulcie tournaient en boucle dans sa tête en un refrain lancinant qui la hantait depuis plusieurs jours : « C'est toujours nous autres qu'on soupçonne en premier. » Dulcie était forcément innocente, non ? Elle n'aurait pas eu la force de pousser un homme par une fenêtre, et pourquoi aurait-elle retrouvé Adrian Curtis à l'église, après leur dispute dans la chambre ? Cela n'avait aucun sens. Autre chose la gênait, sans qu'elle puisse en saisir la portée : ces quelques mots qu'elle avait entendus par mégarde, échangés à voix basse entre Ted et Clara. Non, cette affaire n'était pas aussi transparente que l'inspecteur principal Monroe le prétendait.

Moins de vingt minutes plus tard, le jury était de retour dans la salle. On voyait à ses yeux rougis qu'une jeune femme qui en faisait partie avait pleuré, mais les autres membres étaient plus imperturbables que jamais. À la demande de M. Hicks, le président du jury se leva pour rendre le verdict : homicide volontaire.

— Un homme a été tragiquement fauché en pleine jeunesse, par un acte aussi brutal qu'inepte, déclara M. Hicks dans une salle où régnait un silence absolu.

Il n'avait rien dû porter de plus audacieux dans sa vie qu'un œillet rose à sa boutonnière, pourtant l'emphase avec laquelle il prononça ses conclusions était digne d'un empereur romain en toge et couronné de feuilles d'or.

— M. Adrian Curtis avait encore devant lui un avenir prometteur, qui aurait pu apporter une contribution utile à la société. Mlle Dulcie Long, je vous accuse officiellement de vol et de meurtre au premier degré. Vous resterez en détention provisoire dans l'attente d'un procès en bonne et due forme, sans possibilité de mise en liberté sous caution.

On n'entendit aucun coup de marteau clore la séance, seulement le bruissement de papiers qu'on remuait tandis que le policier escortait Dulcie hors de la salle. Cette fois, elle portait des menottes.

21

Cornish venait de claquer la porte derrière lui. Elsie White, qui était restée plantée au milieu de la salle d'interrogatoire depuis que Mary l'avait fouillée, se mit à ricaner, mais elle cessa en voyant Guy se tourner vers elle, empli d'une rage qui lui donnait envie de prendre une chaise pour la lui balancer.

— Non, lui dit Mary en levant une main pour l'arrêter, comme si elle avait deviné ses intentions. Nous ne lâcherons pas l'affaire, et nous finirons bien par l'avoir.

Elsie se mit à glousser, avant d'éclater de rire en exhibant une rangée de dents grisâtres.

— Vous ne l'aurez jamais. Ni elle ni aucune d'entre nous.

Mary s'approcha d'elle et, avec une force dont Guy ne l'aurait pas cru capable, elle la prit par les épaules pour l'obliger à s'asseoir sur une chaise à côté de la table. Puis elle fit signe à Guy de prendre place avec elle sur les deux chaises qui se faisaient face. En les voyant s'installer, Elsie perdit un peu de sa morgue. Guy posa son bloc-notes et son stylo devant lui.

— Mademoiselle White, vous êtes bien consciente que nous vous avons interpellée en possession d'objets volés, et que l'agent Moon et moi-même pouvons en témoigner, déclara-t-il à Elsie, qui tenta vainement de lui décocher un sourire de défi. Si le juge est dans de bonnes dispositions, vous pourrez vous en sortir avec… combien à votre avis, agent Moon ?

Mary croisa les bras et fit mine d'y réfléchir.

— S'il est de bonne humeur, j'imagine que Mlle White écopera de quelques mois.

Elsie restait sans réagir.

— Mon petit doigt me dit que Mlle White ici présente doit avoir des antécédents. En conséquence, mieux vaudrait envisager dix-huit mois de travaux forcés, avança Guy.

— Oui, c'est le scénario le plus probable, acquiesça Mary.

— À moins, mademoiselle White, que vous vous montriez un peu accommodante en nous fournissant des informations sur vos estimées collègues ? proposa Guy, avec l'envie de croiser les doigts pour que ça marche.

— Je ne suis pas une balance, répliqua Elsie avec force.

— Pas besoin de nous donner des noms.

Guy tentait de réfléchir vite, car il fallait absolument obtenir un résultat. Or il avait peu de monnaie d'échange. Une femme comme Elsie ne devait pas tant craindre la prison que des représailles si elle parlait trop.

— Ce que je veux savoir, c'est où je peux trouver certains de ceux qui vous servent d'intermédiaires, à vous et vos semblables.

— Je ne vois pas de quoi vous voulez parler, répondit Elsie. Si vous comptez m'inculper, allez-y. L'idée de me reposer à l'ombre un moment ne me fait pas peur.

— Nous resterons ici le temps qu'il faudra, dit Mary avec un flegme qui impressionna Guy.

— Mais si, vous savez de quoi je parle, reprit Guy. Les receleurs. Ceux à qui vous refilez ce que vous avez volé pour qu'ils le revendent. Où font-ils ça ?

Elsie secoua la tête en serrant les lèvres.

— Si vous me donnez un nom, poursuivit Guy, nous pourrons ramener la sentence de dix-huit à six mois. Si vous m'en donnez plusieurs, nous ne retiendrons aucune charge contre vous.

Elsie garda les lèvres serrées, mais ses yeux papillonnèrent un peu, et Guy en profita.

— Un nom, Elsie.

— Je ne vous donnerai pas de noms, en tout cas pas pour rien, dit-elle, quoique avec moins d'assurance.

— Alors, indiquez-nous un lieu, quelque part où les trouver. Peut-être un endroit fréquenté par cette engeance, que nous aurions pu nous-mêmes dénicher par hasard. Personne ne saura que vous nous en avez parlé, insista Guy. Un pub, ou un foyer d'ouvriers.

— Elsie, avez-vous un enfant ? intervint alors Mary en se penchant en avant.

Elsie tressaillit et s'écria soudain :

— Ne touchez pas à mon Charlie !

Mary lui fit un sourire rassurant.

— Ne vous inquiétez pas, votre Charlie n'a rien à craindre de nous. Mais dix-huit mois séparée de lui, ça va faire long, vous ne trouvez pas ?

— Un nom, répéta Guy.

— Le Club 43, dit enfin Elsie. Vous n'obtiendrez rien de plus. Laissez-moi partir.

22

De retour à la maison, Louisa monta tout droit à la nurserie et se lova dans le fauteuil près du feu. Nanny Blor lui apporta une tasse de thé avec deux petites crêpes épaisses. Quant à Unity et Decca, elles vinrent la border avec une couverture. Les fillettes ignoraient pourquoi Louisa avait besoin de réconfort, mais elles semblaient s'amuser de cette inversion des rôles. Même Debo avait trottiné jusqu'à sa chambre pour aller chercher sa peluche préférée, un lapin auquel il manquait une oreille et, quand elle le lui apporta, Louisa la hissa sur ses genoux. Tout en rondeurs, c'était la dernière-née des sept enfants, avec des boucles blondes et une nature douce comme du miel, à condition de la laisser sucer son pouce, car sinon, elle piquait sa crise, disait Nanny Blor. Louisa n'aurait su expliquer pourquoi elle avait tant besoin d'avoir les enfants auprès d'elle. Quelque part entre la maison et le tribunal, au lieu de sentir la terre ferme sous ses pieds, elle avait eu l'impression de marcher sur une matière spongieuse pareille à de la mousse. À cette sensation s'ajoutait un désir irrépressible d'aller se terrer dans un coin sombre pour y rester tapie pendant des heures. Bien sûr, elle ne pouvait se le permettre, car le travail l'attendait. Bientôt, la routine quotidienne agit sur elle tel un baume apaisant et, après avoir donné le bain aux enfants et les avoir mises au lit, elle se sentit un peu moins naviguer en eaux troubles.

Quand ils étaient tous rentrés, au lieu de monter à la nurserie, Pamela était restée en bas dans le salon, avec ses parents. Comme prévu, Charlotte était retournée à Londres avec Sebastian, Ted, Phoebe et Clara, et elle devait y retrouver sa mère. Il y avait les obsèques à organiser. Peu après le souper, que Nanny Blor et Louisa avaient pris assises l'une en face de l'autre, dans une nurserie plus tranquille que d'habitude, Nancy était apparue sur le seuil, vêtue de jodhpurs et d'un vieux pull bleu troué au coude. Elle s'était apparemment tout juste recoiffée en passant les doigts dans ses cheveux. Sur sa peau laiteuse, l'incarnat de ses joues roses ressortait pour la première fois depuis des jours, et elle avait les yeux brillants.

— J'avais envie de venir vous faire une petite visite, dit-elle. Ça fait longtemps que je ne suis pas montée ici, et ils sont tous de mauvaise humeur, en bas. Vous n'auriez pas encore du pudding ? J'ai envie d'une petite douceur.

Louisa avait devant elle un gâteau de semoule avec de la crème et de la confiture de framboises auquel elle n'avait pas touché et qui ne lui faisait guère envie.

— Tenez, prenez ma part. Je n'ai plus faim, dit-elle en poussant avec gratitude son assiette vers Nancy.

— Merci, Lou-Lou, dit Nancy en s'asseyant à la table comme si elle avait encore six ans.

À son entrée, Nanny Blor s'était penchée d'un air un peu inquiet, la cuillère en l'air, mais, en voyant Nancy prendre l'entremets de Louisa, elle se détendit. Elles mangèrent toutes les deux dans un silence complice, jusqu'à la dernière bouchée. Nancy se radossa, et elle allait dire quelque chose quand elle sembla se raviser.

— Vous avez perdu votre langue ? lui dit Nanny.

— Quelque chose comme ça.

— Je vais m'asseoir au coin du feu, déclara alors la gouvernante en se levant péniblement, puis elle regarda les deux jeunes femmes avec tendresse. J'ai un bon roman policier qui m'attend, et j'ai bien envie de lire la suite.

Louisa se leva et se mit à débarrasser la table en posant vaisselle et couverts sur le plateau que la bonne viendrait chercher, mais Nancy avait envie de parler.

— Pauvre Charlotte. Sa propre domestique. Vous vous rendez compte ? Qu'est-ce qui a pu la pousser à faire ça ?

Louisa souleva le plateau et le tint contre elle, en se déhanchant un peu.

— Je ne crois pas que ce soit elle.

— Que voulez-vous dire ? Il n'y avait personne d'autre, là-bas. Elle était près du corps, et Pam les a entendus se disputer violemment juste avant, Adrian et elle. Que vous faut-il de plus ?

Le plateau sembla s'alourdir dans les mains de Louisa.

— Il y avait peut-être quelqu'un d'autre, là-bas ? suggéra-t-elle.

Nancy se leva, lui prit le plateau des mains et le posa sur la table.

— De quoi parlez-vous ? De qui ?

— Je ne sais pas…

Louisa mit la main devant ses yeux, à la manière des enfants quand ils veulent dire quelque chose en faisant comme si personne ne pouvait les entendre. Elle avait réfléchi toute la journée à la femme qui était restée assise au fond de la salle du tribunal durant l'enquête préliminaire, manière de rappeler à Dulcie qu'elle devait garder le silence sur ses liens avec les Quarante. Comment expliquer la présence de ce dragon, si ce n'était pour préserver Alice Diamond ? Cela signifiait-il que Dulcie protégeait quelqu'un en reconnaissant avoir commis le vol ? Et cet échange à voix basse entre Ted et Clara ? Mais Louisa ne pouvait faire part de ses interrogations sans révéler comment elle-même avait trahi la confiance de ses employeurs, dans la maison où elle vivait et travaillait. Elle se rendit compte qu'elle en voulait à Nancy des libertés dont elle jouissait et dont elle-même était privée. Et cela juste à cause du hasard de la naissance ? Ce ressentiment, peut-être accumulé au fil des années, se mua soudain en une furie incandescente dont l'éclat blanc pulsait derrière ses yeux.

— Ça ne tient pas debout ! explosa-t-elle. Pourquoi se seraient-ils retrouvés après une violente querelle ? Il faut de la force pour pousser un homme dans le vide. Non, ce doit être quelqu'un d'autre.

— Et que comptez-vous y faire ? lui demanda Nancy, tout empourprée.

Louisa l'ignorait jusqu'à présent, mais soudain, elle le sut.

— Je vais le prouver. Je vais découvrir qui est le vrai coupable, et je prouverai qu'elle est innocente.

— Prenez garde, Lou-Lou, lui dit Nancy. Vous serez peut-être amenée à choisir votre bord. Celui de Dulcie… ou le nôtre.

23

Contre ses habitudes, lady Redesdale avait choisi de passer la matinée dans la bibliothèque, assise dans le bow-window, où le soleil coulait à flots. Elle avait juste à changer un peu de position sur la banquette située devant la fenêtre à mesure que les rayons du soleil avançaient, pour se chauffer le dos à leur chaleur. Louisa était assise à côté de son panier à couture sur une chaise en bois près du feu car, malgré le soleil, c'était une froide journée de décembre. Decca et Unity jouaient avec la maison de poupée, tandis que Debo, qui essayait de participer, se faisait souvent rabrouer par elles pour sa maladresse. La maison de poupée était un jouet lourd et embarrassant que lord Redesdale et Tom, qui était rentré à la maison pour les vacances de Noël, avaient descendu de la nurserie. Tout le monde en était ravi, car la famille était de ce fait souvent réunie au grand complet. Pas en ce moment même pourtant : l'on attendait que le père et son fils rentrent de promenade, et Diana était dans la salle d'études avec la préceptrice. Au petit déjeuner, elle avait pesté en disant qu'elle ne voyait aucun intérêt à apprendre ce « fichu » français. Tout en convenant que les gens du continent étaient incapables de faire une bonne tasse de thé, Nanny Blor avait remarqué que leur langue sonnait si joliment, ce qui avait fait sourire Louisa.

Assises de chaque côté de leur mère, Pamela et Nancy l'aidaient à préparer les cartes de vœux. Nancy choisissait les noms dans le carnet d'adresses, tandis que Pamela les mettait sous pli. Cela faisait presque une heure que régnait dans la pièce un silence complice où l'ennui menaçait de s'installer, quand Louisa entendit Nancy s'adresser à sa mère d'un ton de plus en plus plaintif.

— … plus d'un mois que je ne suis pas allée à Londres. Je suis invitée au théâtre jeudi soir, et le vendredi, il y aura un bal, lors d'un gala de charité pour les veuves ayant charge de famille. Tout le monde y sera. Même lord De Clifford a acheté un billet, et il pourrait faire un beau parti pour notre vieille Pam.

Se penchant, Nancy fit un clin d'œil appuyé à sa sœur, qui se récria en disant que Ted lui était parfaitement indifférent. Trop tard, car une rougeur lui était déjà montée aux joues, trahissant son émoi.

Lady Redesdale finit posément de rédiger et de signer une carte qu'elle tendit à Pamela, puis elle se redressa et se tourna vers sa fille aînée.

— Koko, après tout ce qui s'est passé ici, tu ne peux pas sortir dans le monde et aller danser. Ce ne serait pas convenable, lui signifia-t-elle avant de prendre une autre carte, indiquant que le sujet était clos.

— C'était il y a trois semaines. Que sommes-nous censés faire, porter le deuil pendant un an ? Nous ne sommes plus à l'époque victorienne.

Lady Redesdale haussa un sourcil en l'entendant.

— Toi non, mais moi, je suis née sous le règne de la bonne reine, tu le sais.

— Eh bien, les temps changent, Muv, répondit Nancy avant d'ajouter en baissant la voix : à ce train-là, je ne suis pas près de me marier. L'an prochain, ce sera ma troisième saison…

C'était le talon d'Achille des Mitford, et Louisa le savait. La présentation de Diana à la cour aurait lieu dans moins de trois ans et elle était déjà assez belle pour qu'on craigne de la voir « casée » avant Nancy. Certes Nancy avait un sale caractère, et elle avait maintes fois déclaré que les occasions de s'amuser étaient trop belles pour s'encombrer d'un mari, (était-elle sincère ? Louisa en doutait), pourtant aucun membre de la maison ne lui souhaitait d'essuyer cette humiliation : être la demoiselle d'honneur au mariage de sa sœur cadette. « Autant entrer au couvent », avait persiflé Ada, tandis qu'elles comméraient toutes deux dans les cuisines.

Lady Redesdale cessa d'écrire et tint son stylo en l'air au-dessus de la carte de vœux, où des abeilles butinaient un parterre de fleurs.

— Et puis regardez cette godiche de Pam, poursuivit Nancy en reprenant un ton normal. Elle va être présentée à la cour l'an prochain et, à cause de ce qui s'est passé, elle mourra de peur en pensant que chaque fête s'achève par un meurtre.

— Ça suffit ! s'exclama lady Redesdale en posant brusquement sa plume tandis que Pamela se levait en lâchant les enveloppes timbrées par terre.

— Je n'ai pas peur, je ne suis pas un bébé ! s'indigna-t-elle.

Les lèvres de Nancy s'étirèrent en un sourire satisfait que Louisa connaissait trop bien, signifiant qu'elle avait fait mouche. Même Decca, Unity et Debo s'étaient arrêtées de jouer, intriguées de voir comment finirait la scène.

— Louisa pourra nous servir de chaperon. À mon humble avis, un changement de décor nous ferait du bien, vous ne trouvez pas ? dit Nancy dans la foulée, sans bouger ni changer de ton.

Sur ce, un courant d'air froid s'engouffra dans la pièce au moment où lord Redesdale entrait, suivi de Tom. Ils apportaient avec eux une senteur de sous-bois et de feux de feuilles mortes. Lady Redesdale leur jeta un coup d'œil, puis se rassit dignement.

— J'en discuterai avec votre père, dit-elle, mettant ainsi fin à la conversation.

Bien entendu, Nancy eut gain de cause et, le mercredi suivant, Pamela, Louisa et elle montaient à bord du train allant de Shipton-under-Wychwood à Paddington. De là, elles se rendirent chez Iris Mitford, dans son appartement d'Elvaston Place où elles séjourneraient. La première soirée se passa très sagement, comme pour témoigner de leurs bonnes intentions : elles dînèrent et se couchèrent tôt. La matinée fut consacrée à faire des courses, ainsi qu'à une longue promenade dans Hyde Park. Pamela et Nancy marchaient bras dessus bras dessous dans une complicité inhabituelle, tandis qu'à leurs côtés, Louisa se laissait gagner malgré elle par leur entrain contagieux.

— Oh, ce que ça fait du bien d'être loin de tous ces bêtas, s'exclama Nancy. On se croirait au paradis.

— Ne sois pas si déloyale, Koko ! se récria Pamela.

— Je parlais des chiens, bien sûr, dit Nancy en faisant les grands yeux, ce qui les fit pouffer de rire.

À 18 heures, les sœurs s'étaient changées pour enfiler robes de cocktail, petits talons et longs gants. L'une blonde, l'autre brune, elles formaient indéniablement une jolie paire et se mettaient en valeur. Quant à Louisa, elle n'avait eu d'autre choix que de garder sa tenue du matin. Deux billets de théâtre avaient été pris, « Mais pas pour vous, ma chère… vous devrez nous attendre dans le foyer jusqu'à la fin de la pièce », lui avait-on fait savoir. Louisa avait fait de son mieux pour dissiper l'humiliation et la déception qu'elle ressentait. Quoi ? S'était-elle vraiment imaginé qu'elle aussi serait invitée ?

— Certainement, avait-elle répondu, tandis qu'Iris exprimait son approbation d'un hochement de tête.

La pièce, *Hay Fever*, se jouait au Criterion Theatre de Piccadilly. À leur arrivée, le Londres noctambule brillait de tout son éclat, auréolé d'une brume de lumière dans un ciel qui devait être d'un noir d'encre au-dessus d'Asthall Manor. Comme elles étaient en avance, elles restèrent un moment près du stand des programmes, à admirer le décor des murs en céramique et les grandes fenêtres en vitrail.

— Le théâtre a remplacé l'église, dirait-on, déclara Nancy, qui reçut en réponse un coup d'œil réprobateur de Pamela.

Clara les eut bientôt rejointes, haletante d'excitation et outrageusement maquillée, du moins de l'avis de Louisa. Elle portait une robe dorée au dos nu et au décolleté plongeant, encore souligné par un long sautoir de perles, et, au lieu de gants, ses bras étaient couverts du poignet au coude par de fins bracelets en métal. Peut-être s'était-elle inspirée de photos de Joséphine Baker parues dans la presse, la danseuse de music-hall qui faisait sensation à Paris. Clara embrassa Nancy et Pamela.

— Le bruit court que Noël Coward en personne sera là ce soir, leur souffla-t-elle en jubilant. C'est le moment de saisir ma chance !

— Que voulez-vous dire ? demanda Pamela.

— Je voudrais me faire engager dans sa nouvelle pièce, voyons. En tant qu'actrice, évidemment, déclara Clara en se rengorgeant.

— Ah oui ? persifla Nancy sans pouvoir s'en empêcher. Où t'a-t-on déjà vue ?

— Eh bien, j'ai passé plusieurs auditions aux États-Unis, répondit Clara d'un air dégagé.

À cet instant, Sebastian s'immisça dans la conversation. Personne ne l'avait vu venir, mais il avait soudain surgi tout près de Clara, très élégant, un sourire narquois aux lèvres.

— Voilà donc la célèbre miss Fischer, lança-t-il, faisant tressaillir Clara.

Sans un mot de bienvenue, celle-ci prit brusquement le large pour aller acheter un programme. Nancy s'approcha de Sebastian et lui déposa un baiser furtif sur la joue.

— Bonjour, chéri. Toujours aussi moqueur, hein ?

— Ça te va bien. Alors, où en sont les autres ?

— Voici Ted, avec une jeune femme que je ne connais pas, intervint Pamela en regardant vers l'entrée.

— C'est Dolly, remarqua sèchement Sebastian. Votre rivale en amour, à ce qu'il paraît ?

— En aucun cas, répondit Pamela avec aplomb.

Louisa appréciait sa façon adulte de se comporter et son sens de la répartie. Pam faisait ses premières armes, et elle savait comment prendre les amis de Nancy, ce qui lui serait très utile.

Ted tenait Dolly par les épaules d'un air désinvolte. Plus petite que lui, elle était vêtue superbement d'un long manteau en vison qui avait dû coûter plus cher que toute la garde-robe de Pamela et Nancy. Pourtant son sourire était un peu crispé, tandis qu'ils les rejoignaient. Ted jeta un bref coup d'œil en direction de Clara avant d'envelopper les sœurs Mitford de ses yeux noirs.

— C'est gentil d'être venues, leur dit-il.

— Oh non, c'est vraiment gentil à vous d'avoir pensé à nous, dit Pamela. Je suis tellement contente d'être ici.

Nancy lui décocha un regard cinglant, mais tint sa langue.

Enfin, Charlotte entra dans le hall du théâtre. Elle semblait avoir encore minci, mais ne manquait pas d'allure, et il n'émanait plus d'elle cette tristesse hagarde qui l'avait assombrie durant l'enquête. Elle salua tout le monde cordialement, sinon avec enthousiasme.

— Serais-je en retard ?

— Non, répondit Nancy. La sonnerie n'a pas encore retenti, mais puisque nous sommes tous là, si nous allions nous asseoir ?

Ils se dirigèrent vers les fauteuils d'orchestre et se perdirent vite dans la foule des habitués du théâtre, sans qu'aucun d'eux n'ait jeté le moindre regard à Louisa.

Vingt minutes plus tard, les derniers retardataires avaient quitté le foyer en emportant avec eux ce brouhaha impatient qui précède la première d'une pièce tant attendue par le milieu du théâtre londonien. Louisa ne pouvait se permettre de rester assise seule au bar en commandant à boire au risque de passer pour une belle de nuit, aussi se trouva-t-elle une chaise près du stand des programmes, qui devait être réservée à un placeur. Elle avait emporté *L'Homme au complet marron*, le dernier roman d'Agatha Christie, emprunté à la bibliothèque de Burford. Mais, incapable de fixer son attention, elle se laissait distraire par les bruits de la circulation et des passants venant du dehors. Et puis Dulcie occupait ses pensées : comment s'en sortait-elle ? Ils étaient tous là à se divertir en allant au théâtre sans le moindre souci, du moins en apparence, tandis que Dulcie se languissait dans la prison d'Holloway. Louisa savait bien que Dulcie n'avait rien d'une oie blanche. D'ailleurs elle non plus. Elle savait comment le désespoir peut vous pousser à bout et, même si Dulcie était une voleuse, elle avait droit à une certaine protection. Or elle n'avait personne à part son ancienne maîtresse, qui s'était empressée, comme eux tous, de croire sa domestique capable d'un acte aussi violent et ignoble.

Derrière elle, une porte grinça, et Louisa vit Sebastian sortir par l'issue latérale, de cette démarche féline qui lui était propre. Apparemment, il ne l'avait pas remarquée. Intriguée par son air furtif, Louisa se glissa jusqu'aux grandes portes du théâtre et regarda à travers les vitres. Sebastian avait rejoint sur le trottoir un homme un peu plus petit que lui, en manteau et chapeau sombres. Elle crut apercevoir un éclair rouge au niveau du col, peut-être une écharpe ou un foulard. Leur entretien fut bref : Sebastian tendit quelque chose à son interlocuteur (de l'argent ?) et reçut en échange un petit objet, qu'il glissa aussitôt dans la poche de sa veste. Vite, Louisa regagna sa place et reprit son livre. Si jamais il la remarquait de retour dans le hall, elle aurait l'air complètement plongée dans l'intrigue.

24

Louisa sommeillait à moitié, et elle tressaillit en entendant éclater le tonnerre d'applaudissements qui signalait la fin de la pièce. Les portes furent ouvertes par les placeurs et le public sortit dans une sorte de brouhaha rappelant le gros soupir qu'on pousse après un secret enfin révélé. Il y eut une ruée générale vers les toilettes et les vestiaires ainsi que vers la sortie, et le courant d'air glacial venant de la rue réveilla Louisa pour de bon. Elle scruta la foule, mais ce fut Pamela qui la trouva la première.

— Oh, Lou, c'était tellement amusant ! exulta-t-elle, l'œil brillant. Franchement, je crois n'avoir jamais autant ri de ma vie.

Son enthousiasme juvénile désarma Louisa, malgré la déception qu'elle avait ressentie d'être ainsi reléguée.

— Tant mieux, je suis contente pour vous, lui dit-elle.

— Mais il faut nous dépêcher. Clara nous invite tous à nous rendre dans les loges. Elle connaît l'une des actrices qui jouent dans la pièce. Suivez-moi.

Une fois dehors, Pamela et Louisa durent presque courir pour rattraper les autres, qui avaient tourné à gauche en sortant dans Jermyn Street, où un panneau noir et blanc indiquait discrètement l'entrée des artistes. Elles rattrapèrent juste à temps Ted, le dernier du groupe à être admis par le portier, qui fit toute une histoire en refusant de les laisser passer.

— Pas plus de huit personnes dans la loge, leur lança-t-il. Consignes de sécurité incendie. Je vais devoir entrer et compter…

Mais il fut interrompu par Ted, qui se retourna pour lui glisser dans la main un billet d'une livre.

— Nous nous faisons une telle joie de retrouver notre grande amie Mlle Blanche dans sa loge, monsieur, lui dit-il suavement. Je suis sûr que vous le comprenez.

Le portier ôta sa casquette en glissant le billet dans sa poche.

— Mais certainement, monsieur. Bonne soirée à vous tous, dit-il avant d'aller reprendre sa place dans le coin exigu qui lui servait de bureau, l'air satisfait.

Une fois arrivés à la loge numéro 6, ils s'aperçurent que le portier avait raison. Même sans tenir compte des consignes anti incendie, la pièce était minuscule, et ils purent à peine s'y glisser alors que cinq ou six personnes s'y trouvaient déjà. Manifestement, Blanche était une actrice en vogue ; ravie de l'attention dont elle faisait l'objet, elle servait du champagne à ses invités. Elle avait toujours son maquillage de scène, mais elle s'était changée et portait un kimono japonais en soie serré sur sa taille fine. Sous la rangée d'ampoules, les bords du grand miroir étaient ornés des cartes et photographies d'admirateurs qu'elle y avait coincées. Sur la coiffeuse, à côté de ses perruques, des fleurs défraîchies côtoyaient un bouquet de pimpantes roses banches. Tout près de son amie, Clara buvait autant ses paroles que le champagne qui coulait à flots, tandis que Sebastian pérorait abondamment au milieu d'un petit groupe de jeunes gens qui ne réussissaient pas à en placer une. Quant à Dolly, elle sirotait son champagne en silence, gardée par un Ted qui surveillait les autres hommes présents dans la pièce comme un bouledogue sa pitance face à une meute de chiens errants.

Pamela et Louisa se dandinaient gauchement dans le couloir, ne sachant que faire, quand Charlotte se faufila hors de la loge, suivie de près par Nancy. La première semblait bien décidée à quitter les lieux, mais la seconde la retenait par son manteau.

— Restons encore un peu, plaida Nancy. Nous irons sans doute tous finir la soirée ailleurs.

— Je ne suis pas d'humeur, répliqua sèchement Charlotte.

Louisa recula dans l'ombre, gênée d'entendre une conversation d'ordre privé, tandis que Pamela intervenait courageusement.

— La pièce ne vous a pas plu ?

— Si Dolly croit nous mettre tous dans sa poche parce qu'elle nous a offert les places, elle se trompe, remarqua Charlotte avec aigreur, en resserrant sur elle son élégant manteau de velours. Adrian était résolument contre l'idée que Ted l'épouse, vous savez.

— En quoi cela le concernait-il ? lança Nancy, qui ne pouvait jamais s'empêcher de mettre les pieds dans le plat quand tout autre qu'elle aurait compris qu'il valait mieux éviter certains sujets.

Charlotte alluma une cigarette.

— Le père de Ted est mort dans un accident de voiture quand il avait neuf ans, soupira-t-elle. Sa mère avait l'habitude de l'envoyer chez nous pour les vacances. C'était le filleul de Papa, et il avait besoin d'une présence masculine dans sa vie, je suppose. Quand Papa est mort, il y a trois ans, Ted en a été encore plus affecté qu'Adrian, et c'est mon frère qui a alors endossé le rôle de père. Cela seyait à son côté pontifiant, commenta-t-elle avec un rire amer. Mais Ted ne lui en a pas su gré. En fait, je crois qu'il était un peu amoureux de moi. Il me défendait souvent contre Ade quand nous nous disputions, dit-elle, puis elle inspira une dernière bouffée de cigarette avant de l'écraser sous son talon. Maintenant qu'Adrian n'est plus, cette garce a mis le grappin sur Ted. Non, la pièce ne m'a pas plu. Bon, on peut y aller maintenant ?

Nancy sembla prendre en note mentalement ces informations, et elle n'eut pas le temps de réagir.

— Mais c'est épouvantable, ma chère. J'espère faire mieux la prochaine fois, lança une voix masculine derrière elles, avant de s'esclaffer bruyamment.

Faisant volte-face, les quatre jeunes femmes tombèrent nez à nez avec un homme vêtu à la dernière mode, au regard empreint de douceur sous des sourcils finement dessinés. Impossible de se tromper : c'était M. Noël Coward, l'auteur de la pièce, entouré d'une bande de trois ou quatre joyeux drilles qui riaient un peu sottement. Nancy blêmit, et Pamela jeta autour d'elle des regards éperdus, comme si elle voulait disparaître sous terre. Quant à Charlotte, d'un air outragé, elle se fraya un passage en jouant des coudes et s'éloigna dans le couloir.

Mais Nancy reprit vite contenance.

— Monsieur Coward, dit-elle, certains ont la langue trop bien pendue et mériteraient qu'on la leur coupe. Vous, au contraire, savez la manier avec une subtilité que nous avons pu admirer ce soir tout à loisir.

Il se tenait devant elle, un peu déhanché, un léger sourire aux lèvres, mais, en l'entendant, il rit de plus belle, de bon cœur cette fois.

— Et vous, vous m'avez l'air d'un sacré numéro ! s'exclama-t-il. Venez, faisons plus ample connaissance, dit-il en la prenant par la taille, et il conduisit Nancy dans la loge bondée à craquer, où l'espace s'ouvrit comme par miracle devant lui.

Sidérées par ce nouveau rebondissement, Louisa et Pamela restèrent sur le seuil à regarder. Clara se retourna et, quand elle vit Nancy entrer au bras de Noël Coward, elle essaya en vain de dissimuler son aigreur par un sourire. Il était clair qu'elle avait l'impression d'avoir laissé passer sa chance. Rejetés vers l'extérieur par les nouveaux arrivants, Dolly et Ted sortirent alors de la pièce. Les yeux de Dolly passèrent de Clara au dramaturge, et elle se pencha pour parler à l'oreille de Ted.

— Elle ne réussira pas à se faire un nom en couchant avec celui-là, ricana-t-elle, puis elle s'en fut d'un pas décidé, suivie d'un Ted qui lui marmonnait d'un ton apaisant des mots que Louisa ne réussit pas à entendre.

Pamela et Louisa se regardèrent.

— Et maintenant, que faisons-nous ? demanda Pamela.

— Nous ferions mieux d'attendre Nancy, répondit Louisa, qui avait l'air complètement dépassée par les événements.

— Je me sens vraiment cruche à rester plantée là, et puis je meurs de faim, lui dit Pamela, et elle l'entraîna dans le couloir.

Louisa regarda de chaque côté du couloir, où de la lumière et du bruit s'échappaient des autres loges dont les portes étaient restées ouvertes.

— Peut-être que nous pourrions laisser un mot au portier pour Nancy et trouver un endroit dans le coin où manger quelque chose ?

— Oh oui, s'il vous plaît, dit Pamela.

Elles s'éloignèrent discrètement afin de regagner l'entrée. Le portier, tout sourires, leur conseilla le nouveau Kit-Cat Club de Haymarket, où elles pourraient souper, et leur promit qu'il informerait les amis de Mlle Blanche en leur indiquant où les rejoindre. Comme Pamela se voyait mal fréquenter un night-club, il leur expliqua qu'il y avait là-bas un restaurant grill, un concept américain, où l'on pouvait commander de quoi manger, même très tard.

— En fait, leur dit-il d'un ton sentencieux, le service ne commence pas avant 10 heures du soir. Alors les gens débarquent en foule, et l'ambiance est plutôt gaie, si vous voyez ce que je veux dire. À minuit, il y a un spectacle de cabaret, ajouta-t-il en leur faisant un clin d'œil appuyé.

Pamela et Louisa s'empressèrent de le saluer en laissant un mot pour Nancy et gagnèrent la sortie vers

Jermyn Street. Habituée aux horaires de repas réguliers à la nurserie, Louisa sentait son estomac crier famine. Nancy et ses amis ne semblaient consommer que des cigarettes et de l'alcool, ce qui devait leur couper l'appétit, car aucun d'eux ne parlait jamais de la nécessité de se nourrir. À sa faim s'ajoutait la déception de n'avoir pas pu voir de près les gens en habit de soirée, sans parler de la pièce elle-même.

— Je ne crois pas que l'endroit dont il nous a parlé nous corresponde, décréta Pamela, et Louisa en convint.

Alors qu'elles restaient plantées sur le trottoir en hésitant, un peu étourdies par cette effervescence de lumières, de passants et de circulation surprenante à cette heure de la nuit, Clara surgit devant elle. Elle pleurait, et son maquillage avait coulé en maculant son visage de traînées noires. Malgré ça, c'était indéniablement une très jolie fille, quand toute autre qu'elle aurait eu l'air d'un bébé geignard à face rougeaude, constata Louisa avec envie. C'est pas juste ! eut-elle envie de dire, reprenant l'une des répliques en vigueur à la nurserie.

— Clara ! s'écria Pamela. Qu'est-ce qui ne va pas ?

— Rien qui sorte de l'ordinaire, répondit-elle d'un air indigné. Il n'y a pas un seul gentleman digne de ce nom, dans toute cette bande. Ce sont tous des… commença Clara, mais se rappelant soudain l'âge tendre de Pamela, elle se retint. Je voudrais juste qu'on me donne ma chance sans me demander de…

De nouveau, elle ne termina pas sa phrase, et prise d'un petit hoquet, elle se couvrit la bouche de sa main.

— Oh ! Mon Dieu, dit-elle. J'ai trop bu.

— Et Nancy, va-t-elle nous rejoindre ? demanda Pamela en feignant poliment d'ignorer la dernière remarque de Clara.

— Oui. Avec Sebastian, précisa Clara, et il y avait tant de hargne dans sa voix quand elle prononça ce prénom que Pamela en fut choquée.

— Qu'a-t-il donc fait, Clara ?

La jeune Américaine regarda les passants autour d'elle, mais aucun ne leur prêtait attention. Elle posa un doigt sur ses lèvres et tituba un peu en prenant la pochette de soirée qui pendait de son épaule au bout d'une longue chaîne.

— En tout cas, il ne recommencera plus, ni lui, ni aucun d'entre eux, déclara-t-elle en ouvrant le fermoir pour leur montrer l'intérieur de la pochette.

Louisa et Pamela virent alors luire un couteau, niché dans la doublure de soie rose contre un poudrier orné de pierreries.

— Clara… commença Pamela, mais la jeune actrice en herbe s'était soudain éloignée en chancelant, secouée de violents haut-le-cœur, et elles l'entendirent vomir ses illusions dans le caniveau de Jermyn Street.

25

Quelques jours après l'arrestation d'Elsie White, Guy et Mary arpentaient Oxford Street, toujours en civil et sans grand espoir de réussir un nouveau coup de filet. C'était ce moment morose de la journée où l'ennui vous creuse l'appétit, mais où il est trop tôt pour la pause déjeuner. Dans un ciel gris plombé, la pluie menaçait. La circulation était dense et les passants marchaient à pas pressés, mais les magasins semblaient très peu fréquentés. Noël n'était pas assez proche pour déclencher la frénésie des achats de dernière minute. Tous les deux s'arrêtèrent près d'un kiosque à journaux, et Mary prit le dernier numéro du magazine *Tatler* pour feuilleter les pages illustrées de photos réservées aux mondanités.

— Qui sont tous ces gens ? s'étonna-t-elle en riant. Regardez leurs drôles de noms. Ponsonby, Fitzsimmons, La-Dee-Dah.

— La-Dee-Dah ? répéta Guy en la toisant par jeu d'un air sévère par-dessus ses lunettes. Vous parlez sérieusement ?

— Mais oui. « Mlle La-Dee-Dah dansant au Ritz avec M. Tiddlydum à un gala de charité pour les soldats morts au champ d'honneur », récita-t-elle du ton d'un chroniqueur à la radio, ce qui les fit bien rire.

Mais Guy cessa soudain en voyant un gros titre sur la page trois du *Times*. Il tendit vite de la monnaie au petit vendeur avant que celui-ci ne lui reproche de vouloir lire gratis.

— « La guerre de Joynson-Hicks contre le crime », lut-il à Mary.

— De quoi s'agit-il ?

— C'est un homme politique qui veut fermer les night-clubs, répondit Guy en parcourant l'article. Pas les endroits chics fréquentés par le gratin, mais les bouges de Soho. On y parle du 43. Ça alors, on y évoque justement le problème dont nous avons parlé, commenta-t-il en désignant le paragraphe, et il tendit le journal à Mary, qui le lut en se débattant contre une soudaine rafale de vent.

— Il faut bien que les policiers fréquentent les clubs pour repérer les infractions mais, ce faisant, ils en commettent eux-mêmes alors qu'ils sont censés y mettre fin, résuma-t-elle. C'est bien beau, mais comment s'y prendre ?

— Ça me dépasse, répondit Guy. Tiens, une photo de George Goddard. C'est lui qui dirige la brigade des mœurs du poste de Savile Row. Tout près d'ici.

— Il faut que nous allions au 43, décréta Mary en lui rendant le journal.

— Je sais, mais on a déjà fait le tour de la question, non ? Cornish ne nous donne pas de mandat pour ça et nous ne pouvons nous passer de sa permission.

— Alors nous irons en dehors de nos heures de travail.

Guy soupira et replia le journal.

— Mais nous sommes toujours considérés comme en service, non ?

— Vous m'avez dit que votre ami Harry jouait dans un orchestre, là-bas.

— D'accord, mais…

— Eh bien, voilà. Si par mégarde on nous surprend au 43, nous dirons que nous y sommes allés pour écouter Harry. Une fois sur place, on évitera de faire quoi que ce soit d'illégal, suggéra Mary d'un air implorant, auquel il était difficile de résister. Nous y ferons juste un saut, histoire de prendre la température et de nous renseigner l'air de rien. Peut-être trouverons-nous quelque chose. Ce sera toujours mieux que de faire chou blanc comme aujourd'hui.

— Pas ce soir, dit Guy.

— Bon, pas ce soir, convint Mary, mais bientôt.

Et Guy devina qu'elle commençait déjà le compte à rebours dans sa tête.

26

Avant de quitter Asthall Manor, Louisa avait demandé une permission de trois heures au cours de leur séjour à Londres, afin de rendre visite à une parente, à la place de son congé de la semaine suivante ; lady Redesdale avait accepté, d'assez mauvais gré. Après avoir étudié la carte de Londres dans le bureau de lord Redesdale ainsi que le plan du métro figurant au dos, Louisa estima qu'en partant à 8 heures du matin, elle pourrait être rentrée à 11 heures, à temps pour accompagner les deux sœurs faire les magasins. Entre-temps, elle avait écrit une lettre à la prison d'Holloway pour obtenir un permis de visite afin de voir la détenue Dulcie Long. Comme Dulcie était toujours en détention provisoire, la procédure fut rapide, et elle reçut l'autorisation à temps. Tout cela s'étant relativement bien passé, Louisa était plutôt confiante, jusqu'au moment où elle se retrouva marchant en direction de la prison, ce vendredi matin.

En tournant dans Camden Road, elle vit surgir à travers les arbres, tel un château de conte de fées, un immense édifice qui ne pouvait être que la prison. S'en rapprocher n'atténua pas son malaise : des griffons de pierre géants en gardaient l'entrée, elle-même dominée par des murs de brique grise montant si haut qu'ils auraient pu rivaliser avec Jack et son haricot magique. Il y avait des tourelles, des tours percées de croix, et de simples fentes en guise de fenêtres, trop étroites pour laisser entrer un peu de douceur dans ces austères bâtiments, tels qu'un rayon de soleil ou une vue sur un paysage. Louisa resserra son manteau sur elle et redressa les épaules, car rien n'aurait pu la dissuader d'accomplir la tâche qu'elle s'était fixée. Elle le devait.

Elle fut un peu réconfortée en découvrant quelques-uns de ses semblables, des visiteurs de prison comme elle, qui commençaient à faire la queue près de la porte en bois. Ce décor lugubre à souhait prenait presque un air comique, car on aurait dit qu'un magicien et son dragon les attendaient de l'autre côté. C'étaient surtout des femmes, en chapeau bon marché et fin manteau ; sur leur teint blême tranchait parfois l'éclat d'un rouge à lèvres. Mais il y avait aussi quelques hommes en casquette ou feutre mou, vêtus de vestes sombres au col relevé, qui fumaient presque tous en tenant leur cigarette entre le pouce et l'index. Une femme sortait du lot, plus jeune et plus jolie. Elle tenait par la main un petit enfant en manteau à col de velours, accroché à son ours en peluche comme à une bouée de sauvetage.

Tandis qu'une cloche sonnait dans le lointain, la porte s'ouvrit et ils pénétrèrent en file dans la prison, chacun déclinant son identité et se prêtant tour à tour à la fouille du surveillant, individu rébarbatif qui n'affichait à leur égard qu'ennui et méfiance. Louisa restait stoïque en se répétant qu'elle n'avait pas à se sentir coupable de quoi que ce soit. Mais qu'en était-il de celle à qui elle rendait visite ?

Après avoir signé le registre d'admission, le troupeau des visiteurs fut invité à suivre un gardien dans un dédale de couloirs dont les nombreuses portes étaient tour à tour déverrouillées, ouvertes, refermées et verrouillées de nouveau. Enfin, ils arrivèrent à la salle réservée aux visiteurs, divisée par une longue rangée de ce qui ressemblait à des placards ouverts, comme on en voit dans un mont-de-piété. Des gardiens étaient postés tout autour de la salle, aux aguets, tous bras croisés sur des ventres bedonnants. On indiqua à Louisa le numéro de son guichet, et elle s'installa devant un panneau de bois percé d'une ouverture carrée grillagée. Quelques minutes plus tard, Dulcie apparut de l'autre côté, les traits tirés, ses clavicules saillant presque de son uniforme gris. Louisa fut à nouveau frappée par leur ressemblance, même si, cette fois, elle avait l'impression de voir dans un miroir celle qu'elle aurait pu devenir en prenant un mauvais chemin. Elle essaya de ne pas flancher devant l'expression de défaite dont le visage de Dulcie était empreint, malgré le sourire que la jeune femme lui adressa en arrivant.

— Quand on m'a dit que tu venais me voir, je n'en ai pas cru mes oreilles. Je pensais que tu ne voudrais plus jamais entendre parler de moi.

Louisa hésita. Malgré sa décision de venir et la compassion qu'elle éprouvait pour Dulcie, elle n'était pas très sûre de l'opinion qu'elle avait d'elle.

— Ces bijoux, commença-t-elle, et Dulcie baissa les yeux. Pourquoi les as-tu pris ? C'était donc ça, le marché que tu avais passé avec… tu sais qui…

conclut-elle en restant évasive, car elle n'osait évoquer les Quarante en ces lieux.

Dulcie confirma par un simple hochement de tête.

Louisa regarda autour d'elle, mais personne ne semblait écouter. Pourtant elle continua à parler à voix basse.

— Tu sais, je te comprends en partie, mais je ne t'aurais jamais laissée entrer dans la maison si j'avais su…

Quand Dulcie releva la tête, ses yeux étaient pleins de larmes.

— Je sais. J'ai dû te mentir à ce sujet. Mais je te promets que je ne l'aurais pas fait, si j'avais eu le choix. Et à part ça, je ne t'ai rien caché, promis.

— J'ai revu cette femme, celle que j'avais déjà repérée au pub. Elle était là durant l'enquête. Était-ce pour s'assurer que tu ne parlerais pas d'elles ?

Dulcie répondit par un oui à peine audible.

— Est-ce que tu les couvres, Dulcie ? Si c'est le cas, je pense que tu as tort. Elles sont capables de se protéger toutes seules, affirma Louisa en s'enhardissant.

Mais une ombre passa sur le visage de Dulcie.

— Elles savent que je suis ici ; et elles m'ont fait savoir que j'avais intérêt à tenir ma langue. Ça les arrange, que je sois coincée là.

Ce fut au tour de Louisa de baisser la tête, puis elle rassembla son courage et regarda Dulcie droit dans les yeux, par l'étroite ouverture.

— Alors… c'était toi ? murmura-t-elle.

Dulcie se retint tout juste de protester à grands cris.

— Non, ce n'était pas moi. J'ignore ce qui s'est passé, mais ce n'était pas moi.

— Dans ce cas, il faut trouver le moyen de le prouver.

— Il n'y en a pas, répondit Dulcie. Je suis bonne pour écoper. Que ce soit dehors ou dedans, je suis fichue. Et si elles ne s'en prennent pas à moi, elles s'en prendront à…

— À qui ? demanda Louisa.

— Ma sœur, Marie. Il vaudrait mieux que tu m'oublies une bonne fois pour toutes.

Louisa tourna un peu la tête, mais le gardien le plus proche réservait son attention à une femme deux tables plus loin, qui semblait sur le point d'embrasser le prisonnier auquel elle rendait visite.

— Mais tu risques la pendaison, remarqua Louisa.

— Je t'en prie, laisse tomber.

— Très bien, répondit Louisa en essayant de sourire, comme si elles parlaient toutes les deux du temps qu'il faisait, ou du dernier film de Mary Pickford.

— Et qu'est-ce que tu fais à Londres ? s'enquit Dulcie.

— Je suis là comme chaperon. Mlle Nancy et Mlle Pamela vont à un bal ce soir, quelque part dans Chelsea.

— Tu crois que Mlle Charlotte y sera ?

— Je ne sais pas, répondit Louisa, de bonne foi. Peut-être. Elle était au théâtre hier soir.

— Celles-là, elles n'ont que ça à faire, aller à des soirées, remarqua Dulcie en faisant la moue. Si jamais tu la vois, pourrais-tu lui transmettre un message de ma part ?

— Je ne sais pas, Dulcie.

— Non, tu as raison, reconnut Dulcie en s'affaissant un peu. Tu ne peux pas. Ce n'était pas grand-chose… Je ne sais même pas pourquoi ça m'est venu à l'esprit.

— Dis toujours, l'encouragea Louisa. Si jamais l'occasion se présente, autant que je sois au courant.

— C'est juste que sa couturière attend que Mlle Charlotte passe prendre sa robe et qu'elle la paie. Or elle a besoin d'argent. Mme Brewster. Elle habite au 92, Pendon Road, dans Earl's Court.

Louisa hésita, loin d'être certaine qu'elle lui rendrait ce service.

— Bon. Dulcie, à ton avis, qui l'a fait ? C'est forcément quelqu'un qui assistait à la soirée, non ?

Le visage de Dulcie se ferma.

— Je sais que tu veux m'aider, mais laisse tomber. Je te le dis, c'est sans espoir. Le procès est prévu pour après Noël et alors, ce sera ma fête. Personne ne peut rien y faire. Oublie ça.

Soudain le souvenir revint à Louisa de son oncle Stephen, et de tout ce qu'elle avait fait sous son influence. Elle s'en était sortie. Or Dulcie n'était ni pire ni meilleure qu'elle, et elle aussi avait tenté de reprendre le droit chemin. Ce n'était vraiment pas de veine. Le genre de déveine presque fatale qui était leur lot commun, et que seuls les gens de leur monde pouvaient comprendre. Quand on vit parmi les voleurs, on est considéré comme tel et, à la longue, poussé par la faim et le désespoir, on se dit, autant devenir l'un des leurs. D'accord, ce n'est pas bien, mais essayez donc de changer de vie, et vous verrez que personne ne vous le permet ; enfin, presque personne. Louisa avait eu droit à une nouvelle chance… c'était dur, mais pas impossible. Non, elle ne laisserait pas tomber Dulcie, pas encore.

27

Quand Louisa rentra à l'appartement d'Iris Mitford, il n'était pas encore midi. Pourtant elle aurait bien volontiers regagné son lit. Elle trouva Pamela et Nancy dans le salon avec leur tante. Mince, la quarantaine, Iris était élégante et assez extravagante, pour une dame de sa génération (elle se mettait du rouge à lèvres alors que sa belle-sœur aurait préféré mourir plutôt que d'être vue avec du maquillage). Avec ses yeux gris pétillant de malice, Iris adorait la jeunesse (mot qui, pour elle, n'englobait pas les enfants), et prônait qu'il fallait dans la vie savoir bien s'habiller et s'amuser. Lorsqu'elle avait entendu parler du bal costumé et de la chasse au trésor donnés en l'honneur des dix-huit ans de Pamela, elle avait conseillé à ses deux nièces de « gagner le cœur d'un homme plutôt que le prix ». (« Ça lui va bien, elle qui n'en a jamais gagné aucun », avait commenté Nancy, ce qui lui avait valu une tape sur le bras de Pamela.)

En voyant Pamela se dresser d'un bond à son entrée, Louisa devina qu'elle avait interrompu l'une des anecdotes piquantes d'Iris sur le mode de vie de l'époque édouardienne, que lady Redesdale aurait sans doute réprouvée. C'était Iris qui avait appris à Nancy le truc consistant à marcher sur le bord des marches pour éviter de les faire craquer, quand on voulait descendre un escalier en douce.

— Ce qui est drôle, avait expliqué Nancy durant le trajet d'aller en train, c'est qu'il n'y a pas si longtemps, Iris passait pour une bonne âme un peu collet monté. Je suppose que maintenant qu'elle a son chez-elle et dispose d'un peu d'argent, elle peut faire ce que bon lui semble.

L'envie dans la voix de Nancy était à peine déguisée.

— Mais elle aime les animaux, comme moi, était intervenue Pamela. Une fois, elle a écrit une lettre au *Times* pour soutenir l'idée ardemment défendue par la duchesse d'Hamilton que le lait de chèvre était d'un goût très agréable, et qu'on devrait encourager les gens à en consommer. À Basford, chez Grand-Père, c'est elle qui s'occupe de la basse-cour : ramasser les œufs, donner du grain aux poules…

Lorsque Louisa avait rencontré Iris Mitford, elle avait eu un peu de mal à y croire, mais Pamela jurait ses grands dieux que c'était vrai.

— Bonjour Louisa, dit Pamela, j'étais en train de raconter à Iris notre souper d'hier soir.

C'était un mensonge, mais il serait crédible grâce au talent qu'avait Pamela dès qu'il s'agissait de raconter en détail le menu proposé. À l'entrée de Louisa, Iris n'avait pas bougé : jambes croisées, elle fumait avec un long fume-cigarettes.

— Bonjour, dit Louisa en prenant soin de ne pas s'adresser à elle en l'appelant Iris, ce qui aurait été inconvenant, ni Mlle Mitford, ce qui lui aurait déplu, car, même si c'était son titre officiel, Iris préférait de loin qu'on la définisse par ses nom et prénom, sans aucun préfixe. Je voulais seulement vous informer que j'étais rentrée et que j'étais prête à accompagner Mlle Nancy et Mlle Pamela faire des courses.

Iris la regarda avec nonchalance, puis s'adressa à ses nièces.

— Très bien, jeunes filles. Allez-y. Et revenez me voir avant votre sortie de ce soir, que je vous passe en revue.

Les deux sœurs réagirent par de petits rires nerveux, puis elles posèrent un baiser sur la joue de leur tante en guise d'au revoir.

À 6 heures du soir, après une agréable journée passée à faire du shopping tout en s'accordant de menus plaisirs, comme s'offrir une tasse de chocolat chaud au café Peter Jones, elles rentrèrent à la maison et, une fois qu'elles se furent changées, les deux sœurs se retrouvèrent dans le salon pour l'inspection. Iris aussi s'était habillée pour sortir, dans une robe de crêpe de Chine noire qui tombait juste sous les genoux, avec un long sautoir de style égyptien pendant très bas au bout d'une chaîne en or. Postée près de la cheminée et aussi droite qu'un soldat à la parade, Pamela était amèrement consciente qu'à cause de ses formes généreuses, sa robe n'avait pas l'élégant tombé désiré ; du moins sa couleur orange foncé lui seyait-elle. Nancy portait de nouveau sa robe en perles, agrémentée cette fois d'une nouvelle paire de longs gants audacieux, ornés, du poignet au coude, de minuscules boutons violets.

— Ce soir, je sors avec le colonel Maltravers, les prévint Iris, et j'ignore à quelle heure je rentrerai. Alors demain matin, ne me dérangez pas, jeunes filles. Gracie s'occupera de tout…

Après un petit silence, elle leur décocha soudain un sourire appréciateur qui brisa la glace.

— Vous êtes ravissantes. Haut les cœurs, hein ?

Dans une effusion de baisers et d'au revoir, les jeunes filles sortirent en entraînant Louisa avec elles et montèrent dans le taxi qui les attendait devant la maison.

La soirée commença par un dîner en petit comité chez une amie de lady Redesdale, auquel Louisa n'assista pas ; reléguée cette fois encore dans le vestibule, elle attendit, seule et mal à l'aise, tandis que le bruit des couverts et le brouhaha des conversations lui parvenaient de la salle à manger. Ensuite, même si leur destination était toute proche, elles prirent encore un taxi pour se rendre dans Lower Sloane Street. Nancy et Pamela bavardèrent avec animation durant le trajet, pourtant, avant d'entrer dans les lieux, Louisa sentit que la soirée allait être décevante. Il y avait bien quelques messieurs de-ci, de-là, mais ils étaient largement inférieurs en nombre. Quant aux jeunes filles, elles manquaient singulièrement de piquant et semblaient pour la plupart escortées par de vieilles tantes. Louisa retint un rire en voyant un vieux monsieur en haut-de-forme appuyé sur une canne grimacer chaque fois qu'il buvait et que le brin de menthe contenu dans son verre venait lui chatouiller le nez.

Repérant deux amies, Pamela les rejoignit tandis que Nancy prenait un verre au passage d'un serveur, la mine boudeuse. Un orchestre jouait une valse sans bien tenir le rythme et, même s'il était trop tôt pour que les gens se mettent à danser, les chaperons avaient déjà formé des groupes et pris position sur les bords de la salle, telles des corneilles défendant leur territoire. Louisa, incapable d'accepter le fait qu'elle aurait dû les rejoindre ainsi que l'exigeait son rôle, demeura à côté d'une Nancy qui décréta :

— Ça va être mortel.

Louisa acquiesça d'un air compatissant. Certes Nanny Blor lui avait appris que leur devoir était de rappeler aux jeunes filles dont elles avaient la garde quelle chance elles avaient, même dans les circonstances les plus désespérées. Mais Nanny elle-même n'aurait pu prétendre que cette soirée s'annonçait prometteuse... Soudain, une robuste matrone au cou épais et au profil chevalin avança droit sur elles, et Louisa se mit en peu en retrait.

— Nancy, ma chérie, s'exclama leur hôtesse d'un air radieux, je suis tellement ravie de vous voir, surtout après cette horrible affaire autour de la mort du fils Curtis, ajouta-elle en feignant de murmurer comme font les acteurs au théâtre, alors que toute l'assistance entendait parfaitement.

— Madame Bright, répondit Nancy d'un ton glacial, ma mère vous transmet ses bons souvenirs, à vous et à votre mari. Nous avons été tellement désolés d'apprendre que Paul avait été exclu d'Oxford.

— C'était un départ volontaire après un malentendu, marmonna Mme Bright en se rebiffant, mais le coup avait porté. Transmettez également mes bons souvenirs à vos parents, conclut-elle, avant de s'éloigner sans demander son reste.

Pamela les rejoignit, l'air consterné.

— Tout le monde ne parle que de ça, murmura-t-elle à Nancy, sans avoir besoin de donner des précisions.

Nancy vida son verre.

— Écoutez, il va falloir rester un peu parce que Muv a des espions dans la place qui lui rapportent tous nos faits et gestes. Ne prends pas cet air étonné, Belle Plante, dit-elle à sa sœur. Tu sais comment elle est. Ensuite nous pourrons discrètement nous esquiver pour aller dans un night-club.

— Non ! protesta Pamela en s'étranglant presque. Muv le découvrira forcément.

— Il n'y a aucune raison, dit Nancy. Nous pourrons revenir ici avant la fin pour prendre congé de Mme Bright et des autres.

Louisa allait intervenir quand Nancy lui cloua le bec.

— Vous n'êtes pas obligée d'en être, Lou-Lou. Restez donc ici si ça vous chante, et si jamais Muv a vent de quelque chose, je dirai que vous n'étiez pas au courant.

— Mais je le suis, dit Louisa.

Surtout, elle préférait de loin aller dans un night-club que rester avec cette bande de vieilles corneilles, mais elle était bien trop futée pour l'admettre. Elle avait appris depuis longtemps qu'il ne fallait jamais manifester ouvertement ses désirs devant les aristocrates : c'était tendre le bâton pour se faire battre, car ils vous prenaient aussitôt de haut. Afficher une parfaite indifférence était la meilleure arme pour obtenir ce qu'on désirait. À moins, bien sûr, d'être américaine : exception qui confirmait la règle, à l'image de bien d'autres domaines. Clara Fischer était aussi quémandeuse qu'un chiot labrador, pourtant son cercle d'amis trouvait cela charmant. Le couteau dans la pochette de Clara lui revint à l'esprit : s'en était-elle déjà servi ? Pourquoi diable avait-elle besoin d'en avoir un sur elle ? Mais Louisa chassa cette idée. À quoi bon s'en soucier, puisqu'elle ne pouvait rien y faire pour le moment ?

Toutes les trois restaient plantées là à regarder la salle. L'ambiance n'allait pas en s'améliorant... Gagnés par la morosité, même les serveurs affichaient des mines lugubres.

— Il n'y a rien de plus déprimant qu'une fête ratée. Je préférerais encore être à une veillée mortuaire. Au moins, on a le droit de pleurnicher, déclara Nancy.

Pamela rit sous cape, ce qui fit plaisir à sa sœur.

— Bon, allons parler à autant de personnes que possible pour qu'elles fassent un rapport favorable, si on le leur demande, proposa Pamela, conciliante, puis les deux sœurs consultèrent Louisa du regard.

— Très bien, leur répondit-elle en faisant mine de se rendre à leurs arguments. Mais si je viens avec vous, c'est parce que je dois veiller sur votre sécurité et m'assurer que vous reviendrez ici à l'heure due.

— Bien entendu, dit Nancy au moment où l'on réclamait le silence pour inviter les présents à se rendre à la salle de bal. Retrouvez-moi ici dans vingt minutes, leur souffla-t-elle. Personne ne le remarquera, si nous filons à ce moment-là.

Et donc, peu de temps après, Nancy les faisait sortir par une porte-fenêtre située au fond de la salle de bal. Privées de leurs manteaux, elles furent saisies par le froid, mais elles marchèrent à vive allure en contournant le bâtiment. Nancy héla aussitôt un taxi avec une telle aisance que Louisa s'en étonna.

— Il m'arrive de dire à Muv que je vais rendre visite à Tom à Eton et, au lieu d'y passer la journée, je prends le train pour Oxford, lui expliqua Nancy. N'ayez pas l'air aussi choquée, Lou, j'ai vingt et un ans. Ce serait trop bête de ne pas profiter de l'occasion.

Elles montèrent dans le taxi et Nancy donna au chauffeur l'adresse du 43, Gerrard Street, dans Soho.

— Soho, Nancy ? s'inquiéta Louisa. Est-ce bien raisonnable ?

Elle-même n'était jamais allée dans ce quartier, mais, comme tout le monde, elle avait lu des articles dans le *Daily Sketch* décrivant ce milieu de prostituées, souteneurs et tripots. Depuis l'arrivée des garçonnes, des musiciens de jazz et du black bottom, cette danse endiablée, sans parler des histoires d'overdoses de cocaïne et d'alcools prohibés, l'image qu'on en donnait était celle d'un lieu de perdition.

— Ils y seront tous, assura Nancy.

Pamela ne dit rien, mais ne parut pas outre mesure s'en inquiéter.

Le taxi avait pris de la vitesse et approchait du rond point de Hyde Park, ce tourbillon où les automobiles arrivaient en trombe de quatre directions différentes en espérant réussir à en sortir pour prendre le bon embranchement.

— Comment savez-vous qu'ils seront tous là ? demanda Louisa.

— Parce que Ted est fiancé à Dolly Meyrick, et que c'est elle qui tient la boîte, maintenant que sa mère se fait oublier à Paris pour quelques mois. Donc toute la bande y sera. Désolée de faire allusion à Dolly, ma chérie, conclut Nancy en décochant un petit sourire contrit à Pamela, qui ne releva pas.

— Dolly est donc la fille de Mme Meyrick ? s'étonna Louisa, sidérée par cette nouvelle.

Le fait qu'elle soit fiancée à lord De Clifford n'était pas moins stupéfiant. Mme Meyrick était connue des gazettes mondaines pour les night-clubs malfamés qu'elle tenait et les fréquentes descentes de police qui aboutissaient à son arrestation.

— Eh oui, répondit Nancy. Remarquez, peut-être que ça n'arrivera pas. Ted n'a pas encore vingt ans et il n'obtiendra pas le consentement de sa mère. Pourtant elle-même était actrice, figurez-vous, quand elle a épousé son père. Ce que certains ne manqueront pas de commenter en disant qu'en somme, Ted ne fera qu'épouser sa mère, comme tous les hommes.

— Naunce, tu ne devrais pas être aussi mauvaise langue, intervint Pamela, mais toutes trois éclatèrent de rire, un soulagement bienvenu qui sembla les libérer de ces semaines d'angoisse, sans parler de la tension de la soirée.

Piccadilly apparut, avec Éros se profilant sur un fond de grands panneaux publicitaires lumineux vantant les cigarettes Army Club et “Cannes, cité fleurie de la Côte d'Azur”, illustrée d'un coucher de soleil sur la mer ruisselant de couleurs et de lumières. Cette vision donna à Louisa comme une décharge électrique.

L'entrée du Club 43 ne révélait rien de ce qu'abritait l'intérieur. Malgré l'heure tardive, la rue longue et étroite était aussi animée qu'un jour de marché à Burford, une foule de gens se massaient sur les trottoirs, dont un ou deux poivrots mal embouchés. Du coin de l'œil, Louisa crut voir commencer une bagarre. À peine furent-elles descendues du taxi que le chauffeur démarra en trombe, comme s'il ne voulait pas s'attarder en ces lieux mal fréquentés. Nancy frappa à la porte, qui s'ouvrit sur un grand type baraqué en cravate noire. Il les jaugea rapidement du regard en toisant Louisa au passage d'un air intrigué, puis leur fit signe d'entrer.

À l'intérieur du hall, derrière une vitrine, était assise une jolie fille aux cheveux cuivrés brillant comme un sou neuf. Tout sourires, elle leur réclama dix shillings chacune pour les droits d'inscription, que Nancy lui tendit.

— J'ai raflé les fonds de tirelire avant de venir, expliqua-t-elle.

— Pas celle de Unity, j'espère ? lui demanda Pamela, mais Nancy lui répondit par une moue ironique.

Tout en descendant un escalier raide aux murs laqués de rouge vif, elles entendirent monter vers elles la musique syncopée d'un groupe de jazz, traversée des accents aigus de la trompette. Une fois en bas, elles arrivèrent dans une salle à peine éclairée, et Louisa reçut en pleine face un mur de fumée, de chaleur et de bruit, aussi enivrant que du vin. Nancy poussa un cri en agitant la main pour faire signe à quelqu'un avant de se faufiler dans la foule mouvante des corps, qui s'écartèrent et se rejoignirent comme de l'eau. Pamela prit Louisa par le bras et lui cria à l'oreille :

— Je ne connais personne ici, Lou.

— Suivons Nancy, lui cria Louisa en retour.

Et elles plongèrent ensemble dans cet océan de chaleur et de bruit, Louisa espérant presque n'en jamais ressortir.

28

Comme Nancy l'avait prédit, son cercle d'amis se trouvait au club : Sebastian, Clara, Ted, Charlotte, et même Phoebe. Ils étaient installés au bord de la piste de danse, autour de deux tables couvertes de coupes de champagne plus ou moins pleines, avec d'autres gens, que Louisa ne reconnut pas, mais qui partageaient les mêmes signes distinctifs : yeux noircis de khôl, lèvres violet foncé et cheveux coupés au carré pour les femmes ; teint cireux et habit de soirée pour les hommes, dont un ou deux dandys. En se dirigeant vers eux, elle distingua à travers la fumée de cigarette le blanc de leurs yeux qui les détaillaient sans vergogne, à mesure que Pamela et elle approchaient, au point que Louisa eut l'impression d'être une victime expiatoire marchant vers un autel de sacrifice. Clara vint au-devant d'elles et serra Pamela dans ses bras, puis elle prit un petit air contrit, comme pour s'excuser de la façon dont elles s'étaient quittées la dernière fois. Il faut dire qu'elle n'était alors pas belle à voir.

— C'est la vie, pas vrai, mes chéries ? soupira-t-elle, puis elle regarda Pamela avec admiration. Vous êtes tout simplement merveilleuse, lui dit-elle, un compliment qui fit visiblement plaisir à Pamela. Puis elle se tourna vers Louisa et lui déclara très sérieusement : Vous savez, vous êtes vraiment jolie. Vous devriez faire couper vos cheveux à la garçonne. Ainsi, personne ne vous prendrait plus pour une domestique.

Louisa ne savait trop comment réagir, mais Clara n'escomptait pas de réponse, elle leur avait déjà tourné le dos pour contempler avec extase l'orchestre installé sur la petite scène.

— Vous avez une chance folle d'être là ce soir, c'est Joe Katz et sa bande, dit-elle.

Mais Louisa n'était pas encore en mesure de l'apprécier, tant ses sens étaient assaillis par la masse mouvante des corps qui l'entouraient, les pulsations de la musique, la fumée, le frisson du danger et de l'interdit.

— Tenez.

Quelqu'un qu'elle ne vit pas lui ficha une coupe dans la main. Elle avait la gorge sèche et la but d'un trait, sentant aussitôt le champagne lui monter à la tête. Pourvu que Pamela ne m'ait pas vue, se dit-elle. Quant à Nancy, noyée dans la foule, elle discutait avec Sebastian et Ted, qui tenait Dolly par la taille. Ici, Dolly semblait moins réservée, elle se tournait de-ci, de-là pour donner un ordre à une serveuse, mais, la plupart du temps, elle dévorait des yeux son galant en buvant ses paroles. Assise à une table, seule et maussade, Charlotte tirait sur sa cigarette. On aurait dit qu'elle venait de se disputer, ou qu'elle ruminait en s'apprêtant à le faire. Peut-être était-elle simplement triste. Dans le taxi, Nancy leur avait raconté que la mère de Charlotte restait cloîtrée dans sa chambre, parfaitement indifférente au sort de sa fille maintenant que son fils était mort. Clara avait pris Pamela par la main pour l'entraîner vers la piste de danse, où elles avaient aussitôt été accostées par deux jeunes types aux cheveux gominés et au sourire espiègle. Louisa voyait Pamela incliner la tête sur son cavalier, hélas plus petit qu'elle, en s'efforçant poliment, mais vainement, d'entretenir une conversation par-dessus la musique. S'abritant derrière Clara, elle remplit sa coupe, puis consacra son attention à Joe Katz et à son orchestre.

Dos au public, Joe dirigeait ses musiciens. Ils étaient une douzaine, assis et vêtus de costumes ajustés, chacun jouant d'un instrument : saxophone, trompette, trombone… Brusquement, le rythme changea et Joe, faisant volte-face, saisit le micro installé sur un pied devant lui pour se mettre à chanter. Alors seulement, Louisa découvrit qu'il était noir, avec de hautes pommettes, des dents d'un blanc étincelant, et un regard qui semblait dirigé droit sur elle, comme pour l'inviter à le rejoindre sur scène. Bien entendu, il chantait une chanson d'amour, d'une voix langoureuse et suave comme du miel.

Louisa sentit le rythme s'emparer d'elle et se retrouva bientôt au milieu des danseurs pris d'une transe collective, qui bougeaient en se déhanchant sur le jazz hot. Le feu l'envahissant, Louisa ôta la veste qu'elle portait sur une simple robe tunique et la jeta sur une chaise, sans se soucier de savoir si elle la retrouverait. La voix enveloppante de Joe était une caresse qui faisait céder toutes ses résistances. C'était une sorte de révélation, plus rien n'existait que la musique.

Secouant les épaules et balançant les hanches, elle se rapprocha du centre de la piste, où elle se fondit dans la masse mouvante des corps qui ne formaient plus qu'une seule entité, remuant à l'unisson. Jamais elle n'avait encore ressenti cela, cette sensation de ne plus s'appartenir, d'oublier tout ce qui pouvait l'entraver : cette liberté qui la faisait sourire aux femmes et aux hommes autour d'elle, sans plus de retenue ni de barrières. Ils étaient comme elle, confiants, heureux, s'abandonnant à l'instant présent, à cette communion des corps et des esprits emportés par la musique en une autre dimension. Un homme s'approchait d'elle en s'accordant au rythme de ses mouvements, et elle l'acceptait d'un sourire, puis s'esquivait quand elle en avait assez, pour continuer seule. Plus rien ne comptait que la danse, et la voix de Joe lui contant romance. Louisa sentait la sueur couler dans son dos, mais elle continuait à danser. Une femme vêtue d'une robe en plumes mauve la colla presque en suivant les courbes de son corps et lui glissa à l'oreille, « Continue, ma belle, c'est bien. » Louisa ne se fit pas prier.

Personne ne savait qu'elle était domestique. Personne ne se doutait qu'elle avait grandi dans un bloc d'immeubles destinés aux familles modestes. Personne ne savait ce dont elle avait peur la nuit quand elle était allongée, seule, avant que l'aube vienne la caresser de ses doigts de rose. Ni combien elle était heureuse en cet instant, plus qu'elle ne l'avait été de toute sa vie, au point d'être terrifiée à l'idée qu'elle ne connaîtrait peut-être plus jamais cette exultation. Non, ils ne savaient rien d'elle, elle ne savait rien d'eux et tout le monde s'en fichait. C'était parfait.

Mais tout a une fin.

L'orchestre s'arrêta de jouer, Joe annonça une pause, et les danseurs se dispersèrent. Louisa sentait ses jambes la brûler, la sueur dans son dos se refroidir, et elle avait la bouche sèche. Elle repéra Clara et Pamela, qui étaient restées ensemble, et les rejoignit.

— N'est-il pas merveilleux ? s'exclama Pamela, tout essoufflée, en lui pressant le bras.

— Qui ça ? demanda Louisa en sachant pertinemment de qui il s'agissait.

— Joe Katz !

Pamela aussi avait dansé en se donnant à fond, et ses cheveux s'étaient défaits en une ravissante cascade de boucles. Nous voilà toutes amoureuses de Joe, apparemment, se dit Louisa en voyant plusieurs femmes entourer le chanteur alors qu'il se dirigeait vers le bar. Mais elle reprit conscience des devoirs de sa charge, à présent que la musique s'était arrêtée. Quelle heure pouvait-il bien être ? Elle n'en avait aucune idée.

— Et Nancy, où est-elle ?

Pamela lui désigna une table non loin de là, où Nancy fumait une cigarette tout en discutant avec Charlotte. Elle hésitait à les interrompre, quand elle sentit qu'on lui tapait sur l'épaule. Se retournant, elle ne vit d'abord personne, mais, en baissant un peu la tête, elle découvrit alors Harry, tout sourires. C'était un copain de Guy Sullivan ; ils étaient collègues du temps où tous deux travaillaient pour la police des chemins de fer. Malgré sa petite taille, il avait une gueule d'amour et aurait pu rivaliser avec les stars d'Hollywood, avec ses yeux d'un bleu intense et sa fossette au menton.

— Harry ! s'exclama-t-elle, ravie de rencontrer une connaissance qui confirmait encore, s'il en était besoin, qu'elle était ici à sa place.

— Mademoiselle Louisa Cannon, dit-il suavement, et il lui fit un baise-main en haussant un sourcil. Quel plaisir de vous voir ici.

— Tout le plaisir est pour moi, répondit-elle, sincère. Comment allez-vous ? Et que faites-vous ici ?

— Je joue dans l'orchestre, répondit-il en indiquant la scène d'un coup de pouce. C'est chouette, hein ? Ce Joe, c'est vraiment un as.

— Vous jouez dans l'orchestre ! Je ne vous ai pas vu. De quel instrument ?

— C'est qu'on ne me voit pas quand je suis assis sur une chaise, tel que le Créateur m'a fait, répondit-il en riant. Je joue de la trompette. J'ai démissionné de la police, et je gagne ma vie en tant que musicien, maintenant. Ça me va comme un gant.

— Je suis si contente de vous voir, Harry. Et Guy, comment va-t-il ? s'enquit Louisa, gagnée par la nostalgie.

— Je ne l'ai guère vu, ces derniers temps. Faut dire que ce n'est pas vraiment le genre de lieu qu'il fréquente. Mais tenez, on devrait le persuader de venir nous y rejoindre un soir. Il est toujours ravi de vous voir, vous savez.

— Je sais, répondit Louisa en rougissant. Moi aussi, je suis toujours contente de le voir.

— Allez, buvons un coup, dit-il en montrant son verre vide puis, faisant signe au serveur, il commanda une bouteille de champagne. Pourquoi pas ? dit-il en la voyant réagir. Ça se fête, des retrouvailles, non ?

Ils trouvèrent un coin où s'asseoir, et Harry alluma une cigarette.

— Alors, racontez-moi ce qu'une gentille fille comme vous fait dans un endroit pareil.

— Que voulez-vous dire ?

— Eh bien, cette boîte est plutôt mal fréquentée… Musiciens, gangsters, entraîneuses… Remarquez, vous ne risquez rien. Il n'y a jamais de descente de police, ici.

— Oh, si j'avais su, dit Louisa en faisant mine de s'offusquer avant de rire de bon cœur. C'est que je dois leur ressembler, car je me sens ici comme un poisson dans l'eau, figurez-vous, dit-elle d'un ton badin, mais elle cessa soudain de sourire. Qu'entendez-vous par gangsters ?

— Oh, rien à voir avec les truands qui sévissent à New York. Même si certains se donnent des airs de durs, pour la frime. Mais on a quelques voyous, des trafiquants de drogue, surtout. Et… Alice Diamond, murmura-t-il en se penchant. C'est une habituée.

Louisa sentit son sang se figer.

— Alice Diamond vient ici ?

— Elle n'est pas là ce soir. Généralement, elle vient le samedi. Pour fêter une journée de travail fructueuse sur Bond Street, j'imagine. C'est une reine des bas-fonds, elle dirige un gang de quarante filles qui volent pour elle, du moins c'est ce qu'on raconte. On ne s'en douterait pas à la voir, tout en chichis et fanfreluches, avec des diamants à chaque doigt, décrivit-il, content de colporter de savoureux commérages.

— Quand l'avez-vous vue pour la dernière fois ? dit Louisa, soudain complètement sobre.

— Le week-end dernier. Elle vient régulièrement. Je pense qu'elle aime bien ce vieux Joe, mais qui ne l'aime pas, hein ?

Louisa esquissa un petit sourire poli et reposa sa coupe. Si Alice Diamond vient ici, ce pourrait être l'occasion inespérée pour moi de la rencontrer et de découvrir comment aider Dulcie, se dit-elle.

En tout cas, elle ferait tout ce qui était en son pouvoir pour la faire libérer. Et si elle n'arrivait pas à contrer Alice Diamond et son gang, alors il lui faudrait peut-être songer à les rejoindre.

29

Le lendemain matin, Louisa se réveilla soulagée, en se rappelant qu'elles avaient toutes les trois regagné à temps la soirée à Lower Sloane Street, du moins selon l'horloge du vestibule, pour s'y faufiler et prendre congé de leur hôtesse. Apparemment, l'ambiance était toujours aussi affligeante et, en pensant à la soirée qu'elle avait failli manquer, Louisa remercia le ciel. Elle ne croyait pas en Dieu, malgré tous les Notre-Père qu'elle avait récités à l'école et la visite dominicale à l'église, où lord Redesdale exigeait du pasteur un sermon qui n'excède pas dix minutes ; mais, après avoir entendu Joe Katz chanter, elle était prête à croire à une autre forme de puissance spirituelle, une sorte de magie qui, ce soir-là, avait opéré.

Avoir entendu Harry lui parler de Guy Sullivan ne l'avait pas moins troublée. Plusieurs mois s'étaient écoulés depuis leur dernière rencontre. À bien des égards, tomber amoureuse de Guy et l'épouser serait sans doute un bel et heureux dénouement. Elle avait vingt-trois ans, et savait qu'aux yeux de sa mère, il était grand temps. Mais, d'après ce qu'elle avait constaté, si chez un homme le mariage pouvait signifier le début d'un nouveau chapitre, avec une épouse pour veiller sur lui et des enfants à regarder grandir, chez une femme, il représentait des années d'esclavage domestique. Quand elle lisait dans les journaux des articles sur des femmes chercheuses, scientifiques, engagées en politique, ou même pilotes d'avion comme en Amérique, elle ne manquait jamais de remarquer que ces femmes-là étaient rarement mariées.

Mais à quoi bon remuer tout cela ? se dit-elle en secouant la tête. Elle avait du pain sur la planche. Quittant la cuisine, où elle avait donné un coup de main à Gracie, elle alla frapper à la porte de Pamela.

— Bonjour, Lou, l'accueillit Pamela en enfilant sa jupe en tweed. Je crois que je ferais mieux de prendre juste un pamplemousse pour le petit déjeuner, grogna-t-elle en attachant les boutons. Il y a un article là-dessus dans *The Lady*. On dit que le jus du pamplemousse brûle les graisses de tout ce que vous mangez ensuite.

Louisa adopta l'air distant que Nanny Blor prenait quand elle préférait ignorer ce genre de commentaire, mais Pamela avait bien autre chose en tête.

— Vous ne pensez pas que Muv découvrira le pot aux roses, pour hier soir ?

— Non. Si vous tenez votre langue, il n'y a aucun risque qu'elle l'apprenne, répondit Louisa en guise de mise en garde, espérant que cela réduirait Pamela au silence.

— Je ne dirai rien. De toute façon, elle ne comprendrait pas. C'était comme un autre monde là-bas, n'est-ce pas ? Cette musique, la danse… et toutes ces robes somptueuses… Oh… et ces cocktails, ajouta-t-elle avec une grimace en portant la main à sa tempe.

Pamela continua en décrivant avec force détails les tenues, les boissons, sans parler des canapés qui circulaient sur des plateaux.

— Quelle bonne idée, ces toasts de foie gras et ces cuillerées de caviar servies sur des gâteaux secs. Vous pensez que Mme Stobie voudrait bien préparer ce genre d'amuse-bouches ? Farve sortirait sûrement de ses gonds.

Louisa sourit par sympathie, mais soudain, à l'idée de leur retour à Asthall Manor, elle se sentit abattue. Ses liens avec les Mitford se relâchaient-il ? Elle n'avait pas l'impression de s'être sciemment détachée d'eux, mais n'avait pas non plus envie de lutter contre ce sentiment.

— Connaissez-vous les projets de Mlle Nancy pour la journée ?

— Pas grand-chose, dirais-je, répondit Pamela. Elle a parlé de retrouver Clara pour le thé.

— Voudriez-vous m'accompagner ? proposa Louisa. Une idée lui était soudain venue, à laquelle elle n'aurait su renoncer.

Assise sur le bord du lit, Pamela se redressa.

— Oh oui, volontiers. J'ai besoin de prendre l'air.

Moins de dix minutes plus tard, elles se trouvaient toutes les deux devant un salon de coiffure, tandis que le vent de décembre s'engouffrait sous leurs manteaux et les obligeait à maintenir fermement leur chapeau sur leur tête. À travers la vitrine, elles voyaient des femmes élégantes assises sur des chaises, et, debout près d'elles, des hommes qui brandissaient des ciseaux d'un air vengeur, tels des dieux grecs.

— Vous êtes bien décidée ? dit Pamela.

— Oui, confirma Louisa en contenant à grand-peine un fou-rire nerveux, mêlé de joie et d'excitation.

Une jeune femme assise à un bureau leva les yeux à leur entrée. Ses cheveux ondulés parfaitement coiffés brillaient comme la peau vernissée d'un marron tout frais sorti de sa bogue.

— Que puis-je faire pour vous, madame ?

— Eh bien, j'aimerais une coupe à la garçonne, s'il vous plaît.

Les murs étaient peints en lilas, et il y avait un tout petit caniche couché dans un panier près de la réceptionniste, au poil teint de la même couleur. Pamela secoua Louisa par l'épaule et, alarmée, le lui désigna.

— Comme le chien d'Antoine, commenta la réceptionniste d'un air entendu, mais, en constatant que ce nom ne provoquait aucune réaction, elle soupira. Vous savez, Monsieur Antoine, le fameux coiffeur ?

Louisa n'était pas certaine qu'imiter les excentricités d'un coiffeur teignant son chien en mauve était un gage de qualité, mais pas question de reculer, maintenant qu'elle était dans la place.

Pamela s'installa sur un divan blanc près de la vitrine et prit un numéro du *Tatler*, tandis qu'on menait Louisa jusqu'à une chaise devant un miroir. Une fois défaits, ses cheveux lui tombaient sous les épaules ; ils n'étaient ni bouclés ni raides et d'une couleur quelconque. Après le shampoing, elle regarda de longues mèches tomber sur le sol et subit sans broncher le séchoir, puis les fers à friser brûlants qui grésillaient désagréablement à ses oreilles en la faisant frissonner. Quand ce fut fini, Louisa se contempla, béate d'admiration. De savantes ondulations faisaient briller ses cheveux en leur donnant une nuance de brun plus riche, plus profonde, et les bords coupés au carré faisaient paraître son menton plus mince, ses yeux plus grands.

— Oh mon Dieu, Farve va avoir une attaque, fit Pamela en lâchant son magazine.

Louisa se sentait si bien dans sa peau qu'elle murmura à Pamela d'un air complice :

— Vous ne voulez pas faire pareil ?

Pamela faillit s'étouffer, puis elle rougit en se regardant avec désespoir.

— Si. J'en ai envie. Mais je n'ose pas… Nanny serait fâchée de m'entendre, ajouta-t-elle. Elle dit toujours qu'un moment de honte est vite passé…

Elles se mirent à rire, connaissant toutes les deux Nanny et ses perles de sagesse.

De retour dans les rues brillamment éclairées de Chelsea, elles marchèrent en admirant les décorations de Noël dans les boutiques. Louisa se sentait pleine d'entrain, et les coups d'œil que des jeunes gens lui lançaient au passage ne gâtaient rien.

— Vous savez, je ne peux pas changer de coiffure de façon trop radicale, mais peut-être pourrais-je commander une nouvelle robe ? dit Pamela, avec un sourire contrit. J'ai un peu d'argent qu'on m'a donné pour mon anniversaire, et Sebastian m'a fait une remarque sur celle que je portais hier soir. Pas vraiment désobligeante, mais…

Quelque chose revint soudain à Louisa, qu'elle avait complètement oublié, et elle fouilla dans sa poche pour en sortir un morceau de papier sur lequel elle avait griffonné une adresse au crayon, après avoir quitté la prison. *Mme Brewster, 92, Pendon Road, Earl's Court.*

— Dulcie m'a parlé d'une couturière, dit-elle à Pamela. Entre domestiques, on se donne souvent des tuyaux de ce genre, vous savez.

— Dulcie ? La servante qui a…

— Oui, mais ne vous inquiétez pas. Il s'agit de la couturière de Mlle Charlotte. Il y a chez elle une robe que Mlle Charlotte a besoin de récupérer. Nous pourrions lui rendre ce service et en profiter pour vous commander un modèle. Il n'y a aucun mal à ça, n'est-ce pas ?

— Non, répondit Pamela en souriant chaleureusement. Aucun. Merci, Lou-Lou.

— Bon, alors allons-y, dit Louisa, galvanisée. Rien ne vaut l'instant présent.

Bras dessus, bras dessous, marchant sur un petit nuage, les deux jeunes femmes s'en allèrent gaiement jusqu'à la station de métro de South Kensington.

30

Pamela et Louisa prirent donc le métro pour se rendre à Earl's Court puis, suivant les indications d'un contrôleur, elles longèrent deux petites rues assez piteuses avant d'arriver à l'immeuble qu'habitait Mme Brewster. La porte d'entrée n'était pas verrouillée, car il y avait plusieurs appartements dont l'un recevait manifestement des visiteurs qui allaient et venaient avec une certaine régularité. Elles montèrent des marches tapissées d'une moquette usée jusqu'à la trame et parvinrent au troisième étage, où une petite plaque en cuivre indiquait BREWSTER. Après avoir frappé, elles entendirent bientôt quelqu'un approcher en traînant des pieds, puis tirer deux verrous. Une vieille femme pointa la tête par l'entrebâillement de la porte d'un air plus agressif qu'inquiet.

— Bonjour, je m'appelle Louisa Cannon et voici Mlle Mitford. Pardon de ne pas avoir téléphoné pour nous annoncer, mais c'est Mlle Charlotte Curtis qui vous a recommandée à nous.

La porte s'ouvrit en grand et la vieille, minuscule, mais droite comme un i, s'engagea dans le couloir sans attendre de voir si elles la suivaient. Elle tourna à gauche pour entrer dans une pièce à peine plus grande que celle où l'on se déchaussait à Asthall Manor, et guère mieux meublée. Une longue table en bois en occupait le centre, avec à une extrémité une pile de tissus pliés ainsi que du matériel de couture, tandis qu'à l'autre trônait une machine à coudre Singer noir et or. Vieux et encrassé, le papier peint des murs se décollait par endroits. Sur le dos des chaises, ou suspendues à des clous plantés au hasard dans le mur, il y avait des robes dont aucune n'aurait déparé la vitrine d'une boutique élégante de Knightsbridge. La couturière elle-même portait, ceint sur sa frêle silhouette, un tablier blanc piqué d'aiguilles et d'épingles, dont la poche débordait de volutes de rubans. En arrivant à la table, elle la toucha comme si elle avait gagné une course, puis la contourna pour aller se poster de l'autre côté. Louisa eut la nette impression qu'elle faisait cela par mesure de protection. Pourtant Mme Brewster leur adressa un sourire, et Louisa remarqua alors sa peau olivâtre et ses cheveux d'un noir de jais, striés de gris sur les tempes, et remontés en un haut chignon sur sa tête.

— *Signorina* Curtis vous a envoyées ? s'enquit alors Mme Brewster, avec un fort accent italien qui confirma ses intuitions.

— Oui, répondit Pamela, car Louisa et elle étaient convenues auparavant de ce petit mensonge. J'aimerais vous commander une nouvelle robe. Quelque chose de plus… chic, ajouta-t-elle en désignant le tailleur en laine vert foncé qu'elle portait, tout à fait adapté à un service dominical à Asthall, mais pas à un après-midi en ville.

En la voyant faire ce geste, Louisa eut un petit serrement de cœur, peut-être parce qu'il symbolisait la fin de l'enfance, pour sa protégée. La Pam d'il y a seulement quelques mois ne se serait pas souciée le moins du monde de ce qui l'habillait, du moment qu'elle chevauchait son cheval bien-aimé ou discutait avec Mme Stobie du menu prévu pour le déjeuner du dimanche.

— Je comprends parfaitement, *signorina*, dit Mme Brewster, qui joignit les mains et détailla en plissant les yeux la pièce autour d'elle.

Son choix se porta sur une robe de velours dévoré argent, taille basse et raisonnablement décolletée, de coupe simple, mais ravissante.

— Quelque chose dans ce genre ? proposa-t-elle en contournant la table pour mettre la robe devant Pamela.

— Oui, dit Pamela avec extase. Exactement !

— Vous ne pouvez prendre celle-ci, car elle est destinée à Mlle Peake, mais nous pourrions en faire une autre du même modèle avec juste quelques variantes, non ? poursuivit la couturière en se rapprochant de la pile de tissus pour en tirer un long pan de velours couleur miel, presque assorti aux cheveux de Pamela. Celui-ci, je pense. Avec peut-être ceci… dit-elle en sortant de sa poche un ruban en satin rose foncé. Pour la ceinture ?

La dernière fois que Louisa avait vu Pamela aussi radieuse, c'était quand elle goûtait le glaçage d'un éclair au chocolat juste avant de le manger.

— Puis-je utiliser les toilettes ? demanda-t-elle.

C'était superflu, mais elle sentait que Pamela avait besoin d'un moment à elle avec la couturière, en s'assumant comme adulte qui prend elle-même ses décisions.

— En bas du couloir à gauche, répondit Mme Brewster, qui tenait le velours et avait déjà des épingles entre ses lèvres.

Louisa prit le temps d'admirer son reflet dans la glace de profil et de face, utilisant même un miroir à main qu'elle trouva près du lavabo pour mieux voir la coupe à la garçonne et la pointe en forme de V qui se formait sur sa nuque. Aux yeux de Diana, elle était déjà presque vieille, pourtant Louisa trouvait qu'elle ne faisait pas son âge. Et si elle commandait elle-même une robe à Mme Brewster ? Peut-être n'était-ce pas convenable pour une jeune fille et sa bonne d'avoir la même couturière…

Elle sortit enfin de la salle de bains, mais s'arrêta net en voyant la porte d'en face entrouverte et un gamin d'environ trois ans planté sur le seuil, qui la regardait avec timidité.

— Bonjour. Comment t'appelles-tu ? lui dit-elle avec douceur en se penchant vers lui.

Le garçonnet ne dit rien, mais continua à la fixer de ses grands yeux bleus bordés de longs cils très épais. Ses cheveux noirs étaient coupés à ras et il portait une culotte courte bleu ciel assortie à la couleur de ses yeux, maintes fois rapiécée, ainsi qu'une chemise blanche feutrée à force d'avoir été lavée.

— Moi, c'est Louisa, lui dit-elle, mais il recula et referma la porte.

Quand elle les rejoignit, Mme Brewster notait les mesures de Pamela.

— Qui est ce petit garçon ? s'enquit Louisa, cédant à la curiosité.

— Le *bambino* n'est pas à moi, répondit la couturière. Je m'en occupe moyennant un peu d'argent, même si j'ai déjà presque tout dépensé pour le nourrir. C'est dur pour une vieille comme moi, mais depuis que *mio caro signore* Brewster a quitté ce monde, je dois gagner ma vie comme je peux…

Elle convint ensuite d'un prix avec Pamela pour la robe, qui serait finie et prête d'ici à une semaine. Comme Louisa demandait s'il y avait une robe ou une facture à récupérer pour Mlle Charlotte Curtis, Mme Brewster ne se fit pas prier et lui donna une note. Puis elle les poussa, doucement mais sûrement, vers la sortie.

Une fois dans la rue, Pamela prit Louisa par le bras.

— Allons, rentrons chez ma tante et préparons-nous pour la soirée. Je veux retourner au 43.

Louisa savait qu'elle aurait dû s'y opposer, conformément à son rôle, mais la tentation était trop forte.

31

Cette fois, les trois jeunes femmes étaient fin prêtes. Louisa avait de l'agent en poche, Pamela avait acheté une paire de bas de soie, et Nancy avait appelé Clara pour s'assurer qu'elle et les autres y seraient. Certes, Louisa n'avait pas de robe neuve, aussi devait-elle se contenter de sa tenue du dimanche, heureusement agrémentée d'un col et de poignets en dentelle blanche ; car Nanny Blor l'avait prévenue qu'il fallait toujours emporter quelque chose d'élégant quand on allait à Londres « au cas où ». Et puis, grâce à sa nouvelle coupe de cheveux, elle se sentait capable de rivaliser avec les autres jeunes femmes dans le vent. Peut-être attirerait-elle l'attention de Joe Katz, ce soir.

Les deux sœurs avaient soupé avec leur tante, qui leur avait ensuite souhaité bonne nuit. Comme prévu, elles firent mine d'aller au lit mais, une fois dans leur chambre, elles revêtirent leur tenue de soirée.

— On s'est couchées avec juste le couvre-lit sur nous, en espérant qu'Iris ne passerait pas nous embrasser. Nancy avait mis ses boucles d'oreilles ! confierait plus tard Pamela à Louisa dans le taxi, encore tout émoustillée par leur audace.

Quant à Louisa, après s'être esquivée en douce de l'appartement, elle les attendait au coin d'Elvaston Place à l'heure convenue. Il ne faisait pas trop froid, pourtant elle enfonça son chapeau sur ses oreilles tant elle frémissait d'impatience. Une ou deux demeures avait déjà accroché des couronnes de Noël sur leurs portes, et les réverbères projetaient leur halo de lumière blanche. Quand elles se retrouvèrent toutes les trois, ce fut avec des sourires nerveux et sans rien dire, comme si leur tante risquait de les entendre à cinquante mètres de distance, deux étages plus haut. Elles s'éloignèrent à pas vifs en cherchant des yeux un taxi.

Une fois que le chauffeur les eut déposées devant le 43, elles furent accueillies par le même colosse, qui les reconnut d'un seul coup d'œil et leur fit signe d'entrer. Après avoir donné quelques shillings à la jeune hôtesse campée derrière son bureau, elles descendirent l'étroit escalier, en habituées des lieux. Cette fois encore, la fumée et la musique les heurtèrent de plein fouet, et Louisa inspira l'air à pleins poumons comme si c'était celui d'un matin de printemps à la campagne. Après tout, elle était une fille de la ville : son oxygène à elle, c'étaient la suie et les vapeurs d'essence.

La salle était encore plus bondée que la veille au soir, au point que les chaises et les tables empiétaient davantage sur la piste de danse. L'orchestre swinguait en se donnant à fond, et Louisa fut ravie de repérer Harry cette fois, qui jouait de sa trompette, concentré, les yeux clos, le visage ruisselant de sueur. Sur scène, Joe Katz tenait le micro à deux mains et chantait de sa voix enveloppante en se balançant tel un roseau dans la brise, tout en observant la salle. Un bref instant,

Louisa eut l'impression que ses yeux s'attardaient sur elle en remarquant sa nouvelle coupe de cheveux, mais elle se dit aussitôt qu'elle avait dû l'imaginer. La piste était si encombrée que les danseurs avaient trop peu d'espace pour s'adonner au shimmy ou au fox-trot. Ne formant plus qu'un seul corps, ils ondulaient en rythme sur la musique, telle une eau sur laquelle la voix de Joe Katz faisait des ricochets.

Alors, Louisa la vit. Alice Diamond. Au milieu de la foule, on ne l'aurait peut-être pas repérée si elle n'avait dépassé d'une tête toutes les autres femmes. En dépit de sa grande taille, elle dansait bien et se mouvait avec légèreté. Malgré une coiffure seyante à la dernière mode, du fard à joue et des faux cils, elle avait un visage très quelconque. Mais l'air de pure félicité qui lissait ses traits montrait qu'elle se laissait aller et se sentait bien dans sa peau. Louisa remarqua que trois femmes l'entouraient, tout aussi élégantes, qui bougeaient sans vraiment danser, comme faisant le guet. Si vraiment c'est Alice Diamond, comment se fait-il que personne ne semble s'en rendre compte ? s'étonna Louisa, puis elle se traita d'idiote. C'était justement la raison pour laquelle Alice Diamond venait au 43 : ici, on lui fichait la paix, comme à tout le monde. Cette tanière aux lumières tamisées où les corps se perdaient en dansant sur de la musique enivrante mettait les gens sur un pied d'égalité en garantissant leur anonymat, d'où qu'ils viennent.

Nancy et Pamela s'étaient faufilées dans la foule, parmi laquelle les serveurs circulaient en tenant bien haut leur plateau au-dessus de leur tête. Louisa compta les membres de la petite bande comme s'ils étaient tous en voyage scolaire. Sebastian, Charlotte, Clara, Phoebe et Ted se tenaient au même endroit que la veille. Clara accueillit chaleureusement Nancy et Pamela avant de découvrir la nouvelle coupe de Louisa et de lui adresser en guise de compliment un pouce levé, ce qui la remplit de joie malgré elle. C'était agréable d'être remarquée.

Pamela allait s'éloigner quand elle s'arrêta près d'elle en passant.

— Cette facture de la couturière, l'avez-vous sur vous, Lou-Lou ? Je pourrais la donner à Charlotte.

Louisa la sortit de sa poche, la lui tendit et regarda Pamela rejoindre Charlotte, qui était assise à une table, l'air plutôt morose, les yeux obstinément fixés sur un Sebastian au regard vitreux. Lui enlaçait une femme outrageusement maquillée au décolleté très profond, qui essayait d'attirer l'attention d'un serveur alors que la table devant eux était déjà surchargée de boissons, dont un pot de café accompagné d'une boîte de chocolats ouverte, mais intacte. Brusquement, la femme se dégagea de l'étreinte de Sebastian et le gifla avant de s'éloigner. Autour, les gens se figèrent, interloqués, mais Sebastian haussa les épaules avec désinvolture puis, chancelant un peu, il prit une chaise et s'y affala. Charlotte alla s'asseoir à côté de lui et voulut lui montrer la facture que Pamela lui avait donnée, mais Sebastian l'écarta d'un geste, tout en vérifiant de son autre main dans sa poche que quelque chose s'y trouvait bien.

Par souci de discrétion, Louisa revint au centre de la salle, où elle pensait trouver Alice, mais elle ne parvint pas à la distinguer dans la masse compacte des danseurs. Elle sentit qu'on lui tapait sur l'épaule et fut surprise de découvrir Phoebe. Elle transpirait, et des mèches de cheveux trempées de sueur étaient collées à son front. Elle lui offrit sur sa paume ouverte une petite boîte contenant ce qui ressemblait à du talc.

— Ça vous dit ? proposa-t-elle d'une voix pâteuse. Qualité supérieure, ajouta-t-elle avec un petit rire. Offert par Seb.

Choquée, Louisa déclina l'offre poliment, au risque de passer pour une mijaurée. Heureusement, Phoebe était trop dans les vapes pour le remarquer. Elle referma la petite boîte et se mit à se balancer sur la musique, les yeux mi-clos.

— J'ai travaillé ici, vous savez. Je faisais partie des Merry Maids, déclara-t-elle à Louisa qui, par politesse, fit mine de s'y intéresser.

— Ah oui ?

— Ouais… vous et moi, on est presque du même monde, figurez-vous, dit-elle dans un rire qui sonna creux, puis elle désigna la foule. Ils font comme si j'étais leur amie, mais c'est du pipeau, ils n'oublient jamais d'où je viens. En fait, ils se servent seulement de moi pour ma beauté, ajouta-t-elle avec un clin d'œil en se penchant plus près, et Louisa craignit un instant qu'elle bascule en avant. C'est pour ça qu'ils ne m'ont pas invitée au théâtre.

— Je comprends, dit Louisa en essayant de garder un ton détaché, sachant que toute conversation avec une personne en état d'ivresse risquait fort de mal tourner.

Mais elle ne voulait pas non plus paraître inamicale, et peut-être Phoebe le ressentit-elle. Malgré son élégance et sa beauté, même si Nancy et ses amis l'admettaient dans leur cercle, elle ne serait jamais l'une d'entre eux.

— Je suis contente de voir que votre cheville va mieux, lui dit-elle aimablement, mais Phoebe pouffa en étouffant un éclat de rire dans sa main.

— C'était du chiqué.

— Pardon ?

— Bon, j'ai bien trébuché sur le chien, mais je ne me suis pas foulé la cheville. Je voulais juste être seule avec Sebastian. Mais cette grosse vache ne le lâche pas d'une semelle, maugréa-t-elle en cherchant des yeux Charlotte, qui parlait à Sebastian sans paraître beaucoup l'intéresser. D'ailleurs, je vais aller les rejoindre.

Ainsi, Phoebe avait menti au sujet de sa cheville ? s'étonna Louisa, intriguée, mais à cet instant la musique s'arrêta et, dans le silence qui suivit, elle se sentit exposée, car tout le monde autour d'elle se ruait vers les tables ou remontait l'escalier jusqu'au bar. Elle ne pouvait aller s'asseoir avec Pamela et Nancy, mais elle ne voulait pas non plus les perdre de vue. La connaissant, elle se méfiait de Nancy, qui pouvait lui fausser compagnie à tout moment, malgré leur arrangement.

Elle s'approcha donc de la scène et, cette fois, ce fut elle qui tapa Harry sur l'épaule. Il s'épongeait le front avec un grand mouchoir et se mit à rire en la voyant.

— On n'arrête pas de se rencontrer, dites donc ! Que faites-vous encore ici ?

— Les filles ont voulu revenir, et comme je dois veiller sur elles… répondit Louisa en écartant les mains en un geste d'excuse.

Il lui adressa un regard entendu, puis lui tourna autour en sifflant d'admiration.

— Wouah, ça vous va à ravir, mademoiselle Cannon. Sans mentir.

— Merci monsieur, c'est bien aimable à vous, répondit Louisa d'un ton badin.

— Vous savez, il se pourrait bien que Guy soit là ce soir, dit-il. Après votre venue, je lui ai fait passer un petit mot, et il a dit qu'il viendrait ce week-end. Ça fait un moment que j'essaie en vain de l'en persuader, et il a suffi que je mentionne votre nom pour que…

— C'est bon, Harry, n'en rajoutez pas. N'empêche, j'aimerais bien le voir.

— Essayons de le trouver. J'ai dix minutes de pause. D'ailleurs, si jamais il est là, je vais devoir le protéger des Merry Maids.

— Qui sont-elles ?

— Officiellement, ce sont des danseuses employées par le club. Mais officieusement… ajouta-t-il en clignant de l'œil, et Louisa comprit à demi-mot.

— Bon, mais je ne peux pas quitter cette salle, il faut que je surveille les filles. Si Guy est ici, dites-lui de venir me rejoindre.

— Dac, répondit Harry, puis il s'en fut, leste et agile, en se faufilant facilement entre les danseurs.

Louisa s'adossa au mur en se tapissant dans l'ombre et prit plaisir à observer la faune qui l'entourait, occupée à boire et à fumer. Elle était perdue dans ses pensées quand une voix masculine lui demanda doucement :

— Hé, jeune dame, vous auriez du feu ?

Au début elle ne vit personne, puis elle comprit que l'homme était assis derrière elle, plongé dans la pénombre. Il lui décocha un beau sourire et, dans un éclair de dents blanches, elle reconnut Joe Katz.

— Oh, désolée, mais je n'en ai pas, dit-elle, furieuse contre elle-même de n'avoir même pas une pochette d'allumettes dans son petit sac de soirée.

— Ne vous en faites pas, ma jolie. De toute façon, je ferais mieux de ne pas fumer, le médecin m'a dit que c'était mauvais pour ma voix.

Louisa ne sut que répondre et se maudit encore de n'avoir pas le sens de la répartie, comme se le devait toute vraie garçonne.

— Je ne vous ai pas déjà vue par ici ? demanda Joe, toujours assis, tenant sa cigarette éteinte à la main.

— Hier soir, dit-elle, puis, prenant son courage à deux mains, elle ajouta : je trouve votre musique merveilleuse, monsieur Katz.

— Appelez-moi Joe.

— Joe.

— Ça sonne rudement bien dans votre bouche, remarqua-t-il en riant tout bas, et il se leva. Ce fut un plaisir, mademoiselle… ?

— Cannon. Louisa Cannon. Appelez-moi Louisa, s'empressa-t-elle d'ajouter, en pleine confusion.

— Louisa, répéta-t-il en donnant au prénom toute la volupté d'une caresse dans le noir. Excusez-moi, mais il faut que j'y retourne.

Elle crut une seconde qu'il allait l'embrasser, mais il lui prit la main et y déposa un baiser, et ses lèvres étaient si douces et chaudes qu'elle imagina sans mal ce que serait un vrai baiser.

32

Quelques secondes plus tard, Louisa sentit l'atmosphère changer et la salle fut de nouveau bourrée à craquer, certains s'apprêtant à danser dès que la musique donnerait le signal, d'autres attendant, un verre à la main.

Louisa tressaillit soudain en s'apercevant que Guy était juste à quelques mètres d'elle, l'air un peu éberlué. Ses lunettes rondes reflétaient la lueur des lampes disposées sur les tables et les parures scintillantes des femmes. Elle s'avança vers lui en s'efforçant de chasser Joe Katz de ses pensées, comme si Guy était capable de voir sur son visage l'empreinte de son baiser imaginaire.

— Coucou, Guy ! lui lança-t-elle.

— Oh, vous avez coupé vos cheveux, remarqua-t-il, trop stupéfait pour dire bonjour.

— Eh oui, dit-elle en portant la voix par-dessus les solos de trompette qui sinuaient autour de la mélodie jouée au piano, rendant vaine toute tentative de véritable conversation. Je suis avec Mlle Nancy et Mlle Pamela, l'informa-t-elle en inclinant la tête dans leur direction, sans être certaine qu'elles se trouvent encore là.

— Vous savez, dit-il en se penchant plus près, l'air inquiet, j'ai lu dans le journal ce qui s'est passé. Quelle terrible épreuve vous avez tous traversée. Comment allez-vous, dans l'ensemble ?

Louisa allait répondre quand elle fut interrompue par une jolie jeune femme qui les rejoignit, la main tendue.

— Bonsoir, moi, c'est Mary Moon, se présenta-t-elle. Je travaille avec Guy.

— Bonsoir, répondit Louisa, prise au dépourvu.

Mary Moon… on dirait un nom de comédie bouffonne, songea-t-elle en dévisageant Guy en quête d'indices, mais son expression ne révélait rien de particulier. Sa collègue portait une robe censée être à la mode, mais qui parut à Louisa trop chargée de motifs et de paillettes pour être élégante. Mains jointes devant elle, Mary parcourait la salle du regard en écarquillant les yeux. Guy fit signe à Louisa de se rapprocher.

— D'après Harry, Alice Diamond serait là ce soir, lui murmura-t-il à l'oreille.

Donc c'était bien elle.

— L'avez-vous vue ? demanda Louisa.

— Non, mais nous veillons au grain. C'est un peu bizarre de faire un travail d'infiltration dans cette tenue, mais…

Louisa remarqua alors qu'il avait un haut-de-forme à la main.

— Je croyais que vous étiez venu parce que Harry vous l'avait demandé, lui dit-elle en s'en voulant aussitôt de cette remarque, alors que Guy avait surtout cherché à l'impressionner par son travail de policier.

— Oui, mais puisque nous y sommes… toujours sur la brèche, comme on dit, répondit-il d'un air un peu gêné.

— Si nous buvions quelque chose ?

Guy acquiesça et commanda à un serveur du jus de fruits pour eux trois. Quand le serveur se fut éloigné, Mary dit à Guy qu'il aurait mieux fait de commander du gin ou du champagne, comme n'importe quel client régulier, afin de ne pas se faire repérer.

— Mais ce serait enfreindre la loi, protesta-t-il. Il est plus de 22 heures.

— Vous n'êtes pas en service, souligna Louisa.

— Mais si, on l'est toujours, répliqua-t-il, puis il renonça à défendre son point de vue.

Le serveur revint avec un plateau, une carafe d'un liquide rouge foncé et trois verres, plus la note.

— Hein ? Deux livres ? réagit Guy, interloqué. Vous vous fichez de moi ?

— Ce n'est pas moi qui fixe les prix, répliqua le serveur en haussant les épaules, avec un fort accent italien.

Décidément, se dit Louisa, intriguée. Comment se fait-il que je tombe si souvent sur des Italiens, ces derniers temps ?

Guy plongea la main dans sa poche et paya, puis il but une gorgée et faillit s'étrangler.

— C'est du gin ! s'exclama-t-il, furieux de voir Mary et Louisa éclater de rire.

— Eh oui, c'est comme ça que ça marche, ici, remarqua Mary en singeant le haussement d'épaules désinvolte du serveur, et elle en but elle-même une gorgée, ce qui la rendit presque sympathique aux yeux de Louisa.

Guy se redressa et remonta ses lunettes sur son nez.

— Vous voulez bien m'excuser ? leur dit-il. Je vais jeter un coup d'œil.

— Je vous accompagne, entonnèrent de concert Louisa et Mary, mais Guy les regarda tour à tour en plissant les sourcils.

— Non, merci. J'ai besoin de vérifier quelque chose par moi-même. Je reviens dans une minute.

Elles le regardèrent toutes deux s'éloigner. La musique jouait toujours, mais Louisa se dit que ses oreilles avaient dû s'y adapter en filtrant et en assourdissant les notes les plus fortes et les plus aigues.

— N'est-il pas merveilleux ? dit Mary à Louisa en lui jetant un petit coup d'œil par-dessus son verre.

— Si, en effet, répondit Louisa, prise de court.

— Il n'y en a pas beaucoup comme lui, dans la police, poursuivit-elle, comme si elle avait préparé à l'avance un petit discours. Il est gentil, prévenant. Et drôle, aussi. Savez-vous s'il… s'il fréquente… s'il a une petite amie ?

— Non, je l'ignore, répondit Louisa sèchement. Comment le saurais-je ?

— Oh, je me posais juste la question, dit Mary en sirotant son cocktail.

— Restez là à attendre Guy, si ça vous chante. Moi, je vais danser, lui dit Louisa, et elle planta là Mlle Moon sans comprendre pourquoi ni comment la jeune fille avait réussi à tant l'agacer.

Cependant, elle se rendit vite compte qu'elle n'arrivait pas à danser ni à se perdre dans la musique comme avant, aussi décida-t-elle d'aller voir ce que devenaient Nancy et Pamela.

Nancy dansait avec un monsieur, tout près des tables, tandis que Pamela et Charlotte étaient assises ensemble et bavardaient. Plutôt, Pamela semblait en grand émoi tandis que Charlotte lui parlait avec animation. Avant que Louisa les ait rejointes, Clara s'avança pour la pousser doucement sur le côté.

— Louisa, lui chuchota-t-elle, je n'irais pas là-bas si j'étais vous.

— Que voulez-vous dire ?

— Elle ne vous a pas à la bonne, répondit Clara en indiquant Charlotte d'un mouvement de tête. Voyez-vous, elle sait que vous êtes amie avec Dulcie et… cela la contrarie. Et puis il y a cette facture de la couturière que Pamela lui a transmise.

Louisa sentit de nouveau l'irritation la gagner.

— Et alors ?

— Oh, ne le prenez pas mal, ma mignonne. C'est une sale période. Vous savez ce que c'est.

— Non, je ne sais pas.

Soudain Clara la regarda avec froideur et, quand elle reprit, ce fut d'un ton sec et hautain, malgré son accent américain.

— Ne vous oubliez pas, ma petite. Si vous voulez tout savoir, Mlle Charlotte trouve étrange que Dulcie ait su où aller directement pour voler les bijoux. Je suis certaine qu'il doit y avoir une explication parfaitement plausible, mais vous pouvez comprendre que…

Comme si on lui avait jeté une couverture sur la tête, Louisa se sentit suffoquer. Cet endroit, qui avait été pour elle pareil à un refuge seulement vingt-quatre heures plus tôt, une retraite sûre et chaleureuse où seules comptaient la musique et la danse, était soudain devenu un tribunal. Un monde hostile, où on la remettait froidement à sa place.

— Dites à Mlle Pamela et à Mlle Nancy que je les attendrai là-haut, dans le vestiaire des dames, dit-elle. Nous devrons partir d'ici à une heure maximum.

Tandis que Louisa s'éloignait, le tempo de la musique s'accéléra et les danseurs autour d'elle prirent le rythme. Toujours plantée au bord de la piste de danse, Mary semblait un peu perdue, et Louisa vit alors Guy s'apprêter à la rejoindre. Il semblait engoncé dans son costume, et ses lunettes s'étaient embuées à cause de la chaleur et de la transpiration. Elle s'empressa de l'intercepter avant qu'il ait rejoint Mary.

— Louisa, dit-il comme s'il ne s'attendait pas à la trouver là.

— Quoi donc ?

Guy resta silencieux un instant et regarda derrière lui pour vérifier qu'il n'y avait personne.

— C'est juste que… j'avais cru voir un autre policier en civil.

— Quelqu'un que vous connaissez ?

— Pas vraiment, c'est un officier supérieur responsable de la brigade des mœurs, qui a sa base au poste de Savile Row.

— Et est-ce embêtant qu'il soit là ce soir ?

— Je suppose que non, mais peut-être ne serait-il pas ravi de me voir empiéter sur son terrain. Je crois que je ferais mieux de m'en aller.

Ils restèrent silencieux un instant durant lequel ils entendirent Harry exécuter un magnifique solo de trompette.

— Désolé, Louisa. J'étais si content de vous voir.

— Moi aussi. Peut-être une autre fois. Au revoir, Guy.

Sans même se retourner pour voir si Mary Moon les observait, Louisa s'éloigna aussi vite qu'elle put à travers la foule, remonta deux volées d'escalier et gagna le vestiaire des dames. Pourquoi suis-je si contrariée ? se demanda-t-elle.

Le vestiaire était presque aussi bondé que la piste de danse. Les femmes jouaient des coudes pour se remaquiller et se recoiffer devant la glace ; d'autres étaient assises sur deux divans en velours rose et bavardaient avec animation par groupes de trois ou quatre. Il y avait la queue aux toilettes, et une femme plantée au milieu de la pièce rattachait ses bas à ses jarretelles, sa jupe remontée presque jusqu'à la taille. Il n'y avait pas de musique, même si un brouhaha montait du sous-sol, et plusieurs femmes fumaient, donnant à la petite pièce aux murs sombres un air de boîte de nuit. Quand celle qui remontait ses bas se leva, Louisa se rendit compte avec effarement qu'il s'agissait de Babyface, que Dulcie lui avait désignée au pub Elephant and Castle. Les tatouages sur ses bras auraient pu la dénoncer, si elle ne les avait dissimulés sous de longs gants de soirée. Ça, les Quarante savaient soigner leur apparence et s'habiller chic. Puisque Alice Diamond était là, il était logique que sa garde rapprochée le soit aussi. N'importe, quel coup au cœur d'être aussi près d'elle ! Louisa se sentait à la fois effrayée et émoustillée. Elle avait lu dans les journaux des articles sur les montagnes russes en Amérique, ces manèges géants où de petites voitures roulaient à toute allure sur des boucles vertigineuses. Celles et ceux qui en avaient fait l'expérience décrivaient la terreur nauséeuse, puis la joie étourdie qu'ils avaient ressenties en retrouvant le plancher des vaches. Des sensations qu'elle ressentait maintenant.

Et si Babyface était au courant au sujet de Dulcie et du receleur auquel elle avait prévu de remettre l'argent et les bijoux ? Mais comment le lui demander ? Impossible. La frustration qu'elle en éprouvait lui serrait la gorge.

Une femme se rua soudain dans la pièce pour rejoindre Babyface. Louisa était assez près pour entendre ce qu'elles se disaient.

— Ces sales petites frappes sont là, dit la jeune femme avec un fort accent du sud de Londres contrastant avec la luxueuse robe en velours rouge qu'elle portait.

— Qui les a laissés entrer ? gronda Babyface.

— Je l'ignore, mais avec Mme M. au loin, le gars posté à l'entrée ne les a pas reconnus. Ils sont en bas et font des histoires. Et s'ils voient Alice ?

— Elle saura leur river leur clou, mais nous ferions mieux de descendre. Ils étaient juste censés récupérer le matos, pas entrer, après cette dispute. Elle va se mettre en rogne et je n'ai pas envie qu'elle cherche la bagarre ce soir. Ça risque de dégénérer.

Babyface claqua des doigts à l'intention de plusieurs autres filles, qui s'empressèrent de ranger leurs bâtons de rouge à lèvres pour la suivre, et elles s'en furent. Louisa leur emboîta le pas, l'esprit en ébullition.

« Ils étaient juste censés récupérer le matos… » Qu'avait-elle voulu dire par là ?

Quand les femmes arrivèrent au sous-sol, il ne leur fallut pas longtemps pour constater le changement d'atmosphère. La musique était toujours trépidante, mais les danseurs s'étaient massés les uns contre les autres en se tenant le plus loin possible d'un groupe de jeunes gens chahuteurs qui s'étaient emparés de plusieurs tables. Malgré leurs costumes sombres et leurs cheveux lissés et gominés, ils avaient l'air de voyous, tous visiblement éméchés. Louisa vit l'un d'eux invectiver méchamment un serveur à propos d'une commande, et plusieurs avaient saisi des femmes par la taille, cherchant à les embrasser ou à les peloter tout en riant, sans se soucier de leurs cavaliers, qui tentaient, en vain, de les faire dégager en écumant de rage. Un costaud aux épais sourcils noirs et aux cheveux poivre et sel, que Louisa avait déjà vu, marcha droit sur eux, escorté de plusieurs serveurs, et, aussitôt, une bagarre éclata.

La musique ne s'arrêta pas, au contraire, elle prit un rythme plus endiablé que jamais, comme pour accompagner les échanges de coups de poing et les tables et chaises renversées. Quelques femmes poussaient des cris aigus, mais elles furent vite propulsées vers la sortie. Louisa contourna la piste pour rejoindre Nancy et Pamela.

— Il faut qu'on sorte d'ici, leur dit-elle en les entraînant, sans tenir compte de leurs mines consternées.

Elles parvinrent à l'escalier en pleine bousculade, mais Louisa fut soulagée d'avoir quitté le sous-sol enfumé. Juste devant, elle repéra Babyface, qui tenait par la taille la femme qu'elle avait vue plus tôt et qui ne pouvait être qu'Alice Diamond. Alors qu'elles arrivaient comme tout le monde au rez-de-chaussée pour récupérer leurs manteaux, Louisa s'aperçut que les deux femmes avaient soudain disparu. Or elles n'avaient pu sortir par l'entrée principale, ni remonter l'escalier jusqu'au vestiaire, car Louisa les aurait forcément vues. Elle vit alors Dolly Meyrick sortir du fond du vestibule en lissant ses cheveux et en s'efforçant de reprendre son souffle. La petite amie de Ted. Il existait une connexion entre elle et les Quarante, Louisa n'en doutait plus.

33

Le lendemain matin, Louisa fit les bagages de Nancy et de Pamela en vue de leur retour à Asthall Manor. La force de l'habitude aidant, elles se levèrent tôt et descendirent prendre leur petit déjeuner avec leur tante. Aucune d'entre elles n'ayant très envie de prolonger ce moment, Louisa savait qu'elle n'aurait pas à les presser pour qu'elles soient prêtes à temps. Elles attraperaient le train de 10 heures à Paddington et, une fois à la maison, Louisa se retrouverait aussitôt happée par les tâches domestiques et la routine. Nanny Blor voudrait, à juste titre, prendre un peu de repos, car sans son aide elle avait dû assumer un surcroît de travail. Il lui restait une seule chose à faire avant de partir. Après avoir bouclé la valise en cuir brun, Louisa la posa par terre, puis gagna discrètement le bout du couloir. Il n'y avait qu'un téléphone, placé à un endroit où il était impossible d'avoir une conversation privée, mais, comme Iris et les filles prenaient leur petit déjeuner, peut-être pouvait-elle risquer le coup.

— Poste de police de Vine Street, s'il vous plaît, dit-elle à l'opératrice.

— Tout de suite, mademoiselle, lui répondit une voix haut perchée, puis il y eut un déclic, la connexion fut établie, et un agent lui demanda alors ce qu'il pouvait faire pour elle.

— J'aimerais parler au sergent Sullivan, répondit-elle.

Il y eut un instant d'hésitation à l'autre bout du fil. L'agent attendait sans doute de prendre en note la déclaration d'un objet perdu ou de quelque infraction.

— Je pourrais peut-être vous aider, mademoiselle ? proposa-t-il.

Pourquoi supposent-ils tous que je ne suis pas mariée ? pensa Louisa, un peu agacée.

— Je vous en remercie, mais non, dit-elle en essayant de ne pas se tenir sur la défensive.

— Bon, d'accord. Restez en ligne, s'il vous plaît.

Elle entendit le bruit du combiné qu'il reposait sur le bureau, puis les pas lourds de l'agent qui allait chercher Guy.

— Allô ? Sergent Sullivan à l'appareil. À qui ai-je l'honneur ?

— Guy, c'est Louisa.

— Y a-t-il un problème ?

— Non, non, j'ai juste pensé que vous aimeriez savoir ce qui s'était passé hier soir.

— Que s'est-il passé ?

— Peu après votre départ, une bande de voyous a débarqué et ils ont commencé à faire du tapage. Une bagarre a éclaté et nous nous sommes vite esquivées.

— Oh, désolé de l'apprendre, dit-il d'un ton qui exprimait plutôt du soulagement. Mais vous allez bien ?

— Oui, très bien. C'est simplement que je suis certaine qu'Alice Diamond était là hier soir.

— Quoi ? Comment le savez-vous ?

— Quelqu'un me l'a désignée, mentit-elle, car elle ne pouvait décemment se permettre de lui dire qu'elle l'avait déjà vue ailleurs. Quand j'étais aux toilettes pour dames, j'ai entendu une femme prévenir les autres qu'une bagarre allait éclater, et voilà ce qu'elles ont dit : « Ils étaient juste censés récupérer le matos, pas entrer. » Ensuite, ce fut la débandade.

— Oui, ça se tient, répondit Guy avec enthousiasme, en se prenant au jeu. Les Quarante ont des receleurs, des hommes qui revendent leurs larcins, ainsi les femmes n'ont pas à s'en occuper. J'ai eu par ailleurs un tuyau disant qu'ils fréquentaient le 43.

Louisa s'efforça de relier cette dernière information à ce qu'elle savait déjà, sans parvenir dans l'immédiat à aucun résultat. Mais, consciente de son importance, elle la garda dans un coin de sa tête pour y réfléchir plus tard.

— Figurez-vous qu'Alice Diamond était devant nous dans l'escalier, reprit-elle. Je sais qu'elle n'est pas sortie par l'issue principale, et qu'elle n'a pas non plus remonté l'escalier jusqu'aux toilettes des dames. Je l'aurais forcément vue.

— Où voulez-vous en venir ?

— Je crois que Dolly Meyrick l'a fait sortir en douce du club, par une issue secrète.

Il y eut un bref silence, le temps que Guy prenne lui-même en compte cette information.

— L'avez-vous constaté de vos yeux ?

— Non, pas exactement. Elle était là, et soudain, elle avait disparu. Alors j'ai vu Mlle Meyrick. C'est la fille de la propriétaire, vous savez, et c'est elle qui dirige le club pendant que sa mère est à Paris.

— Que vous dites.

— Quoi qu'il en soit, je l'ai vue sortir d'un coin sombre, et elle semblait tout juste se remettre d'une émotion forte. Franchement, je ne vois pas comment Alice Diamond et son escorte ont pu disparaître autrement qu'avec son aide, par une issue secrète.

Dit comme ça, cela semblait un peu tiré par les cheveux. En tout cas, cette petite gourde de Mlle Moon ne devait sûrement rien avoir de mieux à proposer. Et Pamela serait ravie de voir sa rivale incriminée. Peut-être que lord De Clifford romprait ses fiançailles, quand il saurait à quoi sa promise était mêlée.

— Merci, mademoiselle Cannon, nous allons vérifier.

Pour qu'il l'ait appelée ainsi, c'est qu'il y avait sûrement des collègues alentour. Elle entendit alors un bruit de couverts venant de la salle à manger, comme si quelqu'un débarrassait.

— Je ferais mieux d'y aller, lui dit-elle. J'espère que cela vous sera utile.

Sans attendre de réponse, elle raccrocha juste à temps, car Gracie sortit alors dans le couloir et la regarda d'un air sévère.

— J'attends Mlle Nancy et Mlle Pamela, dit Louisa avec tout l'aplomb dont elle était capable, nous allons bientôt nous rendre à la gare.

Ouf, cette fois encore, il s'en était fallu de peu.

Après avoir raccroché, Guy se demanda ce qu'il devait faire. Harry était sûrement au courant de la bagarre, aussi Guy lui fit-il porter un mot le priant de téléphoner au poste dès que possible. À sa connaissance, les services de police n'étaient pas intervenus au club 43 la nuit précédente, d'ailleurs il était peu probable que Mlle Meyrick les ait alertés, alors qu'on vendait de l'alcool illégalement dans son établissement.

Après une nuit au club, Harry dormait tard ; il était presque 4 heures de l'après-midi quand Guy fut de nouveau appelé au téléphone.

— Bonjour, Guy. C'est à quel sujet ? dit Harry avec sa bonhommie habituelle. Tu vas encore me demander des nouvelles de Mlle Cannon ?

— Non, dit Guy sèchement. C'est fini.

— Ah ? J'ignorais même que ça avait commencé, remarqua Harry en blaguant, mais Guy n'était pas d'humeur à plaisanter.

— J'ai appris qu'il y avait eu de la bagarre au club, cette nuit. Es-tu au courant ?

— Tu ne vas pas me faire regretter de t'avoir proposé de venir, hein ? Je t'ai invité comme copain, pas en tant que policier.

Guy préféra garder pour lui sa formule habituelle sur le fait qu'il était toujours en service.

— Non, bien sûr que non. Je n'ai pas l'intention de faire quoi que ce soit, mais cela m'intéresse, c'est tout.

— C'était le gang Elephant and Castle, dit Harry. Des gars peu recommandables. Ils ne descendent pas souvent et, si Mme Meyrick est à l'accueil, elle les reconnaît et leur interdit l'entrée. Mais elle est à l'étranger en ce moment, en tout cas officiellement, et l'hôtesse n'a pas su à qui elle avait affaire. C'est vrai, ils ont cherché la bagarre et ils ont tout chamboulé. Comme à chaque fois.

— Et Alice Diamond ? Louisa m'a dit que tu lui avais assuré qu'elle était là hier soir.

— Oui, elle est venue, confirma Harry après un bref silence. Elle n'est pas difficile à repérer, tout le monde la connaît. Mais ses filles se comportent bien tant que personne ne les cherche. Sinon, elles se battent comme des hommes. Ça fait un bout de temps que je ne les ai pas vues à l'œuvre. Les deux gangs sont peut-être en bisbille…

— D'accord, merci Harry.

— Tu ne vas pas commencer à poser des questions gênantes, hein ?

— Non, ne t'en fais pas. Je ne vais pas te gâcher la vie. Je sais que tu tiens à ton boulot. C'est chouette, de t'avoir entendu jouer.

— C'est bon, alors ?

— C'est bon, vieux. Tu peux être tranquille, assura Guy en croisant les doigts.

Après avoir vérifié que ses bottes et boucle de ceinture reluisaient, Guy frappa à la porte du bureau de Cornish, la gorge nouée. Il savait que l'inspecteur était là, mais n'obtint aucune réponse, aussi frappa-t-il encore, provoquant cette fois un impatient « Entrez ! » de l'autre côté.

La pièce contenait tout juste le grand bureau derrière lequel Cornish était assis et, fort heureusement, c'était à peu près tout le mobilier. Un portrait du roi était accroché au mur, et une fenêtre donnait sur l'arrière d'une autre aile du bâtiment, près de laquelle un fourgon de police était garé. Cornish feuilletait des papiers d'un air accablé. Quand Guy entra, ce fut tout juste s'il leva les yeux.

— Tiens, c'est vous, dit-il avant de replonger aussitôt dans ses papiers.

— Bonjour, monsieur, dit Guy, raide comme un piquet.

Cornish grommela quelque chose, mais resta tête baissée.

— J'ai des informations sur Alice Diamond qui pourraient vous être utiles, monsieur.

Enfin Cornish cessa de farfouiller et le regarda, en attente.

— Apparemment, elle fréquente le club 43 sur Gerrard Street, et on l'y a vue hier soir.

— Ah oui ? soupira Cornish, l'air peu intéressé. Et que faisait-elle là-bas ?

— Rien, monsieur, répondit Guy, décontenancé. En fait, je l'ignore, monsieur. J'ai juste reçu l'information, confirmée par deux témoins, qu'elle était dans ce night-club, et qu'elle l'a quitté peu après qu'une bagarre eut éclaté.

— L'a-t-on vue voler quelque chose ? Ou se vanter de quelque juteux forfait ?

— Non, pas à ma connaissance, monsieur.

Il ne faisait pas particulièrement chaud dans la pièce quand il y était entré, pourtant Guy transpirait maintenant à grosses gouttes.

— Qu'Alice Diamond se trouve à Londres, nous le savions déjà. Et le fait qu'on l'ait vue dans un night-club n'a aucun intérêt. À moins qu'elle n'ait consommé de l'alcool ? lança-t-il avec un brin d'espoir.

— Je ne puis le certifier, monsieur.

— Alors fichez-moi le camp, rugit Cornish. Tout ça ne vaut pas un clou, vous me faites perdre mon temps. Et ne revenez pas avant d'avoir une bonne raison de me déranger.

34

La journée, le 43, Gerrard Street ressemblait à n'importe quel immeuble un peu décati de Soho. Les trottoirs étaient noirs de crasse, et il y avait peu de passage. Il faudrait encore attendre deux ou trois heures pour que se pointent à l'horizon les amateurs de plaisirs illicites. Ignorant la sonnette qui prévenait M. Gold, tailleur habitant au dernier étage, Guy frappa fermement et se retrouva aussitôt face à un individu taillé pour remplir tout l'encadrement de la porte.

— *Ja ?*

Il s'agissait sûrement de German Albert, le célèbre portier du 43. Guy était en uniforme, aussi le cerbère ne pouvait-il se tromper sur le but de sa visite.

— J'aimerais voir Mlle Meyrick.

On lui claqua la porte au nez et Guy, cloué sur place, se demandait que faire, quand, une minute plus tard, la porte se rouvrit sur le colosse, qui lui fit signe de le suivre. Après avoir dépassé le guichet où l'on récoltait les droits d'entrée, puis l'escalier qui menait à la piste de danse située au sous-sol, ils montèrent jusqu'aux vestiaires du premier étage et entrèrent dans ce qui ressemblait à un petit salon aux murs couverts d'un papier peint à fleurs, avec deux divans jonchés d'une profusion de coussins. Devant une cheminée s'étalait une peau de tigre qui rappela irrésistiblement à Guy les vers de mirliton inspirés par la sulfureuse romancière Elinor Glyn : *« Would you like to sin / With Elinor Glyn / On a tiger skin ? / Or would you prefer / To err with her / On some other fur*[1] *? »* Ses frères adoraient les scander sur tous les tons jusqu'à ce que leur mère les surprenne et y mette fin en leur donnant une petite tape sur la nuque. Assise, Dieu merci, sur un divan, et non allongée sur la carpette, se trouvait une jeune femme aux cheveux noirs joliment ondulés, vêtue très convenablement d'un costume en laine vert olive. Bien loin du style des Merry Maids du night-club, on l'aurait dite prête à se rendre à un conseil d'administration. Une idée ridicule, car aucune femme n'y assistait jamais.

La jeune femme se leva et lui tendit la main.

— Bonjour, monsieur l'agent. Que puis-je faire pour vous ?

— Bonjour, répondit Guy, pris au dépourvu. Vous êtes bien Mlle Dorothy Meyrick ?

— En effet, mais tout le monde m'appelle Dolly. Je vous en prie, asseyez-vous.

Elle lui indiqua le divan placé en face du sien. Guy s'assit et s'enfonça aussitôt dans les coussins moelleux dont il eut beaucoup de mal à extraire son grand corps dégingandé pour enfin se redresser et rester

---

1. « Préfères-tu une partie fine sur une peau de tigre avec Elinor Glyn / Ou faire des galipettes sur une autre peau de bête ? » (*Note de la traductrice.*)

prudemment assis sur le bord, tandis que Dolly ne pouvait réprimer un petit rire.

— Désolée. Ces divans sont plus confortables que pratiques, n'est-ce pas ? Puis-je vous offrir quelque chose à boire ? Nous avons un excellent whisky pur malt, ici.

— Non, je vous remercie, répondit Guy en sortant son bloc-notes et son crayon.

— Voyons, monsieur l'agent, roucoula-t-elle, je vous en prie, pas de ça entre nous. Je suis certaine que nous pourrons aborder le sujet qui vous préoccupe en toute liberté, sans que vous ayez besoin de prendre des notes.

C'était si habilement tourné qu'il dut malgré lui remettre ses carnet et crayon dans sa poche.

— J'ai appris qu'une certaine Alice Diamond est venue ici hier soir ? commença-t-il sans préambule, en cherchant à résister à l'atmosphère feutrée et alanguie.

Dolly ne broncha pas.

— Vraiment, monsieur l'agent, vous ne pouvez attendre de moi que je me souvienne de tous mes clients. On avait plus d'une centaine de personnes, hier soir.

— Pourtant vous accueillez bien tous les clients à l'entrée, non ? Vous voyez donc chacun d'eux au fur et à mesure ?

— En effet, monsieur l'agent… au fait, comment vous appelez-vous ?

— Sergent Sullivan, répondit Guy, luttant toujours pour ne pas se laisser amollir par la douce tiédeur du feu de cheminée et le parfum enivrant d'un bouquet de narcisses posé sur une table non loin de là.

— Sergent Sullivan, vous avez absolument raison. J'aurais dû en effet filtrer les clients hier soir, mais j'étais occupée par deux ou trois autres choses à régler. Rendez-vous compte qu'en l'absence de ma mère, ce n'est pas facile pour moi de diriger ce club. Certains membres du personnel ne sont pas habitués à recevoir des ordres d'une jeune femme, et il me faut régulièrement remettre les pendules à l'heure pour obtenir d'eux qu'ils m'obéissent… Mais j'insiste pour vous offrir un peu de cet excellent whisky… ou que diriez-vous d'un verre de vin ?

— Non merci.

— Donc, hier soir, c'était Susie qui recueillait les cotisations, vous comprenez. Malheureusement, elle a laissé entrer une bande d'excités qui ont fait du raffut. On ne lui confiera plus ce poste.

— Ces excités, les connaissez-vous ? demanda Guy, qui découvrait au fil de cette conversation tout l'art de la dérobade.

— Ils viennent de temps en temps, pas souvent. Oh, on se charge nous même d'y mettre bon ordre, ne vous en faites pas, dit-elle d'un ton mielleux, puis elle se tourna un peu de côté comme pour offrir son corps à la tiédeur du feu et le regarda en inclinant la tête. Sergent Sullivan, nous avons des protecteurs. Des hommes comme vous, qui ont la bonté de veiller sur notre sécurité moyennant quelques petites faveurs. C'est si agréable, de profiter des plaisirs de notre petit club. Peut-être aimeriez-vous y goûter vous-même ?

Guy en resta un instant sidéré.

— Pardon, madame ?

Elle se mit à rire comme d'une excellente plaisanterie.

— Oh, je suis encore une demoiselle… mais plus pour très longtemps. Je suis fiancée à lord De Clifford, savez-vous.

Guy savait en tout cas que cette dernière information était destinée à le remettre à sa place : vous avez devant vous non la gérante d'un night-club, mais la future épouse d'un pair du royaume. Et vous n'êtes qu'un policier de seconde zone.

— Cela vous étonne ? lui dit-elle en plissant les yeux.

— Non, pas le moins du monde. Félicitations, madame. Je veux dire, mademoiselle Meyrick, dit-il, encore désarçonné.

— Merci, répondit-elle poliment. Oh, il y a bien eu une ou deux fortes têtes qui ont résisté, mais nous avons su les mettre au pas.

— Je vois, dit Guy, sans trop savoir comment interpréter cette dernière phrase.

Décidément, cette femme parlait par sous-entendus, égrenant une sorte de code qu'il ne parvenait pas à déchiffrer.

— Si vous revenez nous voir, nous saurons vous recevoir. Et, sympathique et costaud comme vous l'êtes, je suis certaine que vous aussi, vous saurez veiller sur nous.

Cette fois encore, Guy ne sut que répondre, mais elle ne lui en laissa pas le temps.

— À présent, cher sergent Sullivan, je vous demanderais de m'excuser. Je dois aller au charbon, comme on dit. Une autre nuit de dur labeur m'attend. Vous trouverez Albert juste en sortant de cette pièce.

Elle se leva, lui signifiant ainsi son congé, aussi se leva-t-il, ce qui lui valut encore de se débattre avec les coussins, une humiliation de plus. Puis il lui serra la main et s'en fut, bien déconfit. Cette entrevue ne lui avait strictement rien apporté de nouveau.

35

À Asthall Manor, l'atmosphère s'était enfin un peu allégée depuis la mort sinistre d'Adrian Curtis, et chacun attendait Noël avec impatience. Mme Stobie se plaignait de la surcharge de travail qui lui incombait, cependant de délicieux arômes s'échappaient des cuisines en un flux ininterrompu. Pamela s'y glissait aussi souvent que possible afin de parfaire ses talents culinaires et, la cuisinière avait beau maugréer, Louisa vit son visage s'illuminer lorsque son élève sortit du four une plaque de tartelettes de Noël aux fruits secs, dorées et parfaitement pincées sur les bords.

Un matin, peu de temps après leur retour de Londres, Nancy les rejoignit aux cuisines alors que Louisa venait de rapporter de la nurserie le plateau du petit déjeuner et que Pamela rôdait dans le cellier en quête d'un sachet de raisins secs. Quand elle en sortit d'un air triomphal avec son butin, Nancy lui jeta un regard méprisant.

— Il n'y a vraiment pas de quoi être fière, ma chère. Pour un peu, on te prendrait pour une aide-cuisinière.

À ces mots, Louisa vit Ada se hérisser, mais ce fut Pamela qui répliqua :

— Et alors, je ne vois vraiment pas ce que cela aurait de déshonorant.

Nancy ne daigna pas répondre et elle agita une lettre qu'elle tenait à la main.

— Lou-Lou, c'est vous que je venais voir. Jennie vient demain chez nous prendre le thé, figurez-vous. Richard et elle vont aller séjourner chez les parents de Richard, et ils ont demandé s'ils pouvaient passer. Je me suis dit que j'allais vous prévenir. Vous êtes de vieilles amies, n'est-ce pas ?

— Oui, merci, répondit Louisa.

Cela faisait longtemps qu'elle n'avait pas vu Jennie, et elle ne pouvait s'empêcher d'être un peu blessée que son amie d'enfance ne lui ait pas écrit. Si elles avaient fréquenté la même école et grandi ensemble dans le coin de Chelsea, Jennie s'était élevée socialement en épousant Richard Roper, un architecte un peu bohême. La douce Jennie était restée la même, mais elle évoluait maintenant dans des cercles complètement différents, surtout depuis qu'ils étaient allés vivre à New York, trois ans plus tôt. Pourtant Louisa était contente d'avoir l'occasion de lui parler. Après tout, c'était grâce à Jennie qu'elle avait rencontré Nancy, ce qui l'avait ensuite conduite à se faire engager comme bonne d'enfants à Asthall ; elle avait donc toutes les raisons de lui en être reconnaissante, n'est-ce pas ?

Malgré ses appréhensions, leurs retrouvailles furent faciles. Une fois que Jennie et Richard eurent pris le thé avec lord et lady Redesdale dans la bibliothèque, on l'avait sonnée et Louisa était descendue. D'habitude, à cette heure, c'était pour qu'elle vienne chercher les plus jeunes des filles après l'heure quotidienne qu'elles passaient en compagnie de leurs parents, mais aujourd'hui, lady Redesdale déclara qu'elle voulait les raccompagner elle-même à l'étage, tandis que les deux hommes se retireraient dans le bureau de lord Redesdale pour fumer un cigare. Jennie et Louisa se retrouvèrent donc seules : une délicate attention de la part de sa patronne, que Nancy avait dû encourager. Mais la situation rendait Louisa nerveuse : devait-elle s'asseoir ou rester debout ? Certes Jennie n'était pas sa maîtresse, pourtant elles n'étaient plus tout à fait sur un pied d'égalité, ce que soulignaient le tablier porté par Louisa et l'élégante tenue de Jennie, une robe en cachemire marron assortie d'un manteau fourré de vison. Voilà ce que c'est, à force de servir les autres, cela déteint sur mes manières d'être, et je ne suis plus capable de lui témoigner simplement mon amitié, constata tristement Louisa. Pour se donner une contenance, elle fit mine de ranger un panier à couture tout en bavardant, le cœur serré. Elle aurait eu tant besoin de faire part à son amie de ses préoccupations, mais aurait-elle cette audace ? Heureusement elle n'eut pas à prendre l'initiative, car Jennie avait elle-même des confidences à lui faire.

— J'ai quelque chose à te dire, ma chérie, murmura-t-elle. Je suis enceinte. Pas depuis longtemps, ça ne se voit pas encore, et Richard ne veut l'annoncer à personne tant que nous n'en aurons pas informé ses parents. C'est pour cela que nous nous rendons chez eux.

Louisa se redressa et étreignit son amie.

— Quelle heureuse nouvelle. Quand dois-tu accoucher ?

— Fin juillet. Un bébé de l'été… tout le monde dit que ce sont de bonnes natures, répondit Jennie, si radieuse que sa peau de porcelaine semblait luminescente.

— En tout cas, ce bébé aura de la chance de t'avoir comme maman, dit Louisa, sincèrement ravie pour son amie.

— Je l'espère, dit Jennie, qui s'assombrit soudain. Je m'inquiète juste un peu de… eh bien, cela sera différent de la manière dont on nous a élevées, n'est-ce pas ? Supposons que je m'en sorte mal.

— Toutes les mères ont les mêmes angoisses. Tu as Richard avec toi, et tu t'en sortiras à merveille, j'en suis certaine. D'ailleurs, tu pourras me demander conseil, au besoin. Je suis calée sur tous ces sujets : comment faire prendre son bain à un bébé…

Le rire de Jennie l'interrompit.

— Oh, de toute façon, nous aurons une nounou, alors j'en serai sûrement dispensée.

Jennie n'avait pas voulu offenser Louisa en soulignant qu'elle était payée pour s'occuper des bébés d'une autre, tandis qu'elle-même n'aurait pas à s'occuper du sien. Pourtant Louisa en fut blessée. Mais vers qui d'autre aurait-elle pu se tourner ? Elle avait besoin de se confier à la seule personne qui comprenait à la fois le monde dans lequel elle avait grandi et celui où elle travaillait maintenant. Et puis Dulcie hantait ses pensées, la plongeant dans un profond dilemme. Oui, il fallait qu'elle en parle à quelqu'un. Peut-être cela l'aiderait-elle à y voir plus clair.

— Moi aussi, j'ai quelque chose à te dire, commença Louisa tout en se demandant si elle pouvait ou devait continuer.

— Quoi donc, ma chérie ?

Aussi brièvement que possible, et de façon un peu chaotique, Louisa lui conta les derniers événements, sa rencontre avec Dulcie, leur sortie au pub Elephant and Castle, la mort tragique d'Adrian Curtis, le night-club 43, l'étrange comportement des amis de Nancy, Alice Diamond et les Quarante Voleuses. Même Joe Katz eut droit à une mention spéciale. Jennie ponctua juste son récit de quelques exclamations de surprise, sans l'interrompre. À la fin, Louisa était au bord des larmes.

— Que vais-je faire, Jennie ? dit-elle, en plein désarroi.

— À quel sujet ? Il y a tellement de choses… Je m'y perds un peu.

— Comme tu l'as dit si justement, nous sommes entre deux mondes, et il n'est pas toujours facile de s'adapter. Je sais, j'ai une vie meilleure que Maman, un travail bien moins pénible, et les Mitford sont bienveillants envers moi. Pourtant quand je vois ces femmes…

— Quelles femmes ?

— Les Quarante, ou encore les danseuses du night-club. Elles ont l'air si indépendantes. Elles portent de jolies robes, elles font ce que bon leur semble. Elles n'ont de compte à rendre à personne.

— Ce sont des voleuses et des prostituées, Louisa, s'exclama Jennie en la fusillant du regard. Ce n'est pas une façon de vivre. Tu le sais ! Toi et moi, nous avons lutté pour échapper à ça. Comment oses-tu même y penser ? s'indigna-t-elle, puis elle regarda autour d'elle, craignant peut-être que quelqu'un les entende, et Louisa se demanda si son mari était vraiment au courant de la vie qu'elle menait avant de le rencontrer.

— Ne sois pas si intransigeante, lui répondit-elle. J'ai l'impression de n'être nulle part à ma place. Je ne sais que faire.

— Voilà ce que tu vas faire, riposta Jennie avec virulence. Tu vas parler à la police de Dulcie et de sa connexion avec les Quarante. À quoi pensais-tu donc en gardant le secret ? Supposons qu'elle te mente ?

— Je ne peux pas faire ça, ce serait signer son arrêt de mort.

— Louisa. Dulcie marche avec les Quarante, tu ne sais pas si on peut lui faire confiance. Comment sais-tu qu'elle n'était pas mêlée de près à ce meurtre ? C'est quand même une drôle de coïncidence, non ? Elle vole les bijoux et, peu après, on la retrouve près du cadavre.

— Oui, mais il y a forcément autre chose. Ça ne colle pas. J'ai remarqué qu'elle portait une grosse montre d'homme, cette nuit-là. Elle avait besoin de savoir l'heure.

— Où veux-tu en venir ? s'enquit Jennie, déconcertée par ce changement de sujet.

— Je pense qu'elle avait dû convenir de retrouver quelqu'un au pied du clocher, et que c'est pour cela qu'elle avait besoin d'avoir l'heure précise. Mais ce n'était pas Adrian. Pourquoi l'aurait-elle rejoint dans la maison, puis de nouveau dans l'église ? Ça n'a pas de sens. Non, je veux parler de quelqu'un qui devait récupérer les bijoux volés. C'est comme ça que les Quarante se débarrassent de leurs larcins ; elles ont des receleurs qui les récupèrent et les revendent pour elles. Je crois que c'est la personne qu'elle devait retrouver qui a tué Adrian Curtis.

— Dans ce cas, pourquoi ne le dit-elle pas ?

— Parce que cela supposerait de moucharder les Quarante ou l'un de leurs receleurs, quel que soit le coupable. Alors ils les tueraient, elle et sa sœur.

Jennie demeura pensive.

— De toute façon, quoi qu'elle fasse, elle est condamnée, reprit-elle. Mais son choix doit signifier qu'elle cherche à protéger quelqu'un… Et elle ne veut pas se mouiller, de toute évidence. N'est-ce pas pour cela qu'elle te manipule en te poussant à parler à la police des Quarante ?

— Que veux-tu dire ?

— Elle t'a bien emmenée au pub, non ? Elle t'a parlé des Quarante, puis elle t'a demandé de trouver une pièce dans la maison où elle pourrait rejoindre Adrian Curtis.

Louisa repassa l'enchaînement des faits dans sa tête.

— Tu crois qu'elle veut que ce soit moi qui en informe la police, pour s'éviter de vendre la mèche ? Tu crois que Dulcie savait que le meurtre allait être commis, et qu'elle veut piéger les vrais coupables en me poussant à jouer ce rôle ?

— Exactement.

— Mais alors je devrais admettre devant les Mitford que j'ai sciemment laissé une voleuse entrer chez eux. Même si j'ignorais ce qu'elle avait en tête.

Jennie lui jeta un regard qui n'avait rien d'indulgent.

— C'est bien ce que tu as fait, non ? Et je m'en sens responsable. C'est moi qui t'ai introduite auprès d'eux. Ils ont veillé sur toi, et voilà comment tu les remercies. Tu as failli à tes obligations, Louisa. Envers eux. Et envers moi.

Sur ce, Jennie sortit de la pièce sans dire au revoir, laissant Louisa seule, prostrée devant le feu.

36

Au poste de Vine Street, Guy et Mary Moon mangeaient des sandwichs au-dessus d'un bureau encombré de piles de dossiers bruns et jonché des miettes de plusieurs déjeuners. Guy avait très envie de retourner sur le terrain, mais il était désolé pour Mary, que l'on avait sommée de rester au poste de police au cas où l'on aurait besoin d'un agent féminin pour prendre en charge des enfants perdus ou des femmes victimes de violence. Malgré leur arrestation réussie d'Elsie White, l'inspecteur-chef avait décrété qu'il ne pouvait mobiliser tous ses agents à l'extérieur sur les traces des Quarante Voleuses, et Mary avait été consignée.

— C'est tellement frustrant, disait-elle, la bouche pleine de pain blanc et de jambon. Je suis pratiquement certaine qu'il y a au 43 des femmes qui vendent des sachets de cocaïne mais, tant que la police judiciaire ne m'aura pas mandatée pour m'y rendre en civil, je suis complètement impuissante.

— Vous savez, Mary, si j'étais vous, je ne serais pas si pressée d'y retourner. C'est un boulot dangereux.

Mary soupira et regarda par la fenêtre en mastiquant.

— J'ai juste envie de m'évader un peu d'ici de temps en temps.

Mais un agent vint les rejoindre.

— Désolé d'interrompre ce charmant tête-à-tête, leur dit-il d'un air narquois plein de sous-entendus, mais il y a un appel pour vous, Sullivan.

Rouge de confusion, Guy se leva et brossa les miettes tombées sur son pantalon.

— Pardon. Je reviens dans un instant.

Au bureau de la réception, Guy prit le combiné dont le voyant clignotait.

— Sergent Sullivan à l'appareil, dit-il d'un ton très officiel.

Et si Mlle Meyrick s'était souvenue après coup qu'Alice Diamond était bien présente l'autre soir au club, et qu'elle avait effectivement fait quelque chose d'illicite permettant son arrestation ?

— Guy ? C'est moi, Louisa.

— Oh, bonjour, dit-il sobrement, alors que l'image de Joe Katz faisant un baisemain à Louisa lui revenait à l'esprit.

— Écoutez, j'ai quelque chose d'important à vous dire. C'est une question qui concerne la police, mais je ne veux pas faire de déposition officielle.

— Je ne suis pas sûr de comprendre, répondit-il, sur la réserve, tandis que remontaient en foule tous les imbroglios provoqués par Louisa dans le passé.

— Moi non plus, à vrai dire, répondit-elle, ce qui fut suivi d'un son étranglé pouvant être aussi bien un sanglot qu'un rire étouffé. Acceptez juste de m'écouter, ensuite vous m'aiderez à prendre la bonne décision. Je vous en prie.

En cette pause de midi, le poste de police était calme.

— Très bien, je vous écoute. De quoi s'agit-il ? demanda-t-il mais, au bout du fil, ce fut le silence. Louisa ? Vous êtes toujours là ?

— Oui, je suis là. C'est au sujet du meurtre d'Adrian Curtis. Je sais quelque chose sur Dulcie Long, la domestique qu'on a arrêtée. Elle a aussi été accusée d'avoir dérobé les bijoux d'une des invitées présentes cette nuit-là, ce qu'elle a reconnu.

— Oui, je m'en souviens.

— Il y a une chose que j'aurais dû mentionner à la police à ce moment-là, et je ne l'ai pas fait. Dulcie Long fait partie du gang des Quarante Voleuses, et je le savais avant qu'elle vienne à Asthall Manor. En fait, elle m'avait emmenée à leur pub.

— Leur pub ? Comment ça ?

— Le pub où elles vont toutes. L'Elephant and Castle. Si vous voulez trouver Alice Diamond et sa bande, elles y sont presque tous les soirs.

— Quel rapport avec Adrian Curtis ?

Louisa avait du mal à déglutir tant elle avait la gorge nouée. Le plus dur restait à avouer.

— Avant la fête, Dulcie m'a demandé de lui trouver une chambre vide pour qu'elle et lui s'y retrouvent en privé cette nuit-là. J'ai dû aider à lui tendre un piège pour qu'il la rejoigne.

— Quoi ? s'exclama Guy d'un ton incrédule.

— Elle m'avait dit qu'elle avait besoin de lui parler et qu'il se dérobait sans cesse. Elle travaillait pour sa mère et sa sœur, mais lui habitait à Oxford, donc il lui était difficile de le contacter. Ils avaient eu une… vous voyez ce que je veux dire.

— Je vois, oui.

Heureusement que cette conversation se passait au téléphone, songea Louisa avec reconnaissance. Ainsi, Guy ne pouvait voir à quel point elle avait honte.

— Il l'a surprise en train de voler des bijoux, et il l'a frappée. C'est à cause de cette altercation que la police la croit coupable.

— Continuez, lui dit Guy, dont le ton devenait de plus en plus sec.

— Et si Dulcie avait prévu de retrouver un receleur qui travaillait pour les Quarante afin de lui remettre les bijoux volés, plus tard cette nuit-là ? Elle m'a fait remarquer que, quand un vol avait lieu, c'était toujours les domestiques qu'on soupçonnait en premier.

— À juste titre, dirait-on.

— Bon, d'accord. Sachant qu'elle allait commettre un vol, elle devait s'être assurée de ne pas avoir les bijoux sur elle quand on découvrirait leur disparition. Les laisser à un receleur résolvait le problème.

— Je sais que les Quarante ont travaillé en tant que domestiques dans de grandes maisons à la campagne, dit Guy. Un moyen facile pour elles de mettre la main sur des objets de valeur.

— L'autre jour, je me suis souvenue que Dulcie portait une montre ce soir-là, alors qu'elle n'en avait pas les autres fois. J'ai remarqué sur le moment qu'elle était trop grande pour elle, comme si elle l'avait empruntée. Je crois qu'elle en avait besoin parce qu'elle était convenue d'un rendez-vous avec quelqu'un à une heure précise.

— Elle était censée venir chercher Mlle Charlotte, non ?

— Oui, mais pour cela, elle aurait pu se fier à l'une des pendules de la maison. Je crois qu'elle comptait remettre les bijoux à quelqu'un venu de l'extérieur.

— Mais je ne vois toujours pas le rapport avec la mort d'Adrian Curtis.

— Je suis encore dans le flou, mais à mon avis, Dulcie avait prévu de retrouver le receleur à l'église, au pied du clocher d'où Adrian Curtis a été précipité dans le vide.

— Pourquoi aurait-on demandé à M. Curtis de se trouver là-bas ?

— Peut-être n'était-ce pas Dulcie qui lui avait fixé rendez-vous, mais le receleur. Je pense qu'elle était convenue de retrouver un complice, et que le meurtre a eu lieu juste avant. J'ignorais qu'elle allait dérober les bijoux d'une invitée, je le jure. Je croyais seulement qu'elle avait besoin de s'entretenir en privé avec Adrian Curtis, pas davantage. Elle m'avait dit qu'elle essayait de se remettre dans le droit chemin, qu'elle appréciait son emploi de domestique. Mais sa sœur s'était mariée en quittant elle-même le gang et, quand Dulcie a voulu faire de même, les Quarante se sont méfiées. Elles ont exigé de Dulcie qu'elle leur prouve une dernière fois sa loyauté. Et la voilà maintenant accusée de meurtre. Or elle ne peut parler à la police des Quarante en les incriminant, car ce serait signer son arrêt de mort, ainsi que celui de sa sœur. Tout dernièrement, je me suis rendu compte qu'elle attendait de moi que je vous le dise. Enfin, que j'en parle à la police. Je crois que c'est dans ce but qu'elle m'a emmenée au pub.

— Je commence à comprendre. Elle veut piéger les Quarante et elle se sert de vous pour le faire, dit Guy, lentement, en essayant de rassembler dans son esprit les morceaux du puzzle. Je ne comprends toujours pas pourquoi ni comment M. Curtis s'est retrouvé mêlé à ça.

— Je répugne à cette idée, répondit prudemment Louisa. Mais elle s'était disputée avec lui. Peut-être a-t-elle voulu se venger en lui donnant une leçon. Je n'arrive pas à croire qu'elle avait prémédité de le tuer, mais ce n'est pas impossible.

— Quoi qu'il en soit, Dulcie Long est complice du meurtre, qu'elle l'ait ou non perpétré elle-même.

— Oui, c'est probable, convint Louisa d'une toute petite voix.

— Quant à vous, Louisa, vous saviez que c'était une voleuse, et vous l'avez introduite subrepticement dans la maison ; pire, vous lui avez indiqué une chambre vide. Ce qui signifie que vous aussi, vous êtes impliquée dans cette affaire.

Il n'y eut aucune réponse à l'autre bout du fil, seule une respiration saccadée, mais Guy refusa de se laisser attendrir ; il lui fallait obtenir tous les éléments possibles, à présent.

— Et le complice ? Est-ce que quelqu'un l'a vu, ou Dulcie l'aurait-elle inventé ?

— Personne ne l'a vu, répondit faiblement Louisa.

— Dulcie Long n'a aucun alibi, et vous me dites qu'elle faisait partie des Quarante et que vous le saviez… dit-il, puis il s'interrompit tant l'indignation lui coupait le souffle. Vous l'avez fait entrer dans la maison. Vous avez trahi tout le monde, Louisa. Comment avez-vous pu ?

Mais il parlait dans le vide. Louisa avait raccroché.

Guy avait les mains moites, son cœur battait la chamade. Il lui fallait réfléchir posément à ce qu'il convenait de faire. Ce n'était pas son enquête, aussi ne pouvait-il se permettre d'interférer. Pourtant Cornish l'avait bien chargé de dénicher un receleur travaillant pour les Quarante et, si la connexion avec Dulcie Long pouvait être prouvée, alors celle-ci serait condamnée et pendue. Or il voulait être le policier qui obtiendrait cette condamnation.

37

Sa robe étant prête, Pamela était bien décidée à la récupérer à temps chez Mme Brewster, en vue de Noël et du prochain Hunt Ball. C'était le bal réunissant les notables locaux amateurs de chasse, que Nancy qualifiait de mortellement ennuyeux : « Ces gars-là cherchent à trouver des épouses qui ressemblent à leurs mères, et en l'occurence, ils sont comblés. » Si Nancy avait eu le choix, elle aurait chaque semaine fait l'aller et retour à Londres. Pamela savait que ce serait du gâteau : elles se ligueraient toutes les deux contre leur mère pour la convaincre de les laisser y retourner avant de se retrouver piégées à Asthall par les festivités à venir. Bien évidemment, Louisa les accompagnerait.

— N'est-ce pas trop demander à Iris de vous accueillir encore une fois sous son toit ? s'enquit lady Redesdale, dont Louisa sentit qu'elle se laissait déjà fléchir.

— Mais non, Muv, au contraire, intervint Pamela, formant bloc. Elle est absolument ravie, car nous lui rendons des services. En faisant des courses pour elle, par exemple…

— Bon, si vous en êtes sûres, dit Muv. Mais pas longtemps. Vous pourrez prendre le train demain matin et être de retour à temps pour le thé après-demain. J'ai une réunion de la cellule locale des conservateurs, et j'aimerais que vous y assistiez toutes les deux.

Le plaisir d'aller à Londres l'emporta sur les grognements qu'elles auraient poussés d'habitude devant cette requête, et Pamela embrassa sa mère avec gratitude.

— Allez-y, conclut la baronne. Et n'oubliez pas de demander à votre père s'il n'a pas besoin que vous lui rapportiez quelque chose de chez Army and Navy.

Dans le train, elles eurent un compartiment en première classe pour elles toutes seules. La conversation s'orienta, comme souvent, sur le meurtre d'Adrian Curtis et ce qui s'était passé cette nuit-là.

— Je ne comprends toujours pas pourquoi Adrian s'est rendu au clocher, dit Nancy.

— Dulcie devait lui avoir demandé de l'y rejoindre, quand ils étaient ensemble dans la chambre de Tante Iris, répondit Pamela.

— Pourquoi aurait-il accepté de la retrouver là-bas alors qu'ils venaient de se disputer violemment ? Non, ça ne tient pas debout, conclut Nancy, qui retrouvait un air ingénu quand elle fronçait les sourcils. Et vous, Louisa, vous ne savez rien de plus ? Vous avez rencontré Dulcie, quand nous sommes venues à cette soirée à Londres, n'est-ce pas ? Vous avait-elle dit quelque chose ?

Louisa espéra que son chemisier était boutonné assez haut pour ne pas révéler les rougeurs qui lui empourpraient sûrement le cou. Certes elle n'avait rien su du meurtre qui allait être commis, et elle était toujours certaine de l'innocence de Dulcie, du moins quant à l'acte proprement dit. Mais elle avait mal agi, elle le savait.

— Non, rien du tout, répondit-elle.

Pamela regardait défiler par la fenêtre les champs plats et les haies. Ils céderaient bientôt la place à des jardins ouvriers bien entretenus et à des villas de banlieue, avant que, du dernier tunnel, le train émerge entre les rangées de maisons collées les unes aux autres comme des touches de piano pour enfin entrer en gare de Paddington.

— C'est Adrian qui avait eu l'idée de la chasse au trésor, murmura Pamela. Et s'il avait orchestré sa propre mort ?

— Quel tissu d'absurdités ! En outre, je crois que c'est Ted qui en a parlé le premier, la morigéna Nancy, puis elle saisit un magazine et en tourna les pages sans plus les regarder.

Mais Louisa pensa que les sœurs avaient peut-être ouvert une piste, sans le savoir. Si vraiment lord De Clifford avait proposé la chasse au trésor, et que Dulcie avait bien retrouvé un receleur envoyé par les Quarante cette nuit-là, cela faisait de lui le lien évident, puisque le gang fréquentait le night-club tenu par sa fiancée. Il y avait aussi cette mystérieuse conversation qu'elle avait entendue par mégarde entre lord De Clifford et Clara, cette dernière s'engageant à ne pas vendre la mèche. Sans parler du couteau qu'elle avait dans son sac. Phoebe, qui avait travaillé au 43, pouvait y être mêlée, elle qui avait admis avoir feint de s'être foulé la cheville. Cela faisait beaucoup pour y trouver un semblant de cohérence, mais il devait exister un lien entre tous ces éléments. Si complot il y avait, était-il fomenté avec Dulcie, ou contre elle ? Louisa n'aurait su le dire.

Une fois qu'elles eurent rangé leurs bagages dans leur chambre respective et dit chaleureusement bonjour à Iris, toutes les trois se rendirent chez Mme Brewster. Nancy s'était invitée, pour s'assurer que Pamela n'avait pas commandé une horreur, avait-elle aimablement déclaré. Quand elles frappèrent à la porte, Mme Brewster mit quelques minutes à leur ouvrir et, lorsqu'elle les accueillit, elle paraissait avoir maigri ; ou peut-être accusait-elle seulement la fatigue. Sa peau olivâtre avait pris une teinte terreuse, et elle avait les joues creuses. Pourtant elle claqua des mains en les voyant et les conduisit jusqu'à son atelier. Nancy s'exclama sur les robes accrochées aux murs en tâtant la douceur des soies et des velours. Mme Brewster apporta la robe de Pamela, et la jeune fille manqua s'étrangler de joie en voyant le beau tombé du tissu couleur miel, rehaussé avec bonheur d'une large ceinture à nœud rose.

— Il vous faut l'essayer, *signorina*, dit Mme Brewster. S'il y a besoin de quelques retouches, autant les faire ici, où j'ai tout ce qu'il me faut, ajouta-t-elle avec un petit rire qui sonna creux.

Louisa était restée sur le seuil. Elle jeta un coup d'œil dans le couloir en se demandant si le petit garçon était là. Cette fois, elle avait apporté des affaires pour lui, des rebuts de la nurserie dont elle savait qu'ils ne manqueraient à personne. Étrangement, les yeux bleus du petit l'avaient marquée. Sachant qu'on n'avait pas besoin d'elle dans l'immédiat, elle approcha de la porte qu'il avait entrebâillée la dernière fois, hésita un instant, puis frappa doucement et l'ouvrit sur une minuscule cuisine. Assis à une table, sous une fenêtre donnant sur l'arrière des appartements voisins d'où filtrait un soleil d'hiver, le petit garçon tenait à la main un crayon, et ses yeux immenses la fixèrent avec effarement.

— Bonjour. Ne t'inquiète pas, je suis une amie, dit Louisa en s'accroupissant pour avoir son regard au niveau du sien.

Il surveillait tous ses gestes, les doigts crispés sur le crayon, mais demeurait muet.

— Je m'appelle Louisa, mais tu peux m'appeler Lou. Et toi, quel est ton nom ?

Les lèvres du gamin se mirent à trembler, mais il ne dit rien. Soudain la porte s'ouvrit en grand et Mme Brewster entra.

— Que se passe-t-il ? A-t-il fait du bruit ? Je t'avais dit de rester tranquille, *bambino*.

Louisa se releva.

— Il n'a rien fait, madame Brewster. Je voulais juste lui dire bonjour. J'ai apporté quelques effets pour lui, des choses dont nous n'avons plus besoin.

Elle tendit le petit paquet enveloppé de papier brun. La vieille femme le prit et le posa sur la table.

— *Grazie*, dit-elle. Les vêtements, c'est bien, mais c'est surtout à manger qu'il nous faut.

Louisa se sentit prise en faute, comme si elle avait manqué à ses responsabilités envers le gamin.

— Mais pourquoi ? demanda-t-elle. N'avez-vous pas assez de travail ?

— Du travail, j'en ai plus qu'assez. Mais ça ne suffit pas. Le loyer est cher, et il n'arrête pas d'augmenter. M. Brewster, il ne m'a rien laissé, *niente*. Seulement ses dettes de jeu. Et la mère de ce *bambino*, elle est en prison, elle ne m'envoie pas d'argent.

À ces derniers mots, une idée traversa l'esprit de Louisa, qu'elle rejeta aussitôt tant elle était ridicule.

— Qu'allez-vous faire ?

Mme Brewster regarda le gamin avec tristesse.

— Je l'aime bien, ce pauvre petit, ce n'est pas lui qui a demandé à venir au monde. Mais c'est trop, deux bouches à nourrir. C'est lui ou moi. Il va devoir aller à l'Assistance.

— Et son père ?

— Oh, lui, je ne le connais pas. Mort ou envolé, qui sait, dit-elle en haussant les épaules.

— Non, vous ne pouvez l'envoyer à l'hospice, murmura Louisa, même si le gamin ne devait pas comprendre ce que ce mot signifiait.

L'hospice, c'était la terreur, le père Fouettard de son enfance ; si l'on perdait son travail, si l'on tombait malade, on allait à l'hospice. C'était l'endroit où les pauvres allaient se réfugier pour mourir.

L'idée qui lui était venue un instant plus tôt lui revint. Dulcie l'avait délibérément envoyée chez Mme Brewster, et ce n'était pas pour rendre service à Mlle Charlotte. Soudain, les mots s'échappèrent de ses lèvres.

— Sa mère ne serait-elle pas Dulcie Long ?

Mme Brewster haussa les sourcils, interloquée.

— *Si*, dit-elle. Mais comment le savez-vous ?

Ainsi donc, c'était la vraie raison pour laquelle Dulcie l'avait fait venir ici. Et, si cette idée avait germé dans l'esprit de Louisa, ce n'était pas parce que le garçon ressemblait à sa mère. Mais parce que, avec ses grands yeux d'un bleu frappant, il ressemblait étrangement au défunt Adrian Curtis.

38

Louisa ajouta deux morceaux de sucre dans un thé déjà très sucré. Elle était assise toute seule dans la cuisine de chez Iris Mitford, tandis que Nancy et Pamela déjeunaient avec leur tante. La cuisinière était dans la pièce, mais elles n'avaient guère discuté ; c'était une Écossaise placide et taciturne, qui s'intéressait plus à la couenne rissolée de son rôti de porc qu'à cette collègue un peu trop remuante à son goût. Tout en tournant sa cuillère dans son thé, Louisa sentait ses pensées tourner elles-mêmes en boucle. Certes, rien ne prouvait que ce garçonnet soit le fils de Dulcie Long et d'Adrian Curtis. Ce n'était qu'une intuition, inspirée par la couleur de deux paires d'yeux d'un bleu frappant. Charlotte Curtis le savait-elle ? Si Louisa était dans le vrai, Charlotte devait être au courant. Dulcie était sûrement chez les Curtis quand elle était tombée enceinte ; on avait dû l'éloigner pour l'accouchement, puis elle était revenue chez son employeur. Exposée ainsi, l'idée semblait saugrenue. Lady Curtis aurait-elle repris à son service une domestique que son fils avait engrossée ?

Peut-être, s'il fallait la réduire au silence.

Cette nouvelle information signifiait-elle que Dulcie avait finalement un mobile pour tuer Adrian ? Les Quarante risquaient de découvrir qu'elle avait eu une liaison avec lui, donc hors de leur milieu exclusif ; craignant pour sa vie, Dulcie avait dès lors une bonne raison de le supprimer. Mais pourquoi Adrian en aurait-il parlé à quelqu'un ? D'après ce que Louisa savait de ce genre d'histoires, le bébé était en général mis à l'adoption et l'affaire étouffée. Et si c'était pour cela que Dulcie s'était montrée si discrète à propos de son fils ? Elle avait peut-être dit à lady Curtis qu'il avait été adopté en lui cachant qu'elle le voyait toujours, et qu'elle payait même quelqu'un pour s'occuper de lui. Dulcie avait-elle demandé de l'argent à Adrian pour leur fils, et aurait-ce été le motif de leur dispute ?

Il fallait qu'elle en parle à une personne susceptible de lui donner des réponses. Mais qui ? Si elle avait pu être certaine de sa sincérité, elle serait allée voir Dulcie. Cependant elle avait l'impression de s'être lourdement trompée sur son compte : parce qu'elles venaient toutes deux du même milieu, elle avait cru que cela faisait d'elles des semblables, unies dans une sorte d'amicale complicité. Il n'en était rien. Pourtant, quoi que Dulcie ait pu faire, elle ne cherchait pas à se défendre ni à se protéger. Elle allait vers son procès en sachant qu'elle serait reconnue coupable du meurtre, et incapable de plaider sa cause. Guy enquêtait sur le gang des Quarante Voleuses et ses éventuelles connexions, mais c'était un défi presque impossible à relever, et il lui serait encore plus difficile de prouver qu'elles avaient à voir avec le meurtre. Il leur faudrait quelque chose de plus concret, et ce dernier élément était peut-être leur seul espoir. Si Louisa pouvait aider Dulcie à prouver qu'Adrian était le père de son enfant, ou si la cour apprenait au moins l'existence de cet enfant, peut-être cela suffirait-il à la sauver de la pendaison.

Une fois le déjeuner fini, on sonna Louisa pour qu'elle vienne au salon. Même un appartement de taille moyenne tel que celui-ci comportait des zones nettement délimitées, au même titre que les grandes salles de réception d'un palais. Tandis que Pamela se levait à l'entrée de Louisa, une voix l'admonesta sèchement :

— On ne se lève pas quand une domestique entre dans une pièce !

Pamela et Louisa restèrent figées comme lors d'une partie de chaises musicales, jusqu'à ce que l'homme qui avait parlé disparaisse derrière le journal qu'il venait d'ouvrir dans un bruissement de pages froissées. Un peu embarrassées par cet éclat, Nancy et Iris sirotaient leur café en silence. Pamela fit signe à Louisa de faire demi-tour et la rejoignit dans le vestibule.

— Désolée, articula-t-elle en silence.

Louisa secoua la tête pour lui signifier que peu lui importait. En fait, ces petites vexations à répétition étaient autant de coups qui entamaient sa confiance en elle. Même si elle y était habituée, il lui arrivait de se demander si ce marteau-là ne risquait pas un jour de l'atteindre sous un angle qui la ferait complètement s'effondrer.

— Sortons nous promener un peu, lui proposa Pamela. Ce visiteur ne me plaît guère, et ça me ferait du bien de prendre l'air.

Munies de leurs manteaux et chapeaux, elles sortirent en refermant doucement la porte derrière elles.

Dehors il faisait encore jour. Par ce froid mordant, les femmes portaient de longs manteaux de fourrure et les hommes des cache-cols. Presque machinalement, elles dirigèrent leurs pas vers Peter Jones dans Sloane Square, avec ses jolis arbres de Noël en vitrine. Louisa et Pamela aimaient toutes les deux le café du dernier étage, d'où l'on avait vue sur les toits des maisons en brique rouge de Chelsea.

— Alors, que s'est-il passé ce matin ? demanda Pamela, une fois qu'elles furent assises devant une théière et un petit pot à lait bleu et blanc.

— Que voulez-vous dire ? répondit Louisa tout en sachant fort bien de quoi il s'agissait.

— On vous a entendues, Mme Brewster et vous, discuter avec animation, pendant que j'essayais la robe.

Louisa resta un instant silencieuse, mais elle avait tant besoin de parler à quelqu'un… Pamela était peut-être la bonne personne à laquelle se confier. Pam n'était pas comme ses sœurs, ce qui la rendait d'autant plus sympathique. Nanny Blor disait d'elle que c'était un roc, et de fait elle était l'élément le plus stable et solide de la famille. Là où Nancy et Diana se montraient parfois frivoles et inconstantes, Pamela était d'humeur égale et savait garder son calme durant les périodes de crise, comme tout récemment. Embarrassée dès qu'il était question d'elle, elle était d'une grande ingéniosité quand il s'agissait de venir en aide aux autres, et Louisa l'admirait pour cela.

— Mme Brewster s'occupe d'un petit garçon d'environ trois ans. Je l'ai vu la dernière fois, et depuis, il m'est curieusement resté en tête, commença-t-elle. Aussi, puisque nous y retournions aujourd'hui, j'ai pensé à emporter pour lui quelques vieux vêtements d'enfant de Tom.

— Vous avez bien fait, approuva Pamela.

— Mais ce n'est pas tout, loin de là. Mme Brewster m'avait dit qu'elle n'avait pas de lien de parenté avec ce petit, seulement qu'elle s'occupait de lui moyennant un peu d'argent. Ce matin, elle m'a appris que la mère du petit était en prison, incapable de lui envoyer de l'argent, et qu'elle-même ne pouvait se permettre de le nourrir. Elle va sans doute l'envoyer à l'Assistance publique.

— Mon Dieu, quelle pitié.

Pamela versa du lait dans leurs tasses, déjà remplies d'un thé trop infusé. Louisa avait toujours mis le lait en premier, et elle avait du mal à s'habituer à faire l'inverse, comme cela se pratiquait chez les Mitford.

— Il y a encore une chose… commença Louisa, hésitante. Cet enfant est le fils de Dulcie Long.

Pamela reposa le pot à lait et la regarda, effarée.

— Vous en êtes sûre ?

— C'est ce que Mme Brewster m'a dit, et je ne vois pas pour quelle raison elle mentirait.

— Ça alors ! Pauvre petit. Je suppose qu'il ne reverra jamais sa mère.

— Non, ni son père, ajouta Louisa en espérant que sa tactique marcherait.

— Comment le savez-vous ? Qui est-ce ?

— Je ne pourrais le certifier, mais il me rappelle Adrian Curtis de façon troublante, lâcha Louisa en guettant la réaction de Pamela.

— Ah oui ? Là, vous allez trop loin.

— Pourquoi ?

— Parce que… eh bien, rien ne le prouve. Qu'est-ce qui vous le fait croire, au juste ? Le gamin a les cheveux noirs ?

— C'est quelque chose dans les yeux, plutôt. D'ailleurs, ce serait logique, non ?

— À quel point de vue ? Je ne vois vraiment pas où vous voulez en venir.

Pamela but un peu de thé et se redressa comme une maîtresse d'école remettant une élève à sa place, mais Louisa persista.

— Mlle Charlotte a déclaré à la police que son frère et leur domestique avaient eu une…

— Une liaison ?

— Oui. Peut-être que leur dispute ce soir-là concernait ce petit garçon. Peut-être que ce fut même son mobile.

— Je pensais que vous la croyiez innocente ?

Louisa soupira en posant ses mains sur ses genoux.

— Je le croyais en effet. Mais aujourd'hui, je ne sais plus que penser.

— Et moi, je ne suis pas certaine que vous ayez à vous en préoccuper. Tout cela ne concerne-t-il pas la police ? Même si je ne vois pas ce qu'il pourrait en sortir de bon.

Pamela s'était fermée et la regardait avec sévérité, apparemment contrariée que Louisa lui ait imposé ce fardeau. Peut-être avait-elle des raisons de l'être. Mais Louisa n'était pas prête à laisser tomber.

— Il y a d'autres choses qui ne tiennent pas debout, persista-t-elle encore.

— Que voulez-vous dire ?

— À mon avis, tout le monde n'a pas dit la vérité sur ce qui s'est passé cette nuit-là.

— Qu'entendez-vous par tout le monde ?

— Je parle de celles et ceux qui ont participé à la chasse au trésor, répondit Louisa sans oser regarder Pamela dans les yeux.

— Prenez garde, Lou-Lou, la prévint-elle.

Mais ce fut plus fort qu'elle, et ce que Louisa avait à dire sortit d'un seul coup.

— J'ai entendu par mégarde lord De Clifford parler à Mlle Clara lors de l'enquête en lui demandant de ne pas révéler l'endroit où elle se trouvait cette nuit-là. Et Mlle Phoebe a admis qu'elle ne s'était pas foulé la cheville, en réalité.

— Comment ? s'insurgea Pamela.

— Elle a dit qu'elle avait fait semblant, pour pouvoir rester seule avec M. Atlas.

Vrai ou faux, Louisa était soulagée que tout cela sorte au grand jour.

— D'accord, ce n'est pas bien, mais c'est une explication plausible, dit Pamela, puis elle écarta sa tasse. Je crois que vous devriez plutôt faire confiance à la police. Ils ont enregistré des dépositions cette nuit-là, et je suis certaine que leur enquête progresse. Puisque cela vous préoccupe, vous feriez peut-être mieux d'emprunter les voies officielles.

— Vous avez raison, j'en parlerai à Guy Sullivan. Il saura quoi faire.

— Bien, conclut Pamela. Je ne puis m'empêcher de penser qu'il vaut mieux s'en remettre pour toutes ces questions à des gens dont c'est le métier.

Louisa venait de se faire taper sur les doigts, et elle en avait bien conscience. Quoi qu'il arrive, elle ne devrait plus impliquer les Mitford. Mais serait-ce possible ? Elle en doutait fortement.

39

Après qu'on lui eut transmis son message téléphonique, Guy vint rejoindre Louisa ce soir-là au coin d'Elvaston Place. Elle s'était esquivée pendant que les filles soupaient avec leur tante, et lui avait quitté son poste après avoir pointé. Elle attendait sous un réverbère en espérant qu'on ne la prenne pas pour une fille de joie, le manteau boutonné jusqu'au col, le chapeau bien enfoncé sur la tête, les mains fourrées dans ses poches. De la buée s'échappait de sa bouche et elle tapait des pieds contre le froid, mais elle n'eut pas longtemps à attendre. La silhouette élancée de Guy se profilait au bout de la rue, non pas en uniforme, mais en long pardessus et feutre mou, avec autour du cou une écharpe visiblement tricotée à la main, qui donnait à son allure quelque chose d'attendrissant. Comme toujours, sa myopie fit qu'il ne la reconnut qu'au dernier moment, mais alors il lui adressa un grand et beau sourire découvrant ses dents du bonheur, et Louisa en eut chaud au cœur. Quel soulagement ! Elle avait craint qu'il ne veuille plus entendre parler d'elle, après leur dernière conversation au téléphone, quand elle lui avait avoué qu'elle avait permis à Dulcie de s'introduire à Asthall Manor, malgré ce qu'elle savait à son sujet.

— Vous êtes comme les bus, dit-il. On ne vous voit jamais, et soudain, vous apparaissez deux fois de suite.

— Très drôle. Si on faisait un petit tour dans le quartier ? Il fait trop froid pour rester immobile, mais je n'ai pas le temps d'aller boire un café.

Ils arpentèrent les larges trottoirs gris ardoise qui bordaient les hautes bâtisses à colonnades crème d'Elvaston Place. Au coin se trouvait le Natural History Museum, l'édifice de sa ville natale que Louisa préférait, avec ses briques bleues, blanches et rouges, et ses gargouilles faisant la grimace aux passants. Une fois l'an, lorsqu'elle était enfant, elle avait droit à une visite pour aller voir les dinosaures, même si ce qu'elle préférait, c'étaient les grandes vitrines de coquillages aux couleurs délicates, dans le creux desquels sa mère lui disait qu'on entendait la mer.

Ils marchèrent un petit moment en silence, Louisa n'osant commencer, et Guy finit par se lancer.

— Je ne prétendrai pas que ce que vous m'avez dit la dernière fois ne m'a pas choqué. À dire vrai, je me demande même ce que je fais là, si ce n'est que quand vous demandez à me voir, je n'arrive pas à vous le refuser, conclut-il avec un petit sourire contrit.

— Merci. Je sais, ce ne doit pas être facile. Mais vous devez me croire si je vous dis qu'il s'agit d'un moindre mal. J'ai agi ainsi parce que je croyais que sinon la vie de Dulcie serait en danger.

— Ça, je le sais, dit Guy. En fait, j'y ai réfléchi… j'ai même eu du mal à penser à autre chose, et je me suis demandé si ce n'était pas Dulcie qui aurait dû logiquement être poussée du haut du clocher.

— Cela n'expliquerait pas ce que M. Curtis faisait là-bas.

— Il s'est peut-être agi d'une terrible coïncidence.

— Non, répondit Louisa, catégorique. D'ailleurs, ce n'est pas tout. J'en viens à la raison pour laquelle je voulais vous voir. Oh, je n'en tire aucune conclusion définitive, ce n'est qu'une impression, mais cela me laisse perplexe. C'est pourquoi je devais vous en parler.

Elle raconta à Guy ses visites chez la couturière, la découverte du petit garçon, l'identité de sa mère, et celle, présumée, de son père.

À la fin de son récit, ils avaient rejoint Cromwell Road et se dirigeaient vers Knightsbridge en passant devant le Victoria and Albert Museum. Guy était plongé dans ses pensées.

— Nous ferions mieux de faire demi-tour, lui dit-elle en lui prenant le coude. Alors ? Qu'en pensez-vous ? lui demanda-t-elle peu après, n'y tenant plus.

— Il y a tant d'éléments à prendre en considération, dont aucun n'est certain, dit Guy. D'où là difficulté. Dulcie reconnaîtra-t-elle que c'est son enfant ?

— Je l'ignore. Elle ne m'a pas parlé de lui, mais, puisque Mme Brewster connaît son nom, j'aurais tendance à dire que oui.

— Si vraiment l'enfant est le sien, une mère prendrait-elle le risque d'être emprisonnée en commettant un meurtre ? Cela paraît peu probable.

— C'est aussi mon avis, dit Louisa. Elle n'a pas abandonné le petit, elle s'est assurée qu'on prenne soin de lui. Mais elle a dû cacher son existence à sa famille, car personne n'envoie d'argent à Mme Brewster.

— Si Adrian Curtis était le père, je me demande s'il le savait.

— Je pense que oui, répondit Louisa.

Ragaillardie, elle s'efforçait de se maintenir à la hauteur de Guy pour voir son visage, lequel sortait de l'ombre par intermittence tandis qu'ils marchaient sous la lueur jaune des réverbères.

— Si Dulcie est tombée enceinte alors qu'elle travaillait chez les Curtis, Adrian a dû l'aider d'une manière ou d'une autre pour qu'elle puisse accoucher ailleurs, puis reprendre son travail. Elle aurait difficilement pu cacher son état.

— En effet, dit Guy. Mais il n'a pas été assez compatissant pour l'épouser.

— Non, et il ne serait pas le premier à réagir ainsi.

— Quel est le fond de votre pensée, Louisa ? La croyez-vous innocente ? Et le receleur qu'elle devait retrouver cette nuit-là, selon vous ?

— Rien n'est moins sûr. C'était juste une supposition. Or j'ai découvert d'autres choses qui me posent question.

— Comme ?

— Dulcie n'est pas la seule personne liée aux Quarante qui était présente cette nuit-là. Lord De Clifford, par exemple. En fait, c'est lui qui a eu l'idée de la chasse au trésor, d'après Nancy. Et sa fiancée…

— …est Dolly Meyrick, qui dirige le 43, un night-club que fréquentent justement les Quarante, termina Guy.

— J'ai aussi entendu une étrange conversation entre lord De Clifford et Clara : il lui demandait de ne pas révéler où elle était vraiment cette nuit-là, et elle lui a promis de ne pas vendre la mèche.

— Rien de très concret, mais je suis d'accord, c'est louche. Eh bien, si vraiment Dulcie est innocente, elle va devoir le prouver.

— Oui, mais comment pourrait-elle s'y prendre ?

Louisa était prête à tout car, si Dulcie était blanchie de tout soupçon, elle aussi le serait.

— Si nous arrivions à prouver qu'il existait une relation sentimentale entre Adrian Curtis et Dulcie, cela pourrait l'aider.

— Comment pourrait-on le prouver ?

— Des lettres, ou quelque gage d'affection qu'ils auraient échangé. Je ne sais pas, moi. C'est vraiment exaspérant parfois, de voir comment deux personnes peuvent avoir du sentiment l'une pour l'autre sans rien en montrer.

Il avait haussé le ton sans le vouloir, et il se détourna brusquement. Louisa toucha sa manche et il revint à elle, tout penaud. Le visage de Louisa exprimait la même confusion.

— J'irai la voir, lui dit-elle. Dulcie devra nous fournir la clef qui puisse prouver son innocence.

— Pour l'instant, elle n'en a rien fait, remarqua Guy. Est-elle vraiment prête à porter le chapeau plutôt que d'admettre qu'un complice des Quarante a fait le coup ?

— On le dirait, dit Louisa. Mais je suis bien décidée à faire mon possible pour la sauver. Ça aurait pu être moi, Guy.

— Que voulez-vous dire ? s'étonna-t-il, déconcerté.

— Si les Mitford et vous-même ne m'aviez pas sauvée, j'aurais pu être comme elle, poussée au crime parce que n'ayant pas d'autre choix, répondit-elle, sans lui confier combien elle avait été près de revenir à sa vie d'antan. J'ai une dette envers vous tous, et je me dois de résoudre cette affaire.

40

Quand Louisa eut regagné l'appartement, la table du souper n'avait pas encore été débarrassée. Vite, elle se rendit à sa chambre, qui n'était en fait qu'un débarras équipé d'un lit de camp, ôta ses chapeau et manteau, puis regagna la cuisine. Avec un peu de chance, la cuisinière lui aurait mis de côté quelque chose à manger. Gracie, la servante qui venait chaque jour, était beaucoup plus âgée, et elles n'avaient encore échangé que de simples civilités. D'ordinaire, Louisa aurait eu plaisir à avoir de la compagnie, mais aujourd'hui, elle se réjouissait de ne pas être obligée de bavarder. Elle trouva dans le four une assiette de tranches de jambon desséchées accompagnées de carottes et de pommes de terre bouillies. Cela ferait l'affaire.

Elle avait à peine avalé une ou deux bouchées que Nancy entra, vêtue d'un manteau de ville sur une jupe noire et un chemisier en soie.

— Ah, vous voilà !

— Pardon, dit Louisa, la bouche pleine. Vous me cherchiez ?

— Oui, mais continuez donc à manger, dit Nancy en approchant une chaise.

Louisa piqua quelques tranches de carottes avec sa fourchette mais, sous le regard de Nancy, elle se sentait gênée.

— Pam m'a parlé de cet enfant, chez Mme Brewster.

— Quoi ? fit Louisa.

Ayant manqué s'étrangler, elle but une gorgée d'eau.

— Ne prenez pas cet air catastrophé, répliqua Nancy en riant, je m'en suis remise. Mais pensez-vous vraiment que cet enfant est le fils d'Adrian ?

— Je l'ignore. Il y a des ressemblances, mais je ne pourrais en jurer.

— Qui le pourrait ? Le demanderez-vous à Dulcie ?

— J'y ai pensé. Je ne sais pas quel bien pourrait en sortir, sinon que je suis certaine de son innocence et que peut-être cela prouverait qu'elle n'avait aucune intention de tuer le père de son enfant.

— C'est ce que je me suis dit, renchérit Nancy, avec un aplomb que Louisa était loin d'éprouver. Et donc, je veux venir à la prison avec vous, conclut-elle.

Heureusement, Louisa avait avalé sa bouchée et ne risquait plus de s'étrangler.

— Je ne crois pas que ce soit une très bonne idée.

— Et pourquoi donc ? Pam pourra venir aussi. Cela lui ferait du bien, d'accéder un peu aux réalités de ce monde, répliqua Nancy.

— Monsieur et madame en auraient une attaque.

— Ils n'auront pas à le savoir. Allons-y demain matin, avant de reprendre le train.

— Je ne crois pas que ce soit possible. On doit demander au préalable un droit de visite.

— Êtes-vous déjà allée la voir ?

— Oui, répondit Louisa avec appréhension, en se demandant à quelle sauce elle allait être mangée.

— Alors vous figurerez sur la liste des autorisations. Quant à moi…

— Quoi ?

— Je saurai bien amadouer un gardien de prison, vous verrez.

Le lendemain matin, après une nuit sans sommeil, Louisa et les deux sœurs quittèrent l'appartement en ayant pris soin de dire à Iris Mitford qu'elles se rendaient au magasin Army and Navy pour des achats de Noël de dernière minute. Iris avait paru surprise qu'il y ait tant de cadeaux à acheter cette année, mais elle ne s'y était pas opposée. Comme la fois précédente, Louisa se rendit à pied au métro de South Kensington et prit la ligne Piccadilly jusqu'à la station d'Holloway Road. Comptant quatorze arrêts, le trajet parut bien long, et Pamela n'aida en rien à le rendre plus divertissant, car elle resta plongée dans *Mrs Dalloway* de Virginia Woolf, le dernier roman à la mode, sans presque en tourner une page. Quant à Nancy, elle engageait volontiers la conversation, mais Louisa n'était guère d'humeur à l'entretenir, en cette matinée. Et si on leur refusait l'entrée aux portes de la prison ? Toute l'entreprise n'aurait servi à rien, et il y aurait toujours le risque que l'une des sœurs laisse échapper par mégarde une allusion à leur escapade en présence de leurs parents, entraînant le renvoi immédiat de Louisa. Les familles aristocratiques ne devaient certainement pas apprécier que leurs filles aillent rendre visite à une détenue.

Alors qu'elles marchaient jusqu'à la prison, Louisa perçut chez les deux sœurs le même tressaillement de peur et de surprise qu'elle-même avait éprouvé quand l'imposant édifice s'était dressé devant elle.

— Koko, je crois que nous ne devrions pas y aller, dit Pamela en tirant sur la manche de Nancy. Sans le vouloir, elle venait de défier son aînée, en renforçant sa résolution et en lui fournissant une nouvelle occasion de rabaisser sa cadette.

— Quelle poule mouillée tu fais ! Nous devons absolument découvrir le fin mot de cette histoire, et nous seules en sommes capables, la rabroua Nancy.

Aux portes de la prison, elles attendirent toutes les trois dans la file des nombreux autres visiteurs. Nancy détaillait chaque personne de son regard vert, mais Pamela gardait craintivement la tête baissée en évitant de regarder autour d'elle. Quand elles arrivèrent au bureau d'entrée, Louisa déclina son identité et celle de Dulcie, et le gardien lui fit signe de passer d'un simple hochement de tête. Puis il considéra Nancy et Pamela, recroquevillée dans son manteau comme si elle espérait y être engloutie.

— Elles sont avec vous ? demanda-t-il en les désignant d'un coup de menton.

— Oui, confirma Louisa, mesdemoiselles Nancy et Pamela Mitford.

— Leurs noms ne sont pas inscrits, dit-il après avoir consulté sa liste. Elles ne peuvent pas entrer.

Pamela sembla soulagée, et elle s'apprêtait déjà à repartir quand Nancy la retint.

— Monsieur l'agent, si vous saviez comme notre oncle Winston sera déçu.

— Hein ?

— Winston Churchill, le chancelier de l'Échiquier, répondit Nancy d'un air ingénu. C'est notre oncle, et il nous a demandé de lui rapporter ce que nous pensions des conditions pénitentiaires aujourd'hui. Cela fait partie de sa mission de ministre d'État, comprenez-vous. Prendre le pouls de la nation, sonder toutes les couches de la société, du plus bas au plus haut niveau, afin d'en évaluer les travers et les besoins.

— Votre oncle, dites-vous ? demanda l'agent en se grattant le nez.

— Oui, confirma Nancy d'un air souverain. Notre oncle affectionné.

— Bon, ça ira pour cette fois, dit-il après avoir jeté un coup d'œil à droite et à gauche, et il inscrivit leurs noms dans le registre. Vous lui toucherez un mot en ma faveur, hein ?

— Je n'y manquerai pas, monsieur… ?

— Marsh, répondit-il. M. Marsh. Ça fait trente-huit ans que je travaille ici, et la retraite n'est pas loin.

— Félicitations, monsieur Marsh, dit Nancy avec un sourire éblouissant. C'est bien par là que nous devons aller ?

Quand elles furent toutes les trois entrées dans la salle réservée aux visiteurs, Nancy donna un petit coup de coude à Louisa.

— Qu'est-ce que je vous disais ?

— Je ne vais pas vous en féliciter, dit Louisa. Winston Churchill n'a jamais été votre oncle.

— C'est un cousin par alliance, assez proche. Nous y sommes, c'est le principal.

Pamela semblait s'être un peu détendue, maintenant qu'elles avaient passé l'épreuve du gardien.

— C'est sinistre, ici, murmura-t-elle sans s'adresser à personne en particulier. Ça sent le chou bouilli.

— Tu t'attendais à quoi ? Entrer dans un hôtel quatre étoiles ? lui répliqua Nancy d'un air condescendant qui réduisit Pamela au silence.

Louisa s'inquiétait davantage de la façon dont Dulcie réagirait en les voyant toutes les trois de l'autre côté de la grille, étant donné qu'elle n'était pas prévenue. Elles s'assirent sur des chaises en bois serrées les unes contre les autres, et elle vit la peur sur le visage de Dulcie lorsqu'elle les découvrit en s'asseyant elle-même. Pourtant elle ne se leva pas pour partir.

— Que se passe-t-il ? dit-elle.

Elle semblait avoir encore maigri et avait le teint cireux d'une créature nocturne qui ne voit jamais la lumière du soleil. Les cernes profonds sous ses yeux la faisaient paraître beaucoup plus âgée que le trio de jeunes femmes assises face à elle.

— Elles veulent t'aider, Dulcie, répondit Louisa aussi chaleureusement qu'elle le put, malgré l'expression fermée de la détenue. J'ai quelque chose à te demander, et je t'en prie, ne le prends pas mal.

À la surprise de Louisa, Pamela prit la parole :

— Nous ferions mieux d'aller droit au but, car nous disposons de peu de temps. Mademoiselle Long, nous sommes allées voir Mme Brewster, déclara-t-elle sans ambages, et l'angoisse se peignit aussitôt sur le visage de Dulcie. Quand nous étions chez elle, Louisa a rencontré un petit garçon. Mme Brewster nous a dit que c'était votre fils. Est-ce vrai ?

— Oui, confirma Dulcie, trop prise au dépourvu pour le nier, et, en voyant son secret découvert, elle fondit en larmes. Comment va-t-il ? Il me manque. Ça fait tellement longtemps que je ne l'ai pas vu.

— Il va bien, la rassura Louisa. Je lui ai apporté quelques vêtements. Il semble bien traité chez Mme Brewster.

— Mais je n'ai pas pu envoyer d'argent. Je n'en ai pas les moyens. Je craignais qu'elle s'en débarrasse et de le perdre pour toujours.

— En effet, elle a bien parlé du besoin d'argent, dit Louisa, jugeant vain de prétendre le contraire. Y a-t-il quelqu'un de ta famille qui pourrait t'aider ?

— Personne, répondit Dulcie. Je n'ai pas osé en parler. Si jamais les… commença-t-elle, mais elle s'interrompit juste à temps. Personne ne doit savoir où il se trouve, dit-elle en regardant Louisa droit dans les yeux. J'insiste.

— Et la famille Curtis ? dit Pamela.

Dulcie se tourna vers elle, avec cette fois une lueur farouche dans les yeux.

— Que vient-elle faire là-dedans ?

— Qui est le père du petit ? demanda posément Pamela.

Dulcie regarda Louisa, qui lui fit un sourire encourageant.

— Adrian Curtis, répondit enfin Dulcie, puis elle poussa un soupir entrecoupé. Il était au courant, pour

Daniel… c'est le prénom de mon fils. Il l'a même rencontré deux ou trois fois, mais il ne pouvait pas faire grand-chose pour lui. Il aurait été renié par sa famille, qui lui aurait coupé les vivres, conclut-elle avec amertume.

— En fait, intervint Nancy en prenant le relais, si vous pouviez prouver qu'Adrian était le père de votre enfant, un jury pourrait être moins enclin à vous croire coupable de son assassinat. Au moins, vous pourriez échapper à la peine capitale.

Le mot résonna sombrement et resta un instant suspendu comme un couperet au-dessus d'elles.

— Mais je ne peux le prouver, dit Dulcie, qui retrouvait peu à peu son calme, ses heures de solitude en cellule lui ayant largement donné le temps de réfléchir à tout cela et de se résigner à son sort. C'est ma parole contre la leur, et qui voudra me croire ? Maintenant moins que jamais.

Elle inspira longuement, et elles la virent se ressaisir. Durant un instant, elles restèrent muettes. Alors une cloche retentit, et les chaises qu'on déplaçait se mirent à racler le sol. Les trente minutes étaient écoulées.

— Nous devons y aller, dit Louisa. Je regrette, Dulcie.

— Va voir mon petit garçon, d'accord ? Dis-lui bien que sa maman l'aime, et embrasse-le pour moi, lui demanda-t-elle d'une voix qui se brisa.

— Bien sûr, tu peux y compter, répondit Louisa, certaine à présent que Dulcie ne pouvait être la meurtrière, et plus déterminée que jamais à découvrir la vérité.

Puisque ce n'était pas Dulcie, qui cela pouvait-il être ? Les Quarante ? Ou l'un des invités présents à la fête ? Après tout, ils étaient sur place cette nuit-là, et n'importe lequel d'entre eux avait eu la possibilité de le faire.

41

Le trajet du retour vers l'appartement d'Iris fut bien silencieux. Louisa, Pamela et Nancy digéraient ce qu'elles avaient vu et entendu. Louisa savait qu'elle les avait emmenées hors de leur monde et, même si cela lui valait un peu de culpabilité, elle y puisait un certain plaisir. Peut-être leur apparaîtrait-elle désormais moins comme une étrangère, seulement comme une personne qui était née en d'autres circonstances. Elle ne désirait pas de sympathie ni de pitié, n'aspirait même pas à changer ce qu'elle était ; non, elle voulait juste qu'elles comprennent.

À leur retour, ce fut Pamela qui fit la conversation en prenant le pas sur Nancy et en insistant pour qu'elles se dépêchent de rentrer à la maison. C'est elle qui avait été la plus secouée par leur visite en prison, et elle avait hâte de reprendre le « cours normal » de sa vie.

— Qu'entends-tu par normal ? l'asticota Nancy.

— Je ne saurais dire, soupira Pamela, mais j'ai l'impression que je commencerai à me sentir mieux quand je me retrouverai en selle, sur un cheval.

Quand Iris entra dans la chambre, Louisa s'occupait de faire leurs bagages, tandis que les deux sœurs se chamaillaient.

— Bonjour, jeunes filles, dit Iris aimablement. J'ai décidé d'aller à Asthall avec vous cet après-midi. J'ai téléphoné à votre mère pour l'en informer. Je redoute Londres au moment de la ruée de Noël, et je me vois bien mieux manger le gâteau de Mme Stobie couchée sur le divan du salon.

En l'entendant, Louisa dressa l'oreille. Puisque Iris accompagnait Pamela et Nancy dans le train, elle-même pourrait rester. Certes cela ne lui vaudrait pas les compliments de Mme Windsor ni de lady Redesdale, encore moins de Nanny Blor, mais, entre ces désagréments et la mission qu'elle avait à mener pour tenter de sauver Dulcie, le choix était vite fait.

Dès que leur tante eut quitté la pièce, Louisa soumit son plan aux deux sœurs. Nancy haussa bien un sourcil, mais elle ne fit pas de commentaire, tandis que Pamela avouait avoir d'autant plus hâte de prendre le premier train.

En leur faisant au revoir d'un signe de la main après avoir confié à Nancy un mot pour Mme Windsor (les deux sœurs avaient raconté à une Iris déconcertée que Louisa avait une urgence familiale), Louisa ressentit un sentiment grisant de liberté. Elle décida de prendre un bus pour se rendre à Piccadilly en espérant que Guy serait au poste de Vine Street, avant de passer à l'étape suivante. En effet, elle avait l'intention d'aller voir Mme Brewster seule, pour essayer de découvrir dans les affaires de Daniel quelque objet susceptible de relier l'enfant à Adrian Curtis ; elle souhaitait également aider la couturière à trouver pour le petit une autre solution que l'Assistance.

Au poste de police, son message fut transmis à Guy et il la rejoignit à l'avant du bâtiment, où elle attendait sur l'un des bancs en bois, en espérant qu'on ne la prenait pas pour une criminelle.

— Louisa, dit-il. Est-ce que tout va bien ? Il s'est passé quelque chose ?

Il semblait content de la voir, mais aussi un peu inquiet, tandis qu'elle-même ne savait pas très bien par où commencer.

— Pouvez-vous m'accorder cinq minutes ?

— Bien sûr. Dites-moi ce dont il s'agit.

— Dulcie a admis qu'elle avait eu un enfant avec Adrian Curtis.

— Peut-elle le prouver ?

— Bien sûr que non. Personne ne le peut, répliqua Louisa, quelque peu exaspérée. Mais cela joue en sa faveur, non ? Notre marge de manœuvre est réduite. L'étau se resserre. On est presque à Noël, et son procès doit commencer en tout début d'année.

Elle scruta Guy, dont l'air posé ne révélait rien, ni approbation ni désapprobation.

— Je suis certaine qu'elle protège quelqu'un, mais je ne sais s'il s'agit de l'une des Quarante ou de quelqu'un d'autre, poursuivit-elle.

— Pouvez-vous en expliquer la raison ?

— Peut-être avait-elle voulu discuter avec Adrian Curtis de l'avenir de leur enfant… pour le faire chanter, qui sait ? Cela expliquerait pourquoi elle avait besoin de le rencontrer. Et je ne vois pas pourquoi il aurait voulu la revoir plus tard, alors qu'il s'était violemment disputé avec elle au point de la frapper, rappelez-vous.

— J'en conviens, dit Guy. Cela me laisse perplexe, moi aussi.

Le sergent Cluttock leur lança au passage un regard interrogateur, mais il ne les interrompit pas et continua son chemin.

— Cependant, si Dulcie est allée rejoindre un membre des Quarante, pourquoi M. Curtis était-il là aussi ?

— Je n'ai toujours pas de réponse à cette question, admit Louisa.

Ils restèrent assis en silence un instant.

— Et si les Quarante étaient au courant, pour l'enfant ? suggéra Guy. Si elles avaient décidé de se venger d'Adrian Curtis ?

— Se venger de quoi ?

— Du fait qu'il avait mis enceinte l'une des leurs en abandonnant et l'enfant et la mère.

— Je n'imagine pas les Quarante capables de commettre un meurtre de sang-froid. Ce sont des voleuses, pas des tueuses.

Louisa savait qu'il était dangereux de les défendre comme si elle prenait leur parti, mais elle les avait vues au pub. Certes c'étaient des délinquantes un peu remuantes, mais sûrement pas des monstres sanguinaires.

— Sinon elles, peut-être les Elephants, avança Guy.

— Peut-être, répondit Louisa évasivement, lasse d'entendre échafauder des théories plus vaines les unes que les autres.

Tout semblait soudain si vague, si hypothétique. Mais elle s'était rendue à cette prison, elle avait vu le visage livide de Dulcie. C'était une question de vie ou de mort, pas une partie d'échecs.

— Quelle que soit la réponse, Mlle Long sait quelque chose qu'elle ne nous dit pas, déclara Guy, et Louisa sut qu'il comprenait toute la gravité de la situation. Et si j'allais moi-même lui parler ? proposa-t-il, mais cela ne fit qu'alarmer Louisa, car elle n'avait pas envie que Dulcie puisse penser, en voyant un policier, qu'elle avait encore renforcé les soupçons à son encontre.

— Il y a d'autres choses qui ne collent pas, dit-elle en hésitant. Concernant les autres personnes présentes à la fête.

Guy la regarda, stupéfait, puis il se mit à rire.

— Vous n'allez quand même pas soupçonner de meurtre l'un des amis de Nancy !

— Je trouve qu'on les raye un peu trop vite de la liste des suspects, répondit Louisa, mal à l'aise. L'une d'elles, Mlle Phoebe, a reconnu qu'elle avait feint de se fouler la cheville afin d'être seule avec M. Atlas. Cela signifie qu'elle n'a pas d'alibi.

— J'admets que c'est contrariant, mais cette demoiselle était avec M. Atlas au moment du meurtre, non ? Cela ne change donc pas grand-chose.

— Et j'ai aussi, quelques jours plus tard, vu un couteau dans la pochette de soirée de Mlle Clara.

— Ils vivent dans un autre monde, n'est-ce pas ? A-t-elle dit pourquoi elle avait un couteau ?

— Elle a sous-entendu que des hommes, dont peut-être Sebastian Atlas, essayaient d'abuser d'elle, mais, quand nous avons vu le couteau, elle a dit qu'aucun d'eux ne s'y risquerait de si tôt.

— Nous ?

— J'étais avec Pamela.

— Et qui est donc ce Sebastian Atlas ?

— C'est un grand mince aux cheveux blond très clair. Je dois dire qu'il ne me revient pas, mais je ne saurais expliquer pourquoi. Il a un curieux comportement. Je l'ai vu se glisser dehors quand tout le monde était au théâtre et que j'attendais dans le foyer. Il a rejoint un bref instant un homme dans la rue, apparemment pour lui acheter quelque chose.

— On devine aisément de quoi il s'agissait, dit Guy en se levant. Je regrette beaucoup, mais il faut que je retourne travailler. Puis-je vous raccompagner jusqu'à la sortie ?

— Bien sûr, accepta Louisa avec gratitude.

— L'affaire de meurtre n'est pas de mon ressort, lui confia Guy tout en marchant. Je ne suis pas censé m'en occuper, mais je vais essayer de trouver les rapports de l'enquête pour y jeter un coup d'œil, voir quelles personnes étaient à la soirée et quels sont leurs alibis. Je suis d'accord avec vous, si Dulcie est innocente, nous devons le prouver. Et si vraiment elle devait retrouver un homme ce soir-là au clocher, nous devons aussi découvrir de qui il s'agissait.

En sortant dans la rue, Louisa s'étonna de son changement d'humeur. Elle se sentait plus légère, plus enjouée, malgré le ciel gris et le vent âpre. Alors elle sut pourquoi : elle avait désormais un allié sur qui compter. Et ça faisait du bien.

42

En s'engageant dans la rue de chez Mme Brewster, Louisa était presque étourdie de bonheur. Peut-être était-ce le simple fait de marcher dans les rues, libre comme l'air, sans enfants à traîner ni courses à faire pour Mme Windsor, en étant juste là où elle avait envie d'être. Certes son travail de domestique était facile, et elle était reconnaissante pour la sécurité qu'il lui apportait. Il n'avait rien d'éreintant ni de salissant, et tout le monde la traitait avec équité, sinon avec ménagement. Mais à Londres, on croisait des jeunes femmes modernes, indépendantes, qui occupaient des postes intéressants et rentraient se changer après leur journée de travail avant de ressortir pour aller danser ou dîner quelque part. Peut-être ne serait-ce jamais son monde, mais elle l'avait côtoyé d'assez près pour en avoir un avant-goût. Quelque chose de nouveau l'animait maintenant, et ce n'était plus de la peur comme durant tant d'années, mais de l'ambition. C'était un grand mot pour une fille comme elle, mais oui ! Elle avait de l'ambition.

Elle poussa la porte d'entrée de l'immeuble, qui n'était apparemment jamais verrouillée, monta l'escalier quatre à quatre, puis donna trois petits coups de sonnette chez Mme Brewster. En lui ouvrant, la couturière la regarda d'un air surpris.

— Bonjour, dit Louisa. Puis-je entrer ?

— *Si, si.* Entrez donc, mais je suis désolée, je ne vous attendais pas… dit-elle en désignant son atelier, qui n'était pas vraiment en désordre, mais indiquait qu'elle était en plein travail.

Une robe en cours d'exécution était sur la machine, et des chutes de fils et de tissus jonchaient le sol. Par terre, Daniel s'amusait avec un jeu de construction en empilant haut des cubes qu'il faisait ensuite tomber avec allégresse. Lorsque Louisa passa la tête, il se retourna et lui sourit en lui faisant bonjour de la main.

— Je suis allée voir sa mère, déclara Louisa.

Mme Brewster ne réagit pas, mais elle alla soulever Daniel et le prit dans ses bras.

— Venez, dit-elle. Allons faire du thé.

Louisa les suivit dans la cuisine, où Mme Brewster mit de l'eau à bouillir et donna à Daniel un quignon de pain à mordiller. Quand la couturière ouvrit un placard pour en sortir la boîte de thé, Louisa vit qu'il était presque vide. C'était étrange qu'elle ait tant de commandes de la part de clientes sûrement aisées comme Mlle Charlotte, et aussi peu d'argent. Mais elle avait dit quelque chose au sujet de M. Brewster et de ses dettes de jeu. Peut-être était-elle dans le besoin. Louisa savait qu'il n'y a rien de plus épuisant que la pauvreté. Elle s'en voulut d'avoir dépensé de l'argent pour sa coupe de cheveux alors qu'elle aurait pu en donner à Mme Brewster.

Elle prit Daniel sur ses genoux, lui caressa les cheveux, puis elle l'embrassa sur le front et lui sourit.

— De la part de ta maman, lui dit-elle, mais il était si occupé à grignoter le morceau de pain dur qu'il tenait dans son poing qu'il ne réagit pas.

La vieille ébouillanta la théière avant de la vider et d'y déposer soigneusement des feuilles de thé.

— Je n'ai pas envie d'abandonner le *bambino*, mais… commença-t-elle tout en s'activant et, soudain, ses yeux s'emplirent de larmes qu'elle essuya vivement.

— Je sais, dit Louisa.

Qu'aurait-elle pu dire de plus ? Elle était impuissante.

Au même moment, elles entendirent sonner à la porte, puis il y eut trois coups frappés fort. Mme Brewster tressaillit et faillit lâcher les tasses et les soucoupes qu'elle apportait à la table.

— Restez ici, les prévint-elle avant de s'empresser d'aller ouvrir.

Louisa voulut garder Daniel sur ses genoux, mais il pleurnicha en voyant Mme Brewster quitter la pièce et gigota pour en descendre. Elle s'efforçait en vain de le retenir quand elle entendit des éclats de voix venant du couloir.

En un flot ininterrompu, Mme Brewster parlait un mélange d'anglais et d'italien, disant d'un ton implorant qu'elle n'avait pas de quoi payer.

Les autres voix étaient masculines, avec de forts accents du sud de Londres et une brusquerie perceptible, même de l'autre côté de la porte. Combien étaient-ils, deux ou trois ? Louisa n'aurait su dire.

Daniel avait lâché son quignon de pain et, les lèvres tremblantes, il pleurnichait de plus belle.

— Chuut, lui dit Louisa, mais le petit commença à tourner la poignée de la porte.

Elle avait beau tendre l'oreille, les voix étaient étouffées, à présent. Ils avaient dû entrer dans l'atelier, malgré les suppliques de Mme Brewster, qui désirait manifestement qu'ils s'en aillent.

Un bref instant, Louisa avait détourné son attention de Daniel, et elle s'aperçut soudain qu'il était déjà sorti et braillait de plus en plus fort. Figée sur place, elle hésita un instant à le retenir. Trop tard. Elle entendit l'un des hommes derrière la porte à peine entrebâillée :

— Tiens tiens, qu'est-ce que nous avons là ?

— Ce n'est qu'un petit garçon, dit Mme Brewster, en proie à la panique.

— Il n'est pas à vous, hein ? À moins que la science n'ait fait un miracle, lança un autre d'une voix plus jeune, en riant. Alors on fait de la garde d'enfants, comme ça ?

Ils étaient donc au moins deux.

Daniel avait cessé de pleurer. Mme Brewster l'avait peut-être pris dans ses bras, ou bien l'ambiance chargée d'agressivité l'avait-elle réduit au silence. De ses années à la nurserie, Louisa avait appris que les enfants étaient très sensibles aux humeurs des adultes, même s'ils n'en comprenaient pas les raisons.

— Tu gagnes de l'argent en t'occupant de ce mioche ? dit le premier, mais Mme Brewster ne répondit pas, du moins Louisa ne l'entendit-elle pas.

— Il pourrait nous être utile, dit l'autre. Je vais te dire, si la prochaine fois qu'on revient, tu n'as toujours pas l'argent que tu nous dois, on le prendra en échange. Un joli petit gars comme lui, y en a plein qui cracheraient pas dessus. Marché conclu, hein ?

Il n'y eut toujours pas de réponse. Peu après, la porte claqua, et Louisa osa enfin se glisser dans le couloir. Elle gagna vite l'atelier et vit Mme Brewster cramponnée à Daniel, qui ne pleurait plus, mais n'avait plus rien du joyeux petit garçon qu'elle avait vu à son arrivée, une demi-heure plus tôt. Sur la table près de la machine à coudre, un gros paquet brun était posé.

— Ils reviendront, dit Mme Brewster, dont les cernes noirs semblaient s'être creusés.

— Qui sont-ils ?

La couturière se voûta, comme accablée par un grand poids.

— Les Elephants, répondit-elle la tête baissée, en évitant le regard de Louisa. D'habitude, c'est un autre qui vient et qui m'apporte les tissus, mais je leur dois de l'argent. Ce sont des hommes méchants, ils me font peur.

— Vous voulez dire que les tissus que vous utilisez, ce sont ces hommes qui vous les fournissent ?

Louisa était consciente de la question qu'elle posait en réalité : Mme Brewster acceptait-elle sciemment des biens volés ?

Cette dernière l'admit de mauvais gré et releva les yeux d'un air implorant.

— J'ai été obligée, je ne pouvais me permettre de les acheter dans les boutiques. Sa mère, dit-elle en parlant du petit, c'est elle qui m'a présentée à eux. Et c'est du bon tissu, vous savez. Que faire ? Je dois les payer.

— On va chercher une solution, dit Louisa. Je vous le promets.

À vrai dire, elle savait qu'elle n'était pas en droit de faire une telle promesse, mais elle ne pouvait abandonner cet enfant à son triste sort, encore moins maintenant qu'il risquait d'être enlevé par les Elephants. Après tout, Daniel n'avait rien fait pour mériter ça, c'était juste de la malchance. Et ça, elle connaissait. L'essentiel, c'était de le sortir d'ici, mais où pourrait-elle bien l'emmener ?

43

Elle n'avait pas eu beaucoup de mal à persuader Mme Brewster de la laisser emmener l'enfant, mais, au moment du départ, la vieille avait accusé le coup. Elle avait donné à Louisa un sac contenant les affaires du petit, quelques vêtements et quelques pauvres jouets ainsi qu'une photographie de Dulcie, simplement protégée par deux morceaux de carton fermés d'un ruban. D'Adrian Curtis, il n'y avait aucune trace.

Le visage de Mme Brewster était empreint d'une profonde tristesse quand elle se tourna vers la pièce où se trouvait Daniel.

— Il va me manquer.

— Je sais, dit Louisa. Je suis certaine que Dulcie vous recontactera pour vous remercier de tout ce que vous avez fait. Vous avez été gentille de veiller aussi bien sur lui.

Daniel jouait avec son jeu de construction, indifférent à la conversation qui se poursuivait au-dessus de sa tête. Même quand Louisa s'accroupit à côté de lui et lui toucha le bras, il resta concentré sur sa tâche, poser un cube en bois rouge en équilibre sur un jaune.

— *Bambino*, l'appela Mme Brewster. Écoute la dame.

Alors seulement, il tourna vers Louisa ses yeux d'un bleu très clair où elle se vit reflétée comme dans un lac.

— Daniel, je vais te ramener dans ta famille, pour qu'on s'occupe de toi.

Il ne dit rien, mais tourna le dos et ramassa un autre cube.

— Viens, maintenant. Je t'achèterai un pain au chocolat, pour le goûter. Est-ce que tu aimes le chocolat, Daniel ?

Louisa sentit sa voix lui manquer. Si Daniel refusait de l'accompagner, qu'allait-elle faire ? Elle finit par soulever le petit d'autorité et lui fit serrer les jambes autour de sa taille. Il se tortilla et lança un bras en avant, ouvrant et refermant sa main, les yeux clos, en gémissant un peu.

— Donnez-lui un cube de bois, dit-elle à Mme Brewster, qui tendit à Daniel un cube rouge que le petit agrippa des deux mains. Puis il fourra la tête dans le cou de Louisa en tenant le précieux cube de bois contre sa poitrine, comme s'il ne voulait plus jamais s'en séparer.

Une fois dans la rue, l'énormité de ce qu'elle venait de faire lui sauta aux yeux. À présent, un petit garçon de trois ans dépendait entièrement d'elle et, si son plan échouait, elle savait qu'elle n'en avait aucun de rechange. Une seule chose comptait : sauver la vie de Dulcie. Et le petit jouerait peut-être un rôle clef.

L'après-midi touchant à sa fin, Louisa acheta dans un café du coin un pain au lait qu'elle donna à Daniel en guise de dîner. Ce n'était pas grand-chose, mais il le mangea goulûment, assis par terre dans une cabine téléphonique. Le nom de famille de Dulcie était Long, et, puisqu'elle faisait partie des Quarante Voleuses, sa famille devait habiter Lambeth, à proximité du pub Elephant and Castle. Louisa feuilleta l'annuaire et trouva rapidement trois adresses au nom de Long dans ce périmètre. Elle les écrivit, puis téléphona au poste de Vine Street, où elle laissa un message à Guy, lui demandant de la rejoindre avec Mary Moon à la station de métro de Lambeth, à 11 heures du soir, avec l'espoir que cela lui laisserait assez de temps.

La journée avait été longue et Daniel était fatigué. Louisa décida donc de prendre un taxi pour se rendre de Earl's Court jusqu'à Lambeth. C'était l'argent qu'elle aurait dû donner à sa mère, mais elle remisa son sentiment de culpabilité dans un recoin de son esprit. Elle verrait plus tard.

Le trajet au sud de la rivière prit presque une heure. Elle avait dû persuader le chauffeur de taxi de les emmener en lui payant la moitié du tarif estimé, car il s'était récrié qu'une fois passé le pont, il n'aurait personne à prendre pour le trajet de retour. Daniel s'endormit vite. Bien calée sur la banquette arrière, Louisa admira les lumières des reverbères qui défilaient le long de l'Embankment. De l'autre côté du pont, la nuit semblait plus noire. Le taxi s'engagea bientôt dans des rues étroites où ne circulait pratiquement aucun autre véhicule. Le chauffeur dut s'arrêter deux fois pour demander son chemin à des passants.

Elle le pria d'attendre pendant qu'elle allait frapper à la première porte en laissant Daniel dans la voiture.

Mais la femme qui lui répondit lui apprit que les Long avaient déménagé quelques mois plus tôt et qu'elle ignorait où ils habitaient. À la deuxième adresse, personne ne répondit, et la maison semblait inoccupée. Louisa sentait la panique la gagner à l'idée de ce qui se passerait si elle ne trouvait pas la sœur de Dulcie.

La troisième maison, sise au 33, Johanna Street, était plongée dans la pénombre, excepté des rais de lumière filtrant en haut des rideaux tirés à une fenêtre du premier étage. Ayant fini par la prendre en pitié, le chauffeur arrêta son compteur et le taxi resta garé au bord du trottoir, moteur à l'arrêt, tandis que Daniel ronflait tout doucement, allongé sur la banquette arrière. Louisa frappa à la porte, puis resta plantée sur le perron en frissonnant, assez longtemps pour suivre des yeux un homme qui marchait sur le trottoir d'en face jusqu'au bout de la rue. Elle frappa de nouveau, et entendit alors quelqu'un descendre l'escalier. Enfin les verrous furent tirés.

La porte s'ouvrit sur un petit homme en pyjama de flanelle rayé, que Nanny Blor aurait aussitôt destiné au panier à linge sale.

— Oui ? dit-il d'un ton qui n'avait rien d'amical.

— Je suis une amie de Dulcie, répondit Louisa.

À ces mots, l'homme pointa un peu la tête par l'entrebaîllement de la porte.

— Qui vous accompagne ?

— Personne.

— Alors qu'est-ce qu'il fait là, ce taxi ?

Il semblait plus nerveux qu'agressif, et Louisa vit aux poils gris qui parsemaient son menton qu'il n'était plus tout jeune.

— Il m'attend. S'il vous plaît, vous n'avez rien à craindre de moi. J'essaie de trouver sa sœur, Marie.

L'homme tressaillit.

— Ça ne me dit rien du tout, déclara-t-il, puis il claqua la porte et la verrouilla farouchement.

Il a dû me prendre pour l'une des Quarante lancée sur les traces de Marie, se dit Louisa en se traitant d'idiote, et elle se pencha pour crier par la fente de la boîte aux lettres.

— Je n'en suis pas, je vous le promets.

Pas de réponse. Elle n'avait plus le choix.

— J'ai le petit Daniel avec moi, le fils de Dulcie. Je vous en prie, vous devez m'aider.

L'homme était manifestement resté derrière la porte. En un éclair, il la rouvrit.

— Vous avez le petit de Dulcie ?

— Oui, répondit Louisa, glacée et désemparée. Il est dans le taxi.

— Seigneur ! Amenez-le.

Peu de temps après, le taxi avait été renvoyé, Louisa était dans la cuisine, et Daniel dormait sur un canapé du salon, sous une couverture. On avait réveillé Marie, qui était descendue rejoindre Louisa et l'homme dont elle savait maintenant que c'était William, le père de Dulcie. Louisa n'avait guère de temps, car Guy devait l'attendre depuis un bon moment à la station Lambeth, et elle craignait qu'il se décourage. Elle venait de leur expliquer comment elle avait fait la connaissance de Dulcie, qu'elle croyait en son innocence, et qu'elle avait soustrait Daniel au triste sort qui l'attendait : l'Assistance, ou pire encore.

— Elle ne nous a jamais dit où il était, dit le père. Elle craignait que si Alice et sa bande le trouvaient, elles se servent de lui pour arriver jusqu'à elle. Mais nous nous sommes fait du mouron pour ce petit gars.

— Oui, et il est mieux avec nous, renchérit Marie. On est de la famille.

— Savez-vous qui était le père ?

Marie et William échangèrent un coup d'œil.

— C'était ce M. Curtis, non ? Même s'il ne s'est jamais considéré comme tel. Dès qu'il a pu, il s'en est lavé les mains.

— Écoutez, dit Louisa, je veux aider à prouver que Dulcie ne l'a pas fait… je parle du meurtre.

— Bien sûr que non, dit Marie. Elle n'est pas comme ça. J'en connais qui sont coriaces, dans la bande, mais pas Dulcie. Elle a toujours voulu en sortir. Au départ, c'est à cause de moi qu'elle y est entrée…

Marie étouffa un sanglot et William lui frotta le dos.

— Je crois que Dulcie connaît le coupable, mais qu'elle ne peut en parler à la police, avança Louisa.

— Vous croyez ? s'étonna Marie en chassant ses larmes du revers de la main.

— Oui, confirma Louisa. À mon avis, elle devait retrouver quelqu'un cette nuit-là, un homme servant d'intermédiaire entre elle et les Quarante. Elle avait dû s'arranger pour qu'il récupère les bijoux qu'elle avait volés afin de les écouler. Et je crois que c'est ce type-là qui a tué Adrian Curtis. Seulement elle ne révélera pas son identité à la police, car les Quarante l'apprendraient, et le châtiment qu'elles lui infligeraient pour avoir mouchardé serait pire que n'importe quelle sentence rendue par un juge.

— Si c'était l'un des Elephants, ils en sont plus que capables, acquiesça sombrement Marie. Mais pourquoi ? Qu'est-ce que les Quarante auraient eu à reprocher à Adrian Curtis ?

— Peut-être savaient-elles qu'il était le père du petit de Dulcie ? demanda Louisa. Et si c'était une vengeance contre Dulcie parce qu'elle voulait quitter le gang ? Ou contre Curtis, pour avoir lâchement abandonné Daniel et sa mère ?

— C'est possible, reconnut Marie. Tout se sait, dans ce milieu. Et les nouvelles vont vite.

William se prit la tête dans les mains d'un air accablé.

— Voilà où je veux en venir : moi, je pourrais en parler à la police, dit Louisa. Je pourrais dire que je l'ai vu, cela viendrait de moi. Pas de Dulcie.

Le père la regarda, les pupilles si dilatées que ses yeux en étaient presque noirs.

— Vous feriez ça pour elle ?

— Les Quarante ne pourront rien contre moi, répondit Louisa. Elles ignorent qui je suis.

— Oh, elles le sauront ! dit Marie, mais elle ne réussit pas à faire taire son père, qui parla au même moment, haut et fort.

— Billy Masters, dit-il. C'est l'homme que vous cherchez.

44

Plus tôt ce jour-là, Guy et Mary se trouvaient au poste de Vine Street, en butte à un petit conflit amical.

— Je vous en prie, Guy. Remmenez-moi au 43, l'implorait Mary Moon, les mains jointes, en écarquillant les yeux.

— Mais pourquoi tenez-vous autant à y aller ? s'étonna Guy en riant à moitié.

Mary fourra les mains dans les poches de sa veste et fit la moue.

— J'en ai envie, et je ne peux y aller seule, voilà tout.

— Je ne trouve pas que ce soit un endroit convenable pour une gentille fille comme vous.

— Peut-être pas, mais si je veux devenir une policière digne de ce nom, il faut que je m'endurcisse un peu.

Guy y avait réfléchi. Lui-même avait envie de retourner au club, car s'il existait un lien entre lord De Clifford, Dolly Meyrick et les Quarante Voleuses, le 43 était l'endroit idéal pour le découvrir. Or, être accompagné d'une jeune femme l'aiderait sûrement à passer pour un client régulier. D'un autre côté, il s'inquiétait de croiser là-bas cet autre officier de police. Guy était quasiment certain que George Goddard, qui dirigeait la brigade des mœurs, ne s'était pas trouvé au 43 pour le travail et, s'il avait raison, alors surveiller un haut gradé de la police fréquentant un night-club semblerait faire preuve d'indiscrétion, et même d'atteinte à la vie privée. Guy pouvait ne pas approuver que son supérieur boive de l'alcool et s'entoure des Merry Maids, mais cela ne le regardait pas. Harry l'avait prévenu de n'en rien dire à aucun de ses collègues, au cas où le mot circulerait qu'il avait mouchardé. Guy était de plus en plus certain qu'un genre de trafic ou d'arrangement en sous-main avait lieu, mais il avait l'impression d'être le seul à s'en inquiéter.

— Très bien, dit-il enfin, rejoignez-moi au pied de la statue d'Éros à 20 h 30 ce soir, et nous irons ensemble.

— Merci Guy ! exulta Mary en se retenant juste à temps de lui sauter au cou.

Cette petite-là a sûrement une idée derrière la tête, se dit-il, mais laquelle ?

À l'heure convenue, Guy se trouvait à Piccadilly Circus et, sous les panneaux publicitaires aux lumières scintillantes, il prenait plaisir à observer autour de lui la joyeuse frénésie des passants qui s'apprêtaient à profiter de leur soirée. Il se sentait assez élégant dans le nouveau costume qu'il s'était offert récemment. De bonne coupe et en beau cachemire gris, cette petite folie lui avait valu pour une fois les compliments de son frère Bertie, assortis des inévitables questions et remarques : pour quels beaux yeux se mettait-il ainsi en frais ? Les frères de Guy fréquentaient les pubs de leur quartier, à Hammersmith ; les night-clubs de Soho se trouvaient en dehors de leur territoire. Il n'avait pas voulu parler de Mary. Était-ce pour conjurer le mauvais sort, par une sorte de superstition, ou parce qu'il n'était pas sûr des sentiments qu'il éprouvait pour elle ? Il n'aurait su le dire. Et Louisa lui trottait de nouveau dans la tête… Trêve de balivernes, se dit-il en se rappelant à l'ordre. Ce soir, j'y vais pour le travail.

Perdu dans ses pensées, il n'avait pas remarqué que Mary était juste plantée devant lui.

— Quel binoclard vous faites ! s'exclama-t-elle en riant.

Guy fit de son mieux pour ne pas manifester sa surprise, mais s'il l'avait déjà vue en civil quand ils traquaient les Quarante, et s'ils s'étaient déjà rendus ensemble au 43, ce soir, elle comptait de toute évidence faire son petit effet. Coiffée d'un chapeau-cloche argenté sur ses cheveux coupés au carré, avec deux accroche-cœurs encadrant son joli visage coquettement dissimulé sous une longue voilette et des lèvres peintes en rouge foncé… elle était époustouflante. Il aperçut, dépassant un peu du bas de son manteau boutonné jusqu'au col, des fils de perles argentés, et elle portait des escarpins à talons hauts. Mais surtout, son enthousiasme la rendait presque fébrile, et elle se moqua gentiment de sa confusion avec le sourire espiègle d'une écolière.

Ils marchèrent jusqu'au club, ou plutôt Guy marcha tandis que Mary trottinait en claquant ses hauts talons sur l'asphalte, ce qui lui donnait une drôle d'allure. Il avait l'habitude de la voir chaussée de bottes réglementaires dont elle se plaignait, car elles étaient taillées dans un cuir très dur qui lui blessait les pieds. En service, ses cheveux étaient tirés en arrière de façon très stricte, et le maquillage était interdit. Même si les gars du poste la taquinaient et que, dans la rue, les gens la regardaient d'un air ébahi en voyant son casque de policier et sa longue jupe, Guy s'était habitué à son uniforme, durant leurs tours de garde. Ce soir, béat d'admiration et quelque peu déconcerté, il hésitait entre partager son enthousiasme ou conserver un flegme convenant mieux à une mission d'ordre professionnel.

À l'entrée du club, le sinistre colosse qu'ils connaissaient maintenant sous le nom de « German Albert » montait la garde. Il scruta Guy avec méfiance, mais leur ouvrit la porte. À l'intérieur, Dolly Meyrick était à l'accueil, où elle collectait les dix shillings de rigueur versé par chaque client. Après le récent saccage perpétré par la bande de voyous, elle ne voulait prendre aucun risque. En voyant Guy, elle lui décocha un grand sourire.

— Ravie de vous revoir, dit-elle. Vous êtes venu avec votre petite amie cette fois ? ajouta-t-elle en lançant un petit regard en coin vers Mary.

Malgré lui, Guy s'éloigna d'un pas de cette dernière, et il allait protester quand il vit à son air qu'elle risquait de mal le prendre.

— Nous passons juste un moment, dit-il. J'ai un ami qui joue dans l'orchestre.

— Laissez-moi demander qu'on vous trouve une bonne table, sergent Sullivan, dit Dolly.

Malgré sa jeunesse, pas plus de vingt ans, elle avait apparemment hérité de l'aisance professionnelle de sa mère.

— Non, vraiment, ce n'est pas la peine… commença Guy, mais Mary lui pressa le bras et il se tut.

Pouvait-il se permettre d'accepter les faveurs de la propriétaire du club sans enfreindre une loi ou une autre ? Sans doute pas. En tout cas, il ne consommerait pas d'alcool et ne danserait pas avec les Merry Maids. Il ne devrait même pas les regarder, en fait. Oh, bon sang. Pourquoi avoir accepté de venir ici ce soir ? se désola-t-il.

Dolly claqua des doigts, et une jeune femme sortit de l'ombre en robe charleston, la tête ceinte d'un bandeau orné d'une plume d'autruche noire.

— Suivez-moi, dit la jeune femme à Guy après avoir échangé quelques mots avec Dolly, puis elle se détourna et sa plume d'autruche vint lui chatouiller le nez.

Guy et Mary descendirent à sa suite l'escalier raide jusqu'au sous-sol. La salle n'était pas aussi bondée que l'autre soir, même si beaucoup de gens dansaient tandis que Joe Katz chantait langoureusement, accompagné de l'orchestre. La fille les mena à une table et s'en fut aussitôt, tel un oiseau de proie prenant son envol, songea Guy. Il regarda autour de lui, mais ne vit pas d'Alice Diamond ; il est vrai qu'entre sa mauvaise vue et la semi-pénombre, elle avait pu lui échapper. Mary avait laissé son manteau au vestiaire, mais elle avait gardé son chapeau et était assise, jambes croisées, gigotant un peu sur place en tournant la tête de-ci, de-là.

— Qu'est-ce que vous cherchez ? lui demanda Guy, et les joues de Mary s'empourprèrent.

— Oh, je regardais juste l'orchestre, répondit-elle. À votre avis, Harry sera-t-il là, ce soir ?

Tiens donc, se dit Guy.

— Normalement oui… Il est là, au fond, remarqua-t-il en résistant à l'envie de souligner que sa petite taille le rendait difficile à repérer.

Il savait qu'il aurait dû avoir la galanterie d'inviter Mary à danser, mais il fut sauvé par l'arrivée d'un serveur portant une bouteille de champagne et deux coupes.

— Offert par la maison, dit le serveur avant de disparaître.

Mary porta une coupe à ses lèvres, puis elle suspendit son geste et regarda Guy.

— Peut-on en boire, s'il vous plaît ?

— Nous sommes encore dans les heures d'ouverture légales. Qui suis-je pour vous y autoriser ou non ? Quant à moi, je suis en service, répondit Guy, un peu sèchement, et il s'en voulut aussitôt.

Pourquoi suis-je si collet monté, dans ce genre de circonstances ? se dit-il. Ainsi sermonnée, Mary reposa sa coupe et cligna des yeux plusieurs fois en regardant droit devant elle.

Brusquement, la musique s'arrêta. Joe Katz annonça une courte pause, et les danseurs quittèrent la piste pour regagner leurs tables ou monter au bar du rez-de-chaussée. Ce fut alors que Guy remarqua un homme aux cheveux blond platine et crut reconnaître en lui l'un des amis de Nancy et Pamela Mitford qu'il avait déjà vus auparavant. L'homme était assis, mais il se leva quand deux femmes qui dansaient le rejoignirent. Elles aussi lui étaient familières. La brune était la sœur de l'homme qui avait été assassiné à Asthall Manor, se rappela Guy. Elle avait l'air morose, mais il ne pouvait l'en blâmer, elle était en deuil. L'autre fille était très jolie ; petite et blonde, elle portait une robe évoquant des pétales de rose tombés à la fin de l'été. Il vit alors Dolly Meyrick s'approcher de la table et s'asseoir sur les genoux d'un jeune homme très élégant, qu'il n'avait pas encore remarqué. Il émanait du groupe une curieuse atmosphère, qui l'intrigua. Ils devaient bien se connaître, pourtant il y avait dans leur manière d'être une certaine gêne, révélant une sorte de malaise. La jolie blonde buvait nerveusement en jetant autour d'elle des regards éperdus, comme si elle espérait que quelqu'un l'emmène loin d'ici. Blottis l'un contre l'autre et parlant à voix basse, Dolly et son soupirant étaient dans leur bulle et semblaient les seuls heureux de la bande. Quant au blond, il avait très mauvaise mine, le teint brouillé, presque grisâtre, et il repoussait la sœur du défunt, Charlotte Curtis, qui lui donnait de petits coups de patte sur le bras tel une chatte joueuse et nonchalante.

— Hé, *amigo*, c'est chouette de te voir ici ! s'exclama quelqu'un en lui assénant une petite tape sur la tempe.

C'était Harry, tenant à la main une tasse de thé débordante qui gouttait sur son beau costume neuf.

— Attention ! protesta Guy, un peu trop vivement.

— Du calme, y'a pas mort d'homme, hein ? lui lança Harry, puis il fit un clin d'œil à Mary, qui se mit à pouffer de rire.

Guy les regarda tour à tour.

— Vous vous êtes déjà rencontrés, n'est-ce pas ?

Harry et Mary échangèrent un coup d'œil complice.

— On peut dire ça, oui, répondit son ami, tandis que Mary rougissait encore.

La dernière fois qu'il était venu au 43, Guy les avait présentés l'un à l'autre, mais il se demanda s'ils ne s'étaient pas revus depuis, de leur côté.

— En ce cas, je vais vous laisser. Excusez-moi, dit Guy, et, avant qu'Harry puisse le retenir, il s'en alla, vingt minutes seulement après son arrivée, tant il avait besoin de fuir la foule et la fumée pour respirer l'air frais de la nuit.

45

Guy croisa German Albert, toujours posté sur le seuil, puis regarda autour de lui la rue fréquentée par des gens avides de plaisirs illicites. Il avait quitté le club en hâte, pourtant il était trop énervé pour rentrer chez lui se coucher. Peut-être devrait-il y retourner pour attendre Mary et la raccompagner afin qu'elle rentre chez elle en toute sécurité ? Il s'en voulait aussi de ne pas être resté le temps de vérifier si des membres des Quarante ou certains de leurs associés étaient présents. Mais quel dilemme, d'effectuer son travail de policier dans un endroit qu'il n'était pas censé fréquenter ! Ayant besoin de réfléchir au calme, il traversa la rue pour entrer dans un café, où il commanda un chocolat chaud.

— Parfaitement, un chocolat chaud, ajouta-t-il en voyant la serveuse hausser les sourcils. Et n'allez pas y mettre une goutte d'alcool, hein ?

— À votre guise, dit-elle en rangeant son bloc dans la poche de son tablier avant de s'éloigner.

Guy trouva une table à côté de la fenêtre et s'installa près de la vitre, d'où il pourrait observer les allées et venues des clients du 43. Il n'était pas encore

21 h 30, aussi la rue était-elle relativement calme. L'animation reprendrait quand les clubs commenceraient à mettre leur clientèle dehors, sans doute vers 3 heures du matin. La mode, c'était d'aller finir la nuit dans deux ou trois clubs avant de trouver un estaminet qui serve un repas chinois ou des œufs au jambon aux petites heures du matin. Un genre de vie que Guy trouvait douteux et qu'il n'enviait guère. À la table voisine était assis un autre client solitaire qui avait gardé son chapeau et dont le col du manteau était relevé. Sans doute un autre policier, songea Guy. Ou un souteneur surveillant ses tapineuses.

Guy finit son chocolat en savourant les cristaux de sucre tombés au fond de sa tasse. Alors qu'il sortait de la monnaie pour payer, son regard tomba par hasard sur deux hommes conversant dans l'ombre, à quelques mètres de l'entrée du 43. À voir son attitude, German Albert avait l'air de faire le guet. L'un des hommes ne portait pas de chapeau, et ses cheveux blonds se remarquaient même dans la pénombre ; c'était sans doute possible Sebastian Atlas. L'autre était plus petit et plus véloce, dans ses mouvements. Il y eut une sorte d'échange entre eux : Guy fut certain de voir M. Atlas donner de l'argent à l'autre en échange de quelque chose. Un geste que Louisa lui avait déjà vu faire, et qui n'était donc pas exceptionnel. Il jeta alors la monnaie sur la table, prit son chapeau, se précipita dehors et traversa la rue, esquivant de peu une voiture qui le klaxonna au passage. Les deux hommes levèrent les yeux à son approche, et tous deux s'enfuirent dans des directions opposées. Guy décida de délaisser pour l'instant l'ami de Nancy afin de rattraper le vendeur.

Poursuivant l'homme qui s'engageait en courant dans Gerrard Street, Guy s'efforça de ne pas le perdre de vue. Obligé de se faufiler parmi les nombreux passants qui déambulaient sur les trottoirs, le fuyard était ralenti et Guy le rattrapait peu à peu, quand l'autre s'enfila soudain dans une rue latérale. Guy tourna le coin et poussa un juron… il l'avait perdu.

À l'autre bout de la rue, il entendit quelqu'un s'exclamer : « Oh là ! Qu'est-ce qui vous prend ? » Guy se rendit compte que le fuyard avait tamponné un gendarme en uniforme qui le retenait par le col. Les deux protagonistes ne semblaient pas trop s'en formaliser.

— Retenez-le ! Ne le laissez pas filer ! hurla Guy. Je suis le sergent Sullivan, du poste de Vine Street.

— D'accord ! lui répondit-on.

Guy les rejoignit au pas de course. Il vit alors que le fuyard était déjà menotté, les mains derrière le dos.

— J'ai rien fait, protesta-t-il.

C'était un tout jeune homme, de vingt ans tout au plus. Il faisait trente centimètres de moins que Guy, avait une peau grêlée, des yeux ternes, et mauvaise haleine. Mais il était habillé chic, et Guy aperçut sous son col relevé l'éclair d'une doublure en soie rouge. Sa mise recherchée devait l'aider à mieux se fondre parmi ses clients élégants.

— Mon œil ! répondit Guy. Qu'est-ce que vous vendiez, là-bas ?

— Rien.

Lui fouillant les poches, Guy en sortit un paquet de cigarettes, une boîte d'allumettes, quelques pièces.

— C'est tout, chef, dit le jeune gars. Maintenant, laissez-moi partir.

En soupirant, Guy fouilla la poche intérieure du manteau, dont il sortit un étui à cigarettes émaillé contenant plusieurs petits sachets en papier blanc plié.

— Et ça, c'est quoi exactement ?

Le jeune gars prit un air surpris.

— Je ne sais pas. Quelqu'un a dû le mettre dans ma poche. Maintenant que j'y repense, j'ai dû me tromper de manteau. Celui-là, c'est pas le mien.

— Laisse tomber, lui dit Guy. Allez, on l'embarque.

Au poste, Guy dirigea l'interrogatoire en présence du sergent Oliver, de garde cette nuit-là. Il avait dû congédier le gendarme qui l'avait aidé à procéder à l'arrestation et qui était attaché à un autre poste de police. Les sachets en papier contenaient de la poudre blanche ; le sergent Oliver en déposa une infime quantité sur le dos de sa main, y goûta, et confirma qu'il s'agissait de cocaïne. Ensuite, il n'y eut plus qu'à inculper Samuel Jones pour possession de drogue dans l'intention de la fournir à autrui, même s'il nia tout en bloc et protesta de son innocence. Guy fit la liste de ses avoirs, des cigarettes à une liasse de billets d'une livre, puis il remarqua qu'il portait une paire de boutons de manchette très particulière.

— En quoi sont-ils ? demanda Guy.

— En lapis-lazuli, répondit Jones avec fierté. Ce n'est pas de la camelote, hein ?

— Où les avez-vous achetés ?

— On me les a offerts, répondit Jones en baissant les yeux.

— Qui ça ? insista Guy.

— Qu'est-ce que ça peut vous faire ?

Guy avait envie d'impressionner Oliver, ou plutôt, il voulait lui prouver qu'il connaissait son boulot. Il ne laisserait pas le coupable s'en tirer si facilement.

— À vous de choisir, lui dit-il sans douceur. On peut faire simple, ou alors attendre une semaine que le juge se prononce, et vous pourrez jusque-là profiter de l'hospitalité de la prison…

— Je peux pas vous dire qui c'est, et même si je le pouvais, je le voudrais pas. C'est quelqu'un de la haute, figurez-vous. Qui m'a offert ça par reconnaissance, dit Jones avec un petit sourire narquois, et Guy vit que le sergent Oliver souriait aussi, ce qui le vexa passablement.

— Devant le club, ce soir, qui était avec vous ?

Jones resta silencieux.

— L'un de vos clients réguliers, n'est-ce pas ?

Guy désigna alors les boutons de manchette, les pierres serties d'or rappelant le bleu profond de la mer près d'une plage de sable blond.

— C'est lui qui vous les a donnés, hein ?

Jones ne dit rien.

— Je prends ça pour un oui, conclut Guy.

Le sergent Oliver sourit encore, mais cette fois, il était de son côté.

— Prenez-le comme vous voulez, je m'en fiche pas mal, lâcha Jones hargneusement.

— Coffrez-le, dit Guy à l'agent en uniforme. Le juge s'occupera de lui demain matin.

Jones s'insurgea en se débattant, mais le sergent l'entraîna hors de la salle d'interrogatoire.

Ensuite, Guy consigna dans un rapport officiel les objets trouvés en possession de Jones et mit le tout dans une grosse enveloppe brune, à part les boutons de manchette. Il fallait qu'il les montre à quelqu'un. Il avait l'intuition qu'ils constituaient un atout qui l'aiderait dans son enquête. C'est alors qu'on lui apporta un message.

— D'une certaine Mlle Cannon, dit le jeune policier. Elle a dit que c'était urgent.

Les instructions étaient claires, mais pas ce qu'elles signifiaient : « Rejoignez-moi à la station de métro Lambeth North à 23 heures. Amenez l'agent Moon avec vous. »

Il ne lui restait plus qu'à espérer y parvenir à temps. Et pourquoi Louisa veut-elle que Mary vienne aussi ? se demanda-t-il, intrigué.

46

La maison des Long n'était qu'à quelques minutes de marche de la station Lambeth North. Louisa se dépêcha en serrant sur elle son manteau contre le vent mordant, et elle remercia le ciel en voyant que Guy était là à l'attendre ; elle ne savait pas au juste si elle était très en retard mais, à voir son air, elle devina qu'il devait être là depuis un bon bout de temps. Chaussée d'escarpins bien différents des bottes qu'elle portait durant le service, Mary Moon tapait des pieds, les bras croisés sur sa poitrine, les mains fourrées dans les manches de son manteau. Louisa s'empressa de les rejoindre et les prit par surprise, car ils regardaient tous deux dans l'autre direction.

— Désolée, leur dit-elle en haletant. Merci d'être venus. Je vais tout vous expliquer.

— Que se passe-t-il ? demanda Guy.

Elle devina au ton de sa voix que son message l'avait effrayé, et s'en voulut un peu.

— Nous allons devoir prendre un bus pour nous rendre à Elephant and Castle, leur dit-elle. Je vous raconterai durant le trajet.

En haut du bus à impériale, Mary et Louisa étaient assises côte à côte et Guy placé derrière elles. Elles se tournèrent pour lui faire face. Il n'y avait qu'un autre passager, un homme qui fumait tout au fond, les yeux mi-clos, la tête penchée dans son col remonté, comme s'il se croyait déjà dans son lit.

Louisa leur conta en murmurant l'histoire de Daniel, sa rencontre avec le père et la sœur de Dulcie, et elle leur dit pour finir le nom qu'on lui avait mentionné : Billy Masters.

— Je veux aller au pub Elephant and Castle pour en savoir plus sur lui ; si c'est le coupable, il y aura au moins des rumeurs à ce sujet.

— Quoi ? Vous ne pouvez vous rendre là-bas et poser des questions sur Billy Masters, réagit Mary, épouvantée par cette idée.

— Je leur dirai que je veux entrer dans le gang. Elles m'ont déjà vue, elles savent que je suis loyale envers Dulcie, je n'ai pas parlé à la police de son lien avec elles. Ça devrait jouer en ma faveur.

— Non, c'est trop dangereux, Louisa, décréta Guy. Je ne peux vous le permettre. À moins de venir avec vous.

Prise au dépourvu, Louisa en resta sans voix, mais Mary intervint :

— Non, Guy. Votre présence ne ferait qu'accroître le danger. Vous êtes un homme, vous seriez trop facilement repéré, déclara-t-elle, puis elle se tourna vers Louisa. Laissez-moi vous accompagner. Deux valent mieux qu'une. C'est plus sûr, en cas de coup dur.

Guy allait protester, mais il se ravisa.

— Dans ce cas, il faudra que je sois dans le coin, prêt à intervenir si nécessaire.

Le trajet fut bref, et ils descendirent à l'arrêt le plus proche du grand rond-point situé au cœur d'Elephant and Castle. Ils avaient à peine fait quelques pas que Louisa s'arrêta.

— Guy, il vaut mieux nous laisser, à partir de maintenant. C'est trop risqué. Nous vous rejoindrons à l'arrêt de bus. Vous pourrez nous attendre là-bas.

Guy était toujours réticent mais, visiblement, les deux jeunes femmes ne comptaient pas céder. Bon sang, songea-t-il.

— Très bien. Même si cela ne me plaît guère.

— Nous sommes capables de nous débrouiller, dit Mary puis, prenant Louisa par le bras, elle l'entraîna loin de Guy, qui les regarda s'éloigner à contrecœur.

En tournant le coin de la rue, Louisa et Mary virent que le pub était ouvert et en pleine activité. Les pubs devaient en général cesser de servir à 23 heures, mais ceux qui étaient fréquentés par des clients peu soucieux de légalité étaient bien contents de continuer après l'heure fatale, semblait-il. Malgré les rideaux tirés aux fenêtres, elles virent, un peu plus loin devant elles, trois femmes pousser les portes du pub, dont s'échappa soudain dans l'air frais de la nuit un souffle puissant de chaleur, de bruit et de fumée.

— Vite, dit Mary. Si nous arrivons juste derrière elles, ils croiront que nous faisons partie du groupe.

Elles se hâtèrent et passèrent avant que les portes se referment. Entrées précipitamment à l'intérieur, elles se virent aussitôt repoussées. C'était la forte femme que Louisa avait rencontrée quand elle était venue avec Dulcie, celle qui était aussi au tribunal, et elle n'avait pas l'air plus aimable ni ravie de la retrouver.

— Toi, lui jeta-t-elle en se penchant sur elle, presque nez à nez, et Louisa sentit son haleine chargée de gin. Qu'est-ce que tu fais là ?

— Je suis une amie de Dulcie. Vous vous rappelez ? répondit Louisa, haletante, en prenant brutalement conscience d'avoir grandement surestimé son sentiment d'appartenance aux Quarante.

Quelle illusion, d'avoir cru qu'elles lui seraient reconnaissantes de ne pas avoir dénoncé Dulcie lors de l'enquête ! À leurs yeux, elle n'était qu'un insecte méprisable, et elle se retrouvait prise au piège dans leur toile d'araignée.

— Je sais qui tu es, dit la femme d'un ton lourd de menace. Mais elle, qui c'est ? ajouta-t-elle en désignant Mary du menton et en plissant les yeux.

Mary se recroquevilla un peu, mais elle ne chercha pas à s'enfuir, comme on aurait pu s'y attendre, et Louisa ne put qu'admirer son sang-froid.

— C'est une amie, répondit-elle d'une petite voix.

Deux autres femmes avaient rejoint la première.

— Qu'est-ce qui se passe, Bertha ? dit l'une, maigre et nerveuse, au visage fardé avec soin, mais dénué de toute bienveillance.

— Vous bilez pas, je m'en occupe, répondit Bertha en carrant les épaules, et elle prit Mary par le revers de son manteau.

— Qui es-tu ?

— Vera, répondit Mary.

Bertha jeta un coup d'œil à Louisa pour guetter sa réaction, mais elle ne broncha pas.

— Est-ce qu'on pourrait parler tranquillement quelque part ? hasarda-t-elle.

— On est très bien ici, répliqua Bertha, qui n'avait pas lâché Mary.

Les deux femmes derrière elle se mirent à osciller dangereusement sur place, tandis qu'une autre, plus grande, allumait une cigarette. Bertha comprit le signal.

— On a tout notre temps, poursuivit-elle.

— Nous voulons faire partie des Quarante, déclara audacieusement Louisa.

Bertha la regarda en écarquillant autant qu'elle le put ses yeux en boutons de bottine.

— Pour qui nous prenez-vous ? Un genre de club mondain réservé aux gentlemen ? Chez nous, on n'entre pas en payant une cotisation, lança-t-elle, puis elle s'esclaffa, ravie de sa plaisanterie.

— Je le sais, dit Louisa. Mais moi aussi, j'ai envie comme vous d'avoir ma part du gâteau. De jolies robes, de l'argent. Ma mère était lingère, et c'était une vie pénible. Je vaux mieux que ça.

C'était un discours courageux, et un bref instant Bertha eut l'air impressionnée.

— Nous pensons que Dulcie est innocente, dit soudain Mary.

Aussitôt, Louisa paniqua, sachant que c'était une mauvaise tactique. Les autres dressèrent la tête, en alerte, tandis que Bertha détaillait Mary des pieds à la tête.

— Ah ouais ?

Louisa et Mary étaient piégées. Les lourdes portes du pub étaient fermées derrière elles, or elles s'ouvraient vers l'intérieur. Bertha était bien campée devant elles, jambes écartées, escortée des deux autres femmes qui avaient visiblement envie d'en découdre. Louisa se rendit compte que le silence s'était abattu sur le pub. Leur échange ne passait pas inaperçu. Et le pire était à venir.

Il y eut un frémissement dans l'atmosphère. Les têtes se tournèrent, les clients se donnèrent des coups de coude en buvant avec nervosité leurs consommations. La tension était palpable, et Louisa et Mary se trouvaient au cœur du point d'implosion. Bertha avait relâché Mary, mais il n'y avait aucune issue possible, nulle part où courir se réfugier, et elles ne pourraient tenter de se retourner pour ouvrir les portes sans qu'on les rattrape aussitôt par le col. Louisa n'osait même pas regarder Mary, mais sentait la peur irradier d'elle comme par vagues. Elle ne savait que faire. Elle s'était précipitée ici tête baissée, en aveugle, certaine qu'elle pourrait se faire comprendre de ces femmes dont elle se sentait proche, assez pour qu'elles la reconnaissent comme étant de leur bord. Mais l'époque où elle faisait la pickpocket avec l'oncle Stephen était loin, et, s'il existait une sorte de langage secret du milieu, elle l'avait depuis longtemps oublié. Quelle blague ! Son monde à elle, c'était celui des domestiques et de la nurserie, où Nanny Blor se désolait des morceaux manquants d'un puzzle, où planait la seule menace d'un lord Redesdale qui aboyait plus qu'il ne mordait.

Pour couronner le tout, elle avait amené Mary. Pourquoi ? Parce qu'elle avait voulu lui en remontrer, telle une gamine sournoise en cour de récréation. Elle avait voulu prouver à Guy qu'elle était non seulement coriace, mais futée, cela devant Mary, afin que celle qu'elle considérait comme une rivale se sente rabaissée. Tout cela par pure vanité. Et par bêtise… Et voilà maintenant qu'elles risquaient gros, à cause d'elle et de sa stupidité.

Figée sur place, elle ruminait ces pensées quand elle vit soudain Bertha s'écarter en chancelant un peu, puis ouvrir la bouche avant de se raviser et de la refermer aussi sec. Devant elles se dressait maintenant une grande femme que Louisa avait déjà vue en ces lieux ainsi qu'au 43, très chic, avec des bagues à chaque doigt. La reine en personne. Alice Diamond.

47

La peur lui hérissait la peau et lui faisait dresser les cheveux sur la tête. Louisa ne pouvait rien faire sinon regarder Alice croiser les bras, et les diamants qu'elle avait aux doigts étinceler à chacun de ses gestes. Elle les scrutait de ses yeux noirs, et ses lèvres serrées ne formaient plus qu'un trait. Bertha voulut dire quelque chose, mais Alice la fit taire d'un simple regard.

Quant à Mary, figée sur place sans pouvoir bouger ni parler, elle était si pâle qu'elle en devenait presque transparente.

Louisa avait la bouche sèche, au point que lorsqu'elle essaya de parler, elle ne laissa échapper qu'une sorte de croassement qui fit rugir Alice de rire, tandis que Bertha émettait un son ressemblant à une giclée de plomb sortant d'un fusil.

— Regardez-moi ça. On a des invitées d'honneur, dirait-on, ironisa Alice avant de regarder autour d'elle, escomptant de ses loyales sujettes qu'elles rient à sa plaisanterie, ce qu'elles firent complaisamment.

— Elles sont venues fouiner, pour Dulcie, grommela une des deux femmes, qui avait écrasé sa cigarette.

Alice se pencha un peu en avant, sans plus sourire.

— Sale affaire… je ne viendrais pas mettre mon nez là-dedans, si j'étais vous.

Louisa osa enfin prendre la parole. Autant aller jusqu'au bout.

— À mon avis, elle n'est pas coupable. Je crois qu'elle s'est fait piéger et qu'elle paye pour quelqu'un d'autre.

Sans rien dire, Alice claqua des doigts et quelqu'un lui tendit une cigarette déjà allumée.

— C'est elle qui va écoper à la place d'un autre. Voilà ce que je pense, déclara Louisa, sentant avec acuité la présence de Mary qui se recroquevillait sur place en se faisant la plus petite possible.

Alice ôta de sa langue un brin de tabac qui la gênait.

— Continuez.

— En fait, je n'en sais pas plus, répondit Louisa. Je sais seulement que ça ne colle pas. Dulcie a admis avoir dérobé les bijoux, mais elle a dit qu'elle était innocente du meurtre. Je crois qu'elle a dû rejoindre quelqu'un cette nuit-là, mais qu'elle ne peut pas dire qui c'était, car elle se ferait tuer à peine sortie de taule… si elle en sort un jour.

Le silence qui suivit lui parut assourdissant, tant le sang rugissait dans ses oreilles, mais elle persista.

— C'est peut-être quelqu'un que vous connaissez. Et s'il essayait de toutes vous piéger ? S'il tentait d'abattre les Quarante ?

Bertha cracha par terre.

— Aucun homme n'est capable de nous abattre.

— Même Billy Masters ?

— Qui t'a donné ce nom ? s'écria Bertha.

Avant que Louisa puisse réagir, une autre femme apparut, peut-être attirée par curiosité vers la scène qui se déroulait près des portes. Louisa n'y fit guère attention tant elle cherchait désespérément comment expliquer qu'elle connaissait ce nom sans trahir ses alliés, mais Mary recula comme si on l'avait frappée. La femme s'avança et la regarda de plus près, puis elle frappa Bertha sur l'épaule.

— Elle est de la rousse, dit-elle.

Alice fit volte-face.

— Est-ce que j'ai bien entendu ?

— Ouais, c'est elle qui m'a coincée chez Debenham and Peabody.

Louisa n'osa même pas jeter un regard à la dérobée vers Mary, tant elle craignait de la voir défaillir. Que pourrait-elle trouver à dire pour faire comprendre à Alice qu'une terrible erreur avait été commise, et qu'elle essayait seulement d'aider à prouver l'innocence de Dulcie ?

Rien, hélas.

Du coin de l'œil, Louisa vit que l'on avait repoussé des chaises, et qu'une femme avait remonté ses manches sur des tatouages noirs et violets qui recouvraient entièrement ses avant-bras. Elle entendait le doux sifflement de la pompe à bière tandis que la barmaid continuait à tirer des pintes, et par moments le grattement d'une allumette. Un grand calme était tombé sur le pub, comme sur un public attendant que les rideaux se lèvent, certain que le spectacle va commencer et qu'il en aura pour son argent.

Mais ce soir-là, le spectacle fut annulé. Alice claqua des mains une fois, elle éclata de rire en voyant Louisa et Mary sursauter, puis elle se tourna vers Bertha.

— J'ai l'impression que cette policière est nerveuse, pourtant elle n'a aucune raison de l'être, pas vrai ?

Bertha gronda… Elle grondait vraiment à la manière d'un chien tirant sur sa laisse.

— Nous sommes de gentilles filles, bonnes comme du bon pain. Il n'y a rien ici qui puisse inquiéter la police, dit Alice, puis elle revint à Louisa. Je vous inviterais volontiers à rester boire un verre, mais mon petit doigt me dit que vous n'en avez guère envie… Est-ce que je me trompe ?

Ne sachant comment le prendre, elles ne réagirent ni l'une ni l'autre. Alors Alice baissa la voix.

— À mon avis, c'est le moment de vous en aller.

Louisa commença à se retourner lentement tout en regardant par-dessus son épaule, mais, dans le pub, personne ne bougea d'un pouce tandis qu'elle ouvrait les lourdes portes et que Mary filait sans demander son reste. Louisa s'apprêtait à faire de même quand Alice la saisit par le bras et lui murmura à l'oreille :

— Notez bien que Dulcie Long a de quoi se faire de la bile. Nos garçons vous ont suivis, toi et son fils. Tout le trajet, jusque chez sa sœur. Maintenant, ça fait deux traîtres dans la même famille, et ça ne me plaît pas. Non, pas du tout.

Elle la lâcha en la repoussant et Louisa sortit en courant dans la rue, sans savoir où elle allait, pourvu que ce fût loin de l'Elephant and Castle et de tous ses clients.

48

Louisa repartit vers l'arrêt de bus dans un état second, en courant comme une folle. Quand elle fut certaine que personne ne la suivait, alors seulement elle s'arrêta et se pencha, mains sur ses genoux pliés, pour tenter de reprendre sa respiration et faire passer son point de côté. Comme elle se redressait, aussitôt la nausée la prit, et, incapable de réprimer ses haut-le-cœur, elle vomit par-dessus le muret d'un jardin privé. Puis, lentement, les jambes flageolantes, elle rejoignit le lieu du rendez-vous où Guy les attendait. Alors elle vit qu'il serrait Mary dans ses bras, et qu'elle se blottissait contre sa poitrine, tête penchée. Certes, cette vision ne lui fit pas plaisir, mais elle ne pouvait en vouloir à Mary. Si elle était arrivée la première, elle aussi se serait jetée dans les bras rassurants de Guy.

La voyant approcher, Mary se détacha vivement de son compagnon.

— Pardon, Louisa, je regrette tellement, lui dit-elle, en larmes. Je me suis conduite de façon stupide, mais j'avais tellement peur… ajouta-t-elle avant d'éclater en sanglots.

Quant à Guy, il avait l'air d'un ballon dégonflé.

— J'aurais dû vous accompagner, dit-il piteusement.

— Non, cela n'aurait fait qu'envenimer les choses, répondit Louisa. Sauf que maintenant, je me fais du souci pour Marie, la sœur de Dulcie. Il faut qu'on la prévienne.

Après s'être mouchée, Mary reprit peu à peu contenance.

— Que voulez-vous dire ?

— Au moment où nous partions, Alice m'a chuchoté quelque chose à propos de Dulcie, qui, selon elle, les a trahies. Quelqu'un m'a suivie de chez Mme Brewster jusque chez les Long, et j'ai prononcé le nom de Billy Masters, ce qui les a mises en rage. À cause de nous, Alice pense que Dulcie a parlé de lui et des autres à la police. Désormais, elles vont vouloir se venger.

— Ça signifie qu'il y a bien une connexion entre Dulcie et les Quarante, et cet homme. Ce Billy Masters semble être l'élément clef. D'après vous, serait-ce lui qui a rejoint Dulcie à Asthall Manor ? s'interrogea Guy.

Après cette terrible demi-heure où il avait attendu le retour de Mary et Louisa, il désirait ardemment se racheter en résolvant cette énigme.

— En effet, il existe bien une connexion, confirma Louisa, mais nous n'en savons guère plus, n'est-ce pas ?

— Il n'y a aucune preuve tangible, renchérit Mary.

— Hélas non, soupira Guy.

Il était tard à présent, et ils étaient transis jusqu'à la moelle. Louisa n'en pouvait plus de fatigue et de faim, et elle n'avait prévu aucun endroit où passer la nuit. Elle avait vaguement envisagé d'attraper le dernier train pour Shipton, mais il devait être parti depuis déjà un bon moment.

— Vous pouvez dormir chez moi, lui proposa Mary. C'est petit, mais je vous arrangerai un couchage avec des coussins et une couverture.

Elles dirent au revoir à Guy et prirent deux bus jusqu'au logement de Mary, une simple chambre dans un immeuble réservé aux femmes, principalement des infirmières et quelques agents de police féminins travaillant à Londres. Elles entrèrent sur la pointe des pieds en faisant le moins de bruit possible, car Mary avait prévenu Louisa que les murs étaient très minces. Entre le lit, le lavabo et la commode, l'espace réduit était quasiment comble, mais la chambre était proprette, décorée de brins de houx plantés dans un pot de confiture. Louisa remarqua à peine ces détails. Il était plus de 1 heure du matin et elle était épuisée. Mary insista pour l'installer confortablement et lui proposa de lui préparer du chocolat chaud sur un brûleur à gaz. Mais elle n'eut pas le temps de finir sa phrase que Louisa s'était déjà endormie, bottines aux pieds.

49

Quand, le lendemain matin, Louisa se glissa par l'entrée de service d'Asthall Manor, Mme Stobie avait déjà commencé à préparer le repas de midi. En découvrant la bonne d'enfants avec ses cheveux ébouriffés, ses vêtements fripés, la cuisinière haussa les sourcils.

— Tu fais vraiment peine à voir, lui dit-elle d'un air sévère. Nanny Blor n'a pas cafté, mais, à mon avis, tu ferais mieux d'aller vite la retrouver.

Louisa eut à peine la force de hocher la tête tant elle était épuisée d'avoir aussi peu et mal dormi, puis pris un train à l'aube le ventre vide, sans parler de la longue marche dans le froid et le crachin jusqu'à la maison. Elle grimpa à la nurserie en espérant pouvoir faire halte dans la salle de bains pour se tamponner le visage avec un linge trempé d'eau avant d'annoncer officiellement son retour. Tom, Diana, Nancy et Pamela devaient tous être dans la bibliothèque, à moins d'être sortis se promener. Debo, Unity et Decca étaient sûrement en salle d'études, à faire du coloriage. C'était l'occupation choisie le plus souvent par Nanny Blor et Louisa durant les vacances de Noël, quand il faisait trop mauvais pour les emmener dehors entre le petit déjeuner et le déjeuner, même si la promenade d'après-midi était toujours de rigueur, qu'il pleuve ou qu'il vente.

Louisa trouva la nurserie plongée dans le calme, et elle put se glisser dans sa chambre afin de se changer après s'être aspergé le visage d'eau froide. Dans un coin de la salle d'études, Nanny taillait des crayons avec un canif. À l'entrée de Louisa, Debo se précipita et se pressa contre elle en lui entourant les genoux de ses bras, tandis que Unity et Decca se contentaient de lui dire bonjour d'un signe de la main avant de reprendre leurs coloriages. C'était comme si son absence n'avait fait aucune différence.

Là-bas, à Londres, il en allait tout autrement, et son séjour avait eu de graves conséquences. Elle tremblait de peur en songeant à Marie et à Daniel. Il fallait les prévenir qu'Alice Diamond savait que le petit était chez eux, mais comment le leur dire sans révéler que c'était elle qui avait mené les Quarante jusqu'à eux ? Les hommes avaient dû la voir quitter l'immeuble où habitait Mme Brewster. Plus grave encore, les Quarante croyaient que Dulcie avait fourni à Louisa, ainsi qu'à la policière, le nom de Billy Masters. À leurs yeux, il devait être plus important que Dulcie. Si un membre de la bande les voyait, elle ou Mary, leurs vies seraient en danger. Certes, à Asthall Manor, Louisa ne risquait rien, mais ses pensées tournaient inlassablement dans sa tête en lui faisant imaginer les pires cauchemars.

— L'urgence est passée ? s'enquit Nanny, et Louisa hocha la tête en prenant un air désinvolte.

— C'est finalement moins grave qu'on le craignait, dit-elle en espérant que Nanny ne la perce pas à jour, car Nancy disait toujours que Nanny était la seule personne au monde capable de lui faire honte d'une mauvaise action, et Louisa le comprenait fort bien.

Au moins, elle n'avait manqué qu'une journée, et elle trouverait un moyen de compenser son absence. Louisa savait que Nanny Blor avait l'habitude de compter sur elle à tout moment, mais elle ne pouvait s'empêcher de penser que l'on avait de moins en moins besoin d'elle et de ses services de bonne d'enfants, maintenant que Debo n'était plus un bébé et que les autres grandissaient. Bien sûr, il y avait toujours du ménage à faire et des corvées de linge à la nurserie, telles que repasser et raccommoder. En fait, tout cela n'était guère contraignant et, la gouvernante étant présente la plupart du temps, Louisa avait encore moins de choses à faire. Peut-être était-ce pour cela qu'elle se permettait de songer autant à ce qui se passait à Londres.

La routine quotidienne qui s'organisait autour des enfants et des soins à leur donner l'avait jusqu'à présent réconfortée, avec son emploi du temps régulier de repas, de promenades, de lingerie et de bains. Maintenant, Louisa la trouvait étouffante. Debo était une enfant placide et facile, mais Unity et Decca se réfugiaient dans leur petit monde en parlant un langage que personne d'autre ne comprenait. Elles n'avaient pas du tout le même caractère et, si elles passaient des heures dans leur chambre commune ou dans un coin de la bibliothèque à pouffer de rire en une intimité complice, leurs rires cessaient soudain pour céder la place à d'âpres disputes, qui dégénéraient vite en pugilats.

Tom était rentré pour les vacances, mais, à seize ans, il se considérait comme un jeune homme et préférait rester avec son père, qu'il accompagnait lors de longues marches ou parties de chasse, plutôt qu'avec ses sœurs, qui le harcelaient de questions sur son école et ce qu'on leur servait à manger à l'internat. Âgée de quinze ans, Diana faisait déjà très femme, aussi bien physiquement que dans sa manière d'être ; elle supportait mal d'être reléguée à la nurserie, et son désir d'accompagner Nancy ou Pamela lors d'une sortie ou d'une activité quelconque se voyait souvent déçu. Elle allait alors lire dans la bibliothèque, avec un air renfrogné qui commençait à gâcher la délicatesse de ses traits finement ciselés. En société, elle prenait la mouche à tout propos et affichait une mine boudeuse qui exaspérait sa mère.

Pourtant, Louisa savait qu'au fond, tous ces enfants n'avaient guère changé, et elle avait toujours pour eux une profonde affection. Elle espérait que ses craintes n'étaient pas fondées, juste les fruits de son esprit prompt à imaginer le pire. Sans même parler de l'angoisse qu'elle ressentait en songeant à Marie et Daniel, elle n'avait plus envie d'être ailleurs qu'à Londres. Peut-être attrapait-elle le mal de Nancy : Louisa commençait à se sentir oppressée par la beauté de la campagne, les vues dégagées, le grand air, et elle n'aspirait plus qu'à la liberté de ces noctambules qui dansaient, serrés les uns contre les autres, sur la piste de danse d'un club sordide de Gerrard Street.

50

Ce fut Ada qui apprit à Louisa la surprenante nouvelle : Charlotte Curtis arriverait à Asthall plus tard dans la journée.

— En pleins préparatifs de Noël, commenta Ada alors qu'elles débarrassaient la table du déjeuner pris à la nurserie. Je trouve ça un peu bizarre, si tu veux mon avis.

Louisa s'étonna que ni Nancy ni Pamela ne lui en aient fait part, mais peut-être qu'elles lui en voulaient d'avoir dû rentrer alors qu'elle-même restait à Londres.

Charlotte arriva à 16 heures. Nancy était allée la chercher à la gare en voiture avec Hooper. Il restait une semaine d'ici à Noël, mais, sa mère étant en convalescence dans une maison de repos du sud de la France, elle avait demandé si elle pouvait passer cette semaine-là avec les Mitford à Asthall. Tout le monde trouvait sa requête un peu étrange, et on en avait largement débattu… Mme Stobie et Ada aux cuisines, lord et lady Redesdale dans le salon. Pourquoi voulait-elle passer Noël à l'endroit même où son frère avait été assassiné ? Louisa entendit circuler diverses théories : Charlotte voulait enquêter plus avant sur les circonstances du meurtre ; lady Redesdale avait pris soin d'elle durant les funestes jours qui avaient suivi, et Charlotte avait encore besoin de réconfort pour soulager son chagrin ; elle n'avait nulle part où aller, n'ayant jamais séjourné dans les demeures familiales de ses autres amies. Selon Nancy, c'était beaucoup plus simple : Asthall Manor étant situé non loin d'Oxford, Charlotte avait envie de voir les amis d'Adrian.

Charlotte parut en grand deuil, vêtue de somptueux atours d'un noir presque violet qui avaient l'éclat du neuf. Ses épais cheveux châtains lui arrivaient juste sous le menton, et ses yeux fardés de khôl semblaient d'autant plus grands et tristes ; un style de maquillage qui semblait assez osé à la campagne. Elle se mouvait lentement, mais avec grâce, et, d'un geste plein de délicatesse, elle désigna ses bagages posés dans le grand hall, comme s'il s'agissait d'une sorte de fardeau métaphysique dont quelqu'un d'autre devait se charger. Dans ce simple geste, il y avait aussi l'assurance d'une femme à qui l'on n'a jamais demandé de porter rien de plus lourd ou de moins glorieux qu'un diamant à son doigt.

Lady Redesdale avait convoqué tout le monde dans la bibliothèque, où elle sentait que l'ambiance, moins guindée que dans le grand salon, conviendrait mieux à cette jeune femme qu'ils connaissaient à peine et qui allait séjourner chez eux. Elle avait sans détour confié à Mme Windsor ses préoccupations, qui s'étaient propagées à travers Mme Stobie, puis Ada, puis Louisa : elle s'inquiétait que la joie des plus petits au moment de Noël soit un peu gâchée par la présence de

Mlle Curtis, mais, d'un autre côté, elle se réjouissait d'avoir l'occasion d'atténuer le sentiment de culpabilité qu'une mort aussi dramatique survenue à Asthall lui avait causé. S'ils l'aidaient à passer du bon temps ici, peut-être Mlle Curtis en garderait-elle un meilleur souvenir. Quant à lord Redesdale, il fulminait à l'idée de recevoir en leur sein une jeune femme bien trop délurée à son goût, qui risquait d'avoir une mauvaise influence sur les esprits encore malléables de ses filles ; mais peut-être les domestiques avaient-elles mal interprété les cris et claquements de porte provenant de son bureau.

En tout cas, ils étaient tous réunis dans la bibliothèque, où le calendrier de l'avent était disposé sur le manteau de la cheminée, avec sa dix-septième fenêtre ouverte le matin même par Decca sur un joyeux rouge-gorge. Louisa descendit de la nurserie avec Debo, Unity et Decca en robes pimpantes, chaussettes blanches et chaussures à boucles. Après leur sortie de l'après-midi en plein vent, il avait fallu les changer, puis leur brosser les cheveux et les attacher avec un ruban de velours. Tom arrivait de sa promenade avec Farve, en compagnie de Pamela qui, elle, revenait des écuries, tandis que Diana était restée dans la bibliothèque tout l'après-midi, allongée sur le divan à lire un livre consacré à Elizabeth Ire. Du moins, ce fut ce qu'elle dit à sa mère. La préceptrice avait été congédiée jusqu'en janvier, et les petites avaient fait savoir haut et fort qu'il ne serait pas nécessaire de réviser leurs leçons jusqu'à son retour.

Ada apporta un plateau de crumpets, des petites crêpes épaisses chaudes et beurrées, sur lesquelles les enfants se jetèrent après que Charlotte les eut poliment déclinées en se contentant d'une tasse de thé de Chine, sans lait, avec une rondelle de citron. Louisa la regardait à la dérobée, et lui trouvait décidément une ressemblance évidente avec Daniel ; ce n'était pas tant ses boucles brunes que les lèvres un peu boudeuses et la courbe douce du menton, des traits distinctifs qu'elle avait en commun avec son frère. Même aux meilleurs moments de leur existence, les membres de la lignée Curtis avaient toujours l'air de faire la moue, et il suffisait d'un rien pour les contrarier : un glaçon de trop dans leur verre, un ourlet qui se défaisait durant une soirée.

Le thé se déroula de façon assez décousue. Les fillettes étaient les seules à bavarder gaiement, elles demandaient à Charlotte quel cadeau elle espérait pour Noël, et si elle préférait les rouges-gorges ou Jésus (sur les cartes de vœux, maman ! s'exclamèrent-elles quand leur mère protesta). Peut-être fut-ce le manque d'entrain des adultes qui poussa Nancy à déclarer subitement qu'elle prévoyait d'inviter du monde à dîner le lendemain soir.

— Comment ? s'étonna lady Redesdale, prise au dépourvu, mais, par convenance, elle dut vite réprimer les protestations qui lui montaient aux lèvres.

Nancy avait su choisir son moment, car sa mère n'oserait pas la réprimander devant Charlotte. Profitant de son avantage, Nancy poursuivit :

— Sebastian et Ted sont à Oxford, il leur serait facile de nous rejoindre, ajouta-t-elle avec insouciance, et, à cette nouvelle, le visage de Charlotte s'éclaira de façon notable. J'ai parlé au téléphone avec Clara ce matin, et elle aussi aimerait bien nous rejoindre. Peut-être pourrions-nous également inviter Phoebe.

Lady Redesdale émit un son guttural, mais Nancy la prit encore de court.

— J'ai déjà parlé à Mme Stobie. Du moment qu'elle peut nous préparer un simple menu de poulet rôti, elle a tout ce qu'il lui faut, m'a-t-elle dit. Nous pourrons dresser la table ici-même, comme ça, Farve et vous ne serez pas dérangés.

Iris Mitford, qui observait la scène avec son détachement coutumier, ne put s'empêcher de rire de la désinvolture de sa nièce, sans pour autant la désapprouver. Malgré le froncement de sourcils qui ridait son haut front, lady Redesdale sembla se résigner.

— Je suppose que puisque vous ne rentrerez pas à Londres d'ici à Noël, cela vous serait agréable, Charlotte ? dit-elle à leur invitée.

— Oui, je serais comblée de retrouver tout le monde, confirma Charlotte, et Louisa devina alors, aux rougeurs de son cou, que c'était en fait la véritable raison de son séjour à Asthall Manor. Peut-être pas Dolly, pourtant. De toute façon, elle devra rester à Londres pour s'occuper du club, ajouta Charlotte en se tournant vers Nancy, qui se mit à rire.

— Très bien, nous nous passerons de Dolly. Viens avec moi, allons téléphoner aux autres.

À quel jeu joue donc Nancy ? se demanda Louisa. Elle ne mettrait pas longtemps à le découvrir.

51

Le lendemain matin, Louisa était dans la buanderie après avoir décidé de réagencer les étagères, un prétexte pour rester là une heure ou deux. C'était une petite pièce avec trois murs équipés de profondes étagères et une haute fenêtre. L'odeur de coton fraîchement blanchi et repassé lui faisait penser à sa mère avec une intense nostalgie, mêlée de réconfort et de tristesse. Une émotion puissante, qui l'emportait sur tous ses autres sentiments et lui servait de remède au besoin. En l'occurrence, Louisa s'efforçait de ne pas songer à Dulcie, car elle n'avait fait que ça ou presque jusqu'à l'aube, ses pensées virevoltant tel un derviche tourneur sans rien lui apporter de décisif. Elle ne pouvait prévenir Dulcie par écrit au sujet d'Alice Diamond, car toutes les lettres étaient lues par un gardien de prison, et elle ne pouvait pas non plus trouver un nouveau prétexte pour retourner à Londres sans risquer de perdre son emploi. De toute façon, même si elle prévenait Dulcie, à quoi cela servirait-il, sinon à angoisser encore la pauvre détenue, qui se trouvait dans l'incapacité d'alerter sa famille ?

Alors que Louisa hésitait à ranger les draps de lit d'une personne dans l'étagère du bas afin que l'une des petites puisse l'aider au besoin, Pamela entra dans la pièce. Louisa savait qu'elle aussi aimait parfois se réfugier là, généralement pour lire quand elle avait envie de s'isoler un peu de ses sœurs. La buanderie était chauffée en permanence par les tuyaux d'eau chaude qui couraient sur le mur du fond, même quand lord Redesdale restreignait par ailleurs la consommation de bois dans les cheminées au point que le reste de la maison était glacial. Cette fois, Pamela n'avait aucun livre à la main.

— Lou, j'ai besoin de votre aide, déclara-t-elle sans ambages.

Louisa se força à rester impassible avant de s'engager en quoi que ce soit. Une fille Mitford pouvait aussi bien solliciter votre aide pour ressusciter une souris agonisante que pour secourir un lapin pris dans l'un des collets du garde-chasse détesté, comme d'autres enfants demanderaient qu'on leur attache leurs lacets.

Pamela referma la porte et elles se retrouvèrent bien à l'étroit dans le réduit.

— Nancy veut faire une séance, déclara-t-elle.

— Une séance ? Mais de quoi ?

— De spiritisme. Vous savez, quand on veut communiquer avec les défunts, chuchota-t-elle comme si des fantômes étaient à l'affût derrière les piles de linge.

— D'accord, mais dans quel but ?

— Elle se dit que nous pourrions parler avec Adrian afin de découvrir ce qui s'est réellement passé.

— Je pensais que vous croyiez aux fantômes.

— J'y crois ! s'exclama Pamela avec conviction.

— Dans ce cas, ne trouvez-vous pas cela plutôt dangereux ?

Louisa ne savait pas très bien si elle-même croyait aux fantômes, mais l'idée de flirter avec le surnaturel ne la tentait guère. Nanny Blor, elle, en serait catastrophée, si elle l'apprenait.

— Oui, je trouve aussi que c'est dangereux, répondit Pamela d'un air contrit. Mais vous connaissez Koko : lorsqu'elle a une idée en tête, elle n'en démord jamais.

Louisa était partagée. Ce n'était pas gagné, mais si l'un des futurs participants avait vu Dulcie avec ce Billy Masters ou se souvenait de lui, cela pourrait valoir le coup. Ils seraient tous réunis, et l'occasion était trop belle : peut-être parviendrait-elle à leur soutirer quelques informations. Avec de la chance, elle récolterait de nouveaux éléments essentiels à l'enquête, que Guy pourrait transmettre à son chef en lui disant ce qu'elle avait fait.

Aurais-je envie d'entrer moi-même dans la police ? s'étonna Louisa au passage, mais elle écarta vite cette idée.

— À quel moment Nancy compte-t-elle la faire, cette séance ? demanda-t-elle.

— Quand Muv et Farve seront montés se coucher. Dans la bibliothèque, après le dîner.

— Je ne devrais même pas vous le demander, mais qu'attendez-vous de moi, exactement ?

— Oh, pas grand-chose, en fait. Il faudrait apporter une nappe et quatre bougies. Il y aura moi, Nancy, Charlotte, Sebastian, Ted, Phoebe et Clara. Nancy a eu la mauvaise idée d'inviter Oliver.

Louisa compatit en silence. Pauvre Pamela, qu'on voulait toujours caser avec ce garçon, alors que cette perspective ne semblait les séduire ni l'un ni l'autre. Durant l'été, il y avait eu un épisode affreux, quand une partie de tennis avait été organisée et que Pamela s'était soudain rendu compte que les autres s'étaient délibérément éclipsés en les laissant seuls sur le court, Oliver et elle. Elle avait entendu ses pestes de sœurs pouffer de l'autre côté de la haie et en avait été mortifiée.

— Il s'avère qu'Oliver ne pourra pas venir, ajouta-t-elle. À cause de sa mère, je parie. Et donc, nous aurons besoin de votre présence.

— Est-ce vraiment indispensable ?

— Mais oui, répliqua Pamela avec impatience. Il faut un nombre pair de personnes pour une séance, et je ne risque pas de solliciter Tom ni Diana. Diana est trop jeune. Quant à Tom, il nous dénoncerait à Farve, maintenant qu'ils s'entendent comme larrons en foire, tous les deux.

— En ce cas, quand Mme Windsor se sera retirée pour la nuit, je vous rejoindrai à la bibliothèque avec les bougies. Ce sera aux environs de minuit. L'heure du crime.

En entendant ces mots, Pamela feignit d'être horrifiée, puis elle sortit en refermant la porte derrière elle.

52

Comme Louisa n'était pas concernée par le dîner, mais qu'elle devait rester dans la nurserie avec Nanny Blor et les plus petites, elle n'assista pas aux arrivées des invités, même si elle en perçut de loin le caractère dispersé, ce qui irrita fort Hooper le grincheux, obligé de faire plusieurs fois le trajet jusqu'à la gare pour aller chercher les uns, puis les autres. Malgré le prétendu accord donné à Nancy par Mme Stobie de leur préparer un simple dîner, la cuisinière grondait et tonnait comme un volcan en colère tout en lançant des ordres à Ada et en confectionnant une apple pie. Quant à Ada et Louisa, elles étaient toutes deux de fort bonne humeur. À cause du tempérament et des sorties imprévisibles de lord Redesdale, il n'y avait pas souvent d'invités dans la maison, c'était donc un changement bienvenu dans la routine du quotidien. La grossesse d'Ada commençait à se voir, et elle confia à Louisa qu'elle voulait mettre de côté autant d'argent que possible avant d'arrêter de travailler.

— Il faudra que tu viennes me voir pour me raconter les derniers potins, la taquina-t-elle, et Louisa sourit même si elle avait le cœur gros en songeant que son avenir se bornerait peut-être à cela : une vie se servitude.

À minuit moins le quart, quand Louisa fut certaine que Diana s'était enfin endormie, elle descendit. Il y avait eu une terrible bataille plus tôt dans la journée, au moment où Diana avait voulu rejoindre Nancy et ses amis et que lord Redesdale s'y était formellement opposé : elle leur souhaiterait la bienvenue à leur arrivée, puis rejoindrait ses petites sœurs à la nurserie. Les bouderies de Diana étaient légendaires, mais, en l'occurrence, son père ne s'était pas laissé fléchir.

Louisa se rendit aux cuisines et vit que Mme Stobie était déjà montée se coucher. Il n'y avait pas trace de Mme Windsor et son petit salon était sombre, aussi avait-elle dû considérer sa journée comme terminée. Discrètement, Louisa gagna le salon et prit quatre chandeliers en argent, des bougies neuves, ainsi qu'une nappe dans la commode. Au moins le fait de s'activer l'aidait-il à mieux supporter le sentiment d'impuissance qu'elle ressentait de ne pouvoir prendre des nouvelles de Guy et de ce qu'il faisait face à la menace qui planait sur les Long.

Quand elle arriva à la bibliothèque, elle vit qu'Ada avait déjà débarrassé le couvert du dîner. Pamela venait de ranimer le feu et rajoutait une bûche. Appuyés contre la cheminée, Sebastian et Ted fumaient en discutant. Il y avait plusieurs bouteilles de vin vides rangées à l'écart, et Louisa vit que la carafe où l'on mettait le porto à décanter était largement entamée. Sur le divan, toujours vêtue de noir, Charlotte fumait elle aussi. À l'entrée de Louisa, elle ne bougea pas d'un pouce, mais Pamela se mit à secouer la tête dans sa direction afin de la dissuader d'avancer dans la pièce. Trop tard. Nancy, qui était assise à côté de Clara sur la banquette devant la fenêtre, se dressa en applaudissant.

— Chouette ! Vous voilà, s'exclama-t-elle.

— Que se passe-t-il ? s'enquit Charlotte en levant les yeux.

— Koko, je crois vraiment que nous ne devrions pas… commença Pamela.

Manifestement, sa peur des fantômes avait refroidi son envie de participer à la séance.

— Sottises, décréta sèchement Nancy, rappelant à Louisa la façon dont Nanny faisait taire Unity lorsqu'elle déclarait que le Père Noël était en réalité lord Redesdale. Écoutez tous, continua-t-elle sur sa lancée, nous allons faire une séance pour essayer de parler avec Adrian.

— Oh non, sûrement pas, intervint Charlotte en jetant sa cigarette dans le feu. Je ne crois pas à toutes ces fariboles. Ce n'est bon qu'à s'attirer des ennuis.

— N'avez-vous pas envie de parler avec votre frère ? dit Pamela, reprenant courage.

— Vous dites ça comme si je refusais de lui parler au téléphone. Il est mort. Je ne peux pas lui parler. Vous croyez sans doute à ces histoires de décapités qui se promènent ensuite avec leur tête sous le bras ? C'est du même tonneau, ma chère.

— Quand bien même, il n'y a pas de mal à tenter le coup, non ? dit Nancy. Et si ça marche, peut-être découvrirons-nous quelque chose.

— Quoi exactement ? intervint Sebastian, qui était venu s'allonger de tout son long sur le divan, la tête appuyée sur les genoux de Charlotte en guise de coussin, tandis que Louisa restait plantée sur le seuil, portant toujours les chandeliers qui s'alourdissaient dans ses mains.

— Qui l'a tué, évidemment, lança Pamela avec audace.

— Nous savons qui l'a tué, répliqua Seb, toujours allongé, les yeux mi-clos. Et la coupable va être condamnée à mort pour son crime.

— Louisa pense que Dulcie n'est pas coupable, déclara Nancy en regardant d'un air de défi la jeune domestique, qui se sentit rougir jusqu'aux oreilles.

Ted fit volte-face, dos au feu, et regarda Louisa comme s'il la voyait pour la première fois.

— Vous ? Qu'en savez-vous ?

Louisa avait la bouche et les lèvres si sèches qu'elle eut du mal à répondre.

— Je crois que quelqu'un d'autre a rejoint M. Curtis au clocher avant que Dulcie y arrive.

— Qu'est-ce qui vous le fait penser ? insista Ted en plissant les yeux.

Jamais Louisa n'avait autant souhaité disparaître dans un nuage de fumée.

— Ce n'est qu'une supposition, bredouilla-t-elle en maudissant Nancy.

Charlotte sortit encore une cigarette de son étui en argent et Louisa remarqua que ses doigts tremblaient. Il lui fallut gratter deux allumettes avant de réussir à l'allumer.

— Pourquoi aucune de vous ne m'en a-t-elle parlé ? marmonna-t-elle.

— Et si nous demandions son avis à Adrian ? dit Nancy, qui se leva enfin pour prendre les chandeliers des mains de Louisa. C'est le moment idéal.

53

Louisa étendit la nappe blanche sur la longue table qu'on avait installée pour le dîner un peu plus tôt, puis elle y disposa les quatre chandeliers. Pamela alluma les bougies, Nancy éteignit les lumières électriques. Au même instant, Charlotte se leva et annonça qu'elle allait se coucher, mais Nancy réagit vivement.

— Non, répliqua-t-elle. Quoi que tu en penses, il y a là une possibilité de découvrir la vérité qui se cache derrière la mort de ton frère. Nous devons essayer.

— La vérité, nous la connaissons, riposta Charlotte. Notre domestique l'a poussé du haut du clocher. Au cas où vous l'auriez oublié, elle croupit en prison en attendant son procès, et tout le monde espère la voir pendue.

— Et si quelqu'un d'autre avait été présent cette nuit-là, dans l'église ? avança Pamela.

— Ne soyez pas si puérile, lui lança Ted d'un ton mordant.

— Vous n'avez qu'un an de plus que moi, ne l'oubliez pas, dit-elle en lui jetant un regard noir, et il maugréa une sorte d'assentiment.

D'un même élan, Clara et Phoebe se levèrent et vinrent s'asseoir à la table. Phoebe affichait une expression fermée, ses beaux traits durcis par les ombres qui régnaient dans la pièce. Visiblement, un grand manoir à la campagne comme Asthall Manor n'était pas du tout son milieu naturel et elle ne s'y sentait pas à son aise. Lors d'une soirée mondaine, elle pouvait être belle et enjouée, mais dans le cadre d'un dîner plus intime, la façon de parler de chacun ressortait davantage, et donc les différences sociales.

Pamela avança vers Charlotte et la prit par le bras.

— Venez vous asseoir. Il s'agit seulement de faire preuve de bonne volonté. Essayons.

— Comment l'esprit va-t-il s'adresser à nous ? demanda Nancy. Nous n'avons pas de planche ouija.

— Nous pouvons poser un verre d'eau sur la table et demander à l'esprit de répondre à nos questions en faisant bouger l'eau, proposa Pamela. Louisa, s'il vous plaît ? lui ordonna-t-elle en s'asseyant.

— Venez nous rejoindre, les garçons, lança Clara en essayant d'alléger l'atmosphère. Inutile d'en faire tout un plat. C'est juste histoire de s'amuser.

Sebastian s'avança à longues foulées souples.

— Si vous y tenez. Moi, ça m'est parfaitement égal, dit-il en s'asseyant à côté de Pamela, et Charlotte le regarda alors comme s'il l'avait trahie.

Quand Louisa fut allée chercher le verre d'eau, ils se retrouvèrent tous les huit assis autour de la table dans la semi-pénombre, avec les seules lueurs du feu et des bougies pour éclairer leurs visages.

— Prenons-nous les mains, indiqua Pamela, puis nous demanderons à Adrian s'il est là. Je vais le faire, car seul l'un d'entre nous peut être le médium, et je suis celle qui y croit le plus.

Charlotte maugréa, mais elle se laissa prendre les mains par Pamela et Nancy, assises de chaque côté. Ted fit de même avec Clara et Nancy. Louisa était encadrée de Sebastian et de Phoebe, elle-même assise à côté de Pamela.

— Adrian Curtis, êtes-vous là ?

Maintenant qu'ils étaient plongés dans le noir, l'atmosphère se détendit un peu. Néanmoins, Louisa était gênée de tenir la main sèche de Sebastian, tandis que Phoebe serrait son autre main comme dans un étau.

Heureusement, malgré la conviction de Pamela et de lord Redesdale qu'Asthall Manor était hanté, Louisa n'y avait jamais ressenti aucune présence glaciale ni mystérieuse. Nancy aussi s'était toujours déclarée imperméable aux fantômes. Néanmoins, Louisa comptait tirer parti de l'expérience, et elle n'aurait aucun scrupule à lui donner un petit coup de pouce, au besoin.

Le silence était total, et le verre d'eau restait figé comme de la pierre.

— Adrian, si vous êtes là, faites-le-nous savoir par l'intermédiaire du verre, répéta Pamela.

Nancy leva les yeux au ciel, mais Louisa vit que Charlotte fixait le verre intensément et qu'elle semblait effrayée.

La pluie crépitait contre les vitres, et l'on entendait par moments craquer le bois, ce qui n'avait rien de suspect, pourtant certains frémissaient autour de la table. Tous avaient les yeux rivés sur le verre posé au milieu, lorsqu'ils virent l'eau remuer légèrement. Nancy tressaillit.

— Qu'est-ce que c'est ?

— Chut, fit Pamela. Adrian, si c'est vous, nous voudrions vous interroger, commença-t-elle en cherchant ses mots. À propos de la dernière fois où nous vous avons vu.

De nouveau, le verre se mit à trembler. Louisa s'assura que ses pieds étaient bien plantés dans le sol. Se pouvait-il que l'un des participants ait si peur qu'il claque des genoux ? Oui, c'était tout à fait possible.

Et pourtant…

Charlotte gardait les yeux fixés sur le verre.

— Nous voulons savoir le nom de la dernière personne que vous avez vue, reprit Pamela.

Sebastian essaya de retirer ses mains, mais ses deux voisines les retinrent.

— Ne sommes-nous pas censés poser d'abord une question dont nous connaissons la réponse ? murmura Clara. Vous savez, pour établir le contact ?

Ted partit d'un rire moqueur.

— Parce que vous prenez vraiment ça au sérieux ?

— Puisque nous y sommes, autant le faire sérieusement, le tança Nancy, et Pamela réessaya.

— Nous voudrions connaître le nom de la dernière personne que vous avez vue. Je vais réciter l'alphabet. Épelez-nous son nom en faisant bouger l'eau chaque fois que ce sera la bonne lettre.

Un silence tendu s'était abattu sur la pièce.

— A.

Rien ni personne ne bougea, tandis que chacun retenait son souffle.

— B.

Le verre trembla.

— B, déclara Pamela avant de recommencer à réciter l'alphabet, et cette fois, le verre resta immobile du A jusqu'au I.

Il y eut du mouvement autour de la table alors que chacun desserrait puis resserrait les doigts de son voisin à cause de la sueur, ou pour les dénouer un peu. Charlotte respirait mal et semblait de plus en plus oppressée.

Une fois encore, Pamela récita l'alphabet jusqu'au L, et le verre remua.

Ted se leva d'un bond.

— C'est ridicule, s'écria-t-il. Je ne marche plus. Quelqu'un nous abuse en faisant trembler le verre, et je puis vous assurer que ce n'est pas Adrian.

Il s'éloigna de la table, et Louisa vit une petite flamme éclairer son visage alors qu'il allumait une cigarette.

Quant à Charlotte, elle avait brusquement éclaté en sanglots. À cet instant, il y eut une forte secousse, et le verre se renversa. L'eau se répandit sur la nappe.

— Arrêtez ça ! s'écria Charlotte en se prenant la tête dans les mains. Tout de suite !

— Je suis d'accord, dit Clara en se levant pour aller rallumer les lumières. Buvons un coup et passons à autre chose.

Reprenant vite son rôle de domestique, Louisa s'était levée un instant avant elle et s'occupait de débarrasser, une façon de leur faire oublier à tous qu'elle s'était assise à table avec eux. Après tout, c'était la douce pression de ses genoux sous le plateau de la table qui avait produit l'effet désiré.

Restait à savoir pourquoi les lettres B.I.L avaient fait trembler Ted comme une feuille.

54

Guy savait que poster un policier en surveillance devant chez Marie Long n'était pas une bonne solution. S'il se faisait repérer, cela ne ferait qu'accroître la rage d'Alice Diamond envers la famille. Il n'était pas non plus envisageable de placer un homme en civil à proximité. Une automobile ne pourrait rester garée dans Lambeth Street toute une journée sans éveiller la méfiance. D'ailleurs, Cornish ne donnerait jamais son accord, qu'avaient-ils comme motif pour exiger cette protection ? La vague menace que les Quarante risquaient d'exercer une sorte de vengeance sur les Long à un moment donné. Or la police aurait eu besoin de savoir avec précision quand et où Alice frapperait. Bref, il lui fallait absolument trouver Billy Masters.

Mais il y avait un autre problème : à sa connaissance, les seules personnes capables d'identifier Billy étaient Dulcie Long et son père, or ils avaient tous deux des raisons de rester silencieux.

Le lendemain, Mary et Guy se retrouvèrent au poste, fatigués et anxieux.

— Nous devons prévenir la famille de Dulcie, dit Mary.

— Je ne vois pas à quoi ça servirait, sinon à les effrayer inutilement, remarqua Guy. Ils se savent déjà dans le collimateur des Quarante. À quoi bon en rajouter ?

— Mais ils ont le petit garçon avec eux. S'il était en danger, lui aussi ?

— Si nous trouvons Billy Masters, nous aurons de fortes chances de coincer l'homme qui a tué Adrian Curtis ou, à défaut, quelqu'un qui connaît l'identité de l'assassin. Ils font partie du même réseau. Alors Dulcie sortira de prison, et sa famille et elle seront libres de leurs mouvements.

— Vous parlez d'une liberté, si les Quarante croient que Dulcie a donné Billy à la police ! Et où donc iraient les Long ? Ils ne pourront pas tout laisser en plan et déménager. Ce n'est pas si simple, Guy, fit remarquer Mary en lui lançant un regard de reproche. Vous le savez bien.

— D'accord. Mais je sais aussi que je suis policier et que mon travail consiste à résoudre des crimes. Le plus important pour nous, c'est de trouver Billy Masters.

Ils n'étaient pas d'accord sur ce point, mais au fond, quelle importance ? Ils n'avaient pas de piste précise, aucun indice. Où pouvait bien se trouver ce Billy Masters ? C'était toujours un mystère complet. De plus, s'il était en cavale après avoir commis un meurtre, il pouvait s'être planqué n'importe où.

— Il n'y a qu'une solution, dit Guy. Nous allons devoir parler à Dulcie, peut-être même interroger son père et sa sœur.

— Cela les mettra en danger.

— Nous n'avons pas le choix, conclut-il d'un air résolu.

Il fallut user de persuasion pour obtenir de l'inspecteur principal Cornish l'autorisation d'interroger Dulcie Long à la prison d'Holloway car, officiellement, elle était détenue dans le cadre d'une enquête relevant du représentant de la police locale de l'Oxfordshire. Mais, étant donné que Cornish menait sa propre enquête criminelle sur Alice Diamond et les Quarante et que Dulcie s'y trouvait aussi mêlée, cela constituait un argument assez convaincant pour qu'il s'engage.

— Ça engendre toujours des tensions, maugréa Cornish. Ces flics de province défendent leur territoire bec et ongles. Vous aurez intérêt à ce que ça vaille le coup.

— Oui, monsieur, dit Guy. Nous approchons du but, monsieur.

Il n'avait pas rapporté à Cornish la rencontre de Mary avec Alice Diamond au pub Elephant and Castle. Comment l'aurait-il pu ? Sans mandat ni aucune protection, il n'avait absolument pas le droit d'envoyer Mary là-bas. Plus il y réfléchissait, plus il se disait qu'ils avaient été follement imprudents. Et si Louisa et elle avaient été tabassées à mort ? Au lieu de ça, il avait raconté à Cornish qu'il avait eu un tuyau venant d'un indicateur rencontré au 43 à propos d'un certain Billy Masters, receleur de son état. C'était suffisant. Inutile d'évoquer le fait qu'ils enquêtaient en parallèle sur l'affaire de meurtre devant ses supérieurs. Du moins pas tant qu'il ne pourrait pas leur présenter une preuve valable, ce dont il se sentait plus que jamais capable. Cela lui vaudrait une promotion et il serait muté au CID, le département chargé d'enquêter sur les affaires criminelles. Avec à la clef une meilleure paie, mais surtout, du respect.

Une fois l'autorisation accordée, il lui suffit d'un coup de téléphone et il se retrouva en route pour la prison d'Holloway, où Dulcie Long l'attendait dans une salle d'interrogatoire. Il s'en voulut un peu de ne pas avoir proposé à l'agent Moon de l'accompagner, mais il tenait à ce tête-à-tête avec Dulcie.

Contre le ciel blanc, l'édifice de la prison se détachait dans sa dure réalité, rappelant crûment à Guy pourquoi il était de ce côté-ci de la loi. À Holloway, rien n'indiquait que Noël approchait. Les clefs cliquetaient à la ceinture de la gardienne qui le conduisait par de longs couloirs gris dont les portes se refermaient lourdement derrière eux. Dans la salle d'interrogatoire, Dulcie Long attendait, menottée et attachée à une chaise, amaigrie et abattue. Guy fit un hochement de tête à la surveillante qui s'était postée dans un coin et s'assit en sortant son calepin.

— Merci d'avoir accepté de me rencontrer, mademoiselle Long, dit Guy.

— Comme si j'avais le choix, répliqua Dulcie avec amertume.

Guy toussota et décida de ne pas relever.

— Je suis là pour parler de vos relations avec les Quarante.

— Quoi ? s'insurgea Dulcie, visiblement prise au dépourvu, mais elle tenta aussitôt de dissimuler son étonnement. Je n'ai aucune relation avec les Quarante.

— Mademoiselle Long. Je suis un grand ami de Louisa Cannon. Elle m'a tout raconté. Au point où vous en êtes, à quoi bon le nier ? Cela ne peut que vous desservir, dit-il, croyant l'inciter à se livrer davantage, mais la panique prit alors le dessus et Dulcie fondit en larmes.

— Ma famille…

— Nous ferons ce qu'il faut pour la protéger, assura Guy.

— Comment ?

Pris de court, il usa d'une esquive.

— C'est confidentiel, dit-il, mais la peur de Dulcie se mua soudain en fureur.

— Vous n'allez rien faire du tout. Vous êtes tous des vendus. Vous vous fichez pas mal des gens comme nous, s'écria-t-elle, et elle lui cracha dessus.

Tandis que la surveillante s'avançait, Guy lui fit signe de ne pas intervenir, et elle recula à nouveau dans le coin.

— Mademoiselle Long, dit-il en essuyant les verres de ses lunettes. Je vous incite fortement à coopérer avec moi. Cela garantira à votre famille une meilleure protection de notre part, ajouta-t-il, puis il reprit son crayon et son calepin comme pour repartir de zéro. Nous sommes au courant, pour votre petit garçon.

— Cette salope vous a donc tout raconté ? s'exclama Dulcie avec une indignation sincère, déconcertée qu'on ait pu la trahir à ce point.

— Elle m'a transmis ce qu'elle a jugé bon afin que nous puissions vous épargner une condamnation à mort.

— C'est inutile, dit platement Dulcie. Si vous autres me laissez la vie sauve, ce seront eux qui auront ma peau.

— L'existence de votre fils atteste qu'Adrian Curtis et vous aviez… une liaison, dit Guy. Cela fera pencher les membres du jury en votre faveur.

— Cela ne les empêchera pas de me croire coupable, répliqua Dulcie.

— Dans ce cas, il va falloir me parler de Billy Masters.

À ces mots, Dulcie sembla soudain sur le qui-vive.

— Son nom est associé au vôtre, ajouta Guy. D'où le connaissez-vous ?

— Je ne le connais pas, répondit-elle, puis elle se tut en guettant la réaction de Guy.

— J'ai seulement besoin que vous me disiez comment je peux le trouver, dit-il. Ici, vous êtes à l'abri des Quarante, n'est-ce pas ?

Dulcie partit d'un rire amer.

— Je ne suis à l'abri nulle part et je ne vous dirai rien. Laissez-moi tranquille.

— Mademoiselle Long, votre petit Daniel est chez votre sœur, Marie. Elle veille sur lui, désormais. Si je dois assurer leur sécurité, vous devez me dire ce que vous savez.

— Non, pas mon Daniel, dit Dulcie d'une voix qui se brisa. Il ne faut pas qu'il vive chez ma sœur. Si quelqu'un découvre que vous m'avez parlé, il sera en danger. Je ne plaisante pas.

Elle se mit à suffoquer tant la panique la submergeait.

— Je vous en prie, ne laissez personne faire du mal à mon petit garçon, supplia-t-elle.

— Dites-moi où trouver Billy Masters et vous pourrez compter sur moi.

55

Assise sur le divan, dans la pièce située à l'arrière du 43, Dolly Meyrick considérait Guy d'un air tranquille.

— Ce nom m'évoque vaguement quelque chose, répondit-elle enfin. Mais je ne saurais vous en dire plus. Comme je vous l'ai déjà indiqué, je ne connais pas en particulier chacun de nos nombreux et fidèles clients. Comprenez que c'est ma mère qui d'habitude s'occupe de tout. Moi, je me contente de veiller au grain jusqu'à son retour de Paris.

Cette fois-ci, Guy avait renoncé à se battre avec les coussins moelleux et il s'était assis face à elle, son calepin à la main.

— J'ai dans l'idée qu'il fait partie du gang Elephant and Castle, dit-il.

— Nous n'apprécions pas cette engeance, ici.

— Mais ils sont déjà venus.

— Oui, mais pas sur invitation, répondit Dolly en croisant et décroisant les jambes.

— Et Alice Diamond et sa bande des Quarante Voleuses ? tenta Guy en changeant d'approche.

— Nous aurions du mal à toutes les recevoir chez nous, remarqua Dolly avec un petit rire moqueur dont Guy ne s'offusqua pas.

— Alice Diamond est pourtant venue ici-même, riposta-t-il.

— En effet. Elle sait se tenir. Nous accueillons tout le monde, du moment que les gens respectent notre règlement.

— Et votre règlement respecte scrupuleusement la loi, n'est-ce pas, mademoiselle Meyrick ? répliqua Guy, qui savait manier l'ironie au besoin, mais Dolly ne s'y laissa pas prendre.

— Sergent Sullivan, j'ai plaisir à bavarder avec vous, mais il me faut veiller aux préparatifs de la soirée. Y a-t-il quelque chose que je puisse faire pour vous en particulier ?

— J'ai besoin de savoir où trouver ce Billy Masters. Si vous-même n'en savez rien, peut-être connaissez-vous quelqu'un qui pourrait me répondre ?

Dolly se leva et lissa les plis de sa jupe.

— Très bien, suivez-moi, lui dit-elle. Allons voir German Albert.

En bas, au sous-sol, une petite équipe préparait les lieux pour la soirée à venir. La salle était balayée, nettoyée, les cendriers vidés, les lampes dépoussiérées. Sans les danseurs sur la piste et les musiciens sur scène, l'éclairage d'une ampoule pendue au plafond révélait crûment des marques d'usure et d'éraflures sur les murs et le sol, dans des relents de tabac froid. Assis dans un coin, German Albert lisait le journal en tenant une tasse de café, qui faisait minuscule dans sa grosse paluche. Pourtant, sans costume et cravate noire, il semblait moins imposant que lorsqu'il montait la garde à côté de l'entrée. Dolly l'interrompit dans sa lecture pour le présenter à Guy, puis elle les laissa tous les deux en tête à tête.

German Albert considéra Guy avec méfiance, sans rien dire. Guy faillit presque s'excuser de le déranger, puis il se rappela qu'il était là en tant que représentant de la loi et qu'il n'avait rien à craindre, même face à une armoire à glace de deux mètres de haut.

— J'essaie de trouver un certain Billy Masters, déclara-t-il sans ambages à un German Albert impassible. Il fait partie du gang Elephant and Castle, mais il est possible qu'il opère à son compte. Il connaît une petite bonne qui travaillait pour une autre de vos habituées, Mlle Charlotte Curtis.

— Connais pas. C'est pas mon affaire, répondit German Albert avec un fort accent expliquant son surnom, puis il se détourna pour reprendre sa lecture, tandis que Guy sentait monter son exaspération.

— Monsieur, je ne suis pas venu pour ça, mais je n'aurais aucun mal à faire des histoires, si l'envie m'en prenait. Je vous suggère fortement de m'aider.

Le portier leva les yeux au ciel en feignant de réfléchir, puis son regard d'un bleu glacial revint se poser sur Guy.

— Ce nom me dit rien du tout. Je peux pas vous aider.

Guy s'accorda à son tour un petit moment de réflexion.

— Tout récemment, j'ai arrêté un homme pour vente de stupéfiants, juste devant chez vous, reprit-il.

Samuel Jones. Il sortait du club, avec l'un de vos clients réguliers.

German Albert ne montra aucune réaction, mais continua à fixer le mur d'un regard vide. Guy poursuivit comme s'ils bavardaient de tout et de rien, en bons camarades.

— Nous avons trouvé sur lui plusieurs sachets de cocaïne. Je me demande bien où il peut s'approvisionner. Dernièrement, on apprenait dans la presse que l'Allemagne était le principal pays producteur. Les lois sont plutôt laxistes, là-bas, et la drogue arrive ici par différents canaux.

Une sorte de tic nerveux crispa les lèvres de German Albert.

— Peut-être que nous devrions fouiller un peu vos pièces du haut, histoire de vérifier s'il n'y aurait pas quelque chose pouvant aider à notre enquête ? ajouta Guy insidieusement.

— Vous n'avez pas de mandat, remarqua German Albert d'une voix sourde.

— Oh, pour ça, je ne m'en fais pas. Je peux effectuer une petite descente ici n'importe quel soir et découvrir que vous avez toléré après minuit certaines activités qu'aucun tribunal ne verrait d'un bon œil.

— Qu'est-ce que vous voulez, à la fin ?

— Dites-moi où trouver ce Billy Masters.

— J'en sais rien. Tout ce que je sais, c'est qu'il lui arrive de venir ici.

— Ce soir, il viendra ?

— C'est possible, répondit German Albert en haussant les épaules.

— Alors je viendrai moi aussi, et vous me le désignerez discrètement,

— Si vous y tenez, répondit German Albert, repris par son tic nerveux.

— Merci de votre aide, conclut Guy.

Enfin il avait l'impression d'avancer.

56

Le matin qui suivit la séance de spiritisme fut bien morne. Certes Nancy déclara à sa mère que le dîner avait été une grande réussite. Quant à Pam, elle raconta à Louisa qu'ils étaient restés encore une heure, en s'efforçant en vain de retrouver un peu d'insouciance. Elles étaient toutes les deux dans la buanderie après le petit déjeuner, un endroit où elles avaient pris l'habitude de se retrouver.

— Farve était d'une humeur massacrante, ce matin, dit Pamela en pouffant. Il a traité Seb d'immonde rat d'égout parce qu'il l'a surpris en train de se bichonner devant un miroir.

— Si quelqu'un peut tenir tête à lord Redesdale, c'est bien ce jeune homme. Et lord De Clifford, comment va-t-il, ce matin ?

— Pourquoi ça ? réagit vivement Pamela en changeant d'expression. Vous n'allez pas vous y mettre vous aussi, Lou ? J'aimerais qu'on cesse de vouloir me caser. D'ailleurs, il est fiancé à Dolly Meyrick.

— Loin de moi cette intention, répondit Louisa en souriant. Non, c'est juste qu'il m'a semblé un peu ébranlé, hier soir.

— C'est vrai. Ce matin, il semblait bien. Un peu silencieux, peut-être. Nous n'aurions jamais dû faire cette séance, hier soir. Elle m'a laissé une horrible impression.

— Bon, je ferais mieux de retourner voir à la nurserie si l'on a besoin de moi, dit Louisa en pliant la dernière taie d'oreiller de la pile. Même si j'en serais étonnée, conclut-elle en lui adressant un petit sourire contrit.

Pourtant, une fois là-bas, elle vit qu'une lettre l'attendait, posée contre la pendule de voyage de Nanny Blor. Elle portait le tampon de la prison d'Holloway et, quand elle l'eut ouverte, elle y trouva un mot succinct :

Louisa

Va tout de suite chercher Daniel.

Dulcie.

En tremblant, Louisa remit le mot dans l'enveloppe, qu'elle fourra ensuite dans sa poche. Manifestement, Dulcie avait de bonnes raisons de s'inquiéter. Hormis cette constatation, elle n'arrivait pas à penser clairement. En hâte, elle dévala l'escalier. Heureusement, le grand hall était désert, et elle put se glisser dans le recoin où se trouvait le téléphone. Quand elle eut obtenu une communication avec le poste de police de Vine Street, elle demanda d'une voix tremblante à parler au sergent Sullivan.

Hélas ! il n'y était pas.

Louisa laissa un message disant qu'elle avait reçu un mot de Dulcie qui l'exhortait à récupérer Daniel sans délai.

— C'est tout ? lui demanda l'agent à l'autre bout du fil.

— Oui, c'est tout, répondit Louisa.

Qu'aurait-elle pu ajouter ? Si elle ne parvenait pas à envoyer Guy à Johanna Street au plus vite, elle devrait s'y rendre elle-même. Oui, mais comment ? Impossible de solliciter un autre jour de congé sans que Mme Windsor la sanctionne en la renvoyant. Louisa réfléchit. Sebastian rentrait à Oxford, accompagné de Ted. Quant à Charlotte, elle demeurait à Asthall. Restait Clara.

Décidée à lui demander son aide, Louisa alla frapper à la porte de la chambre réservée à la jeune Américaine.

— Entrez, lui répondit Clara d'une voix pimpante. Oh, c'est vous, dit-elle en la voyant. Que puis-je faire pour vous ?

Penchée au-dessus d'une valise ouverte sur le lit, elle y rangeait ses robes couleur pastel.

Louisa hésita, puis se rappela que Dulcie et Daniel avaient bien plus à perdre qu'elle-même. De toute la bande, elle trouvait que Clara était la plus sympathique ; peut-être parce que, étant américaine, elle semblait voir en Louisa moins une domestique qu'une personne à part entière. Et son désir de devenir actrice indiquait un goût prononcé pour le drame et l'intrigue, qui jouerait peut-être en sa faveur.

— J'ai un service à vous demander.

Clara la considéra d'un air attentif, sinon engageant.

— J'ai besoin d'aller à Londres, mais il m'est impossible de demander un congé à Mme Windsor… c'est l'intendante.

— Pourquoi avez-vous besoin d'aller à Londres ?

— Je ne puis vous le dire, mademoiselle Clara. Je vous promets que je le ferais si je le pouvais, mais je vous assure que c'est pour un motif grave.

— Je ne vois pas comment je pourrais vous aider, remarqua Clara, qui ferma sa valise en claquant les serrures.

— J'ai pensé que vous pourriez peut-être dire à lady Redesdale que vous ne vous sentez pas bien, et que vous aimeriez que quelqu'un vous accompagne pour rentrer chez vous, au cas où vous auriez un malaise ou tomberiez malade dans le train. Alors, je pourrais proposer de vous accompagner.

— Oh, je ne sais pas… répondit Clara évasive, mais Louisa devina que l'idée s'insinuait déjà dans son esprit.

— J'ai pensé à vous parce que vous avez un don pour la comédie, comprenez-vous, ajouta-t-elle.

Sensible à la flatterie, Clara lui sourit.

— En effet. Et je suis une actrice, une vraie, pas comme Phoebe. Elle était danseuse au 43, le saviez-vous ? dit-elle, puis elle posa un doigt sur ses lèvres pour lui indiquer de garder ça pour elle. Phoebe croit que c'est la raison pour laquelle Adrian l'a repoussée, quand elle lui a fait des avances. En fait, ça n'avait rien à voir. Elle était dans une rage folle ! Ensuite, elle a vite jeté son dévolu sur Seb…

Mais soudain, elle s'interrompit en se rappelant à qui elle s'adressait.

— Désolée, oubliez tout ça, reprit-elle, embarrassée, puis elle lissa ses cheveux et frotta ses lèvres l'une contre l'autre. D'accord, faisons cela. Je vais vous aider.

57

Durant des heures, Louisa avait passé et repassé le mot de Dulcie dans sa tête en se demandant ce qui l'avait poussée à le lui envoyer. Dulcie avait bien fait allusion au fait que les Quarante étaient en mesure de l'atteindre dans l'enceinte de la prison ; par conséquent, si elles avaient quelque projet en tête la concernant, elles avaient pu l'en informer. Useraient-elles de représailles alors qu'elles savaient qu'il y avait un enfant dans la maison ? C'était peu probable. D'un autre côté, Alice Diamond se croyait trahie, et Louisa savait comment ces réseaux opéraient. À leurs yeux, la loyauté primait sur la famille.

Les talents d'actrice de Clara les avaient bien servies, et Louisa avait rapidement obtenu la permission de l'accompagner durant le trajet de retour. Ce qu'elle n'avait pas précisé à Mme Windsor, c'était qu'elle ne reviendrait pas par le premier train. Tant pis. Le voyage lui avait semblé long, car Clara avait insisté lourdement pour savoir quelle urgence l'avait poussée à user de ce stratagème, et Louisa avait dû esquiver ses questions au point que l'Américaine avait fini par se vexer. Dès leur arrivée à la gare, Louisa s'en était séparée au plus vite, et elle avait de nouveau tenté sans succès de joindre Guy.

À présent qu'elle se trouvait enfin dans Johanna Street, elle se demandait si elle n'avait pas été complètement idiote, de se précipiter ici. En apparence, tout semblait normal. La maison était éclairée, la rue propre et balayée. Arrivée devant le numéro 33, elle frappa à la porte et attendit en frissonnant de nervosité et de froid, malgré son manteau en laine. Il y eut des bruits de pas indiquant que quelqu'un avançait dans le couloir, et William Long lui ouvrit enfin, mal rasé, une serviette coincée dans le col de sa chemise, un peu de moutarde au coin des lèvres.

— Louisa, l'accueillit-il d'un air ahuri. Est-il arrivé quelque chose ?

Elle regarda derrière elle, comme pour confirmer qu'elle était venue de sa propre volonté et que personne ne l'y poussait, puis revint à lui. Manifestement, lui-même n'avait pas reçu de mot de Dulcie. Comment cela se faisait-il ?

— Non, rien de particulier. J'avais juste envie de savoir comment allait Daniel.

— Ah, c'est un brave petit, répondit William avec un grand sourire. Entrez donc. Nous avons presque fini de prendre le thé, mais il doit bien rester quelque chose à grignoter.

Louisa protesta en disant qu'elle ne voulait pas déranger, mais l'odeur des saucisses qu'elle huma en entrant lui mit l'eau à la bouche. Dans la cuisine située à l'arrière de la maison, autour d'une grande table carrée, Marie était assise avec Daniel sur les genoux, et un jeune homme qu'on lui présenta comme étant

Eddy, le frère de Dulcie. Il leva à peine le nez de son assiette pour lui dire bonjour et se remit à manger en se servant de sa fourchette comme d'une pelle. Louisa s'était si bien habituée aux manières distinguées des Mitford qu'elle avait oublié que son propre père mangeait de cette façon-là, lui aussi, tant il était affamé à la fin d'une longue journée de travail.

Elle ne savait plus que penser. Après des heures de panique et d'angoisse, elle se retrouvait plongée dans une douce et paisible atmosphère familiale. Dulcie s'est-elle fait des idées ? Et moi, aurais-je mal interprété son mot ? se dit-elle en tâtant l'enveloppe dans sa poche, comme si la toucher pouvait lui fournir une réponse. Puisque William et Marie ne semblent pas inquiets, pourquoi les effrayer inutilement ?

Dans l'incertitude, elle décida de s'asseoir et de voir venir. Daniel trônait sur les genoux de Marie en mâchant un morceau de saucisse tel un Henri VIII miniature, mais, quand il vit Louisa, il lui tendit les bras. Marie le lui passa, et Louisa vit qu'elle en était soulagée.

— Il devient trop lourd pour moi, soupira-t-elle en massant son ventre arrondi.

Une fois assise sur la chaise que lui indiqua William, Louisa engagea la conversation pour mieux tromper son angoisse.

— Alors, il s'est bien adapté, ce petit ?

— Très bien. Pauvre ange, on l'a trimballé comme un chiot vendu au marché, mais il est chez lui, maintenant, répondit Marie, puis elle se leva et emporta l'assiette vide de son frère jusqu'à l'évier. Voulez-vous manger quelque chose ? Ça ne prendra qu'une minute. La poêle est encore chaude.

— Si cela ne vous ennuie pas… dit Louisa en sentant son estomac gargouiller.

— Mais non, pas du tout, voyons.

William ôta sa serviette de son cou et se leva en repoussant bruyamment sa chaise.

— Bon, je vais vous laisser entre filles. Eddy et moi, nous allons passer à côté.

Il fit signe à son fils, qui se leva sans mot dire et suivit son père hors de la pièce.

— Avez-vous eu des nouvelles de Dulcie ? demanda Louisa quand elles se retrouvèrent seules.

Marie faisait cuire les saucisses, qui grésillaient déjà dans la graisse.

— Non, pas un mot. Je lui ai écrit pour l'informer que Daniel était chez nous et qu'elle n'avait pas à s'inquiéter. Mais comment savoir si ma lettre lui est bien arrivée ? Si jamais Dulcie a fait des siennes, on l'aura punie en confisquant son courrier. C'est monnaie courante, en prison.

— Pourquoi aurait-elle fait des siennes ? dit Louisa en s'efforçant de dissimuler son inquiétude.

— C'est qu'elle a un sale caractère, notre Dulcie. Je lui ai conseillé de se tenir à carreau, mais elle n'en fait qu'à sa tête, on ne peut rien lui dire, conclut Marie en posant devant Louisa deux saucisses dorées et deux tranches de pain beurré sur une assiette. Un peu de sauce ?

— C'est pas de refus, répondit Louisa, qui se surprit elle-même à reprendre le parler populaire de son existence prémitfordienne.

Elle posa Daniel sur une chaise à côté d'elle ; il s'était mis à mâchouiller un jouet déformé par ses coups de dents successifs. Louisa mangea de bon appétit en abusant de la moutarde, dont le piquant lui monta au nez, puis, rassasiée, elle regarda Marie finir la vaisselle. Il régnait un sentiment de chaleur et de paix dans la maison silencieuse, où l'on n'entendait que le bruit de l'eau coulant dans l'évier. Daniel se mit à pleurnicher, alors Louisa le reprit sur ses genoux et il se pelotonna contre elle.

— Voulez-vous que je le mette au lit ? proposa-t-elle. J'aimerais vous donner un petit coup de main.

— Je vais vous accompagner, répondit Marie en s'essuyant les mains à un torchon plié sur une chaise. Eddy et Papa vont sûrement revenir ici en douce pour se faire une ou deux tartines. Ils n'ont jamais leur content.

Elles montèrent à l'étage, et Marie montra sa chambre à Louisa. Daniel y dormait aussi, dans un petit couchage d'appoint installé par terre, juste à côté du lit. C'était une pièce tristounette, mais Marie y avait ajouté une petite touche féminine : un foulard drapé sur un miroir, une étoile de Noël accrochée devant la fenêtre. L'ampoule nue qui pendait au plafond les éblouit, après le couloir obscur. Dans la chambre, rien n'indiquait une quelconque présence masculine. Louisa était comme chez elle ici, à Johanna Street, en compagnie de Marie, de qui elle se sentait proche ; d'où peut-être l'impertinence de sa question :

— Et votre mari, où est-il ?

Marie s'affala sur le lit, puis s'y allongea.

— Je n'en sais rien. Ça fait des mois que je ne l'ai pas vu. En fait, nous ne sommes pas vraiment mariés.

Je le dis parce que… vous comprenez, dit-elle en désignant son gros ventre. J'espère qu'il reviendra quand il saura que j'ai accouché et que c'est son enfant. On dit qu'ils ressemblent toujours au père, à la naissance.

— Bien sûr, acquiesça Louisa, puis elle regarda autour d'elle et vit une cuvette contenant de l'eau grisâtre. Et si j'allais chercher un peu d'eau chaude pour le débarbouiller ?

— Il vous faudra redescendre, dit Marie, qui semblait exténuée. Désolée. Je n'en suis qu'à cinq mois, mais ça ne va pas fort. Papa dit que je ne mange pas assez, mais, dès que j'avale quelque chose, ça me retourne l'estomac.

— Je reviens tout de suite, dit Louisa.

Elle déposa Daniel sur le lit et il s'allongea près de sa tante en fermant les yeux tandis que Marie caressait doucement ses boucles brunes. Louisa prit la cuvette, et elle la calait sur sa hanche pour ouvrir la porte de sa main libre quand une détonation retentit au-dehors, si fort qu'elle tressaillit en renversant de l'eau froide sur sa robe. Il lui était arrivé la même chose, la nuit où Adrian avait été assassiné.

Le bruit lui avait fait penser à un coup de feu, mais elle se traita d'idiote. C'était sans doute juste la pétarade d'un moteur de voiture. On entendit alors des cris et des hurlements venant de la rue, et elle comprit que ce qu'ils redoutaient était arrivé. Les Quarante étaient là.

58

Guy replia le mot, puis le glissa dans sa poche en affichant un air flegmatique alors que l'angoisse s'accumulait dans son esprit tels des nuages d'orage. Dans un bureau à l'arrière, Mary classait des dossiers, et elle s'apprêtait à rentrer chez elle quand Guy la rejoignit.

— J'ai reçu un message de Louisa. Dulcie lui a envoyé un mot très bref lui disant d'aller tout de suite chercher Daniel, semble-t-il.

— Et qu'attend-elle de vous ?

— Je ne sais pas. Serait-ce après mon interrogatoire que Dulcie a craint à ce point pour son fils ?

Mary y réfléchit.

— Non, à mon avis, il doit y avoir autre chose. Dulcie doit bien se rendre compte que ce qu'elle demande à Louisa n'est pas facile. Pourquoi sa sœur laisserait-elle partir Daniel ? Et où Louisa pourrait-elle l'emmener ?

— Où voulez-vous en venir ? Pensez-vous que les Quarante soient derrière tout ça ? L'auraient-elles menacée ?

— Elles ou Billy Masters. Qui sait s'il n'a pas été informé que nous étions sur ses traces ?

— Elles n'iraient quand même pas faire du mal à un petit enfant ? s'inquiéta Guy en se frottant la nuque.

— Non, sans doute pas, convint Mary. En tout cas, Dulcie sait qu'il risque de lui arriver quelque chose.

— Et si c'était la mise en garde que Louisa a reçue le soir où vous êtes allées au pub Elephant and Castle ? Alice Diamond, prenant sa revanche sur la famille ?

— De quelle manière ? s'enquit Mary, une lueur de panique dans les yeux.

— Est-ce que je sais ! s'exclama Guy, tourmenté par l'angoisse et son sentiment d'impuissance. Pardon. On peut tout imaginer, non ?

— Alors nous devons nous rendre là-bas, conclut Mary, et elle se mit à rassembler ses affaires.

— C'est trop dangereux, dit Guy. Combien seront-elles ? Que comptent-elles faire ? Nous n'en savons rien. Non, je ne veux pas que vous y alliez.

Mary fit la grimace, mais se soumit à son argument.

L'esprit en ébullition, Guy s'efforçait désespérément de décider de la meilleure conduite à tenir pour répondre à l'appel à l'aide de Dulcie, mais il devait faire face à une quantité d'obstacles. Il regarda l'heure à l'horloge acccrochée au mur du poste de police : 18 heures pile. Sa journée de travail touchait à sa fin. Il ne pouvait se rendre seul à Johanna Street, il aurait besoin de renforts. Or Cornish n'était plus dans son bureau, il ne pouvait donc pas le solliciter. L'inspecteur qui était de service la nuit dirait probablement que s'il existait une raison sérieuse de s'inquiéter, Dulcie Long en aurait informé les autorités de la prison pour qu'elles-mêmes alertent la police de Lambeth. Par ailleurs, ce n'était pas son secteur. Il n'y avait tout bonnement pas assez d'éléments pour réclamer une intervention.

— Quels sont vos projets pour la soirée ? demanda-t-il à Mary.

— Je dois rejoindre Harry au 43, répondit-elle d'un air un peu confus. Mais je peux le décommander, si vous avez besoin de moi.

— Non, allez-y. Vous serez sur place, si jamais certaines filles des Quarante débarquent là-bas. Je comptais m'y rendre plus tard, au cas où Billy Masters se pointerait.

— Je peux aussi le guetter.

— À mon avis, les patrons d'Harry verraient d'un mauvais œil que sa petite amie espionne la clientèle. Contentez-vous de veiller au grain, et vous me préviendrez si quelque chose de louche se produit.

— Je ne suis pas sa… allait protester Mary, mais elle se ravisa. D'accord, je vous tiendrai au courant.

Guy se hâta de rentrer chez lui. Il devait se changer et s'habiller en civil avant de se rendre à Johanna Street. Quoi qu'il fasse, il ne pouvait s'y montrer en uniforme. Cela mettrait le feu aux poudres, au cas où se trouveraient là des membres du gang des Quarante et leurs acolytes. Il ne souhaitait pas non plus s'y rendre seul, aussi décida-t-il d'emmener Socks avec lui. Guy passait presque tout son temps hors de chez lui et c'était son père qui promenait et nourrissait le chien, pourtant Socks le considérait toujours comme son maître. Dès que Guy ouvrait la porte, une grosse boule de poils noir et blanc se jetait sur lui en quémandant une caresse derrière les oreilles avant de se coucher sur le dos pour qu'il lui gratte le ventre, avec un air extasié auquel Guy ne pouvait résister. C'était un chien tendre et affectueux, mais les années qu'il avait passées avec l'oncle Stephen lui avaient appris à monter la garde auprès de son maître, prêt à tout moment à attaquer à son signal. Cela pourrait s'avérer utile.

— Tu as raté le dîner, lui lança de loin sa mère quand il franchit le seuil.

— Désolé, maman, dit Guy en dénouant à la hâte les lacets de ses bottes et en jetant sa veste sur une patère. Il faut que je me dépêche.

Il passa la tête dans la pièce située sur le devant de la maison. Son père était assis à la table en bois près de la fenêtre, un journal étalé devant lui, un crayon à la main. Maintenant qu'il était à la retraite, il aimait bien faire des mots croisés chaque soir. « Ça entretient les méninges », répétait-il à l'envi. Bertie, le plus jeune de ses frères et le seul à ne pas être encore marié, était assis sur un tabouret face à leur mère, qu'il aidait d'un air résigné à enrouler de la laine pour en faire une pelote. La mère de Guy leva les yeux et le considéra en fronçant les sourcils.

— Rien de spécial, mon grand ? lui lança-t-elle en interrompant son geste, les coudes posés sur les genoux.

— Non, répondit Guy. Je ne rentrerai pas tard. J'emmène Socks avec moi.

À ces mots, le chien dressa les oreilles et se leva comme si on avait appuyé sur un bouton. Guy gagna sa chambre pour se changer et, lorsqu'il redescendit l'escalier, Socks l'attendait patiemment, assis sur son train arrière. Guy attrapa son manteau et son chapeau et ferma doucement la porte derrière eux.

Un vent froid et mordant le transperçait jusqu'aux os tandis qu'il se hâtait de rejoindre l'arrêt de bus, apercevant au loin avec gratitude les lumières d'un bus qui approchait. Socks y grimpa lestement, et Guy sauta sur la plate-forme arrière en s'accrochant à la barre. Les rues étaient animées et les passants pressés de rentrer chez eux, mais il y avait dans l'air une sorte d'allégresse bon enfant, avec Noël tout proche, l'odeur des châtaignes grillées et les voix d'un chœur chantant devant l'église en faisant une collecte pour les déshérités. Guy était cependant trop soucieux pour s'y attarder. Daniel occupait toutes ses pensées, et il avait peur pour lui.

59

— Qu'est-ce que c'est ? s'inquiéta Marie en se redressant.

— Je ne sais pas… répondit Louisa, aussitôt réduite au silence par les hurlements toujours plus forts qui résonnaient dans la rue.

Daniel aussi était aux aguets, il regardait sa tante d'un air ébahi – s'agissait-il d'une sorte de jeu ? Marie ne dit rien, mais elle le serra contre elle.

Louisa reposa la cuvette d'eau sale et gagna la fenêtre sans oser l'ouvrir pour se pencher au-dehors. Johanna Street était une rue ordinaire, dont les maisons collées les unes aux autres se ressemblaient toutes, à part l'état plus ou moins entretenu des boiseries. Les voisins devaient tous se connaître, au moins de vue sinon de nom, et leurs enfants jouer ensemble ou se chamailler sans trop craindre le passage des voitures tant elles étaient rares, dans ce quartier populaire. La nuit venue, les femmes verrouillaient leur porte, tiraient les rideaux, envoyaient les enfants au lit et s'installaient dans la pièce du fond pour jouir d'un moment de tranquillité. Il y avait quelques voyous dans le quartier, et mieux valait fermer les yeux et les oreilles si on ne voulait pas que la police vienne fouiner dans le coin. Pas de questions, pas de mensonges.

Mais ce soir-là, ce n'était pas le cas.

Les voisins d'en face guettaient derrière leurs fenêtres ouvertes, rideaux écartés. Louisa distinguait des silhouettes masculines qui se détachaient sur le fond des pièces éclairées. Ils hésitaient peut-être à s'en mêler, ou à protester, bien à l'abri derrière leurs portes verrouillées. Postée sur le côté de la fenêtre, Louisa écarta juste un peu le rideau afin de regarder en bas dans la rue. Une foule vindicative s'était rassemblée devant le numéro 33, une trentaine de personnes dont une majorité d'hommes et quelques femmes massées derrière eux, qui les excitaient en vociférant. Bertha, Elsie et Alice Diamond étaient parmi elles, telles des furies ivres de rage, et peut-être d'alcool. Certains des hommes agitaient de gros gourdins, et Louisa vit l'éclair d'un couteau, aussitôt dissimulé.

Cette fois, c'est la bonne, se dit-elle, les larmes aux yeux. Et dire que c'est moi qui ai amené Daniel dans cette maison, moi qui ai entraîné jusqu'ici cette horde terrifiante.

Marie tenait toujours Daniel serré contre elle et lui caressait la tête en lui murmurant, comble d'ironie, des paroles rassurantes.

— Pouvez-vous fermer la porte de la chambre à clef ? lui demanda Louisa, sans obtenir de réponse. Marie ! s'écria-t-elle pour mieux se faire entendre par-dessus les clameurs qui devenaient de plus en plus fortes et agressives.

Marie la regarda et secoua la tête.

— Y a-t-il une pièce à cet étage que l'on puisse fermer à clef ?

Non plus.

Louisa poussa la commode devant la porte et regarda autour d'elle en quête de quelque chose susceptible d'y ajouter du poids. Il y avait une valise, une table de chevet, quelques livres. Elle les empila sur la commode en une sorte de barricade qui pourrait au moins retarder un petit moment les intrus. Soudain la foule poussa des rugissements et l'on entendit un bruit de verre cassé. Louisa se précipita à la fenêtre. Un homme avait chancelé en arrière en se tenant la tête, et du sang lui coulait entre les doigts. La foule rassemblée formait maintenant une masse unique, puissante, qui se jetait contre la porte d'entrée pour l'enfoncer. Louisa sentit la maison trembler.

William et Eddy. Ils étaient en bas, ils seraient les premiers à trinquer. Elle espéra qu'ils seraient capables de se défendre. Mais ils ne tiendraient pas longtemps ; les autres étaient si nombreux, si féroces. Et ils se rapprochaient. Louisa entendait maintenant certains des mots qu'ils vociféraient : « À mort les traîtres… »

Bientôt, son tour viendrait.

60

Guy avait traversé Londres de Hammersmith à Lambeth en bus et en métro, une carte dans sa poche arrière. Durant le trajet, il avait étudié la carte et mémorisé l'itinéraire allant de la station de métro de Lambeth North à Johanna Street. Il se souvenait du nom de la rue où habitaient les Long, que Louisa lui avait mentionné, mais pas du numéro de la maison. S'il arrivait là-bas et que tout semblait normal, il prendrait discrètement position pour une surveillance de quelques heures. Et si jamais il y avait du grabuge, il verrait bien quelle maison en faisait les frais, se dit-il farouchement.

Avec Socks marchant fidèlement à ses côtés, il progressa d'un bon pas dans les petites rues en restant dans l'ombre. La marche lui donnait chaud au point qu'il dénoua son écharpe. Il n'y avait pas grand bruit, très peu de circulation, et les rares passants allaient casquette ou chapeau enfoncés, une cigarette au bec. Mais, alors qu'il se rapprochait de sa destination, Socks plaqua les oreilles en arrière et Guy sentit son sang se figer. Des cris de rage et des huées s'élevaient non loin de là, dont il ne distinguait pas les mots. Il marcha discrètement au bord du trottoir, hors de portée des flaques de lumière projetées par les réverbères, et, une fois arrivé au coin de Johanna Street, il s'arrêta pour observer la rue.

Contrairement à celles qu'il venait de croiser, les maisons étaient éclairées et les gens penchés à leurs fenêtres ; il y en avait même un ou deux sur le pas de la porte. Ils regardaient tous, effarés, la scène terrifiante qui se déroulait un peu plus bas dans la rue, où une foule en furie s'était massée devant le numéro 33. Certains brandissaient des bouteilles de verre dont quelques-unes avaient déjà explosé sur le pavé, d'autres d'épais gourdins. Il vit une femme debout sous la lumière d'un réverbère qui éclairait ses traits déformés par la haine et la jouissance des violences à venir. À l'arrière de la foule, d'autres femmes levaient un poing vengeur en excitant les hommes pour qu'ils enfoncent la porte. Près de l'entrée, une grande femme hurlait plus fort que les autres des imprécations sanguinaires et des appels au meurtre. C'était une vision apocalyptique, effrayante, une meute de loups prête à s'abattre sur un troupeau de brebis. Les habitants de la maison n'avaient aucune chance d'en réchapper.

Guy repartit en sens inverse en courant comme un fou jusqu'à une cabine téléphonique qu'il avait heureusement repérée dans le voisinage. En sueur, il se précipita à l'intérieur, décrocha le combiné et appuya plusieurs fois sur le crochet pour obtenir la ligne en réclamant l'opératrice à grands cris. Quand enfin elle répondit, elle s'avéra calme et efficace et le mit en relation avec le poste de police le plus proche. Guy donna l'adresse et expliqua brièvement la situation en insistant sur son caractère urgent. « Envoyez des voitures avec des renforts. Aussi vite que possible. Je vous en prie ! » Il avait donné son numéro de matricule, aussi le prit-on au sérieux.

Alors qu'il rejoignait le coin de Johanna Street, il ne put que prier pour que son appel soit parvenu à temps. Au moment où il s'engageait dans la rue, il y eut un bris de glace et Guy vit qu'un carreau avait été cassé ; à l'étage au-dessus, quelqu'un remonta une fenêtre à guillotine et un pot en terre vola, qui atteignit l'un des assaillants sur la tête. Il hurla de douleur, et les vociférations enflèrent encore. Sans prévenir, du milieu de la foule, quelqu'un brandit une arme à feu et tira. Il y eut un bref silence. Une femme qui se trouvait sur le seuil de la maison d'en face courut se réfugier à l'intérieur en claquant la porte derrière elle. Alors les hurlements reprirent, bestiaux, menaçants. Des coups sourds retentirent sinistrement tandis que les hommes enfonçaient la porte d'entrée à coups de pied. Levant les yeux, Guy vit ce qu'il craignait tant de voir : Louisa, à moitié cachée par un rideau, qui scrutait la foule en dessous. Elle était prise au piège, et lui totalement impuissant.

61

La maison n'était pas grande. Deux volées d'escalier montaient du couloir au premier niveau, où se trouvaient la cuisine et la pièce de devant. Louisa savait que Marie, Daniel et elle ne disposaient que de quelques minutes tandis que William et Eddy essayaient de retenir les hommes. Ils seraient vite submergés. Il n'y avait pas de téléphone dans la maison, et il était vain de faire signe aux gens d'en face à leur fenêtre. Eux non plus ne devaient pas avoir de téléphone, et ils avaient dû juger que les habitants du 33, Johanna Street méritaient leur sort, puisque aucun d'eux n'était sorti pour tenter de disperser la horde en furie qui assiégeait la maison.

Et mon message, a-t-il enfin été transmis à Guy ? songeait désespérément Louisa. N'y a-t-il donc personne dans cette rue qui ait l'idée d'appeler la police ?

Évidemment pas. Pour les mêmes raisons, aucun habitant du bloc d'immeubles Peabody Estate où Louisa avait grandi n'appelait jamais la police, même dans les circonstances les plus dramatiques. Personne n'avait envie de voir débarquer la rousse, comme on disait chez elle. S'il y avait des comptes à régler, les gens préféraient s'en charger eux-mêmes, vite fait bien fait. Pas de procès, pas de juges, pas de tergiversations.

Marie sanglotait doucement, sans espoir d'être entendue ni réconfortée. Blotti dans ses bras, Daniel ne pipait mot, mais il gardait les yeux bien ouverts, aux aguets lui aussi.

Deux ou trois minutes seulement s'étaient écoulées depuis que le coup de feu avait retenti, pourtant Louisa avait l'impression d'avoir vu défiler toute sa vie durant ce laps de temps. Elle avait songé à sa mère, aux Mitford, et même à son oncle Stephen. Comment réagiraient-ils en apprenant ce qui lui était arrivé ?

Il y eut des cris étouffés venant d'en bas, avec des coups sourds qui pouvaient être aussi bien un homme jeté à terre qu'une tête qu'on fracassait contre un mur. Et elles ne pouvaient rien faire, sinon attendre que leur tour arrive.

À l'extérieur, Guy vit avec horreur les malfrats s'engouffrer dans la maison, alors que les femmes restaient dehors en continuant à hurler leurs imprécations. Louisa n'était plus à la fenêtre. Subitement, la rage l'envahit, et Guy vola plus qu'il ne courut, Socks sur les talons, oreilles plaquées en arrière. Il avait presque rejoint la foule quand il vit luire un couteau parmi les femmes massées là, dont certaines l'avaient vu venir, et, au même moment, les sirènes mugirent. Ce fut la débandade, presque toute la troupe prit la poudre d'escampette tandis que les voitures de patrouille s'engageaient à chaque bout de la rue. Des policiers en surgirent, qui donnèrent la chasse aux fuyards.

Guy s'engouffra dans la maison en jouant des coudes. Au passage, il sentit une douleur cuisante à la joue et les femmes lui donnèrent des coups de pied dans les jambes, mais il s'en fichait. Une seule chose comptait, rejoindre Louisa et Daniel. À l'intérieur de la maison, il faisait sombre, en dehors d'un éclairage au gaz dans le vestibule, et, tout autour de lui, c'étaient des bruits de lutte, des cris de rage ou de douleur. Il monta l'escalier. Au premier étage, un homme se retourna à son approche et tressaillit en le voyant. Il essaya de l'écarter pour descendre l'escalier, mais Guy lui bloqua le passage et lui décocha un coup de poing qui fit craquer sa mâchoire. L'homme tomba et dévala les marches en se prenant les pieds dans la moquette déchirée.

— Attrape-le, lança Guy sans même se retourner.

Il y avait une porte close derrière laquelle il savait qu'il trouverait Louisa, et il fallait qu'il soit le premier à entrer. Obéissant à son maître, Socks bondit sur le fuyard en montrant les crocs et en grondant férocement. Quatre policiers s'emparèrent ainsi de l'homme, au moment où Guy arrivait au deuxième étage. Socks monta alors l'escalier, dépassa Guy, et se mit à aboyer derrière la porte close.

Marie et Louisa se regardaient, aux aguets, tendant l'oreille. Il y eut le son lointain d'une sirène de police, qui se rapprochait. Puis le martèlement de bottes montant l'escalier. Louisa s'assit par terre, dos contre la commode, les pieds calés contre le côté du lit, et s'arcbouta afin de maintenir la porte fermée en serrant les paupières. Entre le mugissement de la foule, celui des sirènes de plus en plus proches et le bruit des combats en dessous, il était impossible de distinguer ce qui se passait. Un chien se mit à aboyer derrière la porte, signalant leur présence à ceux qu'il accompagnait, et Louisa sentit alors qu'on poussait derrière la porte. Elle résista de toutes ses forces. De l'autre côté, un homme s'époumonait. « Laissez-moi entrer ! Daniel est là ? Laissez-moi entrer ! » Mais elle était trop effrayée pour reconnaître la voix.

Dehors on entendit crier « Police » ce qui atténua immédiatement le chahut et les hurlements tandis que la foule se dispersait.

La poussée contre la porte cessa, et Louisa perçut les pas de quelqu'un qui s'éloignait en courant dans le couloir pour revenir aussitôt à la charge. Un violent coup enfonça la porte en délogeant Louisa. Elle bondit et s'apprêtait à se coller contre la commode en appuyant de tout son poids quand la porte s'entrouvrit de quelques centimètres. Alors, en entendant encore appeler Daniel, elle sut qui c'était. La porte s'ouvrit un peu plus sur Socks, qui s'engouffra dans la pièce en aboyant et en griffant le tapis de ses pattes.

Vite, Louisa écarta la commode, assez pour laisser entrer Guy. Le mugissement des sirènes devint assourdissant tandis que les voitures de police s'arrêtaient devant la maison. Elle se jeta contre sa poitrine, il l'enveloppa de ses bras puissants et elle sentit des larmes couler sur son visage comme il penchait la tête pour lui parler doucement à l'oreille.

— C'est bon, la police est là. Pardon, pardon. Je suis là. C'est fini maintenant.

62

— Sortons d'ici, dit Guy, puis il aida Marie à se lever du lit et lui tendit Daniel, qui gémissait doucement. Brave petit, lui murmura-t-il.

Le calme revenait peu à peu et l'on ne distinguait plus que les geignements de William et d'Eddy, qui avaient été salement blessés. Les policiers s'étaient déployés partout dans la maison et on les entendait réclamer une ambulance, des bandages, de l'eau. Au premier étage, le jeune homme qui avait tenté de dépasser Guy en forçant le passage se débattait en hurlant, coincé par deux agents. Enfin on parvint à l'immobiliser pour que Guy, Louisa, Marie et le petit puissent passer, mais alors Daniel s'écria : « Billy ! »

Tout le monde se tourna vers le petit garçon, sauf l'interpellé, qui détourna la tête.

— Attendez un peu, dit Guy aux policiers, puis il s'approcha de l'homme, qui s'était soudain calmé et respirait fort, en fixant le sol. Regarde-moi, lui ordonna Guy, soudain envahi d'un mélange d'exaltation et de soulagement, comme sous l'effet d'une potion lui procurant un sentiment d'invincibilité. Regarde-moi.

L'homme leva la tête, mais évita de croiser son regard, et Guy reconnut le gars à face de rat et au teint grisâtre qu'il avait arrêté après l'avoir vu vendre de la drogue devant le 43.

— Samuel Jones, hein ? ironisa Guy.

— Ce n'est pas Samuel Jones, décréta Marie en se rapprochant d'eux. C'est Billy Masters.

Au poste de Tower Bridge, il souffla un vent d'euphorie quand on se rendit compte que les membres les plus importants des deux gangs avaient été capturés et arrêtés. Pourtant Guy était déçu, car on ne l'avait pas autorisé à interroger Billy Masters. À Johanna Street, tandis qu'on embarquait Billy dans la voiture de police, Louisa lui avait raconté ce qui s'était passé durant la séance de spiritisme, et il avait envie d'en savoir plus.

— Ce n'est pas votre secteur, n'est-ce pas ? l'avait contré un inspecteur principal particulièrement hautain, en le mettant presque dehors.

Il avait donc dû téléphoner à l'inspecteur principal Cornish, présentement à son club, où il savourait avec délectation un pudding à la crème. Enfin, il fut convenu que Guy pourrait interroger Billy en tant que suspect impliqué dans son enquête en cours sur les Quarante, et Cornish accepta de partager ses indices et informations sur le gang d'Alice Diamond avec la police de Tower Bridge, si cela pouvait permettre de réunir assez de preuves pour qu'on puisse « la coffrer une bonne fois et jeter la clef de sa cellule dans la Tamise ».

Au bout d'une longue nuit et après qu'on eut pansé sa joue tailladée, Guy se retrouva dans une salle d'interrogatoire face à Billy Masters, dont les poignets étaient menottés derrière la chaise sur laquelle il se tenait. Un agent en uniforme était posté dans un coin de la pièce, Socks couché à ses pieds. Billy avait été trouvé en possession d'un couteau, et Eddy Long l'avait identifié comme étant l'un de ses agresseurs : ces plaintes seraient enregistrées et traitées au plus vite devant un tribunal. Mais Guy devait encore découvrir si Billy était également coupable de meurtre. L'inspecteur principal Cornish assistait à l'interrogatoire, son nœud papillon défait, un cigare éteint posé sur la table devant eux.

— Nous nous sommes déjà rencontrés, déclara Guy à l'adresse de Billy, qui le fixa en retour sans réaction, si ce n'est un infime haussement d'épaules.

Guy avait son calepin ouvert devant lui, et il se félicita d'avoir toujours scrupuleusement pris des notes, malgré les fréquentes moqueries d'Harry, qui autrefois le traitait de fayot.

— La nuit en question, le 15 décembre, vous avez été pris en flagrant délit de vente de stupéfiants à un client du 43, en l'occurrence de la cocaïne, et, une fois arrêté, vous vous êtes déclaré sous une fausse identité, prétendant vous appeler Samuel Jones, habitant au 48, Maryland Street, déclara-t-il.

Billy resta sans réagir. Cornish prit son cigare et le tapota sur la table avant de l'allumer de façon démonstrative en protégeant la flamme de ses deux mains, comme s'ils se trouvaient sur une falaise exposée en plein vent, et non dans une salle privée d'air du poste de Tower Bridge.

— Nous pouvons maintenant confirmer que votre nom est bien William, ou Billy, Masters, poursuivit Guy. Exact ?

— Si vous le dites.

Guy savait d'avance que la partie serait ardue, mais Billy Masters ignorait à quel point il était déterminé. Il vivait son grand moment, sous les yeux de l'inspecteur principal Cornish, aux premières loges.

— C'est M. Albert Mueller qui assure votre approvisionnement en cocaïne, que vous vendez ensuite aux clients du 43. Exact ?

— Je veux mon avocat.

— Écoutez, fiston, intervint Cornish en endossant sans effort le rôle du méchant flic. Vous n'aurez pas d'avocat, ou plutôt, vous en aurez un au moment voulu. Pour l'instant, je vous suggère de répondre à ces questions si vous voulez être condamné à la prison et ne pas finir au bout d'une corde. Compris ?

Billy ne dit rien, mais son œil droit fut pris d'un tic nerveux.

— M. Albert Mueller a déjà avoué qu'il vous fournissait en substances prohibées, et qu'il vous indiquait les clients susceptibles de devenir des consommateurs, ajouta Guy.

C'était là un mensonge, nécessaire selon lui. Il fallait que Billy se sente acculé comme un poulet traqué par un renard. Non, par deux renards.

— Je vous suggère de nous dire la vérité, car j'ai d'autres chefs d'inculpation beaucoup plus sérieux à votre encontre, et vous auriez tout intérêt à gagner notre confiance.

— Je dirai rien, rétorqua Billy en faisant le bravache qui se soucie de la loi comme d'une guigne.

— Très bien, dit Guy en feuilletant son calepin. J'ai ici la déclaration de Mme Sofia Brewster, habitant au

92, Pendon Road, qui vous identifiera comme son fournisseur de tissus, dérobés chez Debenham and Freebody et chez Liberty, pour ne nommer que deux des magasins concernés. Suite à des vols à l'étalage commis par certaines des Quarante Voleuses, qui vous confient ensuite les marchandises afin que vous les écouliez au plus vite. On peut dire que vous ne chômez pas, hein ?

Quand Cornish se mit à parler, de la fumée s'échappa de sa bouche.

— Sachez que nous tenons Alice Diamond. Le reste de sa bande va bientôt tomber comme un jeu de dominos. Son règne est terminé, et, pour vous et vos semblables, il n'y a pas d'échappatoire. Si vous parlez, nous pouvons faire en sorte que le juge fasse preuve d'une certaine clémence. Ou bien nous pouvons vous obliger à cracher le morceau. Que préférez-vous ?

Guy aurait aimé que Cornish le laisse mener l'interrogatoire à sa façon, mais il ne pouvait lui en vouloir. La reine en personne avait été arrêtée la veille au soir, sur des inculpations qui tiendraient le coup devant un tribunal, et c'était déjà une bonne raison de crier victoire. Or c'était Guy qui avait appelé la police, ce qui lui avait valu une tape dans le dos en guise de félicitation. Une satisfaction vite refroidie quand Cornish avait fait remarquer que Guy avait passé son appel depuis une cabine téléphonique après avoir reçu le tuyau de Louisa, et que ce résultat ne découlait donc pas directement de son enquête.

— Admettez-vous avoir fourni Mme Brewster en marchandises volées, qui vous avaient été remises par des membres des Quarante Voleuses ? demanda Guy d'un ton exigeant.

— Il m'est arrivé d'aller chez Mme Brewster pour lui donner un petit coup de main à l'occasion, reconnut Billy en soupirant.

Il s'ensuivit un silence, durant lequel Guy hésita à le pousser dans ses retranchements en évoquant le fond de l'affaire. Qu'attendait-il en réalité ? Manquerait-il de courage ? N'avait-il pas prouvé qu'il en avait à revendre ?

63

— Où étiez-vous la nuit du vendredi 20 novembre ?

— Quoi ? fit Billy en levant vivement les yeux, et Guy répéta sa question. Je ne sais pas. À Soho ou ailleurs, si c'était un vendredi soir, répondit Billy, qui semblait avoir perdu un peu de son assurance.

— Connaissez-vous une certaine Dulcie Long ?

— Vaguement.

— Voyez-vous, nous pensons que vous étiez convenu de rejoindre Mlle Long au clocher d'Asthall Manor, où elle devait vous remettre les bijoux qu'elle venait de dérober dans la maison cette nuit-là.

Billy se tint coi, mais la peur s'alluma dans ses yeux aussi nettement qu'une torche électrique.

— Seulement, elle ne savait pas que vous vous étiez déjà arrangé avec certains des invités présents à la soirée. Lord De Clifford, entre autres, fiancé à Mlle Dolly Meyrick, du 43. Peut-être aviez-vous l'intention de leur fournir de la cocaïne, comme vous aviez l'habitude de le faire pour M. Sebastian Atlas et M. Adrian Curtis…

— Non ! s'écria Billy sans pouvoir bouger, entravé qu'il était par les menottes.

— Vous avez pris ces boutons de manchette en guise de paiement, n'est-ce pas ? dit Guy en sortant de sa poche intérieure les boutons de manchette en lapis-lazuli qu'il avait enlevés à Billy et qu'il gardait depuis sur lui comme un talisman, en espérant qu'ils lui porteraient chance ou qu'une inspiration divine l'aiderait à résoudre le rapport qu'ils avaient avec le meurtre.

Et si ça avait marché ?

— Seulement ça ne suffisait pas, et, quand M. Curtis, que vous étiez convenu de retrouver au clocher, ne vous a pas donné l'argent que vous escomptiez, vous vous êtes disputé avec lui et vous l'avez poussé du haut de la tour.

— Non, non, je n'ai pas fait ça.

Billy avait peur, cela se devinait à son visage congestionné, et Guy voyait à présent combien il était jeune. Sans son air bravache, il semblait à peine en âge de se raser.

— Ou alors il est tombé ? intervint Cornish.

Guy dissimula sa contrariété, car il n'avait vraiment pas besoin qu'on fournisse à Billy ce genre d'échappatoire.

— Ça ne s'est pas passé comme ça.

— Non ? Alors comment est-ce que ça s'est passé ? Éclairez notre lanterne, je vous prie, monsieur Masters, reprit Guy, qui avait désormais l'impression de maîtriser parfaitement la situation.

Les choses devraient maintenant se dérouler en douceur. Il tenait son homme, et bientôt Cornish le ferait entrer dans la police judiciaire avec une promotion à la clef.

— Je savais que toute cette clique serait présente à la soirée, et j'avais bien dans l'idée de leur fournir un peu de cocaïne, admit Billy. Oh, pas grand-chose, juste histoire d'arrondir mes fins de mois, vous savez ce que c'est.

Guy et Cornish le toisèrent sans broncher, pour lui signifier que non, ils ne le savaient pas.

— En fait, ils ignoraient que je serais sur place, mais Dulcie m'avait parlé de la soirée. Et en effet, j'étais déjà convenu avec elle que je la rejoindrais. J'avais reçu la consigne de… Au fait, Alice Diamond a-t-elle vraiment été arrêtée ?

Guy et Cornish hochèrent la tête de concert.

— Bon, dans ce cas… Alice m'a dit que Dulcie faisait un boulot pour elles, alors on a causé au téléphone, moi et Dulcie, et on a décidé de se retrouver au clocher. C'est toujours les chambres des domestiques qui sont fouillées en premier, en cas de vol, vous savez.

— Continuez, dit Guy.

Après un autre grognement plaintif, Billy reprit :

— Je devais donc la rejoindre à 2 heures du matin. J'ai roulé jusque là-bas, j'ai garé ma voiture sur la route un kilomètre avant l'entrée du domaine, et j'ai marché jusqu'à l'église. Sauf que j'avais mal évalué la distance et que je suis arrivé un peu plus tôt que prévu. Je suis entré dans l'église, mais, avant d'atteindre le clocher, j'ai entendu comme un genre de dispute entre deux hommes. Je n'ai pas voulu m'en mêler et je me suis planqué entre les bancs. Quelques minutes plus tard, tout est devenu silencieux, alors j'ai un peu dressé la tête et j'ai vu…

— Qu'avez-vous vu, Billy ? s'enquit Guy avec l'impression d'être au bord d'une révélation essentielle, entouré d'une foule toute prête à l'acclamer.

— J'ai vu un homme qui s'enfuyait.

Un homme qui s'enfuyait ? C'est tout ? se dit-il, fort déconfit.

— Vous n'avez pas vu Dulcie Long ?

— Non, je ne l'ai jamais vue. J'étais en avance et je lui avais prêté une montre, pour être certain qu'elle arriverait à l'heure.

— Alors pourquoi n'avez-vous rien dit jusque-là ? Puisqu'elle fait partie des Quarante, pourquoi n'ont-elles pas trouvé un moyen de nous aider à prouver son innocence ?

Billy jura entre ses dents.

— Vous autres, vous pigez que dalle, hein ? Parce que ça les arrangeait bien de se débarrasser de Dulcie. Elle devenait gênante. Elles m'ont raconté qu'elle menaçait de quitter le gang pour rentrer dans le droit chemin, et c'est le genre de choses qui les rend nerveuses. Alors elles m'ont dit de la fermer.

— Tout cela m'a l'air bien pratique, commenta Cornish. Vous êtes innocent, et vous avez vu un type s'enfuir. C'est vague.

— Ce n'était pas moi ! gémit Billy comme s'il souffrait. Écoutez, vous me tenez à cause de Mme Brewster et du reste. Et c'est vrai, il m'est arrivé de bosser un peu pour les Quarante à l'occasion, dans les night-clubs. Mais je ne suis pas un assassin. Jamais je ne ferais ça.

— Dans ce cas, qui était le fuyard ?

Guy devait se retenir de ne pas renverser la table tant il était déçu.

— Je ne sais pas. Il faisait noir comme dans un four, dans cette église. Le type avait un genre de cape sur lui, avec une capuche. Je sais juste que c'était un homme et qu'il courait vite.

Billy haletait comme s'il avait du mal à reprendre son souffle.

Cornish se leva et boutonna son veston.

— Bon, je m'en vais. Sullivan, mettez cet homme aux arrêts sous les divers chefs d'incupaltion correspondant à ses aveux. Vous feriez mieux d'en informer l'inspecteur principal du district d'Asthall Manor. J'imagine qu'il prendra le relais. Il voudra peut-être interroger lui-même M. Masters. Bonne nuit, tout le monde, dit-il en adressant un signe de tête à l'agent posté dans le coin.

Ce n'était donc ni Dulcie Long, ni Billly Masters.

Qui avait tué Adrian Curtis ?

Guy devrait se rendre à Asthall Manor pour le découvrir.

64

The Evening Standard, jeudi 24 décembre 1925

UNE HORDE EN FURIE ASSIÈGE UNE MAISON

Hier, c'est une incroyable histoire que le tribunal de police de Tower Bridge a pu recueillir. Une bande organisée d'une vingtaine d'individus, tous sexes confondus, s'est abattue sur une maison sise dans Johanna Street, à Lambeth, le lundi 21 décembre au soir. Alice Diamond (23 ans), Bertha Scully (22), Billy Masters (23) et Phillip Thomas (30) ont été mis en détention provisoire, accusés d'avoir infligé des coups et blessures avec préméditation sur William Long et Edward Long, son fils, munis d'instruments contondants. Scully et Masters ont également été accusés d'avoir agressé le sergent Sullivan, et Scully d'avoir entravé des agents de police dans l'exercice de leur fonction. Tous ont été accusés d'avoir volontairement causé des dommages au 33, Johanna Street, pour une valeur estimée à £ 8 17s. 6. Maggie Hugues, agée de 27 ans, était aussi sur le banc des accusés pour répondre des premier et dernier chefs d'accusation.

Lord Redesdale replia le journal et le posa sur la table basse à côté de son fauteuil.

— On dirait que votre ami Sullivan a joué au héros, dit-il d'un ton sec.

La nouvelle que Louisa avait elle-même tenu un rôle dans ces événements avait été reçue froidement par ses employeurs. Elle savait qu'ils avaient été contrariés de découvrir qu'elle avait gardé certains liens étroits avec Dulcie Long.

Tous les enfants Mitford et leurs parents étaient réunis dans la bibliothèque pour le thé et Louisa avait apporté le journal, afin d'amortir l'annonce d'autres nouvelles à venir. C'était la veille de Noël, mais le gros des festivités était passé, et lady Redesdale se félicitait d'avoir décliné toute invitation pour la semaine à venir en dehors des parties de chasse, qui n'exigeaient d'elle aucun effort et reposaient uniquement sur les domestiques. Unity et Decca commençaient à ressembler à des porcelets trop bien nourris, et, au lieu d'aller prendre l'air sur l'insistance de lord Redesdale, elles restaient vautrées sur les divans à lire, « en s'usant les yeux jusqu'à devenir aveugles », les menaçait leur père. Un immense puzzle complété aux deux tiers était étalé sur une longue table au fond de la bibliothèque. Debo s'amusait à ramasser et à secouer tous les cadeaux déposés au pied du sapin de Noël richement décoré. Diana et Iris, leur tante affectionnée, étaient plongées dans de longues et sérieuses discussions, même si Louisa se doutait qu'elles devaient surtout porter sur les dernières tenues et coiffures à la mode. Diana ne faisait pas mystère du fait qu'elle se préparait pour son bal des débutantes qui n'aurait lieu que dans deux ans et demi, en gémissant qu'elle allait mourir d'ennui d'ici là.

Quant à Nancy, elle semblait soucieuse et rabrouait ses sœurs avec impatience. Pas Tom, qui semblait toujours avoir droit à un traitement de faveur. Pamela était la seule à avoir l'air épanouie, après une longue journée passée à chasser. Et tant pis si ses cheveux souffraient d'être sans cesse aplatis sous un chapeau, et si les muscles de ses cuisses la brûlaient… Cela ne faisait qu'ajouter à son contentement. Elle avait dit à Louisa qu'elle n'avait aucun désir de retourner à Londres, où les night-clubs avaient depuis longtemps perdu tout attrait à ses yeux, et qu'elle avait juste envie de faire de longues balades à cheval jusqu'à ce que revienne le temps de sortir dans les jardins pour y planter et semer des légumes.

Nancy et Louisa avaient répété ensemble la scène qui suit, avec l'espoir que l'embuscade qu'elles allaient tendre empêcherait lord et lady Redesdale de déjouer leur plan.

— Pardon, monsieur le baron, commença Louisa, mais cette affaire a depuis connu de nouveaux développements dont il me faut vous informer.

Lord Redesdale la regarda d'un air peu avenant, et son épouse reposa son livre.

— Oui ? dit-il.

— Voyez-vous, le sergent Sullivan suspectait fortement Billy Masters du meurtre d'Adrian Curtis, mais il s'est ravisé.

— Ça tombe sous le sens, puisque c'est cette horrible domestique la coupable, intervint lady Redesdale, comme si elle était à la fois juge et jury.

— Nous ne le pensons pas, s'immisça Nancy.

— Comment ça, nous ? marmonna son père, mais elle poursuivit.

— Plusieurs choses ne collent pas avec cette version des faits. Pourquoi Dulcie était-elle convenue de retrouver Adrian Curtis au clocher, alors qu'ils s'étaient déjà vus et s'étaient violemment querellés ?

— Parce qu'elle voulait se venger de lui, déclara posément Tom, qui avait écouté du canapé où il était assis.

— Admettons, mais pourquoi lui-même se serait-il rendu au clocher pour la retrouver ? continua Nancy. Non, il comptait sûrement rejoindre quelqu'un d'autre, là-bas.

Louisa prit la parole.

— Durant l'interrogatoire, Billy Masters a avoué un certain nombre de méfaits, mais il a nié avoir commis le meurtre…

— Ça n'a rien de très étonnant, ces voyous ne sont pas enclins à avouer leurs crimes, se moqua lord Redesdale.

Louisa ne releva pas et poursuivit d'un ton affable.

— Selon lui, il était convenu avec Dulcie de la rejoindre pour récupérer les bijoux qu'elle-même avait volés. Mais il est arrivé plus tôt que prévu à l'église, et il a entendu deux hommes se quereller dans le clocher. Puis ce fut le silence, avant qu'un des deux s'éloigne en courant. Même s'il faisait nuit noire, ce Masters a vu qu'il portait un genre de cape avec une capuche.

— Où voulez-vous en venir, Louisa ? s'enquit lady Redesdale en pinçant les lèvres.

— Le sergent Sullivan aimerait venir ici, madame la baronne. Il souhaiterait rencontrer les personnes qui étaient présentes cette nuit-là dans le cadre de son enquête, afin de faire la lumière sur ce qui est arrivé.

— Et ce flic du coin… Monkton ? Comment s'appelle-t-il déjà ? bredouilla lord Redesdale en postillonnant.

— L'inspecteur principal Monroe, répondit Louisa.

— Oui, ce gars-là. C'est son secteur, tout de même. Il pense sûrement que la domestique est la coupable, et elle est en prison dans l'attente de son procès. Alors pourquoi diable faire venir Sullivan ici pour qu'il fourre son nez partout en piétinant les plates-bandes de Monroe avec ses gros godillots ?

— Justement, Farve, intervint Nancy qui s'était levée, tout excitée. Certes il n'est pas censé s'en occuper, mais, de toute évidence, Dulcie n'est pas coupable du meurtre, et nous pensons que le sergent Sullivan est capable de résoudre l'affaire en prouvant son innocence. C'est pourquoi j'ai invité tout ce petit monde à revenir ici fêter le Nouvel An.

— Quoi ? Et je suppose que tu en as déjà parlé à Mme Windsor et à Mme Stobie ? s'offusqua lady Redesdale, furieuse. Cela va entraîner pour elles une énorme surcharge de travail.

— Non, reconnut Nancy, se sachant prise en défaut. Elles n'accepteraient jamais sans votre accord.

— Et elles auraient sacrément raison ! rugit Farve en martelant de ses poings les accoudoirs de son fauteuil.

De vautrées qu'elles étaient sur le divan, Unity et Decca sursautèrent comme une paire de diablotins à ressort.

— Il n'en reste pas moins que tout le monde vient, Farve, y compris le sergent Sullivan, qui les interrogera tour à tour.

— Es-tu en train de suggérer que c'est l'un de tes amis qui a commis cet acte horrible ? dit Iris. C'est plutôt osé.

— Bien sûr que non ! s'exclama Nancy en rougissant d'impatience. Il veut juste interroger de nouveau les différents témoins sur ce qu'ils ont vu cette nuit-là, au cas où l'on aurait raté quelque chose.

À la stupéfaction générale, Pamela se leva.

— Moi, je n'en jurerais pas, Koko, déclara-t-elle avant de sortir de la pièce.

Diana était restée silencieuse, suspendue corps et âme à cette palpitante conversation.

— Si je comprends bien, nous allons accueillir un meurtrier sous notre toit ! remarqua-t-elle alors d'une voix enjouée.

65

Guy prit le train de Paddington à Shipton le jour de la Saint-Sylvestre avec une certaine appréhension. Malgré les assurances répétées de Louisa et de Mlle Nancy qu'il était le bienvenu, il ne parvenait pas à s'en persuader. Louisa lui avait raconté que la sœur aînée des Mitford n'était que trop heureuse d'avoir un prétexte pour organiser une nouvelle soirée, tout en admettant que Mlle Pamela était plus réservée. Mais le plus gros souci de Guy n'était pas de savoir s'il allait gâcher la fête. Comment réagirait l'inspecteur de la police locale qui avait supervisé l'enquête s'il découvrait que Guy était venu à Asthall Manor pour interroger des témoins ? Au mieux, ce serait pris comme moralement contestable, au pire, comme un motif de renvoi. C'est pourquoi il n'avait pas jugé bon d'emmener Mary Moon avec lui, même s'il s'en voulait de la laisser après tout le travail accompli ensemble. Et puis il était peut-être à deux doigts de résoudre cette affaire, et alors, sa carrière serait toute tracée. Plus d'arrosage de plantes au poste de police, ni de circulation sur Piccadilly Circus.

Par sécurité, il avait décidé de voyager en civil, car il pourrait au besoin prétendre être venu en tant qu'ami de Louisa et non en tant que policier. Louisa lui avait dit qu'elle lui réserverait une chambre à l'auberge du village. Il n'avait donc pas à s'en soucier et devait seulement se préparer à sa tâche.

Qui soupçonnait-il ? Telle était la question.

Guy avait réussi à consulter les comptes rendus d'audience, qui comprenaient une déclaration de l'inspecteur principal Monroe résumant les allées et venues des invités au moment estimé du meurtre, et lorsque le corps avait été découvert. Il décida de sortir les notes qu'il avait prises, mais ce ne fut pas simple. Le compartiment était bondé, et Guy compressé contre la cloison par une grosse dame en manteau et chapeau rose vif. Elle avait son sac à main sur les genoux et y puisait sans cesse des bonbons à la menthe en enfonçant son coude dans le flanc de Guy, avec des bruits de succion n'aidant pas à la concentration. Quand Guy se débattit pour sortir son crayon de la poche de son veston, collé qu'il était contre la hanche rebondie de sa voisine, elle le fusilla du regard. Décidément, vive la marche à pied, se dit-il, exaspéré, puis il consulta de nouveau les notes qu'il avait extraites des rapports de police et des informations que Louisa lui avait fournies.

Clara Fischer

Pas d'alibi, seule dans la salle à manger quand on a entendu crier DL.

Mobile : elle a eu une liaison avec AC. Vengeance ? Garde un couteau dans son sac à main (mais c'est une actrice). A un secret en commun avec lord DC sur leurs déplacements cette nuit-là.

Billy dit qu'il a vu un homme s'enfuir, vêtu d'une cape et d'une capuche... et si elle s'était déguisée ?

Lord De Clifford
Pas d'alibi, seul dans le vestiaire.

Mobile : AC le menaçait-il de révéler les liens de sa fiancée avec Billy ? Aurait-il engagé Billy pour tuer AC ? À l'origine, la chasse au trésor était son idée. Un homme vêtu d'une cape a été vu s'enfuyant... or pour la soirée, il était déguisé en Dracula.

Phoebe Morgan
Un premier faux alibi (une cheville foulée), qu'elle a ensuite démenti. Deuxième alibi : elle était dans le salon avec SA. Aurait-elle pu se glisser dehors quand il a quitté la pièce ?

Mobile : Vengeance. AC l'avait éconduite. Ancienne danseuse au 43, elle connaissait peut-être BM. Et si elle l'avait engagé comme tueur ?

Oliver Watney
Aucun alibi, seul dans le renfoncement réservé au téléphone.

Pas de mobile. Éliminé de la liste des suspects.

Nancy Mitford
Alibi : dans le petit salon avec Charlotte Curtis.

Pas de mobile. Éliminée.

<u>Charlotte Curtis</u>
Alibi : dans le petit salon avec Nancy Mitford.

Pas de mobile. Détresse manifeste sur le moment. Éliminée.

<u>Sebastian Atlas</u>
Alibi : dans le salon avec Phoebe Morgan.

Dans ses déclarations, Charlotte Curtis l'a vu quitter la pièce, mais PM l'a vu peu de temps après, quand il lui a offert un cadeau avant de rejoindre le salon.

Mobile : rien de concluant. Ami proche d'AC.

Éliminé.

<u>Pamela Mitford</u>
Pas d'alibi, était seule dans le fumoir.

Aucun mobile, et peu crédible dans le rôle d'une meurtrière. Éliminée.

Guy lut et relut ses notes. Quand Hooper vint le chercher à la gare dans une lumière d'après-midi qui se muait doucement en crépuscule hivernal, Guy savait quel était l'individu en question. Et il était résolu à le coincer.

66

À l'arrivée de Guy, Louisa était dans les cuisines avec Debo, à qui elle donnait un verre de lait. Il frappa à la porte en hésitant et, comme personne ne lui répondait, il entra en faisant claquer ses chaussures de ville sur les dalles de pierre.

— Ah, vous voilà, dit Louisa en le rejoignant, tout sourires. Hooper est venu vous chercher sans encombre ?

— Je ne dirais pas tout à fait ça, ironisa Guy. Il marmonnait dans sa barbe en se plaignant d'avoir à faire le trajet jusqu'à la gare plusieurs fois cet après-midi. Mais me voici arrivé à bon port, c'est le principal.

— Asseyez-vous. Je vais vous apporter une tasse de thé, l'eau vient de bouillir. Vous avez bien choisi votre moment. Mme Stobie est avec Mme Windsor dans son petit salon, où elles établissent le menu du dîner, et Ada est là-haut dans la nurserie. Je m'apprêtais à emmener Mlle Deborah faire une promenade dans les jardins.

Guy posa son sac de voyage et tira une chaise.

— Bonjour, mademoiselle Deborah, dit-il à la petite fille, qui lui tendit timidement la main en lui disant bonjour, puis se tourna vers Louisa.

— C'est qui ?

— C'est un ami, le sergent Sullivan, répondit Louisa en riant.

Debo ne dit rien, mais grimpa sur une chaise à côté de lui et se mit à laper son lait comme un chaton.

— Avez-vous eu des nouvelles de Daniel et Marie ? demanda-t-il.

— Juste une lettre, mais ils vont bien, répondit Louisa en posant la tasse et la soucoupe sur la table devant lui, ainsi qu'un pot à lait. Ils sont toujours à Johanna Street. Marie dit qu'ils n'ont jamais habité ailleurs et qu'on ne les en chassera pas en leur faisant peur. De toute façon, avec Alice Diamond et sa bande sous les verrous, ils n'ont plus rien à craindre. Daniel est bien, chez eux. Il ne nous reste plus qu'à faire en sorte que sa mère lui revienne.

— Je sais, dit Guy. Et croyez bien que ça me turlupine.

— Buvez votre thé et venez vous promener avec nous. Ainsi nous pourrons parler avant que tout le monde débarque. Vous pourrez aller voir votre chambre à l'auberge quand je devrai retourner à la nurserie.

— Ça me semble parfait comme programme, dit Guy avec un grand sourire.

Dehors, il faisait froid, mais au moins, il ne pleuvait pas, et leurs manteaux leur tiendraient assez chaud le temps d'une demi-heure de promenade dans les jardins. En voyant Louisa et la petite Debo marcher main dans la main devant lui, Guy fut malgré lui très ému en songeant à ce qui pourrait exister. Vite, il les rattrapa et ils commencèrent par contourner la maison, mais, alors qu'ils approchaient du portail qui menait au cimetière, Guy et Louisa s'y dirigèrent d'un commun accord, sans même se consulter.

— Allez donc compter les anges pour moi, mademoiselle Deborah, dit Louisa à sa jeune protégée, et la petite s'en alla en sautillant entre les tombes et les pierres tombales, comme elle en avait l'habitude.

— Alors c'est là que c'est arrivé, dit Guy.

— Oui, juste ici.

Ils se tenaient à l'endroit même où le corps d'Adrian Curtis était tombé. Guy regarda le clocher et l'ouverture par laquelle on l'avait poussé. Le ciel plombé en arrière-fond n'égayait pas le décor.

— Je pense que c'est lord De Clifford, dit Guy. Il n'a pas d'alibi, car il était seul au moment supposé du meurtre. Surtout, vous avez dit que la chasse au trésor était son idée à l'origine, quand ils en ont parlé à Londres. Et il était le plus lié à Billy Masters. Ils ont pu arranger le coup ensemble.

— Vous pensez donc Billy complice ?

— C'est possible. Mais, même si Billy n'est pas directement mêlé au meurtre, d'après ce que vous avez décrit de la réaction de lord De Clifford à la séance de spiritisme, on peut imaginer qu'Adrian Curtis le menaçait de dévoiler que Dolly Meyrick était en rapport avec Billy. Il existe bel et bien une connexion entre elle et les deux gangs.

— D'ailleurs Charlotte Curtis a dit que son frère était violemment opposé aux fiançailles de lord De Clifford avec Dolly Meyrick. Lord De Clifford a pu très mal le prendre.

— Oui, mais comment ont-ils fait venir Adrian Curtis au clocher ? C'est la pièce du puzzle que je n'arrive pas à ajuster, dit Guy en fixant toujours l'ouverture située en haut de la tour.

Elle était incontestablement assez haute pour que la chute en soit fatale, même pour un homme robuste.

— Savez-vous ce qu'il avait sur lui, quand son corps a été récupéré ? demanda Louisa.

— Oui. La liste figurait dans les rapports de l'enquête et je l'ai copiée.

Deborah s'occupait toujours de compter les anges. Elle leva les yeux et vit que Louisa la regardait.

— Sept ! lança-t-elle, toute guillerette.

— Bravo ! répondit Louisa. Continuez.

Guy avait sorti son calepin.

— On y décrit sa tenue, un peu étrange d'ailleurs, car il était costumé en pasteur. Dans ses poches il y avait : un mouchoir, une boîte d'allumettes, un étui à cigarettes en argent gravé de ses initiales et contenant six cigarettes, un porte-cure-dents en argent, et un morceau de papier avec les mots suivants tapés à la machine : « Venez ici, trouvez la croix, et priez pour que je ne sonne pas pour vous. »

— Répétez-moi cet indice, dit Louisa. Ça ne colle pas.

— Que voulez-vous dire ? s'étonna Guy en scrutant son calepin comme si les mots pouvaient lui livrer un secret. De toute évidence, la réponse est le clocher.

— Justement, remarqua Louisa. Chacun des participants devait fournir un indice dont la réponse serait un objet courant. Ils devaient tous chercher l'un de ces objets d'après l'indice fourni par l'un ou l'autre d'entre eux, puis le rapporter à M. Atlas et à Mlle Morgan dans le salon, avant de partir à la recherche de l'objet suivant.

— Il y avait donc huit joueurs ayant chacun huit indices ?

— Neuf indices, car Phoebe Morgan était censée jouer, au départ. Ils cherchaient chacun un objet d'après un indice chaque fois différent. Nancy me l'avait expliqué. Cela afin que tous les joueurs ne soient pas en même temps à la recherche d'un coquetier, par exemple.

— Un coquetier ?

— Que vous dire ? Les gens de la haute ont de drôles de façon de s'amuser. J'aurai au moins appris cela, ici, déclara Louisa d'un air blasé qui amusa beaucoup Guy.

— Mais vous parliez de l'indice figurant sur le morceau de papier, reprit-il.

— Oui, car, pour cet indice en particulier, la réponse n'est pas un objet usuel à rapporter, mais un lieu. Et si Adrian Curtis avait été le seul à recevoir cet indice ? Si on le lui avait donné délibérément à lui et à personne d'autre, pour l'envoyer à la mort ?

À cet instant, Deborah rejoignit Louisa en courant, lui enserra les jambes de ses petits bras et leva la tête vers sa nounou bien-aimée.

— Neuf anges, Lou-Lou ! Je les ai tous trouvés ! Il y en a neuf ! Et devinez quoi ? J'ai aussi trouvé un diable.

67

À 20 heures, la veille du Nouvel An, Nancy était devant le feu dans la bibliothèque, en longue robe noire de satin drapé et gants violets. Un collier emprunté à lady Redesdale, en or, diamants et rubis montés en pointes, mettait en valeur la blancheur nacrée de son cou. Ses cheveux ondulés coupés de frais au carré s'arrêtaient juste sous les oreilles, dégageant joliment son menton bien dessiné et la finesse de son nez. L'arc de ses sourcils et ses lèvres d'un rouge carmin presque noir complétaient le tableau : celui d'une châtelaine de haut rang. Louisa savait que la surprise qu'elle réservait à ses invités serait pour elle l'apogée de sa vie mondaine : elle surpasserait de loin les festivités puériles et autres soirées habillées dont le tout Londres se contenterait cette nuit-là. C'était pour cette raison que Nancy avait exigé de ses invités l'habit de rigueur.

— Une sophistication de bon aloi, tel est le code vestimentaire, avait-elle déclaré plus tôt à Louisa avec componction pendant qu'elle se préparait, et Louisa s'était retenue de pouffer de rire.

Mais Nancy avait vingt et un ans, et ses amies du comté convolaient toutes ou presque en justes noces. Peut-être y songeait-elle aussi.

Ce serait sans nul doute une soirée à thème… Sauf que le thème en restait secret et ne se révélerait que plus tard. Voilà pourquoi Louisa et Guy Sullivan se tenaient derrière la porte menant au vestibule en attendant que tout le monde arrive. Au fond de la salle, près des bow-windows, la longue table avait été dressée pour le dîner, que Mme Stobie avait accepté de préparer de mauvais gré, un peu apaisée d'apprendre que lord et lady Redesdale étaient eux-mêmes invités chez les Watney et qu'elle n'aurait donc pas à se soucier d'eux. Les deux époux firent leur entrée dans la bibliothèque, étant convenus avec Nancy qu'ils prendraient un verre avec ses invités avant de prendre congé. Pamela les suivit de près, vêtue de la robe que Mme Brewster lui avait faite et qui lui avait déjà fait bon usage par deux fois, lors des bals suivant les parties de chasse, invitations que Nancy avait poliment déclinées. Ce soir-là pourtant, la robe gardait son allure fraîche et pimpante et cachait avantageusement les formes généreuses de Pamela, peu en accord avec la mode. Le rose foncé de la grosse ceinture nouée sur ses hanches s'accordait à ses lèvres pulpeuses, et ses yeux bleus brillaient d'un vif éclat, après toute une journée passée dehors à monter à cheval. Diana avait eu l'autorisation de descendre au moment de l'apéritif, mais elle devrait s'en aller quand commencerait le dîner proprement dit. Elle avait toujours les cheveux longs, ses sourcils n'étaient pas épilés, et elle portait une simple robe jaune à manches courtes, mais son port de tête et sa gracieuse silhouette laissaient deviner l'éclatante beauté qu'elle deviendrait bientôt. Assise au bord du divan, elle tripotait nerveusement les pompons des coussins.

Charlotte et Sebastian furent les prochains à entrer dans la pièce. Tous deux grands et élancés, l'une en lamé argent et l'autre en smoking blanc, ils ressemblaient à deux jeunes bouleaux poussant l'un près de l'autre dans les bois. Sebastian avait l'air un peu renfrogné ; était-ce de se retrouver à Asthall Manor, ou d'être auprès de Charlotte ? Louisa n'aurait su le dire. Malgré la rumeur de leurs fiançailles, ils ne se témoignaient guère d'affection. Phoebe et Clara partageaient la même chambre, aussi descendirent-elles ensemble. La silhouette de danseuse de Phoebe était bien mise en valeur par une longue robe en soie couleur champagne. Quant À Clara, elle était, comme toujours, vêtue d'une vaporeuse mousseline de soie, bleu ciel cette fois, avec un cordon tressé argent qui pendait sur ses hanches. Ted, autrement dit lord De Clifford, fut le dernier à descendre de sa chambre, et, dans son habit de soirée savamment coupé, il surpassait en élégance tous les autres, comme à son habitude. Pourtant, les cernes de ses yeux noirs trahissaient le manque de sommeil, et, sous ses cheveux brun foncé plaqués et luisants de brillantine, il avait le teint blafard. Louisa se demanda pourquoi il avait accepté de venir ce soir, étant donné que sa fiancée, Dolly Meyrick, n'avait, à dessein, pas été invitée. Mais, en le voyant se diriger vers Charlotte à peine entré dans la pièce, elle se demanda si ce ne serait pas en partie la réponse. S'agissait-il juste d'une affection fraternelle, après de nombreux étés passés ensemble dans leur enfance, ou d'un sentiment plus ardent ? En tout cas, elle sentit qu'il avait envers Charlotte une attitude protectrice.

Louisa se rappela à l'ordre : elle devait se méfier de cette manie d'interpréter les choses, tout cela parce que Guy et elle se croyaient sur le point de résoudre le meurtre. Après tout, ils étaient peut-être loin du compte.

Quand les invités furent au complet, Mme Windsor leur offrit une coupe de champagne, et ils se retrouvèrent tous debout sur le tapis devant la cheminée à parler à voix basse, comme si la soirée n'avait pas vraiment commencé. Un courant d'air glacial précéda Oliver Watney au moment où la porte s'ouvrait. Malgré son habit de soirée, il ne payait pas de mine, avec ses binocles rondes qui ressemblaient à celles de Guy. En s'excusant d'être en retard, il expliqua que la voiture attendait d'emmener lord et lady Redesdale dîner chez ses parents.

— C'est le signal du départ, déclara lord Redesdale, visiblement ravi d'échapper à cette compagnie peu à son goût.

— Bonne et heureuse année, dit à la ronde lady Redesdale avec une fausse jovialité, démentie par le pli qui lui barrait le front.

Elle ne s'était toujours pas remise du choc de la mort d'Adrian Curtis sur leur domaine, et ni elle ni son mari n'appréciaient de faire les frais des médisances qui couraient dans le village et les alentours. « On ne devrait figurer dans le journal qu'en trois occasions : naissance, mariage, décès », répétait à l'envi lord Redesdale, ce qui avait le don d'exaspérer Nancy.

— Oui, bonne et heureuse année, renchérit lord Redesdale, ce qui fut suivi d'un bref silence tandis qu'il posait sa coupe sur une table basse et se redressait. Et pas d'excentricités, hein ? Nancy, ne t'avise pas de retarder les horloges comme à ton habitude, d'accord ?

Nancy le regarda en ouvrant de grands yeux innocents.

— Je ne vois pas de quoi vous parlez, Farve.

— Mais si, tu le vois. Cette manie idiote que tu as de les retarder d'une demi-heure. Ce n'est pas bon pour les mécanismes et, quand tu les remets à l'heure, ce n'est jamais la bonne. Celle qui se trouve dans le salon a retardé de trois minutes pendant des semaines, après la fête d'anniversaire de Pamela.

Pourtant anodine, cette référence à la fatale soirée où Adrian avait trouvé la mort jeta un froid sur l'assistance. Heureusement, Nancy brisa la glace.

— Ne vous inquiétez pas, mon vieux papa, fit-elle en écartant les mains. Partez tranquilles, et amusez-vous bien. Nous nous verrons demain au déjeuner.

Derrière la porte, Louisa et Guy échangèrent un regard en retenant leur souffle. Leur moment d'entrer en scène approchait.

68

Quand lord et lady Redesdale eurent quitté la pièce avec Diana, suivis d'une Mme Windsor toujours soucieuse du bien-être de ses employeurs, Pamela entra dans la ligne de mire de Guy et Louisa, et leur fit signe que le moment était venu.

Au même instant, Nancy invita ses hôtes à s'installer confortablement.

— Nous avons prévu quelque chose, dit-elle avec une certaine emphase. Un genre de pièce de théâtre dont nous serons les acteurs, et dont je crois que vous connaissez déjà les répliques.

— Oh, merveilleux. Vous allez tous pouvoir constater mes talents, au lieu de me taquiner sans arrêt, dit Clara en décochant à Ted un regard entendu.

Guy toussota pour signaler sa présence.

— Pardon, mademoiselle Mitford, mais selon moi, la situation exige une certaine gravité, qu'il ne faudrait pas sous-estimer, déclara-t-il.

Tous les invités se tournèrent alors vers lui avec stupéfaction.

Contrairement à eux, Guy n'était pas en habit de soirée, mais il avait mis ce qu'il considérait comme son meilleur costume. Quant à Louisa, elle était restée en tenue de travail, même si ses cheveux coupés au carré et son joli visage la mettaient sur un pied d'égalité avec n'importe quelle beauté de la haute société. Du moins aux yeux de Guy.

Nancy ne souhaitait pas perdre sa position de maître du jeu, et elle l'invita d'un geste à continuer.

Intimidé par tous ces regards braqués sur lui, mais encouragé par la présence de Louisa à ses côtés, Guy reprit la parole en portant la voix.

— Bonsoir. Je vais essayer de ne pas prendre trop de votre temps.

Il considéra tous ces visages tournés vers lui et s'efforça de ne pas tousser malgré l'irritation qu'il ressentait dans la gorge, comme si un cheveu y était coincé. À cet instant, Sebastian se tourna de biais pour allumer une cigarette à une bougie posée sur la cheminée, et, à la flamme qui éclairait son visage, Guy le reconnut sans nul doute possible comme étant l'homme qu'il avait vu acheter de la coçaïne à Billy Masters devant le 43.

— Vous n'êtes sans doute pas au courant, reprit-il, mais j'ai récemment participé à la capture et à l'arrestation de quelques criminels de Londres tristement célèbres…

— Oui, j'en ai entendu parler, l'interrompit Clara avec vivacité. Il y a eu une émeute, et on a arrêté Alice Diamond, la fameuse chef de gang. Une femme ! Vous vous rendez compte ?

— En personne, confirma Guy en rougissant un peu. Et cette nuit-là, j'ai aussi arrêté un certain Billy Masters… commença-t-il en guettant la réaction de

Ted, qui tressaillit comme il l'escomptait, mais reprit vite contenance en avalant une grande gorgée de son champagne. Il a été mis en détention provisoire pour d'autres chefs d'inculpation, mais j'ai découvert qu'il se trouvait à Asthall Manor la nuit où M. Curtis est mort, poursuivit Guy. Au clocher, plus précisément. C'est-à-dire sur le lieu même où le crime a été commis.

Cette fois tout le monde réagit, chacun à sa façon. Nancy parut assez satisfaite de l'effet de choc produit sur l'assistance, tandis que Pamela s'inquiétait visiblement de la tournure que prendraient les événements. Charlotte sembla bouleversée, mais elle rejeta la main de Clara quand celle-ci voulut la réconforter. Phoebe sourit, comme s'il s'agissait simplement d'un jeu de rôles et non d'un vrai crime. Sebastian haussa les sourcils et jeta sa cigarette dans le feu. Oliver Watney se mit à tousser, on aurait dit qu'il avait avalé de travers. Quant à Ted, il avait encore blêmi.

— Que faisait-il ici ? balbutia-t-il. Qu'est-ce qu'il cherchait ? Le savez-vous ?

— Justement, monsieur le baron, dit Guy. Il nous a expliqué qu'il était convenu de rejoindre Mlle Dulcie Long, pour récupérer les bijoux qu'elle avait volés. Il travaillait souvent pour le gang dont je viens de parler en écoulant les produits de leurs larcins. Mais nous avons des raisons de croire que certains d'entre vous dans cette pièce connaissent probablement cet individu, et, afin de vous écarter de l'enquête criminelle, nous avons besoin d'établir s'il existe des liens, et lesquels.

Ted avait soudain viré du blanc au rouge, et il se leva d'un air outré.

— Quelle honte ! Comment osez-vous ? L'enquête criminelle est terminée. La coupable est en prison, où elle attend son procès et sa condamnation. L'affaire est close. Comment osez-vous venir ici nous accuser !

Nancy pouffa de rire, ce qui ne fit qu'enrager Ted. Il avança à grands pas vers le petit plateau que Mme Windsor avait déposé avec des carafons de whisky et de porto, et se versa un grand verre.

— Nous avons aussi de bonnes raisons de croire que Mlle Long n'a pas commis ce meurtre, déclara Guy.

— Et quelles sont-elles, ces bonnes raisons ? demanda Charlotte, dont les yeux noirs semblaient deux puits insondables.

— Billy Masters nous a dit qu'il n'avait jamais retrouvé Mlle Long à l'heure convenue, car, à son arrivée à l'église, il avait entendu une dispute opposant M. Curtis à un autre homme, avant d'entendre M. Curtis tomber, et de voir l'autre s'enfuir.

— A-t-il pu identifier ce deuxième homme ? demanda Sebastian, qui était resté debout.

— Non, monsieur, répondit Guy. Il portait une cape avec un capuchon.

— Donc vous êtes prêt à croire sur parole un criminel avéré quand il prétend être arrivé à l'église, avoir entendu quelque chose, et vu s'enfuir un homme qu'il n'a pu identifier. Bravo, sergent, vous avez réussi votre coup, on dirait : prendre l'un d'entre nous la main dans le sac pour l'amener sur le banc des accusés, se moqua Sebastian en riant, puis il se tourna vers Nancy. Vraiment, ma chérie, il va falloir trouver mieux, comme distraction pour la soirée. Est-ce vraiment pour si peu que nous avons décliné l'invitation de Loelia Ponsonby ?

Nancy parut déconfite, et Charlotte fusilla Sebastian du regard, mais il l'ignora.

Louisa donna à Guy une petite poussée dans le dos pour l'encourager.

— Nous avons pensé que, peut-être, si tout le monde en était d'accord, nous pourrions organiser une reconstitution de la soirée… commença-t-il.

— Non, intervint résolument Charlotte en se levant. Nancy, j'ignore à quoi tu joues, mais c'est vraiment odieux de ta part. Comme si j'allais accepter de participer à ce jeu de société morbide. Mon frère est mort, au cas où vous l'auriez oublié.

Elle ravala un sanglot et s'approcha du plateau des alcools. Ted l'entoura de son bras, sous le regard scrutateur de Sebastian, qui semblait guetter le moindre de leurs gestes.

— Sers-moi un whisky bien tassé, marmonna-t-elle à son compagnon.

Guy était bien embarrassé. Il se rendait compte maintenant qu'il avait pris trop d'assurance, après l'arrestation de Billy Masters, jusqu'à se croire capable de mener à bien ce projet de reconstitution. C'était ridicule, évidemment, d'escompter de ces gens qu'ils veuillent bien repasser par cette épreuve. En admettant que l'un d'entre eux soit coupable, il n'irait sûrement pas l'avouer de lui-même.

Non, il faudrait recourir à une méthode plus traditionnelle : en procédant par élimination.

69

À la grande surprise de Louisa, ce fut Pamela qui intervint la première dans le lourd silence qui suivit.

— N'avez-vous donc pas envie que ce meurtre soit résolu ? demanda-t-elle à la ronde.

— Mais il est résolu. Dulcie Long est en prison, répliqua Clara.

— Avez-vous des oreilles pour entendre, oui ou non ? Billy Masters a admis que Dulcie n'était pas présente, quand Adrian a été tué.

— Comme vous y allez, vous autres Anglais, remarqua Clara. Là d'où je viens, on fait preuve d'un peu plus de douceur, quand on évoque les défunts.

— Justement, riposta Nancy. Il n'y a aucune douceur dans toute cette affaire. C'est pourquoi il faut que ce meurtre soit résolu une bonne fois pour toutes. Est-il possible que Billy Masters soit le coupable et qu'il vous ait délibérément fourvoyé ? demanda-t-elle en se tournant vers Guy, qui se dandina sur place, mal à l'aise, car, devant Nancy, il se sentait comme au banc des accusés face à un sévère procureur.

— C'est possible, reconnut-il.

— Ce n'est pas un gars qui brille par son honnêteté, n'est-ce pas ? Peut-être a-t-il voulu vous jeter de la poudre aux yeux en avouant les autres délits, dans l'espoir de se dédouaner du crime proprement dit.

Nancy était lancée, et les autres suspendus à ses lèvres. Elle marcha jusqu'au centre de la pièce pour s'adresser à l'ensemble de l'assistance.

— Nous étions tous présents, et nous sommes tous innocents. Je propose juste que nous aidions le sergent Sullivan à revoir les déplacements qui ont eu lieu cette nuit-là. Le fait de savoir précisément où et à quel moment chacun de nous se trouvait aidera peut-être à déterminer si le coupable est Billy Masters ou Dulcie Long.

— Ou les deux, ajouta Ted.

— Ou les deux, en effet, admit Pamela.

Un choc sonore retentit quand Charlotte reposa avec force son verre de whisky en cristal taillé.

— Faites ce que bon vous semble. Moi, je refuse de participer.

Elle quitta la bibliothèque et sortit par le cloître, sans doute pour regagner la maison et sa chambre.

Clara allait la suivre, mais Nancy la retint.

— Laisse-la. Elle n'ira nulle part. Il n'y a pas de trains, et Hooper refusera de la reconduire à Londres. Peut-être va-t-elle se calmer et nous rejoindra-t-elle plus tard.

D'une démarche ondulante, Phoebe se rapprocha de Sebastian et lui passa un long bras blanc autour du cou en inclinant sa jolie tête contre sa poitrine.

— Ne soyez pas triste, chéri.

— Je ne suis pas triste, répliqua-t-il avec brusquerie en la repoussant.

Phoebe haussa les épaules et alla se servir une autre coupe de champagne, mais Louisa la vit cligner des yeux pour retenir ses larmes.

— Votre cheville va mieux, mademoiselle Phoebe ? lui lança-t-elle, assez fort pour que tout le monde entende, et Phoebe leva les yeux, surprise.

— Euh… oui, dit-elle. En fait, ce n'était pas bien grave.

— En fait, vous ne vous étiez pas du tout foulé la cheville, n'est-ce pas ? renchérit Guy.

— Qu'est-ce qui vous prend ? intervint vivement Nancy, mais il l'ignora et poursuivit.

— Vous avez confié à Mlle Cannon que vous aviez feint de vous fouler la cheville, afin de rester seule dans le salon avec M. Atlas.

Incapable d'esquiver le coup, Phoebe émit un rire amer.

— Oui, et alors ?

— Tu as de la chance que Charlotte ait quitté la pièce, dit Clara, une remarque qui lui valut de la part de Phoebe un regard assassin.

— Ce qui signifie que votre alibi ne tient pas, conclut Guy avec assurance. Vous avez pu quitter la pièce à n'importe quel moment pour rejoindre M. Curtis et l'accompagner jusqu'au clocher.

Phoebe n'avait pas ici de vrais amis, songea Louisa. Personne ne s'insurgea pour prendre sa défense. Sebastian afficha un petit sourire narquois et alluma une nouvelle cigarette en la considérant froidement.

— Où voulez-vous en venir ? dit Phoebe en avalant une grande gorgée de champagne.

— Ce n'est pas une question, mais une constatation, lui répondit Guy. Vous êtes restée seule dans le salon un certain temps, car nous savons que M. Atlas est parti offrir à Mlle Pamela Mitford un cadeau d'anniversaire. Se pourrait-il que vous soyez sortie discrètement à ce moment-là ?

Phoebe ne répondit ni par oui ni par non, mais but encore une gorgée et regarda autour d'elle.

— Il n'y en a donc pas un pour dire quelque chose ? lança-t-elle à la ronde, mais personne ne réagit. Très bien. Oui, j'ai quitté la pièce peu après le départ de Sebastian… commença-t-elle, mais elle s'interrompit et sembla réfléchir avant de poursuivre. Je suis sortie par les portes-fenêtres. Il faisait froid, et je n'avais que mon costume sur le dos, alors je n'ai pas eu envie de m'attarder dehors. Je voulais seulement m'accorder une petite pause pour…

— Pour ? insista Guy.

— J'avais envie d'un petit sniff, si vous voulez tout savoir. Et je n'avais pas envie de partager, alors j'ai préféré sortir en douce afin que personne ne me voie. Je ne pouvais décemment pas raconter ça à cet horrible inspecteur, sinon il m'aurait inculpée, expliqua-t-elle en s'efforçant en vain de prendre un air désinvolte. Je n'aurais pu le supporter, si ma mère l'avait appris.

— Un sniff ? demanda posément Pamela.

— Un sniff de cocaïne, répondit Nancy.

Pamela rougit, mais ne fit pas de commentaire.

— Ce qui ne veut pas dire que j'approuve, précisa Nancy en haussant un sourcil.

— Oh ça va… Je ne suis pas la seule, rétorqua Phoebe, puis elle alla s'asseoir sur le divan près du feu et coupa court à la conversation en s'abîmant dans la contemplation des flammes.

Une de moins, songea Guy. Encore cinq.

70

Mme Windsor entra dans la pièce et, si elle fut sidérée par le silence qui y régnait et par la vue de Guy et Louisa plantés devant les invités comme s'ils leur faisaient un discours, son grand professionnalisme l'empêcha de le montrer.

— Le dîner sera bientôt servi, déclara-t-elle en se dirigeant vers Nancy.

— Merci, madame Windsor, répondit Nancy avec l'aplomb d'une maîtresse de maison confirmée.

L'intendante s'en fut, et le silence revint tandis que chacun restait dans l'expectative.

— Devrions-nous attendre Charlotte ? demanda Clara.

— Non, répondit Sebastian.

— C'est fou ce que tu peux être bavard, ironisa Nancy en souriant, mais elle ne fut pas payée de retour.

L'atmosphère menaçait de devenir extrêmement pesante quand Guy prit la parole. Louisa ressentit un élan de fierté en le voyant si calme et posé, alors qu'elle savait ce qu'il devait ressentir face à cette assemblée de beaux jeunes gens brillants, que n'importe quel directeur de journal aurait été ravi d'avoir en photo dans sa chronique mondaine. Elle espérait seulement que rien de ce qui sortirait de cette nuit-là ne paraîtrait en première page.

— Veuillez m'excuser, mais j'ai besoin de vérifier encore quelques faits, dit Guy, qui sortit son calepin et le feuilleta pour arriver aux notes qui l'intéressaient.

— Vous êtes sûrs que tout cela fait partie d'un jeu ? intervint alors Oliver, qui n'avait pas encore dit un mot. Parce que ça me semble terriblement sérieux. Pour ma part, je préférerais de loin une partie de rami, conclut-il avec un sourire contraint.

— Ce n'est pas un jeu, lui lança Pamela d'un air compatissant.

— Bon, d'accord. S'il en est ainsi, vous feriez mieux de continuer, dit Oliver en faisant signe à Guy comme pour lui donner le feu vert, avant d'être pris d'une petite quinte de toux.

Pamela lui apporta un verre d'eau et retourna s'asseoir, les mains sagement croisées sur ses genoux.

— Lord De Clifford, pourrais-je revenir sur vos déplacements cette nuit-là ? commença Guy.

— Puisque vous insistez, répondit Ted, qui s'était assis à côté de Clara. Même si, à l'instar de mes camarades, je trouve cet exercice passablement ennuyeux. Nous avons déjà tout dit à l'inspecteur, ajouta-t-il en s'adossant au divan, puis ses paroles traversèrent l'air telles des flèches décochées par un arc. Je doute que vous ayez un mandat officiel pour nous faire subir cet interrogatoire. Il y aura bientôt un procès, et n'importe lequel d'entre nous pourra être appelé à y témoigner.

Toute cette conversation est sans doute parfaitement illégale.

C'était effectivement le point faible de leur entreprise, et Louisa le savait. Guy pourrait-il être accusé d'usurper la fonction de policier en posant des questions à des témoins alors qu'il était en civil ? Les témoins d'une affaire sur laquelle il n'était pas censé enquêter, qui plus est. Pourrait-on lui reprocher d'avoir exercé des pressions sur eux ? se demanda Louisa. Leur seul atout, c'était la pièce finale du puzzle qu'ils avaient tous deux découverte, et qui les assurait de tenir leur homme. S'ils le coinçaient ce soir, n'importe quel juge glisserait sûrement sur les moyens utilisés pour y parvenir sans leur en tenir rigueur, non ?

Guy avança ses pions.

— Au moment où l'on entendit crier Mlle Long, vous étiez seul dans le vestiaire, autrement dit la petite pièce où l'on se déchausse en entrant ? Est-ce exact ?

— Je ne vais pas répondre à ces questions absurdes.

— C'est important, monsieur le baron. Car il existe des éléments prouvant sans conteste que vous connaissiez déjà Billy Masters au moment des faits.

Ted se redressa.

— Quels éléments ?

— Billy Masters a confirmé vous avoir rencontré au 43 en plusieurs occasions. Le club tenu par la mère de votre fiancée.

— Je ne vais pas nier que je fréquente le 43, et qu'on peut y croiser pas mal de fripouilles, admit Ted avec un petit rire ironique. Ce n'est pas pour autant que je les connais. Lui sait qui je suis, évidemment ; comme tout le monde, puisque c'est Dolly qui dirige la boîte depuis plusieurs mois. Il vous a dit qu'il me connaissait pour se vanter d'avoir des relations et une certaine influence, j'imagine. Eh bien, ce n'est pas le cas.

— Comment savez-vous quel genre d'influence il peut avoir ? insista Guy.

Bien campé dans son rôle d'interrogateur, il esquivait adroitement tous les coups qu'il recevait.

— Bon sang, dit Ted en se prenant un bref instant la tête dans les mains. Écoutez, il cause des ennuis à Dolly. Il vient, vend des trucs, cherche la bagarre. Il a toujours l'air d'être partout à la fois et jamais où il le devrait. Peut-être que je l'ai mis en garde une ou deux fois. Voilà pourquoi, maintenant, il me met à l'index. Pour prendre sa revanche.

Guy fit mine d'accepter cette version, mais il n'était pas dupe.

— Dans ce cas, vous auriez eu la possibilité d'engager Billy Masters pour tuer M. Curtis, remarqua-t-il.

Ted se mit à rire… de nervosité ou de soulagement ? C'était difficile à dire.

— Pourquoi aurais-je fait ça ? Adrian était un de mes amis. Nous avons pratiquement grandi ensemble.

— Pourtant il était opposé à votre mariage avec Mlle Meyrick et ne se gênait pas pour vous le dire. C'est justement le fait que vous étiez proches qui pouvait nuire à votre projet de mariage. Peut-être avez-vous dû vous débarrasser de lui. Peut-être menaçait-il de dévoiler les sordides activités du 43, ce qui aurait rendu ce mariage impossible.

C'était un long discours pour Guy, et il le termina à bout de souffle en regrettant de ne pouvoir sortir son mouchoir pour s'éponger le front.

— Vous divaguez, mon vieux, dit Ted en secouant la tête.

— En effet, Guy, intervint Nancy. Je trouve que vous allez trop loin. Vous ne pouvez commencer à lancer des accusations sur mes invités. Nous ferions mieux d'y mettre fin. D'ailleurs, Mme Windsor va bientôt commencer à servir le dîner.

À ces mots, chacun remua un peu sur place avec quelque raideur, après avoir été tenu en haleine durant plusieurs minutes.

— Non, déclara Pamela, ce qui lui valut un regard noir de sa sœur. Le sergent Sullivan doit terminer. Il est important que chacun d'entre nous sorte de cette histoire blanchi de tout soupçon… Si c'est possible, évidemment.

— Grand Dieu, Belle Plante. Ce n'est pas un jeu… lui lança Nancy.

— Justement, dit Pamela. C'est pourquoi j'insiste pour que ces entretiens se déroulent comme il convient, soutint-elle avec une fermeté qui lui fit gagner du terrain. Sergent Sullivan, je vous en prie. Poursuivez.

— Merci, mademoiselle Pamela. D'après vos déclarations, vous étiez seul, lord De Clifford. Mais voilà ce qui me pose problème : Louisa se trouvait dans les cuisines, et elle vous aurait vu ou entendu, si vous étiez entré dans le vestiaire. Or ce n'est pas le cas. Comprenez-vous ? Je voudrais bien vous rayer de la liste, mais je ne peux pas.

Chacun resta figé, comme suspendu à ce qui allait suivre.

— Il n'était pas seul, dit alors Clara. J'étais avec lui, dans la salle à manger, nous…

Elle hésita, attendant un signe de l'homme qui était venu s'asseoir à côté d'elle.

— Tu ferais mieux de le lui dire, Clara. J'en assumerai les conséquences.

— Nous nous embrassions. Nous ne pouvions pas en parler, à cause de Dolly, ajouta-t-elle en rougissant, puis elle regarda Ted avec un air de regret. Je t'aimais bien, tu sais.

— Je sais, dit Ted d'un air penaud.

Donc, il était coupable. Mais pas de meurtre.

71

Pamela s'approcha de Louisa et lui murmura à l'oreille :

— Je crois que vous feriez mieux de nous accorder un peu de répit, histoire de calmer les esprits. Pourquoi ne pas nous laisser ? Je viendrai bientôt vous chercher.

Louisa acquiesça, et Guy et elle sortirent de la bibliothèque par le corridor qui menait aux cuisines.

— Je vais en profiter pour voir si Mme Stobie a besoin d'un coup de main, dit Louisa.

Plus tôt à la nurserie, elle avait pu accomplir toutes les tâches quotidiennes qui entouraient le moment du coucher, mais cet état intermédiaire entre sa fonction de domestique et le fait d'assister à un dîner auquel ni elle ni Guy n'étaient vraiment conviés ne la mettaient guère à l'aise.

— Et Ada, elle ne travaille pas, ce soir ? remarqua Guy.

— Bonté divine, rien ne vous échappe, hein ? Si vous cherchiez à m'impressionner par votre mémoire affûtée de policier, c'est réussi, dit-elle, et ils se mirent à rire tous les deux. Si, elle travaille, confirma Louisa. Elle est enceinte, mais elle accumule autant d'heures qu'elle le peut avant de devoir s'arrêter. Ce sera dur pour elle et Jonny quand le bébé naîtra, avec un seul salaire… Mais vous avez raison, reprit-elle après un instant de réflexion. Elles peuvent se passer de moi. Que voulez-vous faire ?

— J'aimerais inspecter les pièces où la soirée s'est déroulée, pour voir par moi-même où était chacun des invités et me faire une idée de leurs déplacements ce soir-là entre les différentes parties de la maison.

Louisa jeta un regard vers la porte des cuisines comme si Mme Windsor risquait de les entendre. Elle ne serait sûrement pas d'accord.

— Entendu, mais allons-y discrètement.

Dans le grand hall, les deux feux couvaient encore sous les braises, et les lampes étaient restées allumées pour le retour des maîtres des lieux. Les pièces desservies, à savoir le salon, le petit salon, la salle à manger, le fumoir et le recoin du téléphone, un minuscule réduit encombré par une table et une chaise, étaient en revanche plongées dans l'obscurité. Louisa frissonnait malgré son cardigan en laine, car, dans cette maison, le froid vous saisissait dès que vous vous éloigniez un tant soit peu d'une source de chaleur. Quand ils entrèrent dans le salon, Louisa alluma une unique lampe qui fit soudain surgir le jaune des murs comme l'éclat adouci d'un coucher de soleil. Guy remarqua les portes-fenêtres près desquelles la machine à écrire de Nancy était installée sur une table, presque cachée derrière un paravent.

— Cet indice supplémentaire, dit-il. Quelqu'un aurait pu le taper à un moment donné durant la chassse au trésor, alors que les autres participants allaient et venaient. Personne n'en a parlé, mais peut-être que Monroe n'a jamais pensé à le demander.

— Je ne crois pas qu'il ait posé beaucoup de questions, répondit Louisa. Il tenait sa coupable, et les seules réponses qu'il cherchait, c'était celles qui pouvaient confirmer quel bon boulot il avait fait.

— Vous connaissez bien les policiers, on dirait. À croire que vous avez passé pas mal de temps à les fréquenter, ironisa-t-il en échangeant un regard avec elle dans la semi-pénombre. Et ces portes-fenêtres. Il aurait été facile pour Mlle Morgan de se faufiler dehors, puis de revenir ni vu ni connu. Qu'y a-t-il là devant ?

— Juste les jardins.

— Y a-t-il d'autres portes-fenêtres menant à une autre partie de la maison ?

— Non, seulement la porte de service des cuisines, répondit Louisa après un temps de réflexion.

Guy mit les mains dans ses poches et parcourut une dernière fois la pièce du regard.

— Ils sont tous partis d'ici pour aller en quête de l'objet correspondant au premier indice. Savez-vous ce que c'était ?

— Oui, un fouet. Ils ont dû chercher un peu partout. La petite entrée où l'on se déchausse, les écuries, même le bureau de lord Redesdale. Mlle Pamela devait savoir qu'il en gardait un là-bas, non pas pour s'en servir, mais à cause de sa valeur sentimentale.

Dehors, une chouette poussa un ululement qui fit tressaillir Guy. Louisa se rappela alors ce que l'on éprouvait quand on était quelqu'un de la ville et qu'on se retrouvait à la campagne, peuplée de sons mystérieux.

— Lorsque vous vous êtes rendue à la salle à manger et que vous y avez vu Mlle Pamela et M. Curtis, ils avaient tous deux trouvé le premier indice et on leur en avait donné un deuxième, n'est-ce pas ?

— Oui, confirma Louisa, contente que les ombres cachent la rougeur de honte qui lui montait aux joues, tandis qu'elle se rappelait le rôle qu'elle avait joué dans les événements de cette nuit-là. Chaque indice avait un objet pour réponse, et j'ai vu M. Curtis glisser une fourchette dans sa poche lorsqu'il a quitté la pièce.

— La fourchette ne s'y trouvait plus quand on l'a retrouvé plus tard, sans doute parce qu'il l'avait donnée à M. Atlas et à Mlle Morgan, après s'être disputé avec Mlle Long. En supposant qu'il ait eu envie de continuer la chasse au trésor, et qu'il soit revenu ici pour obtenir son troisième indice, supputa Guy, ce que Louisa approuva d'un hochement de tête. Ce serait donc à ce moment-là qu'il serait sorti pour se rendre au clocher ?

— Je ne saurais l'affirmer, répondit Louisa. Pamela est venue me rejoindre aux cuisines tout de suite après avoir entendu la querelle par mégarde. Ensuite, je n'ai pas bougé. J'ignore où Dulcie a pu aller, mais il n'y avait aucune raison pour que je parte à sa recherche. Elle ne voulait surtout pas qu'on la voie avec son œil poché, ce qui aurait provoqué des questions, aussi m'avait-elle dit qu'elle se tiendrait à l'écart.

— Mais nous savons qu'elle attendait de rejoindre Billy Masters, sinon M. Curtis.

Guy se tut et Louisa attendit, glacée jusqu'aux os. Elle aurait aimé retourner dans le grand hall pour se rapprocher d'un feu, mais elle n'avait pas envie de distraire Guy dans ses pensées.

— Combien de temps s'est-il passé entre le moment où Dulcie est partie et celui où vous avez entendu ses cris ? demanda-t-il.

— Je ne saurais le dire exactement, mais je pense qu'il a dû s'écouler environ trois quarts d'heure.

— Reste à savoir où se trouvait chacun des protagonistes durant ce laps de temps.

Soudain la lumière inonda la pièce, et ils découvrirent que Pamela se trouvait sur le seuil. Elle avait allumé une autre lampe et les observait tous deux avec une curieuse expression. Les avait-elle écoutés ?

— Vous vous êtes souvenus de Nancy et des horloges, n'est-ce pas ? leur lança-t-elle.

Ils surent alors ce qui allait se passer.

72

Tandis que Pamela allait chercher ceux qui étaient restés dans la bibliothèque, Louisa fit le tour du rez-de-chaussée pour allumer les lampes. Elle ne pouvait que croiser les doigts pour que lord et lady Redesdale ne rentrent pas avant une heure avancée de la nuit, et pour que Mme Windsor, les croyant tous dans la bibliothèque, soit elle-même dans son petit salon avec Mme Stobie, à fêter le Nouvel An avec un verre de sherry. On n'avait pas revu Charlotte depuis sa sortie intempestive, mais elle pouvait ressurgir à tout instant. Ils devraient alors prendre le risque de la contrarier encore. L'enjeu était trop important.

Nancy entra la première, les yeux brillants à cause du vin qu'elle avait bu durant le dîner.

— Allons-nous vraiment le faire ? demanda-t-elle.

— J'aimerais bien, oui, confirma Guy. À mon avis, c'est la seule façon d'obtenir la vérité.

— Je pense que les autres accepteront, sauf peut-être Sebastian, qui ne fait toujours que ce qui lui plaît et ne se laisse jamais fléchir.

— Très bien. Dans ce cas, je jouerai le rôle de M. Atlas, proposa Guy, ce qui fit s'esclaffer Nancy.

— Désolée, dit-elle, mais vous ne collez pas vraiment au personnage.

Guy décida de ne pas relever.

— Mademoiselle Cannon, peut-être pourriez-vous remplacer Mlle Curtis, puisqu'elle n'est toujours pas revenue ?

Louisa acquiesça et continua à s'activer dans la pièce en redressant des coussins ou en replaçant des objets, pour éviter de trop penser à ce qu'ils s'apprêtaient à faire.

Clara, Phoebe, Ted, Oliver et Pamela arrivèrent tous ensemble. Apparemment, la tension s'était un peu relâchée, même si, en entrant, Ted lança à Guy un regard noir. Il n'avait toujours pas digéré d'avoir été la cible d'une accusation aussi grave. Ils prirent place sur les divans, mais le froid les saisit rapidement.

— N'y aurait-il pas des couvertures quelque part ? demanda Clara. Vraiment, ces maisons anglaises sont glaciales. Le mot confort ne fait-il pas partie de votre vocabulaire ?

— En tout cas, pas de celui de Farve, répondit Nancy en riant.

Sebastian entra le dernier, une cigarette au bec.

— Je ne vois pas ce qu'il y a de si drôle, lança-t-il à Nancy d'un air revêche, et il ne lui laissa pas le temps de répondre. Quant à moi, je trouve pénible d'avoir à évoquer la mort d'un ami proche.

— Hormis pour l'argent dont votre fiancée va maintenant hériter, lança Phoebe d'un ton acerbe.

— Nous ne sommes pas fiancés, déclara Sebastian en la considérant tranquillement.

— Ah oui ? Je ne suis pas certaine que Charlotte en soit informée, répliqua Phoebe avec un aplomb révélant qu'elle avait observé Mlle Curtis de très près… de trop près peut-être, au goût des autres.

— Eh bien si, elle le sait, confirma posément Sebastian en croisant les jambes. Nous avons rompu à Noël.

— Alors pourquoi diable es-tu venu ce soir ? lui lança Ted d'un ton badin, qui masquait mal sa désapprobation.

— Elle n'est pas très en forme, répondit Sebastian en faisant la moue. J'ai préféré être auprès d'elle pour l'avoir à l'œil.

— J'aimerais commencer, à présent, intervint Guy. Le seul moment de la soirée où nous savons exactement ce qui s'est passé, c'est 1 heure et demie du matin. Car c'est l'heure à laquelle les horloges ont été déréglées.

— Retardées d'une demi-heure, précisa Nancy.

— Ah, encore ce vieux truc, remarqua Clara. C'est un peu éculé, comme ruse, étant donné que tout le monde est au courant.

— Pas Hooper, dit Nancy. Je pensais ainsi laisser un peu de marge à Charlotte, quand il viendrait la chercher pour la ramener chez les Watney.

— Est-ce que quelqu'un vous a vue faire ? demanda Guy.

— Je ne crois pas. Ils étaient tous dispersés un peu partout dans la maison.

— Vous avez retardé les horloges du grand hall et de la pièce où nous sommes, n'est-ce pas ?

— Oui, confirma Nancy.

— Pourriez-vous recommencer ? Peut-être ce faisant, quelque chose vous reviendra-t-il en mémoire ?

Nancy se rendit dans le grand hall pour retarder la pendule et revint peu après dans le salon.

— Je viens de me rappeller que Seb et Phoebe étaient ici, ainsi que Charlotte. Elle venait tout juste de trouver son deuxième indice et elle le rapportait.

— Mademoiselle Fischer, lord De Clifford, diriez-vous que c'est le moment où vous vous trouviez dans la salle à manger ?

Clara porta une main à son visage et regarda Ted.

— Oui, je crois bien, confirma-t-elle.

— Étiez-vous là depuis quelque temps ?

— Nous sommes tous deux venus là chercher notre deuxième indice. Je crois que l'on m'avait donné celui qu'Adrian venait d'avoir, avec la fourchette comme réponse. Quant à Ted, il cherchait un rond de serviette.

— C'était le deuxième indice de Mlle Pamela, qu'elle avait bien deviné, précisa Louisa.

— Cela signifie donc qu'à ce moment-là, M. Curtis avait dû recevoir son troisième indice, et qu'il avait déjà dû quitter le salon, constata Guy, sans mentionner à dessein en quoi consistait ce troisième indice, selon lui. En ce cas, j'aurais besoin que lord De Clifford et Mlle Fischer se rendent à la salle à manger. Monsieur Watney, vous rappelez-vous vos indices ?

Oliver pâlit un peu.

— Oui, je connaissais la réponse du premier, mais je n'avais toujours pas trouvé de fouet. Cela m'a pris un certain temps.

— Pourquoi ? dit Pamela. Vous saviez où en trouver un, notre maison n'est guère différente de la vôtre.

— À dire vrai, répondit Oliver en respirant par saccades, je n'avais aucune envie de participer à cette idiotie de chasse au trésor. J'ai préféré me retirer dans le recoin du téléphone.

— Pour passer un coup de fil ? s'enquit Pamela d'un air compatissant.

— Non, répondit Oliver. J'ai parcouru l'annuaire. Cela m'a calmé l'esprit.

Décidément, plus Guy en apprenait sur la haute société, plus ses membres lui paraissaient passablement excentriques.

— Pourriez-vous regagner le recoin du téléphone, s'il vous plaît, monsieur ? le pria-t-il.

À contrecœur, Oliver obéit.

Guy ôta ses lunettes et se frotta les yeux. Cette tension l'épuisait, et le dîner que Mme Stobie lui avait servi tôt dans la soirée semblait remonter à très loin. Il aurait volontiers bu un verre de vin, mais personne ne le lui avait proposé.

— Bon, il est donc 1 heure et demie du matin. Lord De Clifford et Mlle Fischer sont dans la salle à manger, depuis quelque temps déjà. M. Watney se trouve dans le recoin du téléphone et il y reste. M. Atlas et Mlle Morgan sont ici. Et vous-même, mademoiselle Nancy, vous entrez dans le salon pour retarder l'horloge d'une demi-heure. L'un d'eux vous a-t-il vue faire ?

— Non, je ne pense pas qu'ils m'aient remarquée. Ils discutaient tous les deux, Phoebe était sur le divan avec les jambes relevées, et elle regardait Seb préparer des boissons.

— Pourriez-vous retarder l'horloge comme vous l'avez fait ?

Nancy prit la pendulette qui était sur le dessus de la cheminée et, dos tourné, elle la retarda en un clin d'œil avant de la reposer. La pendulette affichait à présent 1 heure.

— Bien. Qu'est-il arrivé ensuite ? lui demanda Guy.

— Seb m'a donné mon prochain indice, et je me suis dirigée vers le bureau de Farve pour y trouver la réponse. Je pensais qu'il s'agissait peut-être d'une boîte d'allumettes, dit-elle, puis elle regarda à la ronde. D'accord, j'y vais.

— Attendez, l'arrêta Louisa en avançant d'un pas. Vous avez dit que Mlle Charlotte était avec vous quand vous avez entendu les cris.

— Oui, je suis revenue prendre l'indice suivant, que Phoebe m'a à son tour donné. Charlotte était là aussi, et nous sommes allées toutes les deux au petit salon. Nous avons décidé de résoudre les énigmes ensemble.

— Par où êtes-vous passées ? demanda Guy.

— Par là, bien sûr, indiqua Nancy en montrant une porte intérieure qui reliait les deux pièces.

— Donc vous n'êtes pas passées par le grand hall. Et d'après vous, Sebastian n'était pas là, quand vous êtes revenue pour la deuxième fois ?

— Je crois que c'est à ce moment-là qu'il est venu me rejoindre, dit Pamela. Il m'a trouvée dans le fumoir, et il m'a dit que puisque c'était officiellement mon anniversaire, il voulait me faire un cadeau.

— Oui, dit Guy. Cela figurait dans votre déclaration. Dans le grand hall, il a sorti un coffret qu'il avait caché plus tôt sous une table. Il contenait une broche, et c'est ce qu'il vous a offert. Vous avez remarqué l'heure, à ce moment-là, n'est-ce pas ?

— Oui. Il était 1 heure et quart dans le grand hall, mais je savais que Nancy avait sans doute retardé les horloges, et qu'en réalité, il devait être 2 heures moins le quart.

— Est-ce que quelqu'un a envie d'un verre ? lança Sebastian en se levant. J'avoue que j'ai mon compte et que je n'ai guère envie d'en entendre davantage.

Sans attendre de réponse, il quitta la pièce.

— Pardon, mademoiselle Pamela, dit Louisa. Mais il faudrait vous rendre dans le grand hall. Quant à vous, mademoiselle Nancy…

— Compris, la coupa Nancy. Je vais au petit salon.

Phoebe resta donc seule avec Louisa et Guy. Elle s'assit au bord du canapé et alluma une cigarette tout en tenant de l'autre main un verre de vin presque vide. Sa jolie bouche était serrée en un pli amer.

— Mademoiselle Phoebe, commença Guy. Nous avons besoin que vous nous disiez ce qui s'est réellement passé.

— Pas grand-chose, en fait, répondit-elle. Vous savez à peu près tout. Une fois Nancy partie après avoir retardé la pendule, ce que je n'ai effectivement pas remarqué, Adrian est venu, et nous lui avons donné son prochain indice. Il est vite reparti… Il n'était pas de bonne humeur, ce qui peut se comprendre après sa querelle avec Dulcie, que nous avons apprise par la suite. Alors Charlotte est entrée, pour récupérer son indice, je suppose, même si je n'y ai guère prêté attention.

— Est-elle restée là longtemps ?

— Quelques minutes. Elle a dit qu'il était plus de 1 heure du matin, et que Seb devait donner son cadeau à Pamela. Ils ont tous deux quitté la pièce, et j'en ai profité pour sortir dehors.

— Aviez-vous un manteau sur vous ? demanda Louisa, qui souffrait du froid et se rappelait qu'en cette nuit de fin novembre, il ne devait guère faire plus chaud que ce soir.

— J'avais un châle. À vrai dire, j'ai un peu erré pour trouver un endroit où pouvoir… vous savez quoi. Ni vu ni connu. Je n'avais pas envie que quelqu'un me surprenne depuis une fenêtre.

— Combien de temps êtes-vous restée hors de la pièce ?

Phoebe tira deux dernières bouffées de sa cigarette et l'écrasa.

— Je n'y avais pas encore réfléchi jusqu'à présent, mais maintenant que vous le dites, c'est étrange. Parce que je suis sortie durant une bonne vingtaine de minutes ; or quand je suis rentrée dans le salon, la pendule indiquait qu'il était à peine 1 heure et quart passée. Je ne sais pourquoi je l'ai remarqué, mais c'est un fait. Comme si je n'étais sortie que quatre ou cinq minutes… Sans doute doit-on imputer ça à la petite ruse de Nancy.

— Est-ce que quelqu'un est venu dans la pièce pendant que vous étiez dehors ?

— Comment le saurais-je ?

Louisa et Guy se regardèrent.

— Il faut faire revenir les autres, à présent, décréta Louisa.

— Et moi, il faut que j'appelle l'inspecteur principal Monroe.

Phoebe les regarda tour à tour.

— Qu'est-ce qui vous prend ? Qu'est-ce que j'ai dit ?

— Nous savons maintenant que M. Atlas a quitté cette pièce pendant au moins une demi-heure, même si les heures où vous et Pamela déclarez l'avoir vu ne diffèrent que de quelques minutes. Quelqu'un l'a aidé en changeant deux fois l'heure de cette horloge, et il ne peut s'agir que d'une seule personne.

— Qu'est-ce que vous racontez ? Ce n'est pas moi, remarqua Phoebe en riant. Je ne plaisante pas, ce n'est pas moi. Certes je n'aimais pas beaucoup Adrian, mais de là à le tuer…

— Je ne pensais pas à vous, déclara Guy en la considérant posément de son regard bleu, derrière ses lunettes.

73

Phoebe, Louisa et Guy passèrent d'abord par le petit salon pour prendre Nancy avec eux, puis ils se rendirent tous dans le grand hall, où Pamela était assise sur une chaise en bois, près du feu auquel elle avait ajouté une bûche. Guy frappa à la porte du recoin au téléphone et Oliver en sortit d'un air craintif.

— C'est fini ? Ou est-ce bientôt l'heure de chanter *Ce n'est qu'un au revoir ?* demanda-t-il.

— Pas encore, répondit Guy d'un air grave, puis il entra lui-même dans le recoin du téléphone et ferma la porte derrière lui.

Louisa s'était rendue à la salle à manger pour dire à Ted et à Clara de venir. Quand elle entra, elle les trouva assis à chaque bout de la longue table à se regarder en chiens de faïence, l'air froid et crispé.

— Que se passe-t-il ? insista Ted à maintes reprises, mais, ne sachant que répondre, Louisa préféra s'abstenir.

Lorsqu'ils furent réunis dans le grand hall, Guy sortit du coin du téléphone.

— J'ai appelé le poste de police. Ils vont essayer de joindre l'inspecteur principal Monroe, mais, en attendant, ils vont nous envoyer un agent en uniforme.

En entendant ces mots, Nancy fut sur le qui-vive.

— Bon sang, mais qu'est-ce qui se passe ?

Pourtant ni Guy ni Louisa ne choisirent d'éclairer sa lanterne.

— Où est M. Atlas ? demanda Guy.

Ils parurent tous dans une grande confusion.

— Comment voulez-vous qu'on le sache ? Vous nous avez tous consignés, dit Ted, mais alors, il resta un instant bouche bée. Bonté divine ! s'exclama-t-il. C'est justement pour ça, n'est-ce pas ?

Un grand frisson les parcourut. Un frisson de peur.

— Je vais aller voir si Charlotte est dans sa chambre, déclara Pamela.

— Je viens avec vous, dit Louisa.

— Non, ne venez pas. Si j'y vais seule et que Seb est avec elle, ils ne se douteront de rien. Si je ne suis pas de retour d'ici à cinq minutes, montez me rejoindre.

Pamela s'en fut, et les autres restèrent plantés là à l'écouter monter les marches en bois recouvertes d'un tapis usé jusqu'à la trame. Personne ne parlait, chacun semblait retenir son souffle. Mais elle n'avait pas plus tôt atteint le premier étage qu'elle en était déjà redescendue, leur sembla-t-il.

— Elle n'est pas dans sa chambre, déclara-t-elle.

Il y eut un bruit venu du dehors, qui les fit tressaillir.

— Qu'est-ce que c'est ?

— Une chouette ? dit Guy.

— Non, dit Pamela.

Elle gagna la porte d'entrée et sortit sur le perron. Quand elle rentra, elle était pâle comme la mort, mais sa voix était calme.

— J'ai entendu deux personnes se disputer.

Guy se précipita au-dehors et l'écarta au passage en s'excusant. L'herbe devant la maison était déjà givrée et les branches nues des arbres penchaient un peu sous la morsure du vent. Il faisait sombre, avec une lune voilée, et Guy voyait encore plus mal que d'habitude. Tendant l'oreille, il entendit crier. Dans la direction du cimetière.

Louisa sortit le rejoindre et s'agrippa à son bras. À son tour, elle entendit les cris. Sans rien dire, ils coururent tous deux vers le cimetière, Louisa ouvrant la voie en tenant Guy par la main.

Alors qu'ils approchaient, les cris s'amplifièrent et ils distinguèrent nettement les voix d'un homme et d'une femme. Derrière eux résonnaient faiblement les appels de détresse de Nancy et de ses invités. L'humidité de l'herbe amortissait le bruit de leurs pas, et, quand ils arrivèrent à la porte de l'église, les cris n'avaient pas diminué d'intensité.

Toujours en silence, mais sans plus se tenir la main, Guy et Louisa franchirent le seuil à pas de loups. L'église était plongée dans une telle obscurité que leur vision mit un instant à s'adapter. Les sons venaient du fond de l'église et d'en haut. Du clocher.

74

Louisa et Guy s'engagèrent dans l'allée centrale et progressèrent lentement en se tenant aux côtés des bancs pour se diriger à tâtons dans l'obscurité. Un nuage qui masquait la lune s'écarta, et un fin rayon de lumière traversa les vitraux alors qu'ils arrivaient à la cage d'escalier qui montait au clocher. En quelques secondes, ils furent là-haut et découvrirent Charlotte. Pieds nus, tournant le dos à la nuit, elle se tenait en équilibre au bord de l'ouverture qui donnait sur le vide, le visage maculé de larmes, la brise faisant voler ses boucles brunes autour de sa tête. Toute tremblante dans sa robe de soirée, elle s'agrippait aux rebords de pierre de l'étroite fenêtre. Devant elle, mais n'esquissant aucun geste pour la rattraper, il y avait Sebastian, mains dans les poches. La fureur déformait les traits de son visage en les aiguisant encore.

Il avait vu Guy monter dans la tour, suivi de Louisa, et sa colère était si palpable qu'elle semblait capable de les repousser violemment dans l'escalier.

— Pauvre idiote, dit-il à Charlotte, qui était secouée de sanglots.

Louisa allait se précipiter, mais Guy la retint. Seb les regarda tour à tour dans la semi-pénombre, tel un spectre menaçant.

— Fichez-moi le camp, retournez donc dans le trou infâme d'où vous n'auriez jamais dû sortir. Regardez le mal que vous avez fait.

— C'est vous qui en êtes l'auteur, et vous seul, répliqua Guy.

Charlotte avait cessé de pleurer, et elle fixait Guy en écarquillant les yeux avec effroi.

— La seule chose que je ne cerne pas encore, c'est pourquoi vous avez souhaité la mort de votre ami, ajouta-t-il.

Sebastian avança d'un pas vers lui et Louisa se recroquevilla sur place.

— Je ne sais pas ce que vous insinuez, mais vous auriez mieux fait de ne pas vous en mêler.

Guy carra les épaules et se campa sur ses pieds. Si Sebastian le frappait, il ne chancellerait pas.

— Pourquoi avoir fait ça, monsieur Atlas ? Par vengeance ou par jalousie ?

— Jaloux, moi, de cet épouvantable raseur et de ses perpétuelles jérémiades ? Je me fichais pas mal de lui, comme lui de moi, d'ailleurs.

Quelque chose dans l'atmosphère s'était détendu, la tension qui les liait tous les quatre se rompit. Était-ce dû au froid, à la nuit, aux murs étroits du clocher, ou à la prise de conscience que la partie était terminée ? Louisa n'aurait su le dire. Peut-être un peu tout à la fois.

— Je croyais que vous étiez amis ? dit Guy.

— Disons que nous étions utiles l'un à l'autre, répliqua Seb.

Les genoux de Charlotte cédèrent, elle parut sur le point de perdre l'équilibre et poussa un cri. Louisa courut la rejoindre et la saisit par la taille, lui épargnant ainsi de finir comme son frère. Elles s'écroulèrent toutes les deux par terre. Charlotte suffoquait à cause du choc, du froid, et de la rudesse des dalles de pierre. Elle s'accroupit et s'essuya le visage du plat de la main.

— Je croyais que tu m'aimais, dit-elle entre deux sanglots.

— Comme si tu en savais quelque chose, répliqua Seb d'un ton mordant.

Il sortit son étui à cigarettes et en alluma une avec un briquet d'où s'échappa une forte odeur d'essence. À la brève lueur de la flamme, ses yeux avaient l'éclat noir et la dureté de l'obsidienne.

— Maintenant qu'elle est décidée à ne pas se jeter dans le vide, j'aimerais autant rentrer à la maison, déclara-t-il, et il allait s'éloigner quand Guy le saisit par le bras.

— Pas tant que vous ne vous serez pas mieux expliqué.

— Lâchez-moi.

— Voyez-vous, nous avons compris que vous étiez resté dans le salon afin d'y taper à la machine un autre indice, réservé à l'usage exclusif d'Adrian Curtis et destiné à l'envoyer ici. Le seul indice dont la réponse était un lieu, non un objet.

Seb exhala de la fumée et le considéra froidement. Guy lui avait lâché le bras, mais il le serrait de près en lui bloquant le passage vers la sortie. Charlotte avait cessé de pleurer et elle aussi écoutait, transie de froid.

Louisa s'agenouilla à côté d'elle, remplie d'angoisse à l'idée de ce qui allait se passer.

— Vous saviez, n'est-ce pas, que Dulcie Long viendrait rejoindre Billy Masters dans la tour du clocher. Vous l'avait-il dit ?

Le regard de Seb vacilla un peu. Il jeta sa cigarette par terre.

— Louisa vous a vu acheter quelque chose à Billy devant le Haymarket Theatre, et je sais que vous avez aussi trafiqué avec lui devant le 43, car je l'ai arrêté cette nuit-là après vous avoir vus ensemble, poursuivit Guy, prenant Sebastian au dépourvu.

L'espace d'un instant, il ne put dissimuler sa confusion.

— Et alors ? dit-il. Ça ne veut rien dire.

— Je pense que vous avez donné à Billy les boutons de manchette que votre ami, M. Curtis, vous avait offerts. Pour le remercier de vous avoir informé qu'il serait ici le 21 novembre, et en échange de quelque chose qu'il devait vous donner cette nuit-là. Car Billy a cru que vous attendiez de lui qu'il vous fournisse de la cocaïne, alors qu'en réalité, vous vouliez que quelqu'un d'autre paie pour le meurtre que vous aviez prévu de commettre.

— Je n'ai jamais rien entendu d'aussi absurde, s'esclaffa Sebastian. Je redescends, maintenant.

Charlotte se redressa, le visage blême, et Louisa sut que si elle la touchait, elle serait froide comme de la glace.

Guy sortit de sa poche les boutons de manchette en lapis-lazuli qu'il avait pris à Billy. Cette fois, il regarda Charlotte.

— Je pense qu'ils appartenaient à votre frère.

Charlotte s'effondra en poussant un cri.

— Les faits ne se sont pas vraiment déroulés comme prévu, n'est-ce pas ? Billy est arrivé tôt, et il vous a vu vous enfuir. Vous aviez essayé de vous faire passer pour lord De Clifford en portant sa cape, qu'il avait commodément laissée dans le grand hall près de l'entrée, mais vous ignoriez que Clara Fischer et lui étaient ensemble dans la salle à manger. Chacun était censé jouer seul ce soir-là, n'est-ce pas ?

Louisa vit peu à peu s'évanouir dans le regard fuyant de Sebastian sa belle assurance.

— Dulcie Long a été accusée du meurtre, mais vous vous en fichiez, n'est-ce pas, mademoiselle Curtis ? En fait, cela vous arrangeait bien, continua Guy, implacable.

— Qu'est-ce que vous racontez ? protesta Charlotte d'une voix crispée.

— Le fils que Dulcie a eu avec votre frère, votre neveu Daniel. Est-il une menace ? Je parle de l'héritage qui devait vous revenir après le décès de votre frère.

— C'est la parole de cette domestique contre la mienne, répliqua Charlotte d'une voix inflexible qui tranchait avec ses vêtements et ses cheveux en désordre. À votre avis, qui croira-t-on, d'elle ou de moi ?

Alors, comme si elle avait lâché une corde à laquelle elle s'accrochait, elle soupira et jeta à Sebastian un regard éperdu.

— D'ailleurs, quel héritage ? Mon frère a tout dilapidé. Et quand lui l'a découvert… Il n'a plus rien voulu savoir de moi. Il a rompu nos fiançailles, conclut-elle en se remettant à pleurer.

— Je ne me rappelle pas avoir fait ma demande, ricana Sebastian. Je ne suis pas le genre de type à me mettre à genoux.

— Si, tu avais promis, sanglota Charlotte, mais Sebastian se détourna d'elle avec dédain.

Dehors, on entendit une voiture se garer sur le gravier le long d'Asthall Manor. La police était arrivée. Puis ce fut une cavalcade de pas montant l'escalier. En pénétrant dans le clocher, la petite bande d'amis saisit tout de suite l'ambiance qui y régnait. Nancy, Ted, Clara, Pamela, Phoebe et Oliver s'alignèrent contre le mur du fond en retenant leur souffle.

— Vais-je devoir expliquer à tout le monde comment vous avez fait ? dit Guy, mais Sebastian haussa les épaules. Vous saviez que Nancy retarderait les horloges de trente minutes, à 1 heure et demie du matin. Vous saviez aussi que tout le monde connaissait le truc. Si une certaine confusion entourait le déroulement des faits au moment de l'enquête, on l'imputerait à ce changement d'aiguilles. Votre erreur est venue justement du soin que vous avez mis dans les détails. Car vous avez été le seul invité à invoquer l'horloge comme alibi.

Pamela s'avança d'un pas.

— Quand j'ai dit avoir vu Sebastian dans le grand hall à 2 heures moins le quart, c'est cela ? En fait, l'horloge indiquait 1 heure et quart, mais je savais qu'elle retardait d'une demi-heure.

— Oui, dit Guy, mais en réalité, il était 2 heures. Car Mlle Charlotte avait encore retardé l'horloge d'un quart d'heure. Lorsque Phoebe verrait Sebastian quitter le salon peu après 1 heure, Pamela croirait le voir quelques minutes plus tard. En fait, il se serait passé une demi-heure.

— Expliquez-nous ça, dit Pamela.

— Mlle Charlotte s'est contentée de fournir à Sebastian le temps nécessaire pour qu'il vienne ici, au clocher, et prenne Adrian Curtis par surprise. Nous savons qu'il y a eu lutte, mais Adrian avait bu, et il n'a pas eu le temps de se rendre compte de vos intentions que c'était déjà fini.

Sebastian gardait un visage de marbre, mais Charlotte poussa un cri.

— Vous aviez tout comploté ensemble, ajouta Guy en se tournant vers elle.

Ce n'était pas une question, et Charlotte le confirma par un hochement de tête à peine perceptible.

— Il m'avait dit qu'il m'épouserait et qu'il nous suffirait juste de… commença-t-elle, mais elle s'interrompit et regarda Sebastian, qui l'ignora superbement. De nous débarrasser d'Adrian. Alors nous aurions de l'argent et les coudées franches. Il a toujours détesté mon frère, même s'il l'a bien caché, tant qu'il a pu tirer de lui ce qu'il voulait. Je le savais. Mais ce que j'ignorais, c'est qu'il me détestait aussi.

Elle éclata en sanglots, et son corps longiligne se tordit comme celui d'un serpent agonisant.

Ils entendirent les pas pesants des policiers montant l'escalier.

— Sebastian Atlas, dit Guy devant les huit témoins, je vous arrête, ainsi que Charlotte Curtis, sur présomption du meurtre d'Adrian Curtis et tentative d'assassinat.

75

Cette nuit-là, tous les habitants de la maison eurent un sommeil écourté, à part les plus jeunes des filles, qui passèrent une longue et paisible nuit. Tom, fort heureusement, séjournait chez un camarade d'école, mais Diana fut si fâchée d'avoir encore raté pareil événement sous son propre toit qu'elle en resta sans voix… ou presque.

À peine avaient-ils tous redescendu l'escalier du clocher que la police embarquait Sebastian et Charlotte pour interrogatoire. Quand l'inspecteur principal Monroe, peut-être un peu à contrecœur, eut félicité Guy d'avoir fait du bon travail, il l'invita également à se rendre au poste de police. La nouvelle avait provoqué une onde de choc qui avait secoué toute la maisonnée, des domestiques aux invités en passant par lord et lady Redesdale, lorsqu'ils étaient revenus de chez leurs amis. Il s'en était suivi un grand tumulte.

Lord Redesdale était furieux, mais guère surpris, que ces ignobles individus aient pu aller jusqu'au crime.

— Je n'en attendais pas moins de tes soi-disant amis, Koko, avait-il hurlé à sa fille. Je ne veux plus en voir aucun chez nous, c'est compris ?

Lady Redesdale s'était empressée de le conduire à l'étage, elle-même pâle et bouleversée qu'une telle calamité ait pu se produire dans sa propre maison.

Oliver Watney avait vite décampé en laissant une Pamela un peu anxieuse de son état après le choc qu'il avait subi, lui qui était de santé fragile. Clara, Ted, Phoebe et Nancy s'étaient installés dans la bibliothèque, jusqu'à ce que Mme Windsor, levée à 6 heures du matin, les y découvre et les envoie se coucher dans les chambres d'amis.

Louisa se réveilla tôt, le lendemain matin. Elle s'habilla prestement et se rendit à la nurserie pour préparer le petit déjeuner des enfants. Nanny Blor était déjà debout. Elle avait été réveillée par l'arrivée de la police, mais elle était restée craintivement dans son petit salon en attendant que Louisa ou Pamela viennent lui raconter ce qui s'était passé. Quand elles étaient toutes deux montées la rejoindre, elles étaient tellement surexcitées que Nanny leur avait préparé du chocolat chaud en insistant pour qu'elles s'asseoient et le boivent, le temps de retrouver leur calme avant d'aller se coucher.

— Je comprends bien que ces affreux événements sont tout à fait inhabituels, dit Pam, mais je ressens la même chose que Farve. Je ne crois pas que les amis de Nancy me conviennent. En fait, je préfère encore rester tranquille à la maison, avoua-t-elle en rougissant, ses yeux bleus brillant d'un vif éclat après cette nuit mouvementée. Mais ne le dites pas à Nancy, elle se moquerait encore de moi.

Louisa la comprenait. Pamela était au seuil de l'âge adulte, et le moment était venu pour elle de décider :

comment voulait-elle vivre sa vie ? Elle n'avait jamais eu l'esprit caustique ni l'ambition sociale de sa sœur aînée, et le goût pour les plaisirs simples de la vie à la campagne lui était venu tout naturellement, au fil de l'enfance. Elle était bonne cavalière, et ne cachait pas le plaisir qu'elle trouvait à manger et à apprendre des recettes de cuisine. En lui tapotant le genou, Nanny Blor lui avait assuré qu'elle vivrait un jour des aventures bien à elle. Mais en attendant, oui, peut-être qu'une existence un peu sédentaire lui conviendrait mieux.

Pour Louisa, c'était différent. Elle sentait qu'elle arrivait au terme de sa vie campagnarde. Sans parler du reste : inévitablement, lady Redesdale apprendrait la vérité, à savoir que Louisa avait conduit Dulcie jusqu'à une chambre vide, puis y avait envoyé Adrian Curtis. L'emploi que Louisa occupait au sein de la famille serait dès lors sûrement remis en question.

Après le petit déjeuner, Louisa descendit au village. C'était le Nouvel An, et tout le monde se préparait à la traditionnelle partie de chasse. Même Pamela, malgré sa nuit presque blanche, s'était levée à l'aube pour aller aux écuries. Louisa se hâta de gagner l'auberge où Guy séjournait et envoya quelqu'un toquer à sa porte pour lui dire de descendre la rejoindre. Il apparut peu après.

— Louisa ?

Il était mal rasé et ses vêtements étaient fripés, comme s'il avait dormi tout habillé.

— Désolé, s'excusa-t-il. Je suis rentré très tard du poste de police. M. Monroe avait besoin de moi pour prendre les déclarations. Ils ont tous les deux avoué. Le résultat dépasse nos espérances.

— Et Dulcie ?

— Elle va vite obtenir sa sortie. Et elle aura déjà purgé sa peine pour vol.

— Chapeau, Guy. Vous vous en êtes bien tiré.

Louisa était heureuse pour Dulcie. Elle et son petit Daniel seraient bientôt réunis. Peut-être pourrait-elle même travailler comme couturière avec Mme Brewster et se racheter une conduite, loin des Elephants. D'ailleurs ils ne lui créeraient plus de problèmes, maintenant qu'ils savaient que la police était sur le coup.

— Merci, répondit Guy avec un petit sourire. Bon, je ferais mieux de rentrer à Londres. Je ne sais pas trop quels trains vont circuler, aujourd'hui.

— Nous allons nous renseigner. Mais je voudrais d'abord vous parler. Si nous marchions un peu ?

Guy alla chercher son manteau, son chapeau et son écharpe, et ils déambulèrent tous les deux dans le village. C'était une journée où ce qu'elle aimait depuis toujours à Asthall se déployait dans toute sa splendeur. Les prés étaient encore givrés, les enfants du village sortaient de chez eux en poussant des cris de joie pour voir la partie de chasse se rassembler, et, même dans la lueur bleutée de l'hiver, la pierre dorée des Cotswolds brillait d'un vif éclat.

— Je vais donner ma démission, déclara-t-elle.

Guy se contenta de hausser les sourcils.

— De toute façon, ils ne voudront pas me garder. Même si les coupables sont Sebastian et Charlotte, et non Dulcie, ils trouveront sûrement que je suis une source d'ennuis et de tracas pour cette maison.

— N'en soyez pas si sûre. Cela fait longtemps que vous travaillez ici, vous avez fait vos preuves.

— Je sais. Mais j'ai besoin de changement. J'ai envie de retourner vivre à Londres.

Guy arrêta de marcher et la regarda. Ils avaient gravi une petite colline, et la silhouette de Louisa se découpait sur le patchwork des champs bordés de haies qui s'étendait en contrebas. Elle avait le bout du nez rosi de froid et clignait des yeux au soleil.

— Que ferez-vous, une fois là-bas ?

— J'ai songé à suivre une formation pour entrer dans la police, déclara-t-elle, et, en voyant l'air interloqué de Guy, elle éclata de rire. Rassurez-vous, je n'ai pas encore pris ma décision.

— C'est un peu passer d'un extrême à l'autre, comme on dit…

— Oui, vous avez raison. C'est un changement radical. Mais vous connaissez le vieil adage : si vous ne pouvez pas les vaincre, joignez-vous à eux.

Guy se mit à rire lui aussi. Il la prit par l'épaule, et ils demeurèrent tous deux un moment tranquilles, les yeux perdus dans le lointain, le temps de comprendre qu'ils ne devaient plus mettre leur vie entre parenthèses. La vie n'attend pas.

POSTFACE/NOTE HISTORIQUE

Le 2 mars 1926, Alice Diamond fut accusée devant la cour d'assises de cambriolage, dommages matériels et agression avec préméditation, et condamnée à dix-huit mois de travaux forcés. Ses acolytes, Bertha Tappenden et Maggie Hugues, furent aussi arrêtées pour l'attaque commise sur la famille Britten (dont je me suis inspirée pour la famille Long), survenue le 20 décembre 1925. Ce fut la fin du règne d'Alice Diamond en tant que reine des Quarante Voleuses.

En mars 1926, lord De Clifford épousa Dorothy (Dolly) Meyrick dans un bureau d'état civil londonien. Comme il n'avait que dix-neuf ans et qu'il se mariait sans le consentement de sa mère, il mentit sur son âge et fut plus tard condamné à une amende de 50 livres. Ils eurent deux enfants, mais se séparèrent en 1936.

Pamela Mitford et Oliver Watney furent brièvement fiancés en 1928, mais, sous l'influence de sa mère, Oliver rompit ses fiançailles en accord avec Pamela, qui reconnut avoir eu quelques réserves sur leur avenir conjugal.

Kate Meyrick, la propriétaire du 43, le night-club de Gerrard Street, sortit de prison en avril 1925 ; après quoi, elle alla vivre à Paris jusqu'en 1927. Sa fille, Dolly, dirigea le club en son absence. Début 1929, George Goddard, chef de la brigade des mœurs du poste de Savile Row, fut emprisonné pour corruption, et Kate Meyrick fut condamnée à quinze mois de prison pour l'avoir soudoyé.

Remarque : si certaines parties de ce roman se fondent sur des faits réels et des personnes ayant existé, toutes les conversations sont totalement imaginaires. Quant au meurtre d'Adrian Curtis, il relève de la fiction.

REMERCIEMENTS

Pour m'avoir inspirée et patiemment guidée, j'aimerais remercier : Ed Wood de Sphere/Little, Brown, ainsi que Andy Hine, Kate Hibbert, Thalia Proctor et Stephanie Melrose. Également : Caroline Michel de PFD, ainsi que Tessa David ; Hope Dellon et Catherine Richards de St Martin's Press. Pour les recherches historiques qu'elles ont entreprises (et en précisant que toute éventuelle erreur m'est imputable) : Sue Collins et Celestria Noel.

À Simon, Beatrix, Louis, George et Zola... merci.

De la même auteure
aux Éditions du Masque

L'Assassin du train, 2018
Un parfum de scandale, 2020

PAPIER À BASE DE
FIBRES CERTIFIÉES

Le Livre de Poche s'engage pour
l'environnement en réduisant
l'empreinte carbone de ses livres.
Celle de cet exemplaire est de :
350 g éq. CO_2
Rendez-vous sur
www.livredepoche-durable.fr

Composition réalisée par PCA

Achevé d'imprimer en mai 2020, en France sur Presse Offset par
Maury Imprimeur – 45330 Malesherbes
N° d'imprimeur : 245987
Dépôt légal 1re publication : juin 2020
LIBRAIRIE GÉNÉRALE FRANÇAISE – 21, rue du Montparnasse – 75298 Paris Cedex 06

13/7062/1